Wolfgang Burger
Am Ende des Zorns

AF216911

Zu diesem Buch

Kripochef Gerlach ist in Weihnachtslaune, hat es sogar schon auf den Weihnachtsmarkt geschafft. Doch sein aktueller Fall – ein vermeintlicher Selbstmord – bereitet ihm zunehmend Kopfzerbrechen. Obwohl der Tote Schmauchspuren an der Hand hat und auf der Tatwaffe seine Fingerabdrücke sind, verdichten sich die Hinweise auf ein Gewaltverbrechen. Ein Motiv für einen Selbstmord kann Gerlach beim besten Willen nicht erkennen. Dann findet der Kriminaloberrat heraus, dass der Tote und seine verschwundene neunjährige Tochter vor ein paar Monaten überstürzt ihre Wohnung verließen. Man könnte meinen, sie seien vor etwas oder jemandem auf der Flucht gewesen ...

Wolfgang Burger, geboren 1952 im Südschwarzwald, ist promovierter Ingenieur und hat lange in leitenden Positionen am Karlsruher Institut für Technologie KIT gearbeitet. Seit 1995 ist er schriftstellerisch tätig und lebt heute in Karlsruhe und Regensburg. Seine Gerlach-Krimis wurden bereits zweimal für den Friedrich-Glauser-Preis nominiert und stehen regelmäßig auf der SPIEGEL-Bestsellerliste.

Wolfgang Burger

AM ENDE DES ZORNS

Ein Fall für Alexander Gerlach

PIPER

Mehr über unsere Autorinnen, Autoren und Bücher:
www.piper.de

Wenn Ihnen dieser Kriminalroman gefallen hat, schreiben Sie uns
unter Nennung des Titels »Am Ende des Zorns« an *empfehlungen@piper.de*,
und wir empfehlen Ihnen gerne vergleichbare Bücher.

Alle Titel, die von Wolfgang Burger im Piper Verlag vorliegen,
finden Sie auf Seite 400.

Inhalte fremder Webseiten, auf die in diesem Buch hingewiesen wird,
macht sich der Verlag nicht zu eigen und übernimmt dafür keine Haftung.
Wir behalten uns eine Nutzung des Werks für Text und Data Mining im
Sinne von § 44b UrhG vor.

Ungekürzte Taschenbuchausgabe
ISBN 978-3-492-31979-9
Oktober 2023
© Piper Verlag GmbH, München 2021
Redaktion: Annika Krummacher
Satz: Eberl & Koesel Studio, Kempten
Gesetzt aus der Stone Serif
Gedruckt von ScandBook in Litauen
Printed in the EU

Für Hilde, ohne die mein Leben eine Wüste wäre

»Eins, zwei, drei ...«

Marie zählt bis zehn, ich schalte das Deckenlicht neunmal ein und aus. Sie beginnt von vorn, und wieder drücke ich den Schalter. Während sie zum dritten Mal zählt, laufe ich zum Fenster, rüttle noch einmal an dem tausendmal verfluchten Gitter, das immer noch um keinen Millimeter nachgibt.

»Zehn!«

Ich renne zum Lichtschalter zurück, spule mein Blinkprogramm ab. Mit jeder Sekunde scheint es heißer zu werden. Ich meine schon das Brummen und Knacken des Feuers zu hören, das unaufhaltsam näher kommt, im Treppenhaus überreichlich Nahrung findet und unseren einzigen Fluchtweg, die hölzerne Treppe ins Erdgeschoss hinab, vermutlich schon zerstört hat. Mehr und mehr Rauch quillt durch die Ritzen der schweren Eichentür, die hoffentlich noch einige Minuten standhalten wird. Aber es ist nur eine Frage der Zeit ...

»Zehn!«

Und wieder blinke ich: dreimal kurz, dreimal lang, dreimal kurz – SOS.

Himmel, hilf! Wenn nicht mir, dann wenigstens dem Kind.

Ausgerechnet jetzt fällt mir ein, wie ich Marie zum ersten Mal begegnete. Auch damals war es Abend gewesen.

1

Mein erster Kontakt mit Marie war ein kräftiger Stoß in den Rücken. Mitten im Gewühl des Heidelberger Weihnachtsmarkts, abends um halb sieben, umgeben von Bratwurstgebrutzel, Glühweinschwaden, dem Duft von Tannenbäumen und gebrannten Mandeln. Noch während ich mich umschaute, wer mich so rücksichtslos angerempelt hatte, begann nicht weit von mir mit schriller Stimme eine Frau zu schreien.

»Festhalten! Sie hat mich beklaut! Halten Sie sie fest! Mein Geldbeutel, mein Geldbeutel ist weg, jetzt halten Sie das kleine Luder doch fest, um Gottes willen!«

Aber bevor ich reagieren konnte, war die Diebin schon außer Reichweite. Die Zehn-, maximal Zwölfjährige, die ich nur noch von hinten sah, war wie ein Junge gekleidet. Jeans, eine billige, schmutzig orangene Steppjacke, die Kapuze tief in die Stirn gezogen, registrierte mein Polizistenhirn automatisch. Auf dem Rücken trug sie einen blaugrünen Schulrucksack. Wie ein quecksilbriges Fischchen tauchte das Kind durch das Getümmel schwitzender, lärmender, glühweinseliger Einheimischer und Touristen aus aller Welt. Der Heidelberger Weihnachtsmarkt ist ja berühmt für seine romantische Kulisse.

Obwohl ich solche Massenveranstaltungen nicht besonders schätze, hatte ich mich heute, eine Woche vor Heiligabend, ins Gewühl gestürzt, in der Hoffnung, hier ein Geschenk für Sönnchen zu finden, meine Sekretärin und unverzichtbare Ratgeberin in beruflichen und nicht selten auch privaten Angelegenheiten. Irgendeine nette, nicht allzu alberne Kleinigkeit mit lokalem Bezug, da sie eine geborene und heimatverliebte Heidelbergerin war. In den vergangenen Tagen hatte es fast ununterbrochen geregnet, heute war der erste Abend, an dem man sich wieder ins Freie traute.

Eine gängige Methode von Diebesbanden war, Kinder als Taschendiebe einzusetzen. Kinder unter vierzehn Jahren, die nach deutschem Recht noch nicht strafmündig waren. Wurden sie erwischt, dann sprachen sie kein Wort Deutsch, wussten nicht, wie sie hießen, woher sie kamen oder wer ihre Eltern waren. Nach ein, zwei Tagen mussten wir sie regelmäßig wieder laufen lassen. Und bald darauf waren sie meist schon wieder auf Beutezug, in derselben oder einer anderen Stadt. Diese Banden blieben nur für kurze Zeit im Land, immer wurden die Kinder begleitet und beaufsichtigt von Erwachsenen, die sie anleiteten, ihnen die Beute abnahmen und sie am Ende des Tages verprügelten, wenn sie nicht genug eingebracht hatten.

Die bestohlene Frau stand jetzt vor mir, funkelte mich wütend an.

»Wieso haben Sie das Miststück laufen lassen, Sie Penner?«, zeterte sie. »Sie ist Ihnen doch praktisch in die Arme gelaufen, Herrgott noch mal! In meinem Geldbeutel sind fast zweihundert Euro, und die sind jetzt futsch. Dazu Ausweis, Karten und, Herrgott, ich weiß gar nicht, was noch alles, und Sie lassen das Miststück einfach laufen, Sie Schnarchsack, Sie kreuzblöder.«

Sie verstummte kurz, um Luft zu holen für die Fortsetzung ihrer Tirade. Ihre Kleidung war gepflegter als ihre Ausdrucksweise, der dunkle, elegant geschnittene Wollmantel mit echtem Pelzkragen zeugte von Wohlstand. Am Arm trug sie eine große, offene Handtasche, in der vor wenigen Sekunden vermutlich noch das jetzt vermisste Portemonnaie gelegen hatte.

»Machen Sie vielleicht gemeinsame Sache mit dem Miststück? Haben *Sie* jetzt meinen Geldbeutel?«, fuhr sie fort. »So machen die Taschendiebe das doch für gewöhnlich, sieht man ja dauernd im Fernsehen.«

Zweihundert Euro – heute Abend würde es wohl keine Schläge geben für die kleine Diebin.

Andere gesellten sich zu dem empörten Opfer, musterten mich finster, manche neugierig, andere schon drohend. Ich hörte Sätze wie: »Sieht gar nicht aus, als hätt er es nötig ...«, »Diese Jugend heutzutage ...«, »Jetzt sogar schon Kinder ...«, »Hat's doch früher nicht gegeben«, »Bestimmt wieder Ausländer!«

Ich versuchte, mir Gehör zu verschaffen, aber ein älterer Herr mit Silberhaar und Goldzahn schnitt mir das Wort ab und winkte entschlossen jemanden herbei.

»He, Sie da! Kommen Sie doch mal rasch her, ja?«

Augenblicke später stand ich zwei uniformierten Polizisten gegenüber.

»Was ist passiert?«, fragte der ältere der beiden gemütlich in die Runde.

»Diese Dame ist soeben bestohlen worden«, erklärte der Silberhaarige empört, »und wir vermuten, dass dieser ... Herr hier gemeinsame Sache mit der Diebin macht.«

Der Kollege grinste mich an, wandte sich dann wieder dem aufgebrachten Wortführer zu, dessen Gesichtsfarbe einen nahenden Schlaganfall fürchten ließ.

»Das glaub ich jetzt eigentlich nicht.«

»Darf man erfahren, aus welchem Grund Sie das nicht glauben?«

»Weil ich den Herrn zufällig gut kenne. Das ist nämlich unser Herr Gerlach.«

»Es ist mir völlig wurscht, wie der Mann heißt. Ich verlange, dass Sie ihn auf der Stelle und vor Zeugen durchsuchen.«

Der Kollege hörte auf zu grinsen. »Das werden wir schön bleiben lassen. Der Herr Gerlach ist nämlich der Chef von unserer Kripo. Wir verdienen zwar nicht besonders viel bei der Polizei, aber so arm sind wir dann auch wieder nicht, dass wir stehlen müssen, gell, Herr Kriminaloberrat?«

»Kann ich dann jetzt gleich hier meine Anzeige aufgeben?«, wollte die bestohlene Frau nach kurzer Verblüffung wissen.

»Das erledigen die beiden Kollegen«, erwiderte ich verbindlich. »Und keine Sorge, Taschendiebe sind normalerweise nur auf Geld aus. Ihren Geldbeutel und den restlichen Inhalt können Sie bestimmt noch vor Weihnachten im Fundbüro abholen.«

2

»Alter circa dreißig bis fünfunddreißig«, berichtete mir Sven Balke am Donnerstagmorgen. Er hatte einen mehrseitigen Computerausdruck vor sich liegen – den Obduktionsbericht des Rechtsmedizinischen Instituts. »Größe eins neunundsiebzig, aber nur fünfundsechzig Kilo, ein ziemliches Fliegengewicht also. Von der Konstitution her war er wohl kein großer Sportler. Todesursache ist zweifelsfrei die Kugel, die er sich in den Kopf gejagt hat. Anschließend hat er drei bis vier Tage im Wasser gelegen. Hinweise auf seine Identität haben wir bisher keine.«

Spaziergänger hatten die männliche Leiche am Tag zuvor im Badesee nördlich von Heddesheim entdeckt, vielleicht fünfzehn Kilometer nordwestlich von Heidelberg.

»Steht denn fest, dass er sich selbst erschossen hat?«

»Aus meiner Sicht ja. Aufgesetzter Schuss in die linke Schläfe, an der linken Hand sind Schmauchspuren. Die waren sogar nach drei Tagen im Wasser noch nachweisbar.« Balke demonstrierte mit dem Zeigefinger, wo der Tote die Waffe angesetzt hatte. »Wird Linkshänder gewesen sein, nehme ich an.«

Was die Anzahl der infrage kommenden Menschen schon einmal beträchtlich reduzierte. Von den gut vierzig Millionen deutschen Männern mochte jeder Zwanzigste im passenden Alter sein. Und ungefähr zehn bis fünfzehn Prozent davon bevorzugten die linke Hand ...

Im Vorzimmer hörte ich Sönnchen telefonieren. Vor den Fenstern schrie eine Krähe, als wollte sie gegen irgendetwas Beschwerde einlegen. Mein Blick ruhte kurz auf dem Tannenzweig, den mir meine Töchter zur Zierde meines kargen Beamtenbüros geschenkt hatten. Er war mit einigen winzig kleinen goldenen Kugeln geschmückt, in der Mitte steckte eine rote Kerze, und manchmal bildete ich mir sogar ein, Harzduft zu riechen.

»Und wo ist die Waffe?«, fragte ich.

Die lag irgendwo im Wasser, vermutete mein engagierter Mitarbeiter.

»Der ganze See ist rundrum eingezäunt. Am südlichen Ende liegt das Strandbad. Mit großem Parkplatz, Umkleidekabinen, Liegewiesen, Spielplatz, Kiosk und so weiter. Bin selbst schon ein paarmal da gewesen. Ist echt nett da. Aber auch da kommt man um diese Jahreszeit nicht ans Wasser ran, weil alles verriegelt und verrammelt ist. Die einzige Stelle, wo man überhaupt eine Chance hat, ins Wasser zu fallen, ist am östlichen Ufer. Dort fehlen etwa fünf Meter Zaun, weil im Herbst ein Baum umgestürzt ist.«

Balke hatte bereits Taucher angefordert, die im Wasser nach der Tatwaffe und Dingen suchen sollten, die uns vielleicht die Identifizierung des Toten ermöglichten.

»Die Jungs haben aber erst noch einen Auftrag im Mannheimer Rheinhafen zu erledigen. Voraussichtlich rücken sie morgen Vormittag am Badesee an.«

Ich lehnte mich zurück und runzelte die Stirn.

»Sie glauben also, er hat sich erst erschossen, dann die Waffe ins Wasser geworfen und sich anschließend auch noch ertränkt?«

»Ertränkt natürlich nicht. Er hatte kein Wasser in der Lunge.«

Der Tote hatte also schon nicht mehr geatmet, als er ins eiskalte Wasser fiel.

»Das Ufer ist da sehr steil, und das Wasser wird schnell tief«, fuhr Balke fort. »Wenn er an der Kante gestanden hat, dann könnte er mitsamt der Waffe ins Wasser geplumpst sein.«

Balke schien sich seiner Sache plötzlich nicht mehr ganz sicher zu sein, wollte aber noch nicht aufgeben. Aus nachvollziehbaren Gründen hielt er an der Selbstmordhypothese fest. Weihnachten stand vor der Tür, und wir alle freuten uns auf ein paar ruhige Tage. Da kam ein Mordfall ungelegen.«Auch wenn er nicht direkt am Ufer gestanden haben sollte, könnte ihm der Rückstoß die Pistole aus der Hand gerissen haben. Dann ist sie vielleicht zwei, drei Meter weit geflogen, und platsch, liegt sie im See. Er selbst hat noch ein paar Schritte gemacht, bevor er zusammengebrochen ist ... Klingt doch plausibel, finden Sie nicht?«

Ich war immer noch nicht überzeugt, aber nun gut.

»Und er hat nichts bei sich gehabt, was einen Hinweis auf seine Identität geben könnte?«

Seufzend schüttelte Balke den Kopf mit dem raspelkurz geschnittenen Blondhaar. »Papiere Fehlanzeige. In der Hosentasche hatte er knapp zwanzig Euro, einen Schlüsselring mit sage und schreibe einem einzigen Schlüssel dran und ein älteres Huawei-Smartphone.«

Dem der Aufenthalt im Wasser allerdings nicht gut bekommen war.

»Die KTU versucht gerade, es wieder zum Leben zu erwecken, macht mir aber wenig Hoffnung, dass da noch viel zu retten ist.«

»Was ist mit diesem Schlüssel?«

»Ist für ein Abus-Sicherheitsschloss, das seit einem Vierteljahrhundert nicht mehr hergestellt wird. Seine Kleidung gibt auch nichts her, alles Kaufhausware. Nur bei der Jacke hat er sich in Unkosten gestürzt. Sie ist von Fjällräven.«

Balke legte zwei Fotos vor mir auf den Tisch, die das Gesicht des Toten zeigten. Obwohl es vom Wasser aufgedunsen und bläulich verfärbt war, sah ich, dass die Wangen eingefallen waren. Tiefe Falten in den Mundwinkeln ließen ihn mürrisch wirken.

»Was halten Sie davon, wenn wir damit an die Presse gehen?«

»Vorläufig noch nichts. Wir geben nur eine Meldung raus, dass ein unbekannter Toter gefunden worden ist.«

Der Mann trug einen Ehering mit der Gravur *T&H für immer*, und ich wollte vermeiden, dass seine Frau morgen früh das Gesicht ihres Gatten in der Zeitung sehen und auf diesem Weg erfahren musste, dass sie Witwe geworden war.

Neben den Tauchern hatte Balke eine Hundertschaft Bereitschaftspolizisten angefordert, die in Kürze beginnen würden, den Uferbereich des Gewässers sowie das Umfeld nach Spuren abzusuchen. Auf verwertbare Fußspuren brauchten wir wegen des Regens der vergangenen Tage nicht zu hoffen.

»Mit ein bisschen Glück finden die Kollegen vielleicht seine Brieftasche oder wenigstens die Patronenhülse.«

»Sie gehen davon aus, dass er eine Pistole benutzt hat?«

»So wie die Schmauchspuren an seiner Hand aussehen, halte ich einen Revolver oder ein Gewehr für ausgeschlossen. Er hat die Hand über dem Hülsenauswurf gehabt und sich sogar einen Finger geklemmt, als der Schuss losging. Fragen Sie mich nicht, wie er das angestellt hat.«

»Wie ist er eigentlich da hingekommen?« Ich sah mir nebenbei im Internet eine Luftaufnahme des Tatorts an. »Steht irgendwo ein herrenloses Auto?«

»Gute Frage.« Balke hob die muskulösen Schultern, zog eine schiefe Grimasse. »Einen Autoschlüssel hatte er jedenfalls nicht in der Tasche. Am Eingang des Strandbads stehen ein paar verlassene Bikes herum, aber die kann man nur schwer einem Besitzer zuordnen. Ich tippe eher auf S-Bahn. Die nächste Haltestelle ist nur einen guten Kilometer entfernt.«

Allerdings hatte der Tote auch keinen Fahrschein bei sich gehabt. Wir beschlossen, die Ergebnisse der Suchaktion abzuwarten und uns morgen früh wieder zusammenzusetzen.

»Da fällt mir ein, ich soll Sie von Klara grüßen«, sagte Balke, als er sich erhob.

Klara Vangelis, meine Erste Kriminalhauptkommissarin, war schon seit zwei Wochen in Griechenland, um ihrer Großmutter oder einer alten Tante beim Sterben beizustehen.

»Es geht ihr gut, das Wetter ist super, und sie hat überhaupt keine Lust zurückzukommen.«

Was wir ihr beide nachfühlen konnten.

Am späten Nachmittag sah ich die schmutzig orangene Steppjacke zum zweiten Mal. Ich hatte im Erdgeschoss zu tun gehabt, bei einer Gegenüberstellung wegen eines Falls versuchter Vergewaltigung. Das Beinaheopfer, eine Frau um die dreißig, war etwas zu heftig geschminkt und herzzerreißend aufgeregt. Als sie die sechs Männer durch den Einwegspiegel betrachtete, begann sie vor Nervosität fast zu weinen. Fünf davon waren Kollegen, der zweite von rechts war der mutmaßliche Täter. Erst tippte sie auf den Richtigen, korrigierte sich dann hastig, hielt den Mann links daneben für wahrscheinlicher, der tatsächlich eine gewisse Ähnlichkeit mit dem Verdächtigen hatte, schließlich den Kollegen ganz links, der überhaupt nicht zu ihrer Beschreibung passte. Am Ende war sie dann wirklich in Tränen ausgebrochen.

»Ich kann das nicht«, hatte sie geschluchzt. »Was, wenn ich auf den Falschen tippe? Und der muss dann ins Gefängnis? Nein, das kann ich nicht, tut mir leid, es geht nicht.«

Als ich den Raum verließ, sah ich die kleine Taschendiebin gerade noch um eine Ecke verschwinden, begleitet und bewacht von einer uniformierten Kollegin, die ich gut kannte. Polizeiobermeisterin Ilzhöfer trug die blaue Uniform der Schutzpolizei, war in den Vierzigern, stämmig gebaut und mit einem übergroßen Herzen gestraft, das ihr das Polizistinnenleben manchmal schwer machte. Allzu oft hatte sie zu viel Mitgefühl mit den Pechvögeln und lebensuntüchtigen Gestalten, mit denen wir es im Alltag meist zu tun hatten. Ich folgte den beiden.

»Geklaut hat sie«, erwiderte die Kollegin auf meine Frage. »Im Penny an der Bahnhofstraße. Hat sich aber dummerweise erwischen lassen.«

In der Hand trug sie den Rucksack des Mädchens.

»Haben Sie sie schon vernommen?«

»Hab's versucht.« Sie rollte die Augen. »Aber sie lügt wie gedruckt. Angeblich heißt sie Mandy Spears, ist neunzehn und kommt aus London. Dabei redet sie astreines Heidelbergerisch.«

Die Lügnerin, die sie mit eisernem Griff am Oberarm festhielt, sah mich mit einer Mischung aus Neugier und Furcht an. Ihr Gesicht war rund, die Augen waren wasserblau. Die haselnussbraunen glatten und kinnlangen Haare sahen aus wie im Do-it-yourself-Verfahren geschnitten und waren heute noch nicht gebürstet worden. Aus der Nähe wirkte sie sogar noch jünger, als ich sie gestern geschätzt hatte. Eher acht oder neun. Und sie sah nicht aus, als würde sie auf der Straße leben. Das Gesicht war sauber gewaschen, auch die Hände waren nicht übermäßig schmutzig.

»Aus dem Ausland ist sie also nicht?«

»Definitiv nicht. Die stammt von hier.«

Ich wandte mich an das Kind. »Und du willst uns nicht sagen, wie du heißt und wo du daheim bist?«

Kurzes Kopfschütteln mit zugekniffenem Mund.

»Wieso nicht?«

Schweigen. Ihre Angst schien zuzunehmen. Die schmalen, blassen Lippen hielt sie fest aufeinandergepresst.

»Deine Eltern werden sich Sorgen um dich machen.«

Keine Reaktion.

»Wir haben uns schon mal gesehen, weißt du noch?«

Ihre Augen wurden schmal.

»Gestern Abend auf dem Weihnachtsmarkt.«

Nichts.

»Was geschieht jetzt mit ihr?«, fragte ich die Kollegin Ilzhöfer.

»Jugendamt natürlich. Ich hoffe, sie holen sie heut noch ab. Hier kann ich sie ja nicht unterbringen.«

Ich berichtete ihr von meinem Zusammenprall mit der angeblichen Mandy Spears aus London. Resigniert hob sie die gut gepolsterten Schultern. Die Kleine konnte hundert

Diebstähle begangen haben und jeden einzelnen gestehen, und wir würden sie dennoch nicht festhalten können.

Immer noch starrte die Taschendiebin mich an, jetzt aber nicht mehr furchtsam, sondern eher so, als erhoffte sie sich etwas von mir. Ihr Blick war wach und aufmerksam.

Ich ging in die Hocke, um auf Augenhöhe mit ihr zu kommen. »Du sprichst also nicht mit uns?«

Erst kam wieder keine Reaktion, der Blick irrte ab, aber dann immerhin ein angedeutetes Kopfschütteln.

»Wie alt bist du?«

Endlich öffnete sie den Mund. Mit klarer Stimme und in selbstbewusstem Ton verkündete sie: »Sechzehn.«

»Ha!«, rief Kollegin Ilzhöfer grimmig. »Die Ärztin hat gesagt, du bist noch nicht mal zehn.«

»Was wird deine Mama dazu sagen, dass du jetzt bei der Polizei bist?«, fragte ich.

Die Kleine schluckte, sah zu Boden, blinzelte. Schließlich murmelte sie: »Die ist weggegangen. Nach Amerika.«

»Ach herrje, du armes Ding.« Die Kollegin ließ sie unwillkürlich los. »Und dein Papa?«

Die jetzt sehr kleinlaute Delinquentin zuckte mit den selbst in der wattierten Jacke noch schmalen Schultern. Soweit ich erkennen konnte, war sie nicht gerade unterernährt, aber nicht weit davon entfernt.

»Weiß nicht«, flüsterte sie schließlich.

»Bestimmt sucht er dich schon überall«, behauptete ich.

Sie war offensichtlich hin- und hergerissen zwischen dem Wunsch, nach Hause zu kommen, nach Schutz und Geborgenheit, und der Angst vor Gott weiß was. Vielleicht davor, ausgeschimpft zu werden, weil sie ausgerissen war? Bei Kindern dieses Alters überwog eigentlich früher oder später immer das Heimweh.

Ich richtete mich wieder zu voller Größe auf, wandte mich an die Kollegin und fragte so leise, dass das Mädchen es nicht verstehen konnte: »Irgendwelche Anzeichen von Gewaltanwendung?«

»Die Ärztin sagt, da ist alles in Ordnung. Auch sexuell, alles okay so weit. Da war nichts.«

Das Mädchen beobachtete uns jetzt wie ein Kaninchen, das Gefahr wittert, sich aber noch nicht zur Flucht entschließen kann. Doch auf einmal wieselte es los, wie der Blitz den Flur entlang. Die Kollegin stieß einen unterdrückten Fluch aus, versuchte noch, es festzuhalten, griff jedoch daneben. Im nächsten Augenblick war die Kleine schon um die nächste Ecke verschwunden.

»Festhalten!«, brüllte ich. »Das Kind in der orangefarbenen Jacke, festhalten!«

»Stopp!«, hörte ich eine sonore Männerstimme rufen. »Jetzt bleib doch stehen, Menschenskind!« Und kurz darauf leiser: »Na also. Geht doch.« Dann wieder lauter: »Aua, verdammich!«

Sekunden später war sie wieder bei uns. Sie hatte den reaktionsschnellen Kollegen in die Hand gebissen, der eine ärztliche Versorgung der Wunde jedoch für unnötig hielt.

Zu dritt gingen wir weiter. Frau Ilzhöfer schob das jetzt wieder lammfromme Mädchen in ein Büro.

»Mach's dir hier erst mal bequem«, sagte sie mit mütterlicher Strenge. »Setz dich auf den Stuhl da, damit kannst du Karussell fahren. Hast du Hunger? Oder Durst?«

Gehorsam setzte sich das Mädchen auf den Schreibtischsessel. Das anfängliche Kopfschütteln ging übergangslos in heftiges Nicken über.

Polizeiobermeisterin Ilzhöfer schloss kurz die Tür, um mich zu verabschieden und mir mitzuteilen, dass bisher keine auf das Kind passende Vermisstenmeldung eingegangen war.

3

Um kurz vor sieben kam ich nach Hause und traf meine Tochter Louise und ihren Freund Michael in der Küche an. Sie saßen am Esstisch, hatten beide aufgeklappte Notebooks vor sich stehen und begrüßten mich mit dem unheilschwangeren Satz: »Paps, wir müssen reden.«

»Okay«, sagte ich gedehnt und setzte mich zu ihnen an den runden Kiefernholztisch. »Wird es arg teuer werden?«

»Im Gegenteil«, behauptete Louise. »Vieles wird sogar billiger, weil wir es gar nicht erst kaufen.«

»Na ja«, widersprach Mick. »Manches wird schon teurer.«

Die beiden hatten beschlossen, wir müssten ab sofort mehr für die Umwelt tun. Viel mehr. Mir war nicht entgangen, dass sie in den vergangenen Wochen hin und wieder an einschlägigen Demonstrationen und Fahrradcorsos teilgenommen hatten. Selbst bei schlechtem Wetter.

»Aber immer bloß quatschen und Schilder schwenken, das bringt nichts«, sagte Louise mit Überzeugung. »Wir müssen was tun. Wir alle müssen dringend was tun, sonst geht die Menschheit unter.«

Wie ihre Zwillingsschwester Sarah hatte sie vor wenigen Monaten das magische Alter von achtzehn Jahren erreicht. Ihre langen Haare waren immer noch schwarz gefärbt, während die ihrer eine halbe Stunde älteren Schwester nach wie vor gerstenblond waren. Mick, der seit einem guten Jahr bei uns lebte, war zwei Jahre älter als sie und studierte an der hiesigen Universität Mathematik.

»Ich bin dabei«, sagte ich erleichtert. »Ihr habt schon einen Plan, nehme ich an?«

Selbstverständlich hatten sie den. Stolz präsentierte Louise mir eine Liste der Aktivitäten und Verbesserungen, die sie für kurzfristig realisierbar hielten.

Ganz oben stand: weniger Auto fahren.

»Unser Auto steht sowieso die meiste Zeit bloß rum«, erklärte ich.

Bei vielen Positionen waren wir uns überraschend schnell einig. Mehr Rad fahren, den öffentlichen Nahverkehr nutzen, den Müll akkurater trennen. Überhaupt weniger Müll erzeugen. Weniger Essen wegwerfen. Weniger Kleidung kaufen, dafür von besserer Qualität und Haltbarkeit.

Behältnisse für die Mülltrennung hatten sie schon beschafft, wenn auch aus Kunststoff – das hatte sich in dem Fall wohl nicht vermeiden lassen.

»Ab sofort gibt's keine abgepackte Wurst mehr, kein Obst oder Gemüse in Folie, kein Shampoo aus der Plastikflasche.«

»Das bedeutet natürlich mehr Lauferei beim Einkaufen.«

Auch das hatten sie schon bedacht.

»Shampoo machen wir selber«, wurde ich aufgeklärt. »Seife und Waschmittel auch. Geht total easy. Bei YouTube gibt's jede Menge Videos dazu.«

»Was haltet ihr davon, wenn wir Arbeitsteilung machen?«, schlug ich vor. »Ich geh am Samstag auf den Wochenmarkt und ihr bei Bedarf zum Biometzger und zum Bäcker.«

»In der Bahnstadt und in Neuenheim drüben gibt's sogar Unverpackt-Läden.« Louise wirkte ein wenig überrascht, bei mir auf so wenig Widerstand zu stoßen. »Ist das nicht cool?«

»Seltener und nicht so heiß duschen würde auch was bringen«, fuhr ich fort. »Die Spülmaschine wird nur noch eingeschaltet, wenn sie wirklich voll ist. Und man muss auch nicht jedes T-Shirt in die Wäsche tun, nachdem man es einen halben Tag getragen hat.«

Diesen Vorschlag fand nur Mick gut.

»Was aber meines Wissens am meisten bringt: weniger heizen. Man braucht keine vierundzwanzig Grad im Zimmer, achtzehn oder neunzehn tun's auch. Zieht euch Pullover und dicke Socken an. Zu warme Luft ist sowieso nicht gut für die Atemwege.«

»Echt jetzt?«, fragte meine Tochter verdattert.

»Und euren Plan, nächstes Jahr in Australien Work and Travel zu machen, solltet ihr noch mal kritisch überdenken.«

Nach Louises Abitur planten sie, ein Gap-Jahr einzulegen, um die Welt zu erkunden, vor allem die untere Hälfte, und sich unterwegs hie und da etwas zu verdienen, um die Kosten zu decken. Michael würde sein Studium zu diesem Zweck für zwei Semester unterbrechen, was offenbar kein Problem war. Das Projekt fand ich im Prinzip lobenswert. Reisen bildet, erweitert den Horizont, fördert den Zusammenhalt und die Frustrationstoleranz.

»Ihr habt ja wohl nicht vor, mit dem Rad nach Down Under zu fahren«, setzte ich launig nach.

Die beiden sahen sich an, sahen mich an, dann wieder sich.

»Wieso eigentlich nicht?«, meinte Mick schließlich mit hochgezogenen Brauen. »Wär mal 'ne echte Challenge.«

Louise nickte zögernd, schien jedoch ebenfalls Gefallen an meiner Idee zu finden. »Bis nach China oder Indien wird geradelt, und von dort fahren wir mit einem Frachtschiff nach Australien. Geile Idee, Paps!«

Mich beschlich das Gefühl, soeben einen fatalen Fehler begangen zu haben. Schon sah ich die beiden am Khaiberpass von einer Horde mordlustiger Talibankämpfer umringt.

»Vielleicht fangen wir erst mal klein an«, versuchte ich, das Gespräch wieder in eine weniger beunruhigende Richtung zu biegen. »Wir schreiben jeden Freitag einen Wochenplan, was es wann zu essen gibt. Danach machen wir Einkaufslisten und notieren, wer für die Beschaffung zuständig ist. Wie gesagt, ich gehe freiwillig jeden Samstag auf den Markt.«

»Man kann auch Gemüsekisten bestellen«, fiel Mick ein. »So macht's meine Mama. Jede Woche kommt ein Bauer und stellt ihr eine Kiste voll Grünzeug hin. Je nachdem, was gerade wächst.«

Auf jeden Fall würden wir künftig darauf achten, keine Äpfel mehr zu kaufen, die in Neuseeland gewachsen waren, und keinen Wein aus Kalifornien, Chile oder Australien zu trinken.

Das Projekt »Shampoo aus eigener Herstellung« hatten sie bereits gestartet. Waschmittel planten sie aus Kastanien zu fabrizieren, und Frischhaltefolie sollte durch Bienenwachstücher ersetzt werden. Ein winziges Randproblem dabei war nur, dass unser Folienvorrat noch für Jahre reichen würde.

»Tupperschüsseln und so kommen alle weg«, verkündete Louise tatendurstig. »Ab heute gibt's im Haushalt Gerlach bloß noch Glas oder Blech.«

Und zunächst einmal eine ziemliche Menge Kunststoffmüll.

Mick nickte eifrig. »Und mit der Raumtemperatur, da müssen wir echt was machen, Loui. Wir gucken bei eBay nach einem richtig dicken, fetten Kuschelpulli für dich. Gebraucht, logisch.«

»Sarah macht übrigens auch mit.« Louises Zwillingsschwester war zurzeit in der Stadt, um jemanden zu treffen.

Sie schienen es wirklich ernst zu meinen. Noch vor Kurzem waren solche kreativen Schübe und Weltverbesserungspläne meist nach wenigen Wochen wieder eingeschlafen. Dieses Mal, fürchtete und hoffte ich, würde es anders sein, und im Grunde war es mir ganz recht so. Wie so viele plagte mich schon seit Langem das schlechte Gewissen, weil ich zu denen gehörte, die nicht die nötige Energie aufbrachten, ihr Verhalten ernstlich zu verändern. Womöglich würden meine Kinder mir nun dabei helfen, zumindest in dieser Beziehung ein besserer Mensch zu werden.

Als ich mir später noch ein Gläschen Rotwein gönnte – ein hiesiges Gewächs vom Kaiserstuhl –, dachte ich noch einmal an die kleine Diebin, die jetzt in einem fremden Zimmer unter fremden Menschen vermutlich sehr unglücklich war. Hoffentlich war jemand da, der sich um sie kümmerte und sie tröstete, wenn sie weinte.

»Tut mir leid, ich verstehe es immer noch nicht so richtig.«

Es war Freitagmorgen, und Sven Balke war erneut bei mir wegen des nach wie vor namenlosen Toten, der seit gestern Abend kein Selbstmörder mehr war. Am späten Nachmittag hatten die armen Kollegen, die im Umfeld des Badesees im Regen herumstapften, die Patronenhülse gefunden. Sie war vor nicht allzu langer Zeit abgefeuert worden und vom Kaliber 9 mm Luger, passend zum Geschoss. Allerdings hatte sie nicht an der Stelle gelegen, wo der Unbekannte ins Wasser fiel, sondern auf dem etwa dreihundert Meter entfernten Parkplatz. In der Nähe hatten unsere Spurensicherer mithilfe ihrer chemischen Nachweismethoden außerdem bis zur Unsichtbarkeit verwässerte Blutspuren auf dem Asphalt entdeckt.

Damit war die Sache klar – wir hatten es mit einem Tötungsdelikt zu tun. Nur Balke wollte es immer noch nicht einsehen, seine Hoffnung auf geruhsame Feiertage nicht aufgeben.

»Vielleicht hat irgendein Hirni die Hülse gefunden und auf den Parkplatz geschmissen?«

»Und auch gleich noch ein bisschen Blut dazu geträufelt?«

»Wieso kann dieser blöde Tümpel nicht einen halben Kilometer weiter nördlich liegen?«, grummelte er nach kurzer Pause gekränkt.

Wenige Hundert Meter von der Fundstelle entfernt, verlief die Landesgrenze zu Hessen. Hätte der Unbekannte sich dort erschießen lassen, wäre sein Tod nicht unser Problem gewesen.

»Eines wissen wir immerhin schon mal«, sagte Balke, als er sich frustriert erhob. »Der Täter hat Muckis. Auch wenn sein Opfer nur gut sechzig Kilo wiegt, so ein Gewicht dreihundert Meter weit zu tragen, das schafft nicht jeder.«

Nur drei Stunden später war Balke erneut bei mir. Die beiden Taucher waren mit dem Auftrag im Mannheimer Hafen früher fertig geworden als erwartet und hatten die vermisste Waffe im Heddesheimer Badesee nach kaum mehr als einer halben Stunde gefunden. Und zwar an der Stelle mit dem defekten Zaun wie von Balke schon vermutet. Offenbar hatte der Täter zusammen mit dem Opfer auch gleich die Tatwaffe entsorgt.

»Es ist eine Kahr P9«, erklärte Balke, der seine Enttäuschung vom Morgen inzwischen überwunden zu haben schien. »Typisches Handtaschenpistölchen, leicht, flach, einfach in der Handhabung. Die Blutgruppe des Toten passt übrigens zu den Spuren auf dem Parkplatz.«

»Auf wen ist die Waffe registriert?«

»Auf niemanden. Habe ich schon gecheckt.«

Also handelte es sich vermutlich um eine illegale, aus dem Ausland eingeschmuggelte Pistole.

»Das übliche Programm«, entschied ich. »Stellen Sie ein kleines Team zusammen. Erst mal reichen drei, vier Leute, viel zu tun gibt es bisher ja nicht. Schicken Sie die besten Fotos des Toten an die Reviere im Umkreis von – sagen wir – hundert Kilometern. Vorerst aber noch nicht an die Medien. Vielleicht meldet sich übers Wochenende jemand, der den Mann vermisst.«

Auf die Zeitungsmeldung von der namenlosen Wasserleiche hin waren bisher keine Reaktionen gekommen.

Wir waren zurzeit nur schwach besetzt. Viele Kolleginnen und Kollegen waren schon im Winterurlaub oder würden diesen in Kürze antreten. Rolf Runkel genoss seit Anfang November seinen Ruhestand, und wir hatten noch keinen geeigneten Ersatz für ihn gefunden. Klara Vangelis, meine fähigste und verlässlichste Mitarbeiterin, ließ sich von der mediterranen Sonne das Gesicht wärmen.

»Für den Fall, dass er wirklich mit dem Zug angereist ist, lassen Sie die Zugbegleiter befragen«, fuhr ich fort. »Der Mann kann die Fahrkarte ja weggeschmissen haben.«

»Oder er hatte sie digital auf dem Handy. Das ist übrigens wirklich hinüber. Keine Chance, noch an irgendwelche Daten zu kommen.«

Wenigstens die Speicherkarte war heil geblieben. Darauf waren zwar keine Kontaktdaten oder andere Dinge, die uns hätten weiterhelfen können, aber mehrere hundert Fotos.

»Die klicke ich gleich mal durch. Wenn ich was Interessantes finde, hören Sie von mir«, versprach Balke.

Kurz darauf meldete er telefonisch einen ersten Hoffnungsschimmer. »Auf einem der Fotos ist ein Parkplatz zu sehen, schräg von oben geknipst, vielleicht von einem Balkon oder durch ein Fenster. Das Foto ist zwar verwackelt, aber ich versuche trotzdem, von einem der Autos auf dem Parkplatz das Kennzeichen zu entziffern. Mit etwas Glück …«

Das mit dem Kennzeichen klappte nicht, aber Balke hatte schon zwei Minuten später eine neue Idee: »Da steht ein grüner Ford Mustang, so ein richtig alter aus der Steve-McQueen-Ära. Davon gibt's bestimmt nicht allzu viele in der Kurpfalz.«

So war es, und wenig später kannten wir die Adresse des Hauses, bei dem sich dieser Parkplatz befand: Franz-Kafka-Straße 5 in Dossenheim.

»Das sehen wir uns an«, entschied ich, da ich ohnehin nicht viel auf dem Schreibtisch hatte und von der muffigen Büroluft allmählich Gähnkrämpfe bekam. Der Regen legte netterweise gerade eine Pause ein, und der Himmel hellte sich sogar ein wenig auf.

Dossenheim lag wenige Kilometer nördlich von Heidelberg an der Bundesstraße B 3. Das Haus war ein weitläufig verwinkelter, fünfstöckiger und weiß gestrichener Kasten mit vermutlich eher preiswerten Mietwohnungen. Der Parkplatz war groß, und der Mustang stand noch an derselben Stelle wie auf dem zehn Wochen alten Foto. Die lichten Flecken am Himmel hatten sich schon wieder verzogen, inzwischen nieselte es. Wir stellten uns vor die Kühlerhaube des amerikanischen Sportwagens, sahen nach oben und versuchten, anhand des ausgedruckten Fotos den Balkon zu identifizieren, auf dem der Fotograf gestanden hatte. Letztlich kamen nur vier infrage, aber bevor wir die dazugehörigen Klingelknöpfe drücken konnten, trat eine junge, schrill bunt gekleidete Frau mit Rastafrisur aus der Haustür und wollte wissen, was wir hier machten.

»Soll etwa schon wieder was renoviert werden?«, fuhr sie mich mit kämpferischer Miene an. »Wollt ihr die Miete schon wieder erhöhen?«

Ich zeigte ihr meinen Dienstausweis, Balke eines der Leichenporträts, und bevor er ein erklärendes Wort dazu sagen konnte, rief sie: »Fuck, ist das nicht der Dings, der Gerstner? Aus dem Vierten? Jesus, wie sieht der denn aus? Ist der tot?«

Herr Gerstner hieß mit Vornamen Helge, wusste sie, weil man irgendwann einmal im Treppenhaus einige Worte gewechselt und gemeinsam auf den raffgierigen Hausbesitzer geschimpft hatte. Dummerweise war Helge Gerstner jedoch vor einigen Wochen ausgezogen.

»Ende November, wenn ich mich nicht irre. Eigentlich war er ganz nett, der Helge, bloß ein bisschen schüchtern. Mehr kann ich eigentlich nicht über ihn sagen.«

»Wissen Sie, was er beruflich gemacht hat? Wo er gearbeitet hat?«

»Ich glaub fast, der war arbeitslos. Jedenfalls hat er die meiste Zeit daheim rumgehangen. Wie der sich oft bewegt hat – vielleicht war er auch krank?«

An der Klingel stand immer noch *T. & H. Gerstner.*

»T und H für immer«, erinnerte sich Balke an die Gravur im Ehering des Toten. »Wahrscheinlich ist T. seine Frau.«

Die seit Neuestem leer stehende Dreizimmerwohnung zu besichtigen, war kurzfristig nicht möglich, da der Hausmeister krank und die Hausverwaltung in Frankfurt war. So läuteten wir nach und nach an den übrigen Wohnungen, aber niemand öffnete uns. Einen Aufzug gab es nicht, sodass wir die Treppen bis ins fünfte Obergeschoss zu Fuß bewältigen mussten.

Ganz oben trafen wir dann doch jemanden an, einen offenbar verwirrten Greis, der ständig mit einem Küchenmesser herumfuchtelte und mit kreischender Stimme nach der Polizei rief. Er schien uns für Diebe oder Trickbetrüger zu halten, die an seinen Sparstrumpf wollten, und interessierte sich kein bisschen für unsere Ausweise oder die Beteuerungen, die Polizei sei bereits da.

Balke beschloss, gegen Abend noch einmal herzukommen, in der Hoffnung, dann mehr Bewohner anzutreffen.

Der erste Mensch, der mir nach unserer Rückkehr in der Polizeidirektion über den Weg lief, war die sichtlich schlecht gelaunte Kollegin Ilzhöfer.

»Diese Blödköpfe aber auch!«, schimpfte sie. »Das Jugendamt hat die Kleine in das Heim im Mühltal draußen gesteckt. Und diese Torfköpfe haben ihr ein Zimmer im Erdgeschoss zugewiesen, und wie sie das Mädel heut zum Frühstück holen wollen, da steht das Fenster sperrangelweit offen, und unsere Freundin ist über alle Berge.«

»Hat sie eigentlich Geld?« Während ich die Frage aussprach, fiel mir ein, dass das Kind erst vorgestern Abend ein Portemonnaie gestohlen hatte, in dem sich angeblich über zweihundert Euro befanden.

»Ich hab sie mitsamt ihrem Rucksack abgeliefert, hab das Ding aber nicht groß durchsucht. Ich hab bloß nach einem Ausweis geschaut oder irgendwas anderem, wo ihr Name draufsteht oder wenigstens eine Telefonnummer. Eine Leibesvisitation hab ich natürlich nicht veranstaltet.«

»Die Kollegen in den Streifenwagen sollen die Augen offen halten«, sagte ich. »Mit ihrer signalfarbenen Jacke fällt sie ja zum Glück auf.«

4

Am Montagmorgen erwarteten mich zwei Neuigkeiten im Büro: Die kleine Taschendiebin war wieder bei uns, gut bewacht im Büro von Kollegin Ilzhöfer, und der Ermordete vom Heddesheimer Badesee war tatsächlich Helge Gerstner. Balke hatte sein Foto am Freitagabend einigen seiner früheren Nachbarn gezeigt, und alle hatten ihn wiedererkannt.

Zur Welt gekommen war Gerstner 1982 in Schwetzingen, hatte Balke bereits herausgefunden. Seine Eltern waren vor über zwanzig Jahren verstorben, Geschwister hatte er keine gehabt.

»Die dortigen Kollegen haben übers Wochenende ein bisschen in der Nachbarschaft herumgefragt, aber kaum jemand kann sich noch an die Familie erinnern.«

Bis vor zwei Jahren war Helge Gerstner berufstätig gewesen, anschließend einige Zeit arbeitslos und später Frührentner.

»Wo er vorher angestellt war, konnte mir niemand sagen. War wohl nicht besonders gesprächig, der Typ. Allzu viel Geld scheint er jedenfalls nicht gehabt zu haben. Wenn ich richtig rechne, hat er nicht mal zwanzig Jahre in die Rente eingezahlt.«

»Waren Sie inzwischen in der Wohnung?«

Balke schüttelte den Kopf. »Der Hausmeister liegt immer noch mit seiner Grippe im Bett. Am Telefon sagte er mir aber, die Nachbarin gegenüber hätte einen Schlüssel zur Wohnung, eine Frau Ziller. Die habe ich aber bisher noch nicht erreicht. Außerdem sagt er, Gerstner hätte eine kleine Tochter gehabt.«

Die hieß Marie und war neun Jahre alt. Mein Mitarbeiter hatte auf der Speicherkarte aus Gerstners ertrunkenem

Smartphone Fotos des Mädchens gefunden und zeigte mir eines davon.

»Süßes Mädel, finden Sie nicht?«

Ich sank in meinen Sessel zurück und schloss die Augen.

»Herr Gerlach? Irgendwas nicht in Ordnung?«

»Das süße Mädel sitzt zurzeit bei uns im Erdgeschoss. Sie hat geklaut und sich erwischen lassen, und jetzt …«

Jetzt saß das arme Kind bei Frau Ilzhöfer, fuhr auf einem Schreibtischsessel Karussell und wusste vermutlich noch nicht einmal, dass es keinen Vater mehr hatte.

»Wissen wir schon was über die Frau?«, fragte ich.

»Hab ich noch nicht gecheckt, sorry.«

Ich zog mein Notebook näher zu mir heran und tippte den Namen Gerstner in eine Suchmaske.

»Sie hatten recht«, sagte ich Sekunden später. »Die Frau heißt Tanja mit Vornamen, Mädchenname Schwarz. Dann ist sie wohl Maries Mutter.«

Somit war die Kleine doch nicht ganz allein auf der Welt. Aber weshalb hörte man nichts von dieser Mutter? Warum hatte niemand in Gerstners Nachbarschaft sie erwähnt? Warum hatte sie ihr Kind nicht längst als vermisst gemeldet? Noch einmal sah ich mir das Foto an. Es war unsere Taschendiebin, keine Frage. Das Haar war länger, das Gesicht voller, um den Mund spielte ein charmantes, spitzbübisches Lächeln, das ich bisher nicht an ihr gesehen hatte.

Seufzend stemmte ich mich aus dem Sessel.

Die Kollegin Ilzhöfer freute sich über meinen Besuch.

»Wo haben Sie sie diesmal geschnappt?«, fragte ich.

»Im Kaufhof an der Hauptstraße. Sie ist einem Hausdetektiv aufgefallen.«

Die kleine Delinquentin saß auf demselben Drehstuhl wie beim letzten Mal, hatte jedoch anscheinend den Spaß am Karussellfahren verloren. Die Hände hatte sie unter die Oberschenkel geklemmt, den Blick stur auf irgendeinen Punkt von Frau Ilzhöfers Schreibtisch gerichtet.

»Hat sie wieder geklaut?«

»So weit ist es gar nicht gekommen.«

»Hallo, Marie«, sagte ich freundlich zu dem Mädchen.

Es zuckte zusammen, als wäre es von einem Tier gebissen worden. Ich bedeutete der Kollegin, uns allein und die Tür offen zu lassen. Dann setzte ich mich auf den Schreibtischsessel der Kollegin.

»Du machst ja Sachen!«

Marie hockte mit wieder einmal zusammengepressten Lippen auf ihrem Stuhl, starrte die Wand hinter mir an und stellte sich tot. Ich versuchte ihr klarzumachen, dass es keine gute Idee gewesen war, aus dem Kinderheim zu fliehen.

»Es gibt auch Heime mit Fenstern, die man nicht aufmachen kann, weißt du? Mit dicken Türen und Schlössern dran.«

Sie zog es weiter vor, meine Anwesenheit zu ignorieren.

»Früher habt ihr in Dossenheim gewohnt, habe ich rausgefunden, deine Eltern und du.«

Keine Reaktion.

»Aber vor ein paar Wochen seid ihr umgezogen.«

Immer noch nichts.

»Wohin? Wo habt ihr zuletzt gewohnt?«

Sie senkte erst den Blick, dann den Kopf.

»Habt ihr eine schönere Wohnung gefunden? Schöner als die in Dossenheim? Oder größer? Hast du ein eigenes Zimmer gekriegt?«

Kaum merkliches Kopfschütteln.

»Wo ist deine Mama?«

Nichts.

»Sie ist doch nicht wirklich in Amerika, oder?«

Stille.

»Du und dein Papa, ihr habt aber nicht ... auf der Straße gelebt?«

Immerhin ein etwas deutliches Kopfschütteln.

Noch einmal fragte ich: »Wo bist du daheim, Marie? In der Nähe von der alten Wohnung oder weiter weg?«

Schweigen.

»Ist es schön da? Schöner als in Dossenheim?«

Kopfschütteln.

»Wohnt deine Mama auch da?«

»Die ist doch in Amerika«, wisperte Marie mit feuchten Augen.

»Willst du mir nicht sagen, wo du und dein Papa jetzt wohnt, oder darfst du es nicht?«

Die Unterlippe begann zu zittern, und Sekunden später strömten die Tränen.

»Komm mal mit«, sagte ich und versuchte, ihre Hand zu ergreifen.

Doch sie fuhr zurück, als würde sie sich vor mir ekeln. Nachdem ich noch ein Weilchen auf sie eingeredet hatte, packte sie schließlich doch ihren Rucksack und folgte mir mit zwei Schritten Abstand. Dieses Mal machte sie keinen Versuch wegzulaufen. Hintereinander stiegen wir die Treppen zu meinem Büro im zweiten Obergeschoss hinauf, wo ich sie in Sönnchens Obhut gab.

»Hier hast du es gemütlicher als unten im Erdgeschoss. Aber du versprichst mir, dass du nicht wieder abhaust, okay?«

Nicken. Schwach nur, aber immerhin.

»Ehrenwort?«

Etwas entschiedeneres Nicken.

Die Tränen waren inzwischen versiegt, die Lippen immer noch zusammengepresst, als dürfte kein einziges Wort ihren kleinen Mund verlassen. Ich ließ die beiden allein, betrat mein Büro und schrieb Sönnchen eine E-Mail, in der ich ihr erklärte, weshalb sie so überraschend zur Pflegemutter einer schweigsamen Neunjährigen geworden war. Wie ich durch die geschlossene Tür hören konnte, war sie ihrer neuen Rolle vollauf gewachsen. Sie organisierte Kakao für Marie, gab ihr ein Stück von einem Kuchen, der von der Weihnachtsfeier übrig geblieben war, stellte ihr nebenbei Fragen, auf die sie so wenig Antworten erhielt wie ich. Was mir auffiel: Marie lachte nie. Nicht einmal ein verschämtes Kichern hörte ich von ihr. Was mochte sie erlebt haben, dass sie seit Neuestem die Heidelberger Altstadt unsicher machte, ihr Essen stehlen musste und nicht verraten wollte oder durfte, wo sie wohnte? Wusste sie vielleicht schon, dass ihr Vater nicht mehr lebte? War sie womöglich Zeugin des Mordes geworden und deshalb Hals über Kopf geflohen?

Balke rief an, um mir mitzuteilen, niemand in dem Haus in Dossenheim habe Maries Mutter jemals zu Gesicht bekommen. Gerstner hatte sich als alleinerziehender Vater, Arbeitsloser oder Frührentner die große Wohnung nicht mehr leisten können, mutmaßten wir. Er hatte eine billigere Bleibe für sich und sein Kind gesucht, und dann musste etwas vorgefallen sein, das dazu geführt hatte, dass er erschossen wurde und Marie auf der Straße landete. Gerstners Vorstrafenregister war blütenrein, hatte Balke inzwischen eruiert, das Führungszeugnis makellos. Offiziell wohnte er immer noch in Dossenheim.

»Was ist mit der Frau?«, fragte ich. »Haben Sie über die schon irgendwas rausgefunden?«

Das hatte er immer noch nicht. Laila Khatari, die er inzwischen als Verstärkung akquiriert hatte, begann gerade erst, Gerstners Umfeld auszuleuchten, Bekannte zu finden, Freunde, Verwandte. In wenigen Stunden würden wir hoffentlich mehr wissen. Vor allem auf Maries Mutter setzte ich Hoffnungen. Und auf die Nachbarin, die einen Schlüssel zu Gerstners Wohnung hatte. Vielleicht würde es ja doch noch klappen mit friedlichen und sorgenfreien Weihnachten. Bis zum 24. Dezember blieben uns noch dreieinhalb Tage. In dieser Zeit konnte eine Menge geschehen.

Mein Wochenende war herrlich erholsam gewesen. Theresa hatte keine Zeit für mich gehabt, da sie mit ihrer Freundin Viola zusammen ein Musical in Köln besuchte. So hatte ich die zwei Tage mit Lesen, Entspannen und Faulenzen verbracht. Da es die meiste Zeit regnete, hatte ich die Wohnung nur am Samstagvormittag verlassen, um auf dem

Wochenmarkt in Rohrbach einige Einkäufe zu erledigen. Meine Töchter und Mick hatten an ihrem Weltverbesserungsprojekt gearbeitet, mich nur manchmal mit Fragen, dezenter Kritik oder meist erstaunlich vernünftigen Vorschlägen behelligt. Ich hatte nur hin und wieder »ja« zu sagen brauchen, und kein einziges ihrer Anliegen hatte dazu geführt, dass ich mich von der Couch erheben musste.

Unter anderem sollte unbedingt ein wasser- und energiesparender Duschkopf angeschafft werden. Dagegen war nichts einzuwenden, da der alte ohnehin restlos verkalkt und verrottet war. Mein eigener Versuch, einen neuen zu kaufen, hatte im Sommer dazu geführt, dass ich meinen geliebten, neunzehn Jahre alten Peugeot 504 zu Schrott fuhr. Auch an der Toilettenspülung wollten meine Mädchen irgendwelche Veränderungen vornehmen mit dem Ziel, den Wasserverbrauch zu senken. Den Spalt am unteren Rand der Wohnungstür würden sie mit einer Art Borstenleiste abdichten, sodass wir nicht mehr sinnlos das Treppenhaus heizten. Auch mit der Dichtheit der Fenster waren sie unzufrieden, und die Waschmaschine musste dringend gegen ein zeitgemäßes Modell ausgetauscht werden. Praktischerweise hatten sie im Internet bereits ein gebrauchtes Gerät gefunden, das nur hundertfünfzig Euro kosten sollte. Außerdem hatten sie die alte Maschine dort angeboten, für achtzig Euro, sodass auch dieser Teil des Projekts keinen größeren finanziellen Flurschaden anrichten würde.

Noch selten hatte ich sie so engagiert und kreativ erlebt, und das Schöne dabei war, dass ich mich ein wenig als Retter der Menschheit fühlen durfte, ohne mehr zu tun, als hin und wieder zu nicken und die überschaubaren Kosten zu tragen.

Den Sonntag hatten Louise und Mick damit verbracht, im Internet Reiseberichte zu lesen von Menschen, die eine ähnlich weite und waghalsige Radtour gemacht hatten, wie sie es vorhatten. Noch hatte ich Hoffnung, dass das Vorhaben schon vor Beginn an den geografischen und politischen Bedingungen scheitern würde. Der letzte Stand der Planung, von dem ich Kenntnis erhielt, lautete: die Donau abwärts bis zum Schwarzen Meer, dann südwärts über Bulgarien, die Türkei, den Libanon, Israel, Saudi-Arabien bis Oman. Von dort wollten sie per Schiff nach Indien übersetzen und so weiter und so weiter. Dem Alter, in dem man seine Kinder durch Verbote oder Versprechungen von einem solchen Wahnsinnsplan abbringen konnte, waren die beiden leider entwachsen.

»Das da draußen ist sie?«, fragte Balke, als wir am frühen Nachmittag zu dritt in meinem Büro saßen, um die neuesten Erkenntnisse auszutauschen. Er hatte die junge, aufgeweckte und überaus fleißige Kollegin Laila Khatari mitgebracht, die es nach meiner Einschätzung noch weit bringen würde. Marie saß im Vorzimmer an einem Tisch und malte still und mit verbissenem Eifer ein Bild nach dem anderen. Ich hatte inzwischen nach einer geeigneten Psychologin telefoniert, die sich des Mädchens annehmen könnte, war aber bislang nicht fündig geworden.

In den vergangenen Stunden hatte sich manches geklärt. Helge Gerstner war bereits mit Tanja verheiratet gewesen, als Marie zur Welt kam. Seine Frau stammte aus Hamburg und war angeblich eine dunkelhaarige Schönheit.

»Gewohnt haben sie anfangs in einem gemieteten Haus in Kirchheim. Als Marie zwei war, sind sie dann nach Dossenheim gezogen.«

Die Nachbarin mit dem Schlüssel ging immer noch nicht an ihr Telefon. Auch der kranke Hausmeister wusste nicht, wo sie abgeblieben war. Jemand von der Hausverwaltung hatte Balke jedoch nach einigem Nörgeln die Handynummer der, wie es hieß, schon etwas betagten Dame verraten.

»Wenn ich da anrufe, kriege ich immer nur die Ansage, die Nummer sei zurzeit nicht erreichbar«, berichtete Balke.

»Dann reden Sie doch mal mit den früheren Nachbarn in Kirchheim«, schlug ich vor. »Vielleicht hat ja von denen jemand in letzter Zeit noch Kontakt zu Gerstner gehabt.«

Balke winkte ab. »Ich muss leider passen. Arzttermin.«

Seit er im vergangenen Sommer bei einem harmlosen Routineeinsatz um ein Haar getötet worden wäre, musste er regelmäßig ins Uniklinikum zu Kontrolluntersuchungen. Obwohl ihn nicht die geringste Schuld an den dramatischen Vorkommnissen auf der Theodor-Heuss-Brücke traf, schien ihm dieser Umstand merkwürdigerweise peinlich zu sein.

Laila hingegen, eine kleine, zarte Frau Mitte zwanzig mit dunkler Kurzhaarfrisur, freute sich wie ich darauf, an die frische Luft zu kommen. Fast alle Polizistinnen und Polizisten, mit denen ich jemals zu tun hatte, hassten Schreibtischarbeit.

Eine halbe Stunde später stiegen Laila und ich in einer ruhigen Wohnstraße im Westen Heidelbergs aus unserem zivilen Dienstwagen. Die Autobahn war nicht weit, der Wind wehte das Rauschen und Zischen von Reifen auf nassem Asphalt zu uns herüber. Der Regen hatte vorübergehend aufgehört. Nach der Helligkeit im Westen zu schließen, vielleicht sogar für länger. Die Luft war kalt. Der Wetterbericht hatte für die kommenden Tage sogar mit Schnee gedroht.

»Das da drüben ist es.« Laila deutete auf eines der Einfamilienhäuser auf der anderen Straßenseite. »Nummer siebzehn.«

Die Häuser schienen in den Fünfziger- oder frühen Sechzigerjahren entstanden zu sein, als man sich noch große Grundstücke leisten konnte. Auch die ursprünglich eher schlichten Gebäude waren geräumig. Über die Jahre hatte sich Wohlstand breitgemacht, was daran abzulesen war, dass überall mit mehr oder weniger Geschick renoviert, umgebaut oder vergrößert worden war. Man hatte Fenster ergänzt, Wintergärten angebaut, billige Haustüren durch eindrucksvolle Portale ersetzt und Carports errichtet.

Nummer siebzehn war das gepflegteste von allen, offenbar grundlegend instand gesetzt und geschmackvoll modernisiert. Die vorherrschenden Farben waren weiß und dunkelbraun, der Stil war Bauhaus-inspiriert. Auch der Zustand des Vorgartens verriet, dass die Bewohner Wert auf ein stilvolles Ambiente legten.

Wir läuteten, aber niemand öffnete uns. So versuchten wir unser Glück bei Nummer fünfzehn. Dort empfing uns eine Frau mittleren Alters, die uns mit hochgezogenen Brauen und misstrauischem Blick musterte. Beim Anblick unserer Dienstausweise erblasste sie, beruhigte sich jedoch wieder, als sie hörte, es gehe nur um ihre ehemaligen Nachbarn.

»Ich dachte schon, es ist wieder was mit Claus«, stieß sie hervor und seufzte.

Claus war ihr Sohn – gerade zwanzig geworden und mit einem Hang zu hubraumstarken Motoren und hohen Geschwindigkeiten. »Erst im Oktober hat er einen schweren Unfall gehabt. Seither bekomme ich jedes Mal Gänsehaut, wenn Fremde vor der Tür stehen.«

Sie bat uns herein, führte uns in ein für meinen Geschmack etwas zu modern und rechtwinklig eingerichtetes Wohnzimmer, in dem es nach Rosen duftete, obwohl nirgendwo Blumen zu sehen waren. Mitten im Raum stand ein beeindruckend großer Tannenbaum, geschmückt mit goldenem Lametta und Kugeln und tausend aufgeregt blinkenden Lichtlein.

Die Dame des Hauses war eine Spur zu groß und breit geraten, jedoch keineswegs unattraktiv. Sie trug einen taubenblauen Kaschmirpullover zu einem aschgrauen, knielangen Rock. An der Klingel hatte ich den Namen Däublein gelesen.

»Ein Kaffee gefällig? Sie haben freie Auswahl«, erklärte sie breit lächelnd. »Espresso, Café au Lait, Cappuccino, Latte … Außerdem habe ich siebzehn Sorten Tee anzubieten: Assam, Earl Grey, Darjeeling, diverse Kräutertees …«

»Für mich bitte eine Latte«, bat Laila erschrocken.

Ich begnügte mich mit einem Glas Wasser.

»Ach ja, die Gerstners.« Frau Däublein seufzte schwer, als wir endlich am eckigen Chrom-und-Rauchglas-Couchtisch Platz nahmen. Sie auf einer signalroten Ledercouch, Laila und ich in üppigen und sehr bequemen weißen Sesseln. »Wenn ich offen sprechen darf: Richtig warm geworden sind mein Mann und ich nie mit den Leuten.«

»Wie waren sie denn so?«, fragte Laila.

Während der Fahrt hatten wir vereinbart, dass ich ihr heute die Gesprächsführung überlassen würde.

»Schwierig. Die Abneigung beruhte durchaus auf Gegenseitigkeit. Aber ich meine etwas anderes. Sie haben einfach nicht hierher gepasst. Sehen Sie, mein Mann ist Steuerberater mit eigenem Büro und fünf Angestellten. Dr. Großfuß von Nummer zwölf war bis zu seiner Pensionierung Oberstudiendirektor am Hölderlin-Gymnasium. Die Nachbarn links von ihm, übrigens auch beide promoviert, betreiben in der Innenstadt ein exquisites Antiquariat, und dann plötzlich diese – verzeihen Sie – Proletenfamilie. Die Frau – ich kann es nicht anders ausdrücken, tut mir leid – ein Flittchen und dumm wie Bohnenstroh. Auch der Mann eher einfach gestrickt, man wusste ja nicht einmal, wie und wo er sein Geld verdient hat. Kurz und gut, sie passten nicht hierher. Weder vom finanziellen noch vom kulturellen oder intellektuellen Niveau her.«

»Anscheinend hatten sie aber genug Geld, um sich so ein schönes Haus leisten zu können«, warf Laila ein.

»Es hat ihnen natürlich nicht gehört.« Frau Däublein lachte abfällig. »Die Miete war meines Wissens äußerst günstig, weil der Vertrag befristet war. Das Ehepaar Clarin, beide übrigens seeehr erfolgreiche Innenarchitekten, war für einige Zeit in den Staaten drüben. Gerstner und seine … hm … Frau hätten sich ohnehin bald wieder etwas anderes suchen müssen. Etwas, das ihren finanziellen Möglichkeiten eher entsprach.«

Wie eine Dreizimmerwohnung in Dossenheim zum Beispiel.

»Sie haben vermutlich einiges mitbekommen davon, wie es nebenan zugegangen ist.«

Frau Däublein strich eine ihrer kastanienbraunen Locken hinters Ohr, nahm ein Schlückchen von ihrem Espresso doppio und verdrehte theatralisch die graugrünen Augen.

»In der Tat. Und leider nicht immer Erfreuliches. Um die Wahrheit zu sagen, sie haben viel gestritten, die beiden. Worüber, weiß ich nicht und will ich auch nicht wissen. Ja, es war häufig laut da drüben, sehr laut. Das Gezänk, die ewige Musik und dazu das ständig schreiende Kind ...«

Helge Gerstner und seine junge Frau waren offenbar Hardrock-Fans und im Besitz einer leistungsstarken Stereoanlage gewesen.

»Hübsch war sie ja, die Tanja, das muss ich zugeben, beneidenswert hübsch. Und blutjung. Anfangs habe ich mich gefragt, ob sie überhaupt schon volljährig war.«

»Und Marie?«

Wieder nippte sie an ihrem Tässchen.

»Dass das Kind nicht taub geworden ist bei dem ständigen Lärm, grenzt an ein Wunder.«

Als die kleine Familie einzog, war Marie noch nicht auf der Welt gewesen.

»Übrigens haben sie kein Umzugsunternehmen beschäftigt wie normale Menschen, sondern alles selbst gemacht. Aber sie hatten ja auch nicht viel zum Umziehen.«

»Die Eltern haben also öfters gestritten ...«

»Täglich. Vor allem im Sommer, wenn die Fenster offen standen, war es oft kaum zu ertragen. Da wurde gezetert und gebrüllt, Türen wurden geknallt und die Musik noch lauter gedreht. Hinzu kam, dass Helge in seiner Freizeit viel im Haus gearbeitet hat. Unentwegt hat er gehämmert und gebohrt und geschliffen. Und wenn es ausnahmsweise einmal ruhig war, dann hat todsicher das Kind geschrien. Glauben Sie mir, niemand hier war traurig, als sie endlich ihre Siebensachen gepackt haben.« Frau Däublein lachte herablassend. Laila nahm einen Schluck von ihrer Latte macchiato. »Knapp zwei Jahre sind sie geblieben, hab ich gelesen.«

Unsere Gastgeberin zog die noch beneidenswert faltenfreie Stirn kraus, blinzelte über unsere Köpfe hinweg. »Das mag stimmen, ja. Aber, ach, das hatte ich völlig vergessen: Die Frau war schon früher weg. Sie war Monate vorher … ausgezogen.«

Laila machte sich eine Notiz auf ihrem Smartphone.

»Sie hat ihren Mann mit dem kleinen Kind sitzen lassen?«, fragte sie verwundert und sah wieder auf.

»So war es, ganz richtig. Auf und davon ist sie. Ungefähr ein Vierteljahr bevor er dann auch das Feld geräumt hat. Auf einmal war sie nicht mehr da, von heute auf morgen. Mein Mann und ich haben sogar überlegt …« Sie verstummte, senkte den Blick, sah wieder auf. »Er ist tot, sagen Sie?«

»Leider. Nach allem, was wir bisher wissen, ist er ermordet worden.«

Frau Däublein nickte, als hätte sie nichts anderes erwartet. »Ich weiß nicht, ob ich es sagen soll …«

»Sagen Sie es ruhig. Alles kann wichtig sein.«

»Es ist nämlich … Es ist mir ein wenig peinlich, aber mein Mann und ich, wir haben einige Zeit sogar überlegt, ob er sie nicht umgebracht hat.«

Bei den letzten Worten hatte sie sich weit vorgebeugt und die Stimme bedeutungsvoll gesenkt.

»Niemand hat gesehen, wie sie gegangen ist. Das war alles … so merkwürdig. Anfangs ist uns nur aufgefallen, dass es drüben plötzlich keinen Streit mehr gab. Dann haben wir bemerkt, dass man sie überhaupt nicht mehr zu Gesicht bekam. Anzeige wollten wir letztlich aber doch nicht erstatten. Man möchte sich ja nicht ohne Not lächerlich machen, nicht wahr?«

»Wissen Sie noch, bei welcher Firma er gearbeitet hat?«

Frau Däublein schüttelte seufzend ihren Lockenkopf. Auch sonst konnte sie nicht mehr viel Erhellendes beitragen.

»Er hat wohl aus der Gegend gestammt, aber ein leidliches Hochdeutsch gesprochen. Sie war aus dem Norden, das hat man gehört. Wir haben auf Hamburg getippt, dieses hanseatische ›s‹, Sie wissen schon. Aber wenn ich ehrlich sein darf – der Background dieser Leute war mir von Herzen gleichgültig.«

5

Die seeehr erfolgreichen Innenarchitekten bewohnten ihr Eigenheim seit dem Auszug der unbeliebten Mieter wieder selbst, waren jedoch immer noch nicht zu Hause. So versuchten wir unser Glück bei Hausnummer neunzehn. Hier begrüßte uns ein freundliches Paar im Rentenalter. Der Name an der Tür lautete Anheuser.

»Wir haben's schon gehört«, sagte der massige, grauhaarige Mann schnaufend, als wir unsere Ausweise vorzeigten. »Der Gerstner ist tot. Die Frau Däublein hat uns gleich angerufen.«

»Wie furchtbar!«, rief seine Frau, die schräg hinter ihm stand und zwei Köpfe kleiner war als ihr Gatte. »Was passiert denn jetzt mit Marie? Wie alt ist sie eigentlich inzwischen?«

Ich schätzte die beiden auf Anfang siebzig. Die Frau trug ein apartes, lindgrünes Kleid und drollige Silberlöckchen auf dem Kopf, er eine abgewetzte Jeans und einen verblichenen und hoffnungslos aus der Form gegangenen Schlabberpulli.

»Neun«, sagte ich. »Derzeit ist sie in unserer Obhut.«

»Und Tanja? Wie geht's der?«

»Das wissen wir nicht«, sagte Laila. »Wir haben sie bisher nicht finden können.«

»Ja … aber dann ist die Kleine ja ganz allein. Gibt es Verwandte, oder muss sie jetzt etwa in ein Heim?«

»Das ist alles noch nicht geklärt«, sagte ich. »Wir stehen noch ganz am Anfang. Wir hoffen vor allem, dass wir ihre Mutter bald finden.«

»Haben sie denn später wieder zusammengelebt?«, fragte Frau Anheuser über die Schulter ihres Mannes hinweg. »Der Helge und seine Tanja?«

Nun ließ ich Laila wieder den Vortritt: »Jedenfalls stehen beide Namen an der Klingel, wo sie zuletzt gewohnt haben. Aber es ist alles ein bisschen komisch, ehrlich gesagt.«

»Und wenn Sie die Tanja ... Ich meine, wenn Sie sie nicht finden? Was wird dann aus Marie?«

»Wenn es gar nicht anders geht, kommt sie wahrscheinlich in eine Pflegefamilie, wo sie es gut hat.«

»Wär's vielleicht okay, wenn wir reingingen?«, fragte Laila, die sichtlich fror.

»Aber natürlich«, rief Frau Anheuser erschrocken. »Gott im Himmel, wir lassen Sie hier einfach in der Kälte stehen. Kommen Sie doch, kommen Sie bitte. Die Schuhe können Sie anlassen.«

Beim Ehepaar Anheuser ging es eher kleinbürgerlich zu. Die mit braunem Leder bezogene Couchgarnitur war vielleicht vor vierzig Jahren modern gewesen, die aufwendig gerahmten und überwiegend großformatigen Fotos an der Wand zeigten größtenteils Landschaften und Sonnenuntergänge am Meer. Es roch nach frisch gebackenem Kuchen und älteren Herrschaften, die es gerne warm hatten. Der Weihnachtsbaum war noch nicht aufgestellt. Dafür machte sich auf dem Couchtisch ein riesiger, vermutlich selbstgefertigter Adventskranz breit, der schon dramatisch Nadeln verlor und kräftig weihnachtlichen Duft verströmte.

»Wir wollen uns schon länger mal was Neues kaufen«, entschuldigte sich der Hausherr mit Blick auf das Mobiliar. »Aber irgendwie – man hat sich halt dran gewöhnt, an das alte Zeug, nicht wahr?«

Seine Frau bot frisch zubereitete Zitronenlimonade an, die wir gerne akzeptierten. Der Kaffee bei Frau Däublein war kriminell stark gewesen, hatte mir Laila berichtet.

»Sie ist so eine Süße gewesen, die kleine Marie, so ein Sonnenschein. Oft war sie bei uns, nicht wahr, Richard?«

Herr Anheuser nickte mit grimmigem Blick.

»Der Helge hat ja unter der Woche arbeiten müssen, und der Tanja ist es oft zu viel geworden mit dem Kind. Da ist sie froh gewesen, dass Marie bei uns gut aufgehoben war, nicht wahr, Richard?«

Herr Anheuser nickte mit einer Miene, als würden gerade weltbewegende Themen besprochen.

»Bloß stillen konnt ich die Kleine natürlich nicht.« Sie kicherte verschämt und strich sich durchs silberne Lockenhaar. »Aber die Tanja hat sie ja sowieso bald abgestillt, und Fläschchen machen, das konnt ich natürlich noch, nicht wahr, Richard?«

Herr Anheuser nickte, als wäre seine Frau amtierende Weltmeisterin im Anwärmen von Baby-Fertigmilch.

»Wir haben gehört, es hätte manchmal Streit gegeben nebenan«, sagte Laila.

Nun ergriff der Mann das Wort. »Gut, ja. Aber wie meine Beatrix und ich jung waren, da haben wir uns auch manchmal gestritten, gell, Bea? Wenn man jung ist, dann muss man sich erst mal zusammenraufen, das ist doch ganz normal. Und dass junge Leute manchmal die Musik ein bisschen lauter drehen, das ist auch normal. Manche Leute sollten sich nicht so anstellen, finde ich.«

»War Frau Gerstner krank?«, fragte ich mit Blick auf die Frau.

»Körperlich nicht. Aber die Seele. Oft ist sie traurig gewesen, ist den halben Tag im Bett geblieben. Mit ihrer Rolle als Mutter ist sie gar nicht zurechtgekommen. Wir haben gedacht, das gibt sich mit der Zeit, sie muss sich erst daran gewöhnen, dass sie jetzt ein Kind hat. Aber so war's nicht. Sie hat sich nicht dran gewöhnt. Im Gegenteil. Immer empfindlicher ist sie geworden, nicht wahr, Richard?«

Laila übernahm wieder: »Wie war das eigentlich, als sie ausgezogen ist?«

»Ausgezogen kann man ja nicht sagen«, antwortete Frau Anheuser mit unglücklicher Miene. »Eines Tages ist sie einfach nicht mehr da gewesen. Erst haben wir es gar nicht gemerkt, man hat sie sowieso oft länger nicht gesehen. Aber dann läutet irgendwann der Helge bei uns und fragt, ob wir tagsüber auf seine Kleine aufpassen können, weil die Tanja verreist ist.«

»Hat er gesagt, wohin sie gefahren ist?«

»Nur, dass sie ein paar Tage Erholung braucht. Aber sie ist nicht zurückgekommen.«

»War vielleicht vorher ein besonders schlimmer Streit gewesen?«

Die beiden Alten sahen sich an. Zuckten gleichzeitig die Schultern. Auch sie konnten nicht sagen, wann genau Maries Mutter verschwunden war.

»Wir wissen schon, was manche Leute rumerzählen, dass der Helge die Tanja umgebracht hätte«, brummte Herr Anheuser mit abgewandtem Blick. »Aber, entschuldigen Sie, ich persönlich halte das für gequirlten Quark. Ein ausgemachter Blödsinn ist das. Der Helge ist ein anständiger Kerl gewesen, der es nicht leicht gehabt hat im Leben.«

»Immer ist er so lieb gewesen zu der kleinen Marie«, stimmte die Frau in sein Loblied ein. »Nach der Arbeit hat er mit ihr gespielt, wenn das Wetter gut war, im Garten. Er hat ihr einen Sandkasten gebaut und Liedchen vorgesungen, hoppe Reiter gespielt, was man halt so macht mit kleinen Kindern. *Er* hat ihr das Laufen beigebracht, nicht sie.«

»Ich bin überzeugt, das erste Wort, das Marie gesagt hat, war ›Papa‹«, fügte ihr Mann hinzu. »Als Mutter hat sie nichts getaugt, die Tanja, aber auch gar nichts. Ob sie sonst viel getaugt hat, sollen andere beurteilen. Ich persönlich glaub's ja nicht.«

»Richard!«, ermahnte ihn seine Frau leise und legte ihre Rechte auf seine Linke.

»Wenn's aber doch wahr ist«, murrte er. »Wie oft hab ich gesehen, wie sie erst am Morgen heimgekommen ist. Sie müssen wissen, ich war bis zur Rente Schichtführer bei der Heidelberger Druck. Hab morgens oft früh rausmüssen. Und da hab ich mehr als einmal gesehen, wie sie um fünf, halb sechs ins Haus geschlichen ist.«

»Sie nehmen an …?«, fragte ich.

»Also, gearbeitet hat sie bestimmt nichts in den Nächten. Hörner hat sie ihm aufgesetzt, das ist für mich klar wie Kloßbrühe. Ich weiß, Bea, du willst das nicht hören, aber so ist es nun mal, jawohl.«

Frau Anheuser schwieg für Sekunden betroffen. Dann sah sie wieder auf und fragte: »Möchten Sie vielleicht Fotos sehen?«

»Liebend gern«, erwiderte ich.

Mit für ihr Alter überraschender Behändigkeit sprang sie auf, machte sich an einem Bücherschrank mit verglasten Türen zu schaffen, kam mit einem dicken, in rehbraunes Leder gebundenen Album zurück. Sie blätterte kurz und wuchtete das schwere Ding dann auf den Couchtisch, dessen Platte aus grauem, wild gemustertem Marmor bestand. Der Hausherr nutzte die Pause, um die dicken, roten Kerzen auf dem Adventskranz anzuzünden.

»Ich hab immer viel fotografiert«, sagte er nebenbei, jetzt wieder ruhiger. »Seit alles nur noch digital geht, hab ich die Lust dran verloren. Man macht hundertmal so viele Bilder wie früher und schaut sie hinterher nicht mal an. Wer hat schon die Nerven, zwei-, dreitausend Urlaubsfotos durchzugucken, um die besten rauszusuchen? Man speichert den Mist irgendwo, um ihn sich irgendwann später in Ruhe anzusehen. Aber dieses Später, das sag ich Ihnen, das kommt nie.«

Wir bekamen etwa fünfzig Aufnahmen zu sehen, die Hälfte davon zeigten ein knuddeliges Baby, das zügig wuchs und Speck ansetzte, plötzlich sitzen konnte und ohne fremde Hilfe an buntem Spielzeug lutschen, schließlich erste Schritte im Anheuser'schen Garten machte. Die Bilder, die mich mehr interessierten, waren die von Maries Mutter. Sie war eine schmale Frau mit großen, dunklen Kinderaugen und meist verschlossener Miene. Sie hatte mal langes, mal kurzes, mal lockiges, mal glattes, aber immer schwarzes Haar, trug gerne Kleider in derselben Farbe, nur selten Schmuck. Ihre Haut war ungewöhnlich blass, als würde sie die Sonne fürchten. In den wenigen Fällen, wo sie ihr Töchterchen im Arm hatte, war offensichtlich, dass sie mit diesem Bündel Mensch nichts Rechtes anzufangen wusste. Ich suchte mir die drei besten Aufnahmen heraus, und Herr Anheuser machte sich damit auf den Weg in sein Arbeitszimmer im Obergeschoss, um sie für mich einzuscannen.

»Ich weiß nicht, ob er recht hat«, sagte seine Frau halblaut, als er außer Hörweite war. »Ob sie wirklich fremdgegangen ist. Dass sie so oft gestritten haben, könnte natürlich damit zu tun haben. Aber wissen tut niemand was Genaues. Auch die Frau Däublein nicht. Die Tanja, die ist einfach zu jung gewesen, um mit der Verantwortung zurechtzukommen. Sie ist ja nicht mal mit sich selber zurechtgekommen. Trotzdem hab ich sie gemocht, irgendwie. Manchmal ist es mir vorgekommen, als wäre sie Maries Schwester. Eine Schwester, die zwar schon groß ist, aber tief drinnen immer noch ein Kind.«

Ihr Mann kam asthmatisch schnaufend die Treppe wieder herunter und überreichte mir mit großer Geste eine Speicherkarte. »Schenk ich Ihnen.«

»Was wissen Sie sonst noch über die beiden?«, fragte Laila. » Gibt es Familie, Freunde, Kollegen? Wo hat er gearbeitet?«

Herr Anheuser verzog den Mund. »Im Außendienst ist er gewesen. Hat sogar einen Firmenwagen gehabt … Wie die Firma geheißen hat? Ich mein fast, das Auto war neutral, da hat gar nichts draufgestanden. Ein Kombi ist es gewesen, irgendein Japaner, das weiß ich noch.«

»Morgens ist er oft früh weggefahren und abends manchmal erst um acht, halb neun heimgekommen«, ergänzte die Frau. »Die Firma muss aber in der Nähe gewesen sein. Manchmal ist er sogar mit dem Rad zur Arbeit gefahren.«

»Von Familie wissen wir gar nichts. Sie haben eigentlich fast nie Besuch gekriegt, oder, Bea?«

»Ihr Vater hat nicht mehr gelebt, das hat sie mir mal erzählt, und Geschwister hat sie keine. Mit der Mutter war auch irgendwas. Ich mein, sie ist krank gewesen. Was ihr gefehlt hat? Ich krieg's nicht mehr zusammen, tut mir leid.«

»Freunde?«

»Wie gesagt …« Sie wandte den Blick zur holzverkleideten Decke. »Sie sind ja auch kaum weggegangen, die zwei. Mit einem kleinen Kind kann man abends natürlich nicht groß essen gehen oder ins Kino. Obwohl ich auf die Marie hätte aufpassen können, das hätte ich sogar gern gemacht. Aber sie sind halt lieber daheim geblieben. Später, wie die Tanja nicht mehr da war, ist die Marie mehr bei uns gewesen als bei ihrem Papa, nicht wahr, Richard?«

»Ziller hier«, sagte die der Stimme nach schon etwas ältere Frau am Telefon. »Ich bin die Nachbarin vom Helge, also die ehemalige Nachbarin, weil, er ist ja letzthin ausgezogen, und jetzt hab ich gehört, Sie sind in Dossenheim gewesen und haben nach ihm gefragt?«

»Das ist richtig.«

»Meine Freundin hat es mir erzählt. Sie hat mich extra angerufen, weil, ich bin zurzeit nämlich nicht in Heidelberg, wegen meiner Mutter …«

Inzwischen war es später Nachmittag geworden. Der Regen, der während unseres Gesprächs mit dem Ehepaar Anheuser wieder eingesetzt hatte, vermischte sich mehr und mehr mit Schnee. Gerade saßen wir noch einmal zu dritt in meinem Büro, um ein wenig Struktur in unsere Gedanken, Informationen, Erkenntnisse und Vermutungen zu bringen.

»Da hab ich gedacht, ich ruf sie gleich mal an, weil, der Helge und ich, wir haben uns ganz gut verstanden. Eigentlich sind wir sogar ein bisschen befreundet gewesen, wenn man's genau nimmt. Wieso interessiert sich denn jetzt auf einmal die Polizei für ihn?«

»Weil ihm etwas zugestoßen ist. Leider.«

»Ach Gott, ach je! Hat er einen Unfall gehabt? Oder hat er sich etwa …?«

»Sie fürchten, er könnte sich etwas angetan haben?«

»Na ja, so wie der in letzter Zeit oft drauf war ...«

»Soweit wir bisher wissen, ist er ermordet worden.«

»Er ... was? Aber ... wieso ... Jetzt kapier ich überhaupt nichts mehr.«

Ich schilderte der Anruferin in knappen Worten, was wir bisher wussten. Laila Khatari und Sven Balke saßen entspannt auf ihren Stühlen und waren mit ihren Handys beschäftigt.

Frau Ziller schwieg für einige Sekunden, musste die Schreckensnachricht vermutlich erst einmal verdauen.

»So, wie der Helge in letzter Zeit manchmal geguckt hat ...«, fuhr sie dann hörbar erschüttert fort. »Wenn das Kind nicht gewesen wäre, ich weiß wirklich nicht ...«

»Wann können wir uns treffen? Ich würde mich gerne mit Ihnen über Herrn Gerstner unterhalten.«

»Im Moment bin ich noch in Crailsheim bei meiner Mutter. Mein Vater ist vor zwei Jahren gestorben, und sie ist fünfundneunzig und hat eine Pflegekraft, eine Rumänin, aber die musste übers Wochenende dringend heimfahren, und dann ist sie einfach nicht wiedergekommen. Die Agentur wollte mir jemanden als Ersatz schicken, aber die ist auch nicht gekommen, und jetzt steh ich da. In ein Heim will die Mama nicht, allein kommt sie nicht mehr zurecht, zu mir kann ich sie nicht nehmen, und mit den vielen Treppen würd's sowieso nicht gehen. Außer mir hat sie niemanden, und weiß der Himmel, wie das jetzt alles weitergehen soll.« Sie seufzte tief. »Aber morgen bin ich kurz in Heidelberg, da könnt ich bei Ihnen vorbeischauen. Hab ein paar Sachen in der Stadt zu erledigen wegen Weihnachten und so. Sie sind doch noch in diesem hässlichen Polizeibunker an der Römerstraße?«

Kaum hatte ich aufgelegt, rief ich sie noch einmal zurück. »Frau Ziller? Eine kurze Frage können Sie mir vielleicht gleich beantworten ...«

Helge Gerstner hatte sieben Jahre und einige Monate in

der Wohnung in Dossenheim gelebt. Und in all der Zeit hatte seine Nachbarin keine Frau bei ihm gesehen.

»Keine Schwarzhaarige und auch sonst keine. Wie soll die Frau denn geheißen haben?«

»Tanja. Die beiden waren verheiratet, und sie ist Maries Mutter.«

»Mir hat er erzählt, seine Frau wär beruflich in Amerika, und wenn Post für sie kommt, dann schickt er sie ihr nach. Es sei bloß vorübergehend, hat er behauptet, aber über sieben Jahre ... Ich bitte Sie – unter vorübergehend stell *ich* mir was anderes vor. Meiner Meinung nach hat sie ihn sitzen lassen, und er wollt's nicht zugeben. Vielleicht hat er gedacht, wenn ihr Name an der Klingel steht, dann kommt sie irgendwann wieder zu ihm zurück.«

»Vater tot, Mutter vermisst«, meinte Balke, nachdem ich auch das zweite Telefonat mit Frau Ziller beendet hatte, und rieb sich die müden Augen. Das trostlose Wetter drückte auch auf seine Stimmung. »Und das kurz vor Weihnachten. Schöne Bescherung.«

»Wissen wir inzwischen schon mehr über die Frau?«, fragte ich mit Blick auf Laila, die sich gleich nach unserer Rückkehr auf die Spuren von Tanja Gerstner geheftet hatte.

»Noch nicht allzu viel«, gab sie zu. »Die ersten zehn Jahre hat sie in Hamburg gelebt, wie diese hochnäsige Frau Däublein vermutet hat. Dann ist sie nach Heidelberg gekommen. Der Vater war Ingenieur, hat hier wahrscheinlich einen guten Job gefunden. Ich versuche grad rauszufinden, bei welcher Firma er war, aber das ist gar nicht so leicht.«

Anderthalb Jahre nach dem Umzug in die Kurpfalz war der Vater gestorben.

»In Singapur. Nehme an, er hat da beruflich zu tun gehabt. Aber wissen tu ich noch nichts Genaues, sorry.«

»Und die Mutter?«

Deren letzte bekannte Adresse war ein Wohnheim für psychisch erkrankte Menschen in Mannheim.

»Dort hab ich aber noch niemanden erreicht, der mir

Auskunft geben will. Datenschutz, das Übliche. Die Frau, mit der ich telefoniert hab, hat mir bloß bestätigt, dass die Frau dort ist, und mich ansonsten an ihren Chef verwiesen. Der ist aber in Kanada zum Skifahren. Sie hat mir versprochen, ihm Bescheid zu geben, dass er sich bei mir melden soll.«

Im Vorzimmer hörte ich Sönnchen mit Marie sprechen. Hin und wieder hörte ich auch Maries Stimme, ohne jedoch etwas verstehen zu können.

»Geschwister?«, fragte ich.

»Soweit ich bisher weiß, keine.«

»Großeltern? Tanten? Onkel?«

Laila rollte die Augen. »Herr Gerlach, ich weiß auch, dass in drei Tagen Weihnachten ist. Aber ich hab halt auch bloß zwei Hände und zwei Ohren zum Telefonieren. Im Hamburger Melderegister stehen fast vierhundert Leute, die mit Nachnamen Schwarz heißen.«

»Und – nur mal angenommen – wenn er sie wirklich umgebracht hätte?«, fragte Balke mit Blick auf seine sehnigen Hände. »Und all die Jahre so getan, als wäre sie noch am Leben?«

»Wundern tät's mich ja nicht, nach allem, was man über die Frau so hört«, bemerkte Laila.

»Mein Papa hat aber gesagt, ich darf nicht mit fremden Männern mitgehen«, sagte Marie, als Sönnchen sie kurz vor Feierabend zu mir brachte.

»Der Herr Gerlach ist doch kein fremder Mann.« Sönnchen ging in die Hocke, um dem Mädchen in die Augen zu sehen. »Der ist ein Polizist und tut dir ganz bestimmt nichts.«

»Er ist gar kein Polizist. Polizisten haben Pistolen und Uniformen und eine Mütze.«

»Der Herr Gerlach ist kein normaler Polizist, weißt du? Er ist so eine Art Superpolizist. Und Superpolizisten brauchen keine Pistolen und keine Uniform.«

Dieses Argument schien Marie einzuleuchten. Dennoch blieb ihr Blick misstrauisch. »Mein Papa hat aber gesagt …«

»Hör mal, Marie«, fiel Sönnchen ihr ins Wort. »Ich muss jetzt heim, hab für heute genug gearbeitet. Hier kannst du nicht bleiben, weil hier nachts alles dunkel ist und es nicht mal ein Bett für dich gibt. Und hier willst du doch bestimmt nicht bleiben, oder?«

Kurzes Nachdenken, dann Kopfschütteln.

»Ich kann dich nicht mit zu mir nehmen, weil ich heut Abend was vorhab. Und drum wär's am besten, wenn du mit dem Herrn Gerlach gehst. Er hat zwei Töchter. Sie heißen Sarah und Louise und sind sehr nett.«

Dem Jugendamt war es nicht gelungen, eine Kurzzeitpflegestelle oder einen Heimplatz für Marie zu organisieren. Das eine Heim war voll belegt, im nächsten kämpfte man gerade mit einem Ausbruch des Norovirus, beim dritten gab es einen anderen Grund, weshalb Marie dort nicht unterkommen konnte. So hatte ich schließlich vorgeschlagen, das Kind zu mir zu nehmen. Ich konnte zwar keine Ehefrau vorweisen, dafür zwei volljährige Töchter, die sich darauf freuten, Marie zu bemuttern. Sarah hatte von sich aus angeboten, ihr Zimmer zu räumen und bis auf Weiteres auf dem Sofa im Wohnzimmer zu schlafen. Die entnervte Sachbearbeiterin beim Jugendamt hatte sich erst noch ein wenig geziert, schließlich jedoch eingewilligt, bis sich eine bessere Lösung fand.

Marie zögerte immer noch.

»Aber wenn mein Papa wieder heimkommt?«

Sönnchen schmunzelte. »Das ist überhaupt kein Problem. Wenn dein Papa seine kleine Marie vermisst, dann ruft er sofort die Polizei an, und schwupps bringt der Herr Gerlach dich zu ihm.«

Auch Sie wusste natürlich, dass Maries Vater nie wieder nach Hause kommen und sein Kind vermissen würde. Aber auch sie brachte es nicht übers Herz, dem Mädchen die schlimme Nachricht zu überbringen.

»Meine Töchter freuen sich schon auf dich«, sagte ich, und es war nicht einmal geschwindelt. Ich hatte sie natürlich vorgewarnt, und sie waren geradezu in Begeisterung ausgebrochen bei der Vorstellung, ein kleines Mädchen bemuttern zu dürfen.

»Wie alt sind die denn?«

»Achtzehn. Sie sind Zwillinge, deshalb sind sie gleich alt.«

»In meiner Klasse sind auch Zwillinge. Björn und Henry. Die sehen ganz gleich aus und sind voll blöd. Immer schubsen und zwicken sie die Mädchen.«

»Sarah und Louise schubsen und zwicken dich bestimmt nicht.«

Sönnchen bot an, uns ein Stück zu begleiten, und schließlich willigte Marie ein. Noch einmal musste ich ihr versichern, dass, sollte ihr Vater sich melden, ich sie unverzüglich zu ihm bringen würde.

»Dazu muss ich dann aber wissen, wo du daheim bist«, fügte ich hinzu. »Magst du es mir nicht vielleicht doch verraten?«

Erschrockenes Kopfschütteln. Große Augen.

»Hat dein Papa dir verboten, es jemandem zu sagen?«

Langes Zögern. Dann ein kaum wahrnehmbares Nicken.

6

»Wo wohnst du?«, fragte Marie, als ich sie bat, ihre Jacke anzuziehen und den Rucksack nicht zu vergessen.

»Nicht weit von hier.«

»Habt ihr ein Haus?«

»Nein, aber eine große Wohnung. Du kriegst ein eigenes Zimmer, ganz für dich allein.«

»Gehen deine Töchter in die Schule?«

»Ja, aber nicht mehr lange. Sie sind bald fertig mit der Schule. Dann werden sie einen Beruf lernen.«

Sönnchen half ihr, den Reißverschluss der Jacke zu schließen, der ein wenig klemmte. Erneut fiel mir auf, dass sie instinktiv zurückzuckte, als ich mich ihr näherte.

»Soll ich deinen Rucksack tragen?«, fragte ich.

Ihr Blick sagte: Auf keinen Fall!

Marie schwang das schwere, schon etwas abgewetzte Ding erstaunlich mühelos auf die schmalen Schultern. Zu dritt stiegen wir die Treppen hinab, durchquerten das menschenleere Foyer, traten ins Freie. Es hatte aufgehört zu schneien, und von der weißen Pracht war schon nicht mehr viel zu sehen.

»Hast du ein Auto?«, fragte Marie und sah unsicher zu mir auf.

»Wir gehen zu Fuß. Aber keine Angst, es ist wirklich nicht weit. Willst du vielleicht meine Hand halten?«

Maries Blick war wieder eine klare Absage. Auch von Sönnchen wollte sie nicht geführt werden. Sie hakte die Daumen an den Riemen des Rucksacks ein und stiefelte zwischen uns los. Dabei achtete sie peinlich darauf, immer einen gewissen Sicherheitsabstand zu wahren.

Als wir die Ampel am Römerkreis erreichten, verabschiedete Sönnchen sich. Marie und ich warteten auf Grün. Der große, mehrspurige Kreisverkehr war jetzt, wenige Tage vor Heiligabend, hoffnungslos von Autos verstopft. Panikeinkäufer, Späterwachte, Menschen, denen erst im letzten Moment eingefallen war, dass auch für Tante Irma noch ein Geschenk besorgt werden musste, die sich zum Glück über alles freute, oder für Opa Kurt, der sowieso mit nichts zufrieden war. Ich behielt Marie im Auge, für den Fall, dass sie plötzlich wieder weglaufen sollte. Aber sie blieb brav neben mir stehen.

Die Ampel sprang auf Grün. Ich machte kleine Schritte, damit Marie nicht rennen musste. Schweigend gingen wir im plötzlich wieder einsetzenden Schneeregen die Blumenstraße entlang, wo es sehr viel ruhiger wurde, und bogen bald darauf in die Kleinschmidtstraße ein.

»Das ist eine schöne Kirche«, fand Marie beim Anblick der Sankt-Bonifatius-Kirche. Dann verstummte sie wieder mit einer Miene, als hätte sie ein Schweigegelübde gebrochen.

Die kleine Buchhandlung an der Ecke hatte noch geöffnet. Die Schaufenster waren weihnachtlich dekoriert, hauptsächlich mit teuren Bildbänden, die sich als Geschenke für Kulturinteressierte eigneten. Wie überall blinkten auch hier bunte Lichtlein, glitzerte Flitter, schimmerte Weihnachtsstimmung.

»Muss ich ins Gefängnis?«, fragte Marie plötzlich kleinlaut.

»Wieso denn das?«

»Weil ich geklaut hab.«

»Aber nein. Du bist doch noch ein Kind.«

»Mein Papa hat gesagt, wenn man klaut, muss man ins Gefängnis.«

»Da irrt sich dein Papa. Nicht mal alle erwachsenen Diebe werden eingesperrt und Kinder schon gar nicht. Die gestohlenen Sachen musst du natürlich zurückgeben, das ist klar. Hast du noch andere Sachen geklaut als den Geldbeutel auf dem Weihnachtsmarkt?«

Das habe sie nicht, behauptete sie. Das entwendete Portemonnaie habe eine gewisse Marita noch am selben Abend in einen Briefkasten gesteckt. Allerdings hatte sie zuvor zwei große Scheine herausgenommen.

»Wer ist denn Marita?«, fragte ich.

»Eine Frau«, lautete die wenig überraschende Antwort.

Marie war, nachdem sie in Heidelberg angekommen war, ziel- und planlos durch die Stadt gestreift, in der sie sich nicht auskannte. Und irgendwann am späten Abend war sie irgendwo auf Marita getroffen, nach ihrer Beschreibung wohl eine Obdachlose. Diese hatte sie unter ihre Fittiche genommen, zu ihrem Schlafplatz in einem leer stehenden Haus geführt und dort ihr Abendessen, ihre Matratze und Decken mit ihr geteilt.

»Das war aber supernett von ihr«, fand ich.

Am folgenden Tag hatte Marie dann das Portemonnaie gestohlen. Ob auf Maritas Anweisung oder gar mit ihrer Anleitung, wollte sie nicht verraten. Von dem Geld, das die Obdachlose abgezweigt hatte, hatten sie Essen gekauft.

»Hamburger und Cola und Pommes und eine ganz große Tüte Haribo.«

»Weißt du, was? Ich rufe die Frau an, der das Geld gehört, und regle das. Du wirst keinen Ärger kriegen, das verspreche ich dir.«

Wie zur Bestätigung begannen die Kirchenglocken zu läuten.

»Sarah und Louise sind schöne Namen«, meinte Marie, nachdem wir wieder ein Stück gegangen waren.

»Finde ich auch.«

»In meiner Klasse ist auch eine Sarah.«

Allmählich schien sie Vertrauen zu mir zu fassen. Für ihre Verhältnisse wurde sie geradezu gesprächig.

»Auf welche Schule gehst du denn?«, fragte ich möglichst beiläufig.

»In die Kurpfalzschule.«

»Die ist in Dossenheim, richtig?«

»Hm.«

»Bist du da zu Fuß hingegangen oder mit dem Rad gefahren?«

»Mit dem Rad darf ich erst, wenn ich zehn bin, hat der Papa gesagt. Vorher ist es zu gefährlich, weil man so leicht überfahren wird.«

»Dann hast du ja jetzt bald Ferien.«

»Nein.«

»Wieso nicht?«

Dieses Mal dauerte es ein wenig mit der Antwort. Schließlich sagte Marie kläglich: »So halt.«

»Hast du eine Freundin in der Klasse?«

»Hm.«

»Wie heißt die?«

»Franzi. Also, Franziska. Aber sie will lieber Franzi heißen, weil, Franziska findet sie voll blöd.«

Morgen früh würde ich mich als Erstes ans Telefon hängen und diese Schule anrufen. Dort musste man ja schließlich wissen, wo Marie hingezogen war. Dass ich nicht früher auf den Gedanken gekommen war, ärgerte mich.

»Habt ihr ein schönes Haus?«, wollte Marie wissen. Sie hatte vorhin in der Aufregung wohl nicht richtig zugehört. Täuschte ich mich, oder war der Abstand zwischen uns ein wenig kleiner geworden? Menschen kamen uns entgegen, hauptsächlich ältere, von denen die meisten die Kirche ansteuerten. Das Schneetreiben wurde dichter, große Flocken segelten sanft zu Boden, und mir wurde ganz weihnachtlich zumute.

»Wir haben kein Haus, sondern eine Wohnung.«

»Früher haben wir auch eine Wohnung gehabt. Aber jetzt haben wir ein Haus.«

Wir kamen der Sache allmählich näher.

»Und was gefällt dir besser?«

Aus den Augenwinkeln sah ich, dass sie ratlos blinzelte.

»Im Haus habt ihr bestimmt viel mehr Platz. Und du kannst draußen spielen.«

»Es ist so kalt. Und es regnet dauernd.«

»Funktioniert die Heizung nicht richtig?«

»Mein Papa sagt, es ist eine Bruchbude. Nichts funktioniert, sagt er. Habt ihr auch Spielsachen?«

»Bestimmt ist noch was da. Sonst kaufen wir morgen was für dich.«

Verblüfft sah sie zu mir auf. »Echt?« Dann wandte sie den Blick sofort wieder ab.

»Was möchtest du denn gerne haben zum Spielen?«

»Ein ferngesteuertes Auto. Mein Papa hat gesagt, ich krieg eins zu Weihnachten, aber …« Sie verstummte, biss sich auf die Lippen.

»Du spielst gerne mit Autos?«

»Wenn ich groß bin, will ich Automechanikerin werden. Oder Rennfahrerin. Mein Papa sagt, man muss erst gucken, ob ich gut bin im Autofahren. Wenn ich den Führerschein hab, dann machen wir einen Test, und dann sehen wir, ob ich Rennfahrerin werden kann.«

»Was habt ihr denn für ein Auto?«

»Gar keins. Mein Papa sagt, wir brauchen keins. Aber bald kriegen wir doch wieder eins, weil, bei dem Haus, da kann man nirgends was einkaufen. Ein ganz starkes, großes Auto kauft er, mit dem man alle überholen kann.«

Die Glocken hatten sich inzwischen wieder beruhigt. Wir überquerten die Kaiserstraße, die in Heidelberg interessanterweise kein Prachtboulevard, sondern ein bescheidenes Wohnsträßchen war.

»Ist dein Papa Automechaniker?«

»Mein Papa ist gar nichts.«

»Er hat keinen Beruf?«

»Früher hat er einen gehabt. Er hat Sachen gebaut.«

»Was für Sachen?«

»Elektrische. Ganz tolle elektrische Sachen, die keiner auf der Welt so gut machen kann wie er.«

»Aber jetzt arbeitet er nicht mehr?«

»Damit er mehr Zeit für mich hat. Im Haus können wir

sogar Verstecken spielen. Und Fangen, auch auf der Treppe. In der Wohnung ist alles verboten gewesen wegen den blöden Hackebeins. Die haben sich dauernd beschwert. Im Haus ist es viel besser. Bloß dass es halt so kalt ist.«

Auf dem Wilhelmsplatz protzte eine riesige, mit tausend Birnchen bestückte Tanne, von der Marie kaum die Augen lassen konnte, und auch auf vielen Balkonen standen schon elektrisch beleuchtete Christbäume.

»Wann ist Weihnachten?«, fragte Marie.

»Überübermorgen.«

Wir überquerten die Wilhelmstraße. Der Fahrer eines riesigen schwarzen Pick-ups gewährte uns großzügig den Vortritt. Als wir die andere Straßenseite erreicht hatten, blieb Marie stehen.

»Das ist ein Ford Raptor«, erklärte sie sachkundig. »Der hat Vierradantrieb und ein Zehnganggetriebe und über hundertfünfzig kW. Mein Papa sagt, hundert sind aber genug für ein Auto.«

Dieser Meinung konnte ich mich anschließen.

Noch einige wenige Schritte, dann hatten wir das Ziel unserer kleinen Abendwanderung erreicht. Marie hatte den Rucksack auf den letzten Metern immer öfter hin- und hergeschoben, weil er vermutlich drückte, doch sie hatte keine Sekunde den Eindruck erweckt, als wollte sie mein Hilfsangebot doch noch annehmen.

Als wir die Wohnung betraten, standen die Zwillinge schon im Flur, begrüßten unseren Gast und halfen ihm beim Ausziehen der Jacke, der Stiefel und feuchter Strümpfe. Auch die unteren Ränder von Maries ausgeblichener Jeans waren durchnässt. Meine Töchter hatten bereits ihre Kleiderschränke durchstöbert nach Sachen, die der Kleinen vielleicht passen könnten, und sogar noch manches gefunden. Augenblicke später waren die drei in Sarahs Zimmer verschwunden, und bald hörte ich sie munter plaudern und lachen. Wenn ich mich nicht irrte, lachte Marie hin und wieder mit.

»Marie Gerstner«, wiederholte die Sekretärin der Dossenheimer Kurpfalzschule gedehnt. »Moment … In der 3c ist sie. Klassenlehrer ist unser Herr Holbein.«

»Wäre es möglich, ihn zu sprechen?«

»Er hat grad Unterricht. Ich sag ihm, er soll Sie zurückrufen …«

Ich hörte jemanden im Hintergrund sprechen, schnappte den Namen Marie auf. Die Sekretärin sagte: »Die Polizei«, und plötzlich hatte ich einen Mann in der Leitung.

»Pescatore hier«, sagte er mit heller, jugendlich klingender Stimme. »Ich bin der Schulleiter.«

Marie war seit Ende November nicht mehr zum Unterricht erschienen, berichtete er mir aufgebracht. Unentschuldigt und ohne jede Erklärung. Gerstner hatte seinen Wohnortwechsel der Schule nicht mitgeteilt und damit natürlich auch keine neue Adresse.

»Ich habe x-mal versucht, den Vater zu kontaktieren«, fuhr der Schulleiter empört fort. »Ich habe nur eine Handynummer, und da geht keiner dran. Am Ende bin ich sogar selbst zu der Adresse gefahren, die wir im Computer haben. Aber dort scheint er nicht mehr zu wohnen, und eine Mutter gibt es offenbar auch nicht.«

»Ist das Handy nicht erreichbar, oder nimmt niemand ab?«

»Mal so, mal so. Darf man fragen, weshalb sich plötzlich die Polizei für Marie interessiert?«

»Im Moment kann ich Ihnen leider noch keine Auskunft geben. Wir stecken mitten in den Ermittlungen.«

»Ermittlungen?«, fragte der Schulleiter erschrocken. »Marie geht es doch hoffentlich gut?«

»Angesichts der Umstände, ja.«

»Ist denn etwas … hm … Schlimmes vorgefallen?«

»Ihr Vater ist tot, und was aus ihrer Mutter geworden ist, wissen wir zurzeit noch nicht.«

»Wie schrecklich!« Plötzlich klang Pescatores Stimme dumpf.

»Sie soll in der Klasse eine Freundin gehabt haben, Franziska.«

»Sekündchen … Stimmt, Franziska Haller.«

Eine Telefonnummer oder gar die Anschrift von Maries Freundin durfte er mir natürlich aus Datenschutzgründen nicht verraten. Er versprach mir jedoch, gleich die Eltern des Mädchens anzurufen.

Marie war heute Morgen zeitig aufgestanden. Wir hatten zusammen gefrühstückt, wobei die Zwillinge sich wie üblich kaum hingesetzt hatten, sondern halb im Stehen ihren Kaffee hinunterstürzten. Heute war ihr letzter Schultag vor den Weihnachtsferien.

Auf dem Weg zur Direktion hatten Marie und ich uns über unverfängliche Themen unterhalten wie ferngesteuerte Autos. Sie habe in Sarahs Bett gut geschlafen, behauptete sie, und die Zwillinge fand sie voll nett. Nur den Umstand, dass meine Töchter nicht ein einziges Spielzeugauto besaßen, fand sie ein wenig befremdlich.

Jetzt saß sie wieder an ihrem Tisch im Vorzimmer. Sönnchen hatte in ihrem Keller ein Kistchen voller Buntstifte und Wachsmalkreiden gefunden und gestern Abend noch rasch einen Malblock gekauft.

Laila Khatari hatte bei der Suche nach Verwandten von Maries Mutter immer noch keinen Erfolg gehabt, obwohl sie gestern bis nach zehn Uhr abends im Büro geblieben war.

»Gut achtzig Namen auf meiner Liste hab ich schon abgehakt«, sagte sie bei unserer Morgenbesprechung. »Bleiben immer noch über dreihundert. Das kann noch Tage dauern.«

»Wo steckt eigentlich unser Kollege Balke?«

»Den hab ich heut noch nicht gesehen. Was Sie interessieren dürfte, Chef: Gestern Abend gegen neun haben die Besitzer von dem Haus in Kirchheim angerufen. Sie wollen mit uns reden, je früher, desto lieber.«

»Sie meinen, jetzt gleich?«

»Sie haben extra Termine für uns verschoben.«

Der Hausherr, Pascal Clarin, öffnete uns die Tür, noch bevor wir sie ganz erreicht hatten. Er war ein sportlicher, ein wenig zu grimmig-entschlossen dreinschauender Mann Ende dreißig. Eine merkwürdige Mischung aus Bonvivant, Kunstliebhaber und Marathonläufer. Das dunkelblonde, schon von ersten grauen Strähnchen durchzogene Haar hatte er im Nacken zu einem Zöpfchen gebunden, der karamellfarbene Anzug war leger-elegant, darunter trug er einen schwarzen Rollkragenpulli. Offenbar hatte er sich schon für seinen Arbeitsalltag in Schale geworfen.

»Treten Sie ein.« Strammer Händedruck, ein Roboterlächeln.

»Schuhe bitte ausziehen«, kommandierte er knapp, bevor er uns mit ausgreifenden Schritten in einen überraschend großen Raum führte. Offenbar hatte man großzügig etliche Wände herausgebrochen. Ich sah eine offene Küche vom Feinsten, einen riesigen, vermutlich tonnenschweren Esstisch aus uraltem dunklem Holz, zwölf oder sogar vierzehn stylische, aber unbequem aussehende Stühle aus unlackiertem Stahl und grauem Leder. Weiße Wände, moderne, großflächige Kunst, eine futuristische Sitzlandschaft. Üppige, vor Gesundheit strotzende Pflanzen streckten saftige Blätter ins Halogenlicht der Decke. Große Musikboxen. Kein Fernseher.

Clarissa Clarin hatte eine Schale Milchkaffee und ein winziges Notebook vor sich stehen und sprang auf, als wir eintraten. Sie wirkte schon auf den ersten Blick sehr viel sympathischer und offener als ihr knurriger Mann, war ebenfalls elegant gekleidet in einem bordeauxfarbenen, körperbetonten und ungewöhnlich offenherzigen Kleid. Ihr Lippenstift passte zur Farbe des Kleids, das schulterlange Lockenhaar war exakt vom selben Dunkelblond wie das ihres Gatten.

»Darf man Ihnen etwas anbieten?«, fragte sie beim federleichten Händedruck. »Kaffee, grünen Tee, einen Smoothie oder frisch gepressten Saft?«

Wir verzichteten, da wir wussten, dass unsere Gastgeber in Eile waren.

Vor knapp zehn Jahren waren sie vorübergehend in die USA ausgewandert, erfuhren wir, als alle am Tisch Platz genommen hatten. Die Stühle waren noch unbequemer, als sie aussahen. Weihnachtsdekoration sah ich nirgends. Es duftete nach Frau Clarins kostbarem Parfüm.

»Damals hatten wir gerade fertig studiert«, erzählte sie mit klarem Blick. »Pascal hatte dieses Haus hier geerbt, wollte es erst verkaufen, aber dann haben wir uns anders entschieden und Mieter gesucht, die mit einem befristeten Vertrag einverstanden waren. Wir wollten uns ein Hintertürchen offen halten für den Fall, dass es in den Staaten nicht so läuft, wie wir es uns erhofften.«

»Wie es dann ja auch war«, grummelte ihr Mann mit Blick auf seine ultraflache goldene Armbanduhr.

Als sie sich vorstellten, waren Helge und Tanja Gerstner frisch verheiratet gewesen.

»Sie haben einen ordentlichen Eindruck gemacht, waren freundlich ...«

»Vor allem er«, fiel Pascal Clarin seiner Frau barsch ins Wort. »Sie hat ja kaum das Mündchen aufgekriegt.«

»Sie war hochschwanger«, warf sie ein, als wäre dies eine Erklärung für Schweigsamkeit. »Das Kind kam wenige Wochen nachdem sie eingezogen waren.«

»Wir haben die Miete niedrig angesetzt, weil das Haus noch nicht renoviert war«, fügte der Hausherr hinzu.

Seine Frau schmunzelte. »Damals hat alles hier noch ganz anders ausgesehen als jetzt.«

»Den Ausschlag hat letztlich gegeben, dass Helge handwerklich fit und außerdem bereit war, hier das eine oder andere zu reparieren. Wir haben das Material bezahlt, er hat die Arbeit gemacht. Eine klassische Win-win-Situation ...«

Clarins Laune schien sich allmählich aufzuhellen, wozu vermutlich der große, nachtschwarze Kaffee beitrug, an dem er hin und wieder nippte.

»Stimmt.« Frau Clarin griff sich lächelnd ins Haar. »Und er hat es sehr gut gemacht. Als wir zurückkamen, haben alle Türen richtig geschlossen, die Fenster waren dicht, der Keller war trocken, die Heizung hat zuverlässig funktioniert, und die meisten Zimmer hatte er sogar hübsch tapeziert.«

»Wobei wir die Tapeten natürlich gleich wieder runtergerissen haben«, ergänzte der grimmige Innenarchitekt. »War nicht ganz unser Stil.«

»Er hieß Helge«, sagte Clarissa Clarin mit gesenktem Blick. »Das weiß ich noch. Aber wie hat sie eigentlich geheißen? Sonja oder so ähnlich?«

Ihr Mann schien nicht zugehört zu haben, denn er reagierte nicht.

»Sie war eine Schönheit«, fuhr die Frau nachdenklich fort, »aber sehr still und zurückhaltend.«

»Keine Ahnung.« Ihr Mann fummelte an seiner Millionärsuhr herum. »Spielt das jetzt gerade irgendeine Rolle?«

»Tanja«, half Laila freundlich aus.

Ein schneller Blick zuckte von Frau Clarin zu ihrem Mann hinüber, und für zwei, drei Sekunden stockte das Gespräch, als würden alle auf Kommando die Luft anhalten. Pascal Clarin starrte die hellen Marmorfliesen vor seinen Füßen an, die Frau sah an mir vorbei, wirkte auf einmal seltsam abwesend.

»Haben Sie Ihre Mieter noch einmal gesehen, als Sie wieder in Deutschland waren?«, fragte Laila, der ich auch heute wieder die Gesprächsführung überlassen hatte.

»Nur ihn.« Clarin warf erneut einen nervösen Blick auf seine Uhr. »Er ist gekommen, hat die Schlüssel gebracht und die Kaution abgeholt.«

»Dann wissen Sie vermutlich nicht allzu viel über Ihre Mieter.«

»Jedenfalls weniger als unsere Nachbarn links und rechts. Mit denen sollten Sie mal reden.«

»Das haben wir schon gemacht. Aber natürlich wollten wir auch mit Ihnen sprechen.«

Meine junge Kollegin berichtete den beiden, dass Maries Mutter etwa anderthalb Jahre nach dem Einzug verschwunden war, und von dem bösen Verdacht der Nachbarin.

Clarissa Clarin erblasste dramatisch. Ihr dunkelrot geschminkter Mund blieb halb offen stehen.

»Umgebracht?«, keuchte sie nach Sekunden. »Doch nicht etwa ... Ich meine ... hier? In unserem Haus?«

»Davon ist überhaupt keine Rede«, versicherte ich eilig. »Bisher ist es noch nicht einmal ein Verdacht, sondern bestenfalls ein Gerücht. Es ist nur so, dass wir Frau Gerstner nicht finden können.«

»Und was sagt ihr Mann dazu?«

Wieder musste ich jemanden davon in Kenntnis setzen, dass Helge Gerstner nicht mehr am Leben war.

»Etwa auch ...?«

Entsetzt sah Frau Clarin ihren Mann an. Der konnte den Blick nicht mehr von seiner Uhr abwenden.

»Ja, er ist ermordet worden«, beantwortete ich ihre unausgesprochene Frage. »Was aber nicht heißt, dass seine Frau auch tot ist. Trotzdem muss ich Sie fragen: Ist Ihnen irgendetwas aufgefallen bei den Gesprächen mit Ihren Mietern? Haben sie manchmal komisch reagiert? Wie war es, als Sie hier eingezogen sind? Ist Ihnen etwas merkwürdig vorgekommen, im Garten, im Keller, in der Garage?«

Wäre es möglich gewesen, dann wäre Clarissa Clarin womöglich noch blasser geworden.

»Wir müssten jetzt allmählich, Clarissa«, sagte der Mann mit verkniffener Miene. »Dr. Behrentz kommt um zehn, und mit dem Knaben will ich es mir wirklich nicht verscherzen.«

»Wenn du schon mal vorfährst?«, schlug seine Frau vor. »Sag einfach, es ist was im Haus kaputt, eine Überschwemmung, die Spülmaschine. Ich komme nach, sobald ich kann. Er wird noch genug Zeit haben, mir auf die Titten zu glotzen, keine Sorge.«

Sekunden später sprang auf dem Stellplatz neben dem

Haus der Motor des schwarzen Ferrari an, den ich vorhin gesehen hatte, und die Hausherrin führte uns in den Keller hinab. Sie trug übergroße tomatenrote Filzlatschen, Laila und ich gingen in Strümpfen.

»Wo in Amerika sind Sie denn gewesen?«, fragte Laila.

»In Orlando. Wir wollten dort ein Büro eröffnen, aber die Kundschaft – es war schwierig, vorsichtig ausgedrückt. Wir hatten die kulturellen Unterschiede völlig unterschätzt«, erklärte Clarissa Clarin. »Wundern Sie sich bitte nicht über meine Bemerkung eben. Aber wenn Typen wie dieser Behrentz genug Geld auf dem Konto haben, entwickeln sie sich oft zu solchen Ekelpaketen, dass man ihnen schon bei der Begrüßung ins Gesicht kotzen möchte. Pascal kann zum Glück damit umgehen, ich eher nicht.«

Von einem kleinen, quadratischen Vorraum am Ende der Treppe gingen drei Türen ab.

»Heizung und Waschmaschine.« Mit einer nervösen Geste deutete Clarissa Clarin auf die erste, »der Bastelkeller für Pascals Fahrräder, und da rechts ist unsere Folterkammer und das Saunaparadies.«

Im Heizungskeller gab es nichts Auffallendes zu entdecken. Am Boden Beton, keine ungewöhnlichen Verfärbungen oder Strukturunterschiede, die darauf hingedeutet hätten, dass hier vor Jahren einmal ein Loch gegraben worden wäre. Im zweiten Raum standen fünf oder sechs vermutlich sündteure Räder, teilweise demontiert. Eines davon war auf eine Vorrichtung gespannt, sodass man daran arbeiten konnte, ohne Rückenschmerzen zu bekommen. Hier bedeckte den Boden ein marmorierter hellgrauer Kunststoffbelag.

»Der ist noch von Helge.«

Frau Clarin strich sich ständig nicht vorhandene Strähnen aus dem Gesicht, hatte den Schock offenbar noch nicht ganz überwunden. »Wir hatten hier früher Probleme mit Sickerwasser von der Nordwand. Stellen Sie sich vor, er hat sich sogar die Mühe gemacht, die Wand außen freizulegen, mit Silikon abzudichten und am Ende mit Teerpampe zu streichen. Weil der alte Boden wegen der ewigen Feuchtigkeit so unansehnlich war, hat er dann den Kunststoffbelag drübergelegt. Alles sehr ordentlich gemacht, sogar die Farbe hat uns gefallen, deshalb haben wir ihn dann einfach dringelassen.«

Im dritten Raum bedeckten schachbrettartig verlegte schwarze und weiße Fliesen den Boden. Eine Sonnenliege stand an der Längswand, ein Hightech-Trimmrad mit einem großen Display mitten im Raum. An der anderen Wand sah ich eine Rudermaschine und eine kleine Hantelbank. Links stand eine Minisauna aus hellem Holz. Daneben eine kleine Dusche.

»Der Boden hier …?«

»Der ist von uns. Früher war hier ein Vorratskeller, alles verschimmelt und verdreckt, voller Spinnen und Asseln. Sie können sich nicht vorstellen, wie das hier ausgesehen hat.«

»Ich frage Sie noch einmal: Als Sie zurückkamen, ist Ihnen da im Keller etwas aufgefallen? Abgesehen davon, dass die Nordwand trocken und ein neuer Bodenbelag da war?«

»Aufgefallen?« Sie hob die dunklen, schön geschwungenen Brauen. »Gemüffelt hat es ein bisschen. Einerseits nach dem neuen Bodenbelag und dem Kleber. Aber es war nicht nur das. Irgendwie hat es komisch gerochen. Aber wie schon gesagt, früher hat das hier unten ausgesehen wie in Frankensteins Rumpelkammer.«

»Wo genau hat es gerochen? Nur in dem Raum mit den Fahrrädern?«

»Nein, überall eigentlich. Aber dort am meisten, stimmt. Wir haben kräftig gelüftet, ungefähr ein halbes Jahr lang, und mit der Zeit hat es dann aufgehört. Heute merkt man …«

Ihre Augen wurden plötzlich riesengroß. Sie schlug die Rechte vor den vermutlich für Herrn Dr. Behrentz so kräftig geschminkten Mund. »Sie … Sie denken doch nicht …?«

7

Als ich mein Vorzimmer wieder betrat, saß Marie neben Sönnchen vor dem Dienst-PC, und sie spielten zusammen ein Spiel.

»Sie kann mit Computern tausendmal besser umgehen als ich«, verkündete meine Assistentin fröhlich. »Ich kann gar nicht so schnell gucken, wie sie die Moorhühner abknallt.«

Marie war gerade an der Reihe mit Abknallen und sah nicht auf.

»Ein Herr Pescatore hat für Sie angerufen«, sagte Sönnchen und übernahm wieder die Maus.

»Franziska ist gestern und heute nicht zum Unterricht erschienen«, berichtete mir der Schulleiter. »Die übliche Weihnachtsgrippe. Die Eltern haben sie krankgemeldet und sind todsicher schon am Samstag in den Süden geflogen.«

Dafür hatte er jedoch ein anderes Mädchen erreicht, das Cosima hieß und einige Monate neben Marie gesessen hatte. Cosima behauptete, Marie habe ein großes Geheimnis um ihren bevorstehenden Umzug gemacht. Die Entscheidung, Dossenheim zu verlassen, sei sehr plötzlich gefallen, und Marie hatte auch ihr nicht verraten, wo sie künftig wohnen würde. Angeblich sei es dort unglaublich schön.

»Pferde würde es geben und Kühe.«

»Dann sind sie wohl aufs Land gezogen.«

»Haben Sie eine Erklärung für diesen abrupten Wohnortwechsel?«, fragte Pescatore. »So was habe ich ja noch nie erlebt.«

Das Einzige, was mir dazu einfiel, war, dass Helge Gerstner aus irgendwelchen Gründen dringend von der Bildfläche verschwinden musste. Vielleicht hatte er sich vor seinem späteren Mörder verstecken wollen.

»Also, mit dem Helge, das war nämlich so«, begann Gerstners frühere Nachbarin Frau Ziller, als sie mir zwei Stunden später mit einem Kaffeebecher in den auffallend feingliedrigen Händen gegenübersaß. »Ich kenne ihn von dem Tag an, wo er zusammen mit seiner Marie eingezogen ist. Ich leb allein, wissen Sie, und bin nicht mehr die Jüngste. Beim Möbelschleppen und -zusammenbauen konnt ich ihm nicht helfen, aber das Kind, das konnt ich ihm abnehmen. So hat das alles angefangen, am allerersten Tag schon. Mit der Marie bin ich prima zurechtgekommen, obwohl ich selber nie Kinder gehabt hab. Tagsüber ist sie dann später meistens bei mir gewesen, weil der Helge ja Geld verdienen musst. Fürs Kinderhüten wollt ich nichts haben. Ich hab das ja gern gemacht. So hatt ich was zu tun, und die Marie ist zwar manchmal ein schwer zu bändigender Wildfang, aber meistens so ein Sonnenkind, das können Sie sich gar nicht vorstellen.« Mit einem verträumten Lächeln trank sie einen Schluck Kaffee. Die alte Dame war schon deutlich über siebzig, aber nach wie vor rüstig und quicklebendig. »Dafür hat der Helge mir dann geholfen, wenn bei mir wieder mal was kaputt war. Was der alles reparieren konnt, das glauben Sie nicht. Bei mir ist leider ziemlich oft was kaputt. Was Technik angeht, hab ich mindestens drei linke Hände. Wenn mal was Schweres hochzutragen war, dann hat er das auch für mich gemacht, dabei hat er's damals schon im Rücken gehabt. Eigentlich hätt er gar keine schweren Sachen tragen dürfen, der Arzt hat's ihm ausdrücklich verboten. Aber das hab ich erst später erfahren.«

Bevor sie in Rente ging, hatte Frau Ziller in einem kleinen, aber feinen Hotel in der Altstadt als Chefin des Housekeeping gearbeitet. Ihr marineblaues Kleid war schlicht und geschmackvoll. Dazu trug sie wenig, aber ausgesuchten Schmuck, und schon als sie durch die Tür kam, war mir aufgefallen, dass sie sich sehr gerade hielt. In ihrem glatt fallenden nussbraunen Haar war noch kein einziges graues Strähnchen zu sehen, was aber vielleicht den Färbekünsten ihres Friseurs zu verdanken war. Ihr Parfüm roch unaufdringlich apart und schien nicht billig gewesen zu sein.

Bedächtig nahm sie wieder einen Schluck Kaffee und fuhr fort: »Wie sie drei geworden ist, hat die Marie schon Oma zu mir gesagt, Oma Tilli. Eigentlich heiße ich Mathilda, aber inzwischen nenn ich mich schon manchmal selber Tilli.«

»Wo hat Herr Gerstner gearbeitet?«

»Bei einer Firma in Wieblingen draußen. Den Namen hab ich mir nie merken können. Irgendwelche Montagen hat er gemacht, anfangs nur hier in der Gegend, später überall in Deutschland. Wenn er über Nacht weg war, und das ist mit der Zeit immer öfter vorgekommen, dann hat die Marie bei mir geschlafen. Gelernt hat er ursprünglich Elektriker, aber später hat er noch eine Ausbildung zum Techniker drangehängt. Ich meine, er ist dann sogar Chef von einer Gruppe Monteure gewesen.«

»Was hat die Firma hergestellt?«

»Er hat's mir bestimmt mal gesagt, aber ich hab's vergessen, tut mir leid. Irgendwas mit Strom. Ist das denn wichtig?«

»Im Moment weiß ich noch nicht, was wichtig ist und was nicht.«

»Jetzt muss ich Sie aber doch mal fragen: Wie ist es denn eigentlich passiert?«

»Erschossen?«, echote sie erschüttert, nachdem ich sie aufgeklärt hatte. »Ja, aber ... Jesus Maria, wieso denn bloß? Wieso bringt jemand einen wie den Helge um?«

»Genau das versuchen wir herauszufinden. Seit zwei Jahren hat er nichts mehr gearbeitet, richtig?«

Frau Ziller nickte, zwinkerte verstört, nippte wieder an ihrem Becher. »Sie haben ihn gefeuert. Ganz plötzlich. Es hat irgendeinen Stress gegeben, fragen Sie mich nicht. Ich weiß nur, dass er fürchterlich stinkig gewesen ist auf seinen Chef. Vielleicht war's auch, weil er immer öfter krank war, wegen seinem kaputten Kreuz. Er ist dann beim Arbeitsamt gewesen, hat tausend Bewerbungen geschrieben, aber es ist nie was dabei rausgekommen. Das mit seinem Rücken ist immer schlimmer geworden. Irgendwann hat er kein Arbeitslosengeld mehr gekriegt, bloß noch Hartz IV, und da hat er dann Rente beantragt wegen Arbeitsunfähigkeit. Die ist auch bewilligt worden, aber Sie können sich ja vorstellen, wie viel da rumkommt, wenn einer nicht mal zwanzig Jahre eingezahlt hat.«

Hin und wieder hat Helge Gerstner 450-Euro-Jobs gefunden, Nachtwachen in Fabriken, Regale einräumen in einem Baumarkt.

»Bloß leichte Sachen natürlich. Sogar Zeitungen hat er eine Weile ausgetragen. Für nichts ist er sich zu schade gewesen. Ich hab in der Zeit meistens für die zwei mitgekocht. So war's für alle billiger, aber trotzdem, es war halt kein Leben für ihn. Kinder werden immer teurer, je größer sie werden, und seiner Marie durft's an nichts fehlen. Der Helge hätt lieber gehungert, als dass sein Kind in der Schule gehänselt wird, weil es die falschen Sportschuhe anhat.«

Vor den Fenstern schien heute eine blasse Sonne. Erst für übermorgen hatte der Wetterbericht wieder Niederschläge angekündigt. Im Vorzimmer war es seit Längerem still. Ich hatte Sönnchen gebeten, mit ihrem Schützling zusammen einen Spaziergang zu machen. Ein Zusammentreffen zwischen Marie und ihrer Oma Tilli wäre mit Sicherheit in Tränen geendet.

Ich stützte die Unterarme auf den Tisch und beugte mich ein wenig vor. »Wie war das, als er Ende November ausgezogen ist?«

»Ganz komisch war das. Kein Wort hat er mir vorher gesagt. In den Wochen davor ist es ihm immer schlechter gegangen. Nicht wegen dem Kreuz, eher psychisch. Finanziell sowieso. Im Juli hab ich ihm fünfhundert Euro geliehen und im August noch mal. Die Hausverwaltung hat ihm schon Mahnungen geschickt, weil er mit der Miete im Rückstand war.«

»Sie haben ihm aber nicht gekündigt?«

»Nein, nein.« Helge Gerstners frühere Nachbarin schüttelte energisch den Kopf, blickte in ihren inzwischen schon fast leeren Becher. »Und dann, Ende September, das war auch wieder komisch. Auf einmal hat er mir das geliehene Geld zurückgezahlt. Sogar fürs Essen wollt er mir was geben. Aber das hab ich natürlich nicht angenommen. Ich hab das doch gern gemacht, für die zwei kochen. Wir haben zu dritt gegessen, wie eine kleine Familie, und oft ist es lustig zugegangen. Wenn die Marie dabei war, hat er immer den Clown gespielt, egal, wie dreckig es ihm gegangen ist.«

»Woher hatte er das Geld? Hatte er wieder Arbeit gefunden?«

»Nicht dass ich wüsste, das ist es ja eben, was mich wundert. Ich hab ihn im Spaß gefragt, ob er geerbt hat oder im Lotto gewonnen. Aber er wollt's mir nicht verraten.«

»Haben Sie vielleicht einen Verdacht, wie er zu dem Geldsegen gekommen ist?«

»Gestohlen hat er es jedenfalls nicht, dafür leg ich meine Hand ins Feuer. Der Helge ist ein grundehrlicher Mensch gewesen, da beißt keine Maus einen Faden ab.«

»Hatte er Verwandte oder Freunde? Wir haben bisher keine finden können. Seine Eltern sind tot, Geschwister hat er keine gehabt.«

»Von Familiensachen hat er mir nie was erzählt. Von Freunden auch nicht. Einen Kollegen hat es gegeben, Freddi hat der geheißen oder so ähnlich. Der hat ihn zwei, drei Mal besucht, und dann haben sie Bier getrunken und Fußball geguckt. Das hat ihm immer gutgetan, dem Helge, das hab ich gemerkt.«

»Ist es ihm im September auch sonst wieder besser gegangen?«

»Aber ja!« Mathilda Ziller sah mich bedeutend an. »Wie

ausgewechselt ist er auf einmal gewesen. Er hat wieder gelacht, das Essen hat ihm wieder geschmeckt. Aber ein paar
Wochen später ist es schon wieder aus gewesen mit der
guten Laune. Mit seinem Rücken ist es immer schlimmer
geworden. Schwere Sachen heben, sich bücken oder lang
sitzen, das ist alles Gift für ihn gewesen. Ich hab ihn gefragt,
ob ich ihm wieder was leihen soll, aber das wollt er ums
Verrecken nicht. Manchmal konnt er richtig bockig sein,
der Helge. Er hat halt auch seinen Stolz gehabt, nicht
wahr?«

Um den 20. November herum hatte Gerstner seiner Nachbarin dann aus heiterem Himmel verkündet, er werde in
Kürze ausziehen.

»Er kennt wen, der hat ein Haus geerbt, ein altes, und
weiß nichts damit anzufangen. Der Helge durft drin wohnen, praktisch umsonst, musst es aber instand halten und
nach und nach ein bisschen herrichten.«

Wir kamen zu der spannenden Frage: »Wo steht dieses
Haus?«

Das wusste auch Mathilda Ziller nicht.

»Ich bin aus allen Wolken gefallen, hab natürlich gefragt,
wo sie denn in Zukunft wohnen. Aber er wollt nicht mit der
Sprache raus. Das hat mich schwer gewurmt, dass er auf einmal kein Vertrauen mehr zu mir gehabt hat. Ich hab die
zwei über die Jahre ins Herz geschlossen, die Marie ist wie
ein Enkelchen für mich. Hoch und heilig hat er versprochen, er meldet sich, sobald sie sich eingerichtet haben,
und dann lädt er die Oma Tilli auf einen Kaffee ein. Aber
dann hat er nichts mehr von sich hören lassen. Dabei hätte
ich sogar den Kuchen mitgebracht.«

»Wer ihm dieses Haus überlassen hat, wissen Sie vermutlich auch nicht.«

Sie verneinte. »Er hat einen kleinen Lkw gemietet, zwei
Studenten aus dem Erdgeschoss haben ihm beim Tragen geholfen, und den ganzen Rest hat er selber gemacht. Und das
mit seinem Rücken!«

»Kommen wir noch mal zu der Frau.«

Mit einer heftigen Bewegung stellte die alte Dame ihren Becher auf der Ecke meines Schreibtischs ab.

»Ich hab's Ihnen ja schon am Telefon gesagt: Da ist keine Frau gewesen. Jedenfalls hab ich nie eine gesehen. Der Marie hat er immer weisgemacht, ihre Mama käm bald wieder heim. Aber Sie wissen ja, was ich denke. Die ist mit einem anderen Kerl durchgebrannt und hat ihn sitzen lassen. Mit dem Kind.«

Eine Sache hätte ich um ein Haar vergessen: »Wissen Sie zufällig, ob er den Heddesheimer Badesee gekannt hat?«

»Klar hat er den gekannt. Im Sommer sind sie oft da gewesen, er und die Marie. An den Wochenenden oder auch mal abends nach der Arbeit. Schwimmen ist gut gewesen für seinen Rücken. Im Winter sind sie ins Hallenbad gegangen. Das ist ja nur ein paar Meter von da, wo wir wohnen.«

Und noch eine allerletzte Frage fiel mir ein: »War er eigentlich Linkshänder?«

Ja, das war Helge Gerstner gewesen.

»Was passiert denn jetzt mit der Marie?«, fragte Mathilda Ziller beim Händeschütteln zum Abschied. Als sie hörte, ihre Beinahe-Enkeltochter werde für die nächsten Tage bei mir gut aufgehoben sein, war sie beruhigt.

»Wenn's bei Ihnen mal eng wird, Sie können sie immer gern zu mir bringen. Bloß zurzeit, Sie wissen ja, meine Mama …«

Nachdem die resolute Nachbarin gegangen war, versuchte ich, ein erstes Resümee zu ziehen und Ordnung in meine Gedanken zu bringen. Sven Balke, der ohne Erklärung erst nach zehn mürrisch und wortkarg zum Dienst erschienen war, hatte noch am Vormittag sämtliche infrage kommenden Schulen im Umkreis von fünfzig Kilometern abtelefoniert. Eine Marie Gerstner war nirgendwo bekannt gewesen. Was bedeutete, dass der Ort, wo es Pferde und Kühe gab, weiter entfernt liegen musste. Ich nahm mir vor, Marie später auf diesen Punkt anzusprechen. Auch wenn sie mir nicht verraten wollte oder durfte, wo sie zuletzt zu Hause gewesen war, vielleicht würde ich wenigstens erfahren, welche Schule sie die vergangenen Wochen besucht hatte.

Von ihrem Spaziergang mit Sönnchen war sie noch immer nicht zurück.

Autoverleiher dokumentieren die Kilometerstände vor und nach der Mietzeit. Für den Umzug hatte Gerstner einen kleinen Lkw gemietet, und ich bat Balke, den Verleih ausfindig zu machen. Seine Laune war noch nicht besser geworden.

»Mach ich«, versprach er mürrisch. »Autovermietungen gibt's ja zum Glück nicht so viele wie Schulen.«

Alles, was wir bisher erfahren hatten, sprach dafür, dass Helge Gerstner sich aus irgendeinem unbekannten Grund dringend vor jemandem verstecken musste. Dass er auf der Flucht gewesen war. Im September hatte er plötzlich wieder Geld gehabt, seiner Nachbarin jedoch nicht verraten wollen, woher. Marie hatte er erzählt, er werde demnächst ein Auto kaufen, was er jedoch nicht getan hatte. Stattdessen verschwand er plötzlich von der Bildfläche und war zwei Wochen später tot. Sein Versteck war wohl nicht gut genug gewesen.

Ich erhob mich und trat ans Fenster. Die Sonne hatte sich im Lauf des Tages immer mehr durchgesetzt. Ich beneidete Sönnchen darum, dass sie jetzt draußen sein durfte. Sogar mit dienstlichem Auftrag.

Hatte Gerstners Mörder eine Rechnung mit ihm offen gehabt? Hatte Gerstner das Geld doch gestohlen? Oder geliehen und nicht zurückgezahlt? Der Bestohlene oder Geprellte hatte sich an seine Fersen geheftet, man hatte sich am See getroffen, um die Sache zu bereinigen, doch Gerstner hatte kein Geld mitgebracht, um seine Schulden zu begleichen …

So weit, so gut. Aber wie und warum war Marie dann nach Heidelberg gekommen?

Vielleicht so: Der Täter wusste von Gerstners Haus im Grünen und war nach dem unseligen Zusammentreffen am See dorthin gefahren, um nach Dingen von Wert zu suchen und sich auf diese Weise schadlos zu halten. Marie hatte ihren Vater erwartet und war vermutlich zu Tode erschrocken, als plötzlich ein Fremder vor ihr stand. Ein Kerl, der bestimmt nicht besonders nett zu ihr gewesen war. Sie geriet in Panik, stopfte ein paar Sachen in ihren Rucksack und bestieg die nächste Bahn nach Heidelberg.

Ja, so könnte es gewesen sein.

Nein, nicht ganz. Marie hätte natürlich ihre Oma Tilli aufgesucht und wäre nicht mutterseelenallein durch Heidelberg geirrt.

Dass Marie vom Tod ihres Vaters wusste, hielt ich inzwischen für ausgeschlossen. Wenn sie von ihm sprach, dann immer so, als würde er bald wieder nach Hause kommen.

Immer noch hatten wir zu wenige Informationen über Gerstner. Am ehesten würden wir über seinen früheren Arbeitgeber weiterkommen. Es musste doch herausfinden lassen, wie diese Firma hieß. Die Agentur für Arbeit hatte es in ihren Akten stehen, die Rentenversicherung. Allerdings würden beide Behörden mir ohne richterliche Verfügung keine Auskunft geben, und übermorgen war Heiligabend.

Pling: Eine Mail von Laila.

Tanja Schwarz war am 12. Dezember 1993 im Katholischen Marienkrankenhaus in Hamburg zur Welt gekommen. Beruf des Vaters: Ingenieur, Beruf der Mutter: Hausfrau. Laut Melderegister hatte die Familie damals in der Insterburger Straße 47 gewohnt, und Tanja war das einzige Kind gewesen. Als sie so alt war wie Marie jetzt, zog die Familie nach Heidelberg. Im Jahr 2006 starb der Vater bei einem Unfall in Singapur. Die Mutter schien den Tod ihres Mannes nicht verkraftet zu haben, weshalb sie heute in einer Einrichtung für psychisch Kranke lebte.

Ich griff zum Hörer. »Seit wann genau ist sie in dem Heim?«, fragte ich Laila.

»Ohne einen Schrieb vom Richter sagen die mir gar nichts«, erwiderte sie frustriert. »Hab schon überlegt, ob ich einfach mal hinfahr und versuch, mit der Frau zu reden. Vielleicht ist das ja wenigstens erlaubt.« Sie schwieg kurz, ich hörte Papier rascheln. »Hier hab ich übrigens noch was für Sie.«

Maries Eltern hatten im Januar 2012 geheiratet, kurz nachdem Tanja volljährig geworden war. Anfang März waren sie in das Haus in Kirchheim gezogen, und am 25. April war Marie zur Welt gekommen.

»Was hat Tanja Schwarz eigentlich für einen beruflichen Hintergrund?«, fragte ich mit einer plötzlichen Ungeduld, die ich selbst nicht verstand. »Hat sie eine Ausbildung gemacht oder studiert, hat sie jemals irgendwas gearbeitet? Wo hat sie gewohnt, als die Eltern noch gelebt haben?«

Laila ging sofort durch die Decke. »Weiß ich nicht, weiß ich nicht, weiß ich nicht«, erwiderte sie wütend. »Mein rechter Zeigefinger ist schon mindestens einen Zentimeter kürzer geworden, so viel hab ich seit vorgestern telefoniert. Ich bin halt auch bloß ein Mensch, der hin und wieder mal ein paar Stunden Schlaf braucht, und …«

Es gelang mir, sie wieder zu besänftigen, sie akzeptierte meine Entschuldigung und versprach, mich weiter auf dem Laufenden zu halten. Von den vielen Menschen in Hamburg, die mit Nachnamen Schwarz hießen, hatte sie bisher knapp die Hälfte erreicht. Keiner wusste etwas mit dem Namen Tanja anzufangen.

Da ich den Hörer schon in der Hand hielt, drückte ich die Kurzwahltaste zu Balke. »Wie weit sind wir mit der Auswertung der Tatortspuren?«

Balke reagierte nicht weniger genervt. »Da war ja nicht viel zum Auswerten. Das einzige Verwertbare sind die Patronenhülse, Gerstners Daumenabdruck und ein bisschen DNA-Material an der Waffe. Die Befragung der Zugbegleiter war übrigens auch ein Schuss in den Ofen.«

Ich hatte die Hand noch am Hörer, als mein Telefon lostrillerte.

»Jetzt stellen Sie sich vor, Herr Gerlach, grad treff ich einen von den Studenten aus dem Erdgeschoss«, sprudelte Mathilda Ziller wie üblich ohne Punkt und Komma los, »und da sagt der, am vergangenen Dienstag hätt abends gegen zehn die Marie vor der Tür gestanden und bei mir geläutet. An dem Tag bin ich aber dummerweise mit einer Freundin im Theater gewesen, wir haben nämlich ein Abo, und da hat er sie gefragt, also der Student die Marie, ob er ihr helfen kann, und da ist sie einfach davongelaufen. Das arme Kind, herrje, wär ich doch bloß daheimgeblieben. Das Stück war sowieso blöd. Irgend so eine Beziehungsgeschichte, wo ein Paar dauernd streitet. Wer will denn so was sehen, frag ich Sie. Das haben die meisten Leute doch jeden Tag daheim, dafür muss man doch nicht extra ins Theater gehen.«

Allmählich ging es doch voran. Langsam noch und zäh, aber es bewegte sich etwas.

Am Abend des folgenden Tages war mir Marie zum ersten Mal über den Weg gelaufen, mit einem gestohlenen Portemonnaie in der Hand.

Pling. Die nächste Mail im Posteingang. Dieses Mal von Balke. Er hatte die Gesprächslisten zu Helge Gerstners Handy ausgewertet, die er gestern vom Provider erhalten hatte.

»Viel telefoniert hat er in den vergangenen Monaten nicht. Ein paarmal mit der Hausverwaltung, vermutlich wegen der Mietrückstände. Mehrfach mit einem Physiotherapeuten, einmal mit einem Orthopäden und – jetzt wird's interessant, Chef – sechs Mal mit einer Nummer, die zu einem Prepaidhandy gehört. Und mit diesem Handy stimmt was nicht.«

Angeblich gehörte es einer Cristina Balsenberg, die beim ZDF in Mainz eine höhere Position bekleidete und schwor, nie im Leben einen solchen Handyvertrag abgeschlossen zu haben. Und den Namen Gerstner hatte sie angeblich noch nie gehört.

»Möglich, dass sie lügt. Aber wenn, dann lügt sie verdammt gut.«

»Ist ihr irgendwann mal der Personalausweis abhandengekommen?« Ich massierte meine Nasenwurzel. »Hat sie ihn verloren? Ist er ihr geklaut worden?«

»Habe ich sie auch gefragt. Sie sagt, nein.«

Einen Bezug zu Heidelberg hatte die Frau vom ZDF auch nicht. Sie war vor Jahren einmal hier gewesen, wegen eines Drehs am Deutschen Krebsforschungszentrum, hatte damals jedoch nicht einmal die Zeit gefunden, sich die Stadt anzusehen.

»Ich lasse die Frau jetzt eine halbe Stunde in Frieden«, sagte Balke. »Und dann rufe ich sie noch mal an und mache ihr Druck.«

Er hatte auch schon die Autovermietung kontaktiert, bei der Gerstner den Dreieinhalbtonner gemietet hatte. Gerstner hatte mit dem Fahrzeug exakt dreiundachtzig Kilometer zurückgelegt.

»In den Schwarzwald oder ins Elsass ist er wohl eher nicht gezogen«, meinte Balke.

Mir kam eine Idee: »In dem Haus in Dossenheim wohnen zwei Studenten, die Gerstner beim Auszug geholfen haben. Vielleicht hat er denen erzählt, wohin er fährt?«

Wenn wir dieses kalte Haus endlich fanden, wo Gerstner sich verkrochen hatte, dann würde sich vieles klären, davon war ich überzeugt. Dort würde es Unterlagen geben, Kontoauszüge, Mails, Briefe …

Immer wieder kehrten meine Gedanken zu Maries Mutter zurück. Sollte Gerstner sie wirklich getötet haben? Ein Mensch konnte sich nicht in Luft auflösen. Und wenn sie noch am Leben wäre, dann hätte sie sich doch zumindest hin und wieder dafür interessiert, wie es ihrem Kind ging.

Sollte ich den Kellerboden des Hauses in Kirchheim aufbrechen lassen auf den vagen Verdacht hin, dort eine längst verweste Frauenleiche zu finden? Mir grauste bei der Vorstellung. Mir grauste vor dem Aufwand und den damit verbundenen Scherereien. Ich bräuchte eine richterliche Verfügung, die ich bei der aktuellen Indizienlage nie und nimmer bekommen würde. Zudem würde ich die Clarins überreden müssen, ihre Zustimmung zu geben, und sie würden wahrscheinlich diverse teure Anwälte in Bewegung setzen, um meine Leute daran zu hindern, ihr Haus zu verwüsten. Und nicht zuletzt müsste ich eine Firma finden, die einen solchen Auftrag so kurz vor Weihnachten übernahm. Nicht nur die Polizei, auch viele Firmen und die meisten Behörden fuhren seit Montag nur noch Notbetrieb.

Ich beschloss, diesen Punkt vorerst nach hinten zu schieben.

Im Vorzimmer ging die Tür. Munter plappernd, kamen Sönnchen und Marie von ihrem Ausflug zurück. Es klang, als hätten sie sich inzwischen angefreundet.

8

»Holbein hier«, meldete sich am frühen Abend eine dröhnende Männerstimme am Telefon. »Der Luigi, will sagen, mein Chef, Herr Pescatore, hat mir erzählt, Sie interessieren sich für die Marie Gerstner. Ich bin ihr Klassenlehrer und hab gedacht, ich ruf Sie einfach mal an und frag, ob ich helfen kann.«

»Das können Sie tatsächlich.« Ich klappte mein Notebook zu und machte es mir auf meinem Chefsessel bequem. »Wie ist Marie denn so als Schülerin?«

»Na ja, harmlos. Nett. Keine von den Krawallis, die sich immer in den Vordergrund drängen müssen. Gut erzogen, hätte man früher gesagt. Aber wenn ihr wer dumm kommt, dann kann sie auch ganz schön austeilen.«

»Wie sind ihre Noten?«

»Guter Durchschnitt. Sie ist keine Streberin, meldet sich selten, aber wenn man sie aufruft, dann merkt man, dass sie dem Unterricht folgt. Ein gutes Gedächtnis hat sie, das ist mir immer wieder aufgefallen. Zahlen, Namen, sie scheint nie irgendwas zu vergessen. Wenn sie so weitermacht, schafft sie es mühelos aufs Gymnasium. Nur ihre Legasthenie könnte ein kleines Problem werden.«

Eine Schulpsychologin hatte Tests mit ihr gemacht und eine Lese-Rechtschreibschwäche bescheinigt, was bei der Benotung entsprechend berücksichtigt wurde.

»Und das Sozialverhalten?«

»In den Pausen habe ich sie öfter mit Jungs zusammen gesehen als mit Mädchen. Nehme an, sie klettert lieber auf Bäume, als dass sie mit Puppen spielt. Nur mit der Franziska hat sie sich gut verstanden. Die ist auch eher eine von den Lebhaften.«

Marie hatte sich nie geprügelt, selten mit Sachen um

sich geworfen, nicht zu Heulkrämpfen geneigt, niemals gepetzt.

»Hatten Sie den Eindruck, dass sie ein Problem mit Männern hat?«

»Sie meinen …? Nein, eigentlich nicht.«

»Wenn Sie in ihre Nähe gekommen sind, haben Sie keine Angst gespürt?«

»Überhaupt nicht. Ist das jetzt auf einmal anders?«

»Anfangs ist sie immer auf Abstand zu mir geblieben. Allmählich scheint sich das aber zu ändern.«

Dann müsse in den letzten Wochen wohl etwas Einschlägiges passiert sein, meinte Maries Lehrer.

Abends um halb sieben machten wir uns zu viert auf den kurzen Weg zum Wilhelmsplatz, um den diesjährigen Weihnachtsbaum zu besorgen. Im Gegensatz zu vielen anderen war ich der altmodischen Ansicht, der Baum müsse an Heiligabend aufgestellt und geschmückt werden und nicht schon Anfang Dezember.

Sarah und Louise hatten Marie, die völlig aus dem Häuschen war, zwischen sich genommen, hielten sie an den Händen, und sie hüpfte und zappelte wie ein Äffchen vor der Fütterung. Dass sie nicht bei ihrem Vater war, sondern unter Fremden, schien sie manchmal schon fast vergessen zu haben. Immer seltener wurde sie für Minuten still und wirkte vorübergehend abwesend. Meine Mädchen blödelten mit ihr herum, neckten sie, brachten sie immer häufiger zum Lachen.

Am Nachmittag waren meine Töchter nacheinander in der Stadt gewesen, um auf meine Rechnung Geschenke für unseren Gast zu besorgen. Insbesondere ein ferngesteuertes Auto müsse dabei sein, hatte ich ihnen eingeschärft. Was Louise dann nach Hause brachte, sprengte das von mir bewilligte Budget zwar deutlich, machte allerdings auch wirklich etwas her: ein feuerroter Monstertruck mit fetten Reifen, Licht und sogar einer Feuerwehrsirene. Wenn ich richtig verstanden hatte, konnte das furchterregende Ding sogar Purzelbäume schlagen.

Die Auswahl des richtigen Baums dauerte wie üblich einige Zeit. An jedem gab es etwas zu bemäkeln. Der eine war zu groß, der andere zu klein, der dritte zu breit, der vierte zu krumm, der fünfte hatte zu viele, zu eng stehende Äste.

»Maximal zwei Meter dreißig«, wiederholte ich. »Sonst passt er nicht rein.«

Marie staunte Bauklötze, weil ihr Vater immer nur ganz kleine Bäume gekauft hatte.

»Der Baum darf immer nur so groß sein wie das Kind, hat mein Papa gesagt. Aber sooo große Menschen, die gibt's doch gar nicht, oder?«

Da der Baumverkäufer, ein knorriger, aber mit Humor gesegneter Bauer aus dem hinteren Odenwald, immer öfter auf die Uhr sah, entschieden wir uns schließlich für eine halbwegs gerade gewachsene und nicht zu buschige Blaufichte. Ich war anfangs für eine Nordmanntanne gewesen, musste allerdings zugeben, dass die nicht duftete. Der Verkäufer stimmte meinen Töchtern nachdrücklich zu und gab uns – weil übermorgen Weihnachten war und er uns endlich los sein wollte – sogar fünf Euro Preisnachlass.

Nun musste unser neuer Mitbewohner nach Hause geschafft werden. Wie üblich übernahm ich das dicke Ende, und meine Töchter wechselten sich am leichten Teil ab, da eine von ihnen Marie festhalten sollte, wie ich ihnen zuvor eingeschärft hatte. Zu Hause stellten wir den Baum – den die Mädchen inzwischen auf den Namen Theobald getauft hatten, was Marie sehr zum Kichern fand – auf den Balkon, und die drei verzogen sich in Sarahs Zimmer, um zusammen zu spielen. Bald hörte ich sie ausgelassen lachen und quietschen. Das Eis war gebrochen. Marie schien sich inzwischen rundum wohlzufühlen bei uns. Vor allem, dass es eine zuverlässig funktionierende Heizung gab, erwähnte sie immer wieder lobend.

Ich hatte die Zwillinge gebeten, sie hin und wieder vorsichtig auf den Ort anzusprechen, wo sie zuletzt gewohnt hatte, sie jedoch nicht zu bedrängen oder in Gewissensnöte zu bringen. Mehr und mehr glaubte ich, dass ihr Vater ihr verboten hatte, den Unterschlupf zu verraten. Immerhin konnte Sarah mir nach dem gemeinsamen Abendessen berichten, die Fahrt im Lkw von Dossenheim bis zum neuen Wohnort habe ewig lang gedauert. Anfangs sei man auf der Autobahn gefahren, später nicht mehr. Auf Wegweiser hatte Marie nicht geachtet. Einerseits war sie gespannt auf das neue Zuhause gewesen, andererseits hatte sie bereits während der Fahrt heftiges Heimweh nach Dossenheim, Oma Tilli und ihrer Freundin Franzi überfallen.

Da Sarah vor einigen Monaten beschlossen hatte, beruflich in meine Fußstapfen zu treten und Polizistin zu werden, nahm sie den Vernehmungsauftrag doppelt ernst. Sie bat mich sogar um Tipps, wie sie am besten vorgehen sollte, um Marie weitere Informationen zu entlocken.

Später telefonierte ich mit Theresa. Ihr Wochenende in Köln war trotz des miserablen Wetters herrlich gewesen, das Musical sensationell. Morgen würde sie für einige Tage nach Offenbach fahren, um lange nicht gesehene Verwandte zu besuchen und mit Geschenken zu beglücken. Da ich meinen Mädchen nicht zu viel Verantwortung für Marie aufbürden wollte, kamen wir überein, uns erst am zweiten Weihnachtsfeiertag zum inzwischen schon fast zur Tradition gewordenen Festmenü zu treffen. Theresa klang ein wenig zugeknöpft und zurückhaltend, fiel mir bei diesem Telefonat nicht zum ersten Mal auf. Sollte ich sie in letzter Zeit vernachlässigt haben? Zu viel Arbeit, zu viel Stress, und auch meine Töchter hatten natürlich ein Recht darauf, ihren Paps hin und wieder für sich zu haben. Zudem beschlich mich das Gefühl, dass Theresa mich um Marie beneidete. Darum, dass ich nun sozusagen drei Töchter hatte, während sie, die sich immer schon sehnlich Kinder gewünscht hatte, aus medizinischen Gründen keine bekommen konnte.

Eine halbe Stunde später – ich saß inzwischen im Wohnzimmer und las die Nachrichten des Tages im Internet – kam Sarah zu mir, bis über beide Ohren grinsend.

»Stell dir vor, Paps, sie sagt, sie ist nach dem Umzug überhaupt nicht mehr in die Schule gegangen. Ihr Vater hat ihr angeblich erklärt, sie hätte schulfrei bis nach Weihnachten, weil sie beim Umzug so brav mitgeholfen hat.«

»Das heißt, sie hat wochenlang daheimgesessen und Däumchen gedreht?«

»So ungefähr klingt es. War wohl ziemlich langweilig, weil sie in dem neuen Haus keinen Handyempfang hatte, und Internet gab's auch nicht.«

»Sie hat ein Handy?«

»Sagt sie. Aber sie hat's in der Eile daheim vergessen. Ihr Vater hat wohl die meiste Zeit im Haus gewerkelt und Möbel aufgebaut und kaum noch mit ihr gespielt. Kühe und Pferde hat's übrigens auch keine gegeben. Das Haus steht ganz allein ein Stück entfernt vom nächsten Dorf. Ihr Vater ist immer mit dem Rad zum Einkaufen gefahren und jedes Mal ewig lang weggeblieben.«

Kein Handyempfang klang nach Odenwald. Das passte auch zu der Strecke, die Helge Gerstner mit seinem Umzugs-Lkw gefahren war. Wir kamen der Sache allmählich näher.

»Durfte sie denn nie rausgehen?«

»Nur wenn der Vater da war, und sie musste immer nah beim Haus bleiben. Manchmal ist er mit ihr spazieren gegangen, aber das hat sie natürlich auch supermegalangweilig gefunden.«

»Hast du sie nach dem Ortsnamen gefragt?«

Das hatte Sarah schon mehrfach getan, ganz nebenbei natürlich, aber Marie hatte ihr nie eine Antwort geben wollen.

»Ich glaub allmählich auch, ihr Pa hat ihr verboten, drüber zu reden.«

»Vielleicht hat er ihr gar nicht gesagt, wie der Ort heißt?«

Mir kam ein Gedanke, der mir schon viel früher hätte kommen müssen: »Wie ist sie überhaupt nach Heidelberg gekommen?«

Sarah versprach, Marie danach zu fragen.

»Übrigens ist sie irre gut in Memory. Sie schlägt uns jedes Mal um Längen. Wenn eine Karte einmal aufgedeckt war, dann vergisst sie nie, wo sie gelegen hat. Ist das so was wie ein fotografisches Gedächtnis?«

Mein Bürotelefon meldete sich am Mittwochmorgen zum ersten Mal, als ich noch im Mantel war. Die Anruferin war Clarissa Clarin, die Innenarchitektin, und wieder einmal löste sich ein Problem ganz von allein.

»Herr Gerlach«, keuchte sie, als hätte sie soeben einen Langstreckenlauf absolviert. »Gut, dass ich Sie gleich erreiche. Ich habe in der vergangenen Nacht kein Auge zugekriegt. Die Vorstellung, wir könnten hier auf einem Grab wohnen, macht mich fertig. Wir müssen das so rasch wie möglich abklären. Am besten heute noch. Ginge das? Lässt sich das irgendwie einrichten?«

»Da gibt es gleich mehrere Probleme«, sagte ich und setzte mich an meinen Schreibtisch. »Erstens brauche ich Ihre Zustimmung.«

»Die haben Sie.«

»Zweitens kostet so etwas natürlich Geld.«

»Die Kosten trage ich.«

»Drittens brauchen wir eine Firma, die kurzfristig Zeit für so einen Auftrag hat. Morgen ist Heiligabend, und ich glaube kaum …«

»Wir haben gute Beziehungen zu mehreren Baufirmen. Das ist auch kein Problem.«

»Wollen Sie sich das Ganze nicht noch einmal in Ruhe überlegen? Ich bin überzeugt, dass Sie sich unnötig Sorgen machen.«

»Ich hatte in der Nacht genügend Zeit, mir Gedanken zu machen. Sie hören von mir, sobald es losgehen kann. Ich denke, in spätestens zwei Stunden sollten wir so weit sein. Sie werden doch herkommen?«

Kaum hatte ich aufgelegt, erschien Laila in der Tür. Sie hatte jemanden in Hamburg aufgespürt, der mit Tanja Schwarz verwandt war.

»Eine Schwester des Vaters. Sie hat die Tanja als Kind gekannt und sie manchmal sogar betreut, wenn die Eltern mal für eine Weile ihre Ruhe haben wollten oder beruflich unterwegs waren.«

»Ich denke, die Mutter war Hausfrau?«

»Das war sie erst in Heidelberg. Früher hat sie bei einer Reederei als Disponentin gearbeitet. Anscheinend hat sie ihren Mann manchmal auf Dienstreisen begleitet, wenn es in ferne Länder gegangen ist. Als sie dann in Heidelberg waren, ist der Kontakt abgerissen. Tanjas Mutter hat sich mit ihrer Schwägerin anscheinend nicht verstanden. Die Frau war wohl immer schon ein bisschen speziell. Für mich klingt es, als hätte sie auch damals schon psychische Probleme gehabt.«

Die nächste interessante Botschaft überbrachte Balke. Das Labor in Stuttgart hatte an der Tatwaffe auch DNA-Spuren gefunden, die nicht von Gerstner stammen.

»Und zwar von zwei verschiedenen Personen, einem Mann und einer Frau. Polizeilich bekannt sind beide leider nicht.«

Plötzlich bewegte sich etwas, und zwar gleich an mehreren Fronten. Vielleicht war genau dies der Moment, in dem etwas ins Rutschen kam, eine Lawine in Bewegung geriet, die uns die Lösung des Mordfalls Helge Gerstner bald vor die Füße werfen würde.

Um Viertel nach zehn rief Clarissa Clarin zum zweiten Mal an. Noch aufgelöster als am Morgen.

»Wir wären hier so weit. Dürfen die Arbeiter schon mal den Bodenbelag herausreißen, bis Sie da sind?«

»Das ist Ihre Entscheidung. Ich setze mich gleich ins Auto.«

Eine müde, wortkarge und bedenklich blasse Kollegin vom Dezernat Kriminaltechnik begleitete mich. Sie war ungefähr in meinem Alter und schien private Sorgen zu haben, denn sie seufzte fast im Sekundentakt.

Vor dem Haus in Kirchheim brummte bereits ein gelb lackierter Kompressor. Daneben stand ein offener Anhänger voller Werkzeuge, der an einen schweren dunkelblauen SUV gekoppelt war. Vom Kompressor führte ein Druckluftschlauch durch ein Kellerfenster ins Innere des Hauses. An die Hauswand gelehnt standen zu Rollen gebundene Reste des bereits entfernten Bodenbelags.

»Auf den ersten Blick sieht alles normal aus«, meinte Clarissa Clarin atemlos, als wir kurz Hände schüttelten.

Zu dritt stiegen wir die Treppe hinab. Unten erwarteten uns zwei Handwerker mit den Händen in den Taschen, von denen einer Ähnlichkeit mit Bud Spencer hatte und der andere mit Oliver Hardy. Die Kriminaltechnikerin bat die beiden, den Bastelraum des Hausherrn vorübergehend zu verlassen, besprühte den jetzt nackten Betonboden mit einer Flüssigkeit, löschte das Licht und schaltete eine stabförmige UV-Lampe an, die sie mitgebracht hatte.

»Was macht sie da?«, fragte mich Frau Clarin flüsternd. Sie konnte ihre Hände keine Sekunde stillhalten.

»Sie sucht nach Blutspuren«, flüsterte ich zurück. »Mit dieser Methode kann man sie finden, selbst wenn sie schon Jahrzehnte alt sind.«

Die Handwerker waren inzwischen nach oben gegangen, vermutlich, um zu rauchen.

Nach einigen stillen Minuten erhob sich die Frau im weißen Overall, seufzte dieses Mal besonders schwer und schaltete das Deckenlicht wieder ein.

»Nichts. Blut ist hier keines.«

»Na, immerhin.« Clarissa Clarin atmete auf.

»Ich sehe mir jetzt den Beton genauer an.«

Die Technikerin kniete sich wieder hin und begann, den Boden mithilfe einer großen Lupe zu untersuchen. Diese

Aktion dauerte deutlich länger als die erste. Schließlich schüttelte sie ein zweites Mal den Kopf.

»Alles in Ordnung, soweit ich sehen kann. Farbe und Textur sind überall gleich. Hier ist nie irgendwas aufgebrochen und neu betoniert worden.«

»Stelle ich mir auch schwierig vor«, sagte ich zu Clarissa Clarin. »Er hätte schweres Werkzeug gebraucht, um da ein Loch zu machen.«

»Es sei denn, er hat nach vollbrachter Tat einen neuen Estrich aufgezogen«, fuhr die Technikerin ungerührt fort. »Zwei, drei Millimeter würden genügen. Er war handwerklich begabt, sagten Sie?«

Frau Clarin nickte. Und nickte gleich noch einmal. Öffnete den Mund, schloss ihn wieder. Schluckte.

»Natürlich!«, stieß sie hervor. »Sie haben völlig recht, das sieht ja hier aus wie neu. Als ich den Boden zum letzten Mal gesehen habe, vor zehn Jahren, da war er wegen der ewigen Feuchtigkeit ganz unansehnlich und rau und ... Gott, ich glaube, mir wird schlecht!«

Sie sank auf eine Holzkiste, die in einer Nische unter der Treppe stand. Ich ging hinauf, um ihr ein Glas Wasser zu holen.

»Haben Sie schon gefrühstückt?«, fragte ich, als sie es gierig leerte.

Geradezu panisch schüttelte sie den Kopf. »Ich kriege nichts runter. Solange das hier nicht geklärt ist, solange ich nicht sicher sein kann ... Ich weiß überhaupt nicht, wie ich hier noch leben soll. Wie ich hier schlafen und essen soll.«

»Wo wir schon mal hier sind, gucken wir uns gleich auch den Boden im Heizungskeller an«, schlug ich vor.

Clarissa Clarin rief die Handwerker und wies sie an, zwischenzeitlich die oberste Schicht des Betons im Fahrradbastelkeller abzutragen, damit wir wirklich sicher sein konnten, dass sich darunter kein Geheimnis verbarg.

»Anschließend machen Sie im Fitnessraum weiter«, kommandierte sie mit befehlsgewohnter Stimme. »Die Geräte tragen Sie hoch ins Wohnzimmer, da ist genug Platz, wenn Sie die Bikes ein wenig zusammenschieben. Die Fliesen müssen raus. Alle.«

»Frau Clarin«, versuchte ich noch einmal, sie zu bremsen. »Es hat doch keinen Sinn, auf einen so vagen Verdacht hin Ihr Haus zu demolieren.«

»Doch«, unterbrach sie mich heftig. »Das hat absolut Sinn. Ich werde keine ruhige Minute haben, solange ich nicht sicher sein kann, dass dieser Keller kein Grab ist.«

Ihre Bewegungen waren immer noch fahrig, die Augen glänzten, als stünde sie unter Drogen oder wäre im Begriff, den Verstand zu verlieren. Ihre Stirn war mit einem dünnen Schweißfilm überzogen, den sie hin und wieder mit dem Ärmel ihres lappigen schwarzen Pullovers abwischte.

Die beiden Arbeiter unterhielten sich kurz auf Russisch oder Polnisch und gingen dann entspannt, aber mit Schwung an die Arbeit. Der Presslufthammer kam zum Einsatz, und obwohl sie die Tür hinter sich schlossen, wurde es laut.

Im Heizungskeller gestaltete sich die Untersuchung nicht einfacher, stellten wir fest. Hier gab es zwar keinen Bodenbelag, dafür war der Beton mit grauer Farbe überstrichen.

»War das schon so, als Gerstner eingezogen ist?«, schrie ich der Hausherrin ins kleine, mit einer Kreole geschmückte Ohr, um den Presslufthammer zu übertönen.

»Ich denke, ja«, schrie sie zurück. »Aber ich bin mir nicht sicher. Wer hätte denn ahnen können, dass das mal wichtig sein könnte.«

Wieder robbte die Technikerin einige Zeit durch den Raum. Da es wegen des Lärms unmöglich war, sich hier zu unterhalten, gingen Clarissa Clarin und ich nach oben. Auch dort war es laut, das ganze Haus zitterte und bebte und klirrte, aber man wurde immerhin nicht taub von dem Radau.

Zehn Minuten später gesellte sich die Kollegin zu uns, der der Krach nichts auszumachen schien. Sie sah noch müder aus als während der Fahrt hierher.

»Die Farbe ist eindeutig schon älter«, meinte sie. »Eine zweite Schicht ist nicht darunter, und von der Oberfläche her sieht es nicht danach aus, als wäre da mal was verändert worden.«

Das Geratter im Keller verstummte, und kurz darauf schleppten die beiden Handwerker die Sonnenliege zu uns herauf.

»Er könnte ...« Die noch immer schreckensbleiche Hausherrin legte einen Zeigefinger an den heute ungeschminkten Mund. »In den anderen Räumen, Sie haben ganz recht, er könnte da unten überall problemlos ein Loch gegraben haben, zur Not auch mit Hammer und Meißel. Er hatte ja alle Zeit der Welt. Später hat er das Loch einfach wieder zubetoniert und das Ganze mit einer Estrichschicht überzogen. Dann sieht alles ganz gleichmäßig aus, und ... Mein Gott, das muss alles ... Wir müssen ...«

Sie starrte mich an, keuchend, als würde sie im nächsten Moment aufspringen, um ins Bad zu stürmen. Aber wieder ging der Anfall vorüber, ohne dass sie sich übergeben musste.

»Sie können nicht den ganzen Kellerboden aufbrechen lassen«, versuchte ich erneut zu retten, was noch zu retten war. »Das ist Wahnsinn, Frau Clarin. Bitte lassen Sie uns doch erst mal ...«

»Und wie ich das kann!«, fauchte sie mich an. »Ich muss sicher sein, dass da unten keine Leiche liegt. Gleichgültig, wie lange es dauert und was es kostet und was mein Mann davon hält, ich *muss* dieser Sache auf den Grund gehen, ich ...«

»Was ist denn hier los?«, brüllte Pascal Clarin, der zur Tür hereinplatzte, als hätte er auf sein Stichwort gewartet. »Bist du irre? Bist du jetzt völlig übergeschnappt?«

In Sekundenschnelle entspann sich eine handfeste Ehekrise, in der eine Menge aufgestauter Hass, alte Verletzungen und enttäuschte Gefühle an die Oberfläche kochten. Die Kollegin und ich zogen uns diskret zurück und traten vor die Haustür. Auf der schmalen Straße radelten Kinder vorbei. Der Wind, der seit dem Morgen aufgefrischt hatte, schüttelte die überwiegend blattlosen Büsche im Vorgarten. Es roch nach Schnee.

»Da drin geht's ja vielleicht zu«, meinte meine Mitarbeiterin erschöpft grinsend. »Ich hab immer gedacht, bei mir daheim ist es schlimm. Aber gegen das hier ist es das reinste Paradies.«

»Es ist wohl nicht der erste Streit, den die zwei haben.«

»Soll ich Ihnen was sagen? Ich kenne keine einzige Ehe, in der es nicht hin und wieder hoch hergeht. Vielleicht nicht mit so viel Hass, aber trotzdem …«

Ich dachte an Theresa und unsere zugegeben etwas merkwürdige, dafür jedoch meist friedliche und harmonische Beziehung. Sie und ich lebten unser normales Leben an getrennten Orten einfach weiter. In der Regel verbrachten wir jede zweite Nacht zusammen, aßen gemeinsam, liebten uns, und bevor sich Konflikte entwickeln oder Verstimmungen aufstauen konnten, war unsere gemeinsame Zeit meist schon wieder vorbei.

Hinter uns wurde die Tür aufgerissen. Clarissa Clarin stürzte aus dem Haus, das Gesicht weiß wie Kalk. Mit bebenden Händen steckte sie sich eine Zigarette an, was ihr erst beim dritten Versuch gelang, saugte gierig daran. Inzwischen tobte der Presslufthammer wieder mit voller Kraft.

»Ich möchte wirklich nicht schuld sein, wenn Sie sich nun auch noch mit Ihrem Mann zerstreiten«, sagte ich, nachdem sie einige Züge genommen und ihr Atem sich ein wenig beruhigt hatte.

»Sie sind an überhaupt nichts schuld, Herr Gerlach«, murmelte sie erst nach langem Schweigen und mit Blick auf die Zigarettenglut. »Aber Sie verstehen mich doch, nicht wahr?«

»Nur teilweise. Es ist noch nicht einmal sicher, dass Frau Gerstner tot ist. Falls doch und falls ihr Mann sie wirklich ermordet haben sollte, dann kann er die Leiche auch an tausend anderen Stellen entsorgt haben.«

»Natürlich, natürlich. Das ist mir alles sonnenklar.«

»Vielleicht warten Sie einfach noch ein paar Tage? Gönnen Sie sich über die Feiertage einen Kurzurlaub irgendwo, ziehen Sie in ein Hotel oder zu einer Freundin …«

»Wir haben viel zu tun zurzeit, Pascal und ich. Projekte, die im Verzug sind. So verlockend die Vorstellung ist, es geht nicht. Wir können jetzt nicht einfach eine Auszeit nehmen.«

Ihr Mann stürmte aus dem Haus, rempelte sie um ein Haar um, sprang in seinen Ferrari und fuhr mit brüllendem Motor und quietschenden Reifen davon. Sie sah nicht einmal hin, starrte mit verbissener Miene ins Leere.

Mir kam ein Gedanke, und bevor ich mich bremsen konnte, sprach ich ihn dummerweise aus: »Sagten Sie nicht, Gerstner hätte an der Nordseite das Fundament freigelegt, um die Wand abzudichten?« Noch bevor das letzte Wort über meine Lippen kam, bereute ich, nicht den Mund gehalten zu haben.

Ihre Augen wurden wieder einmal riesengroß. »Ja natürlich, Sie haben recht! Das wird es sein. Wir brauchen … Ich muss …«

Sie lief ins Haus, kam mit den beiden Handwerkern im Schlepptau zurück. Einer der beiden sprach ein paar Brocken Deutsch. Im eiligen Gänsemarsch umrundeten wir das Haus.

»Hier«, befahl Clarissa Clarin in ihrem Chefinnenton. »Die ganze Wand von hier bis zur anderen Ecke.«

»Wie tief?«, fragte der, der Deutsch verstand, während der andere ging, um geeignetes Werkzeug zu holen.

»Anderthalb Meter. Nein, besser zwei.«

»Und die Pflanzen?«

Über die ganze Breite des Hauses waren Rosenbüsche gepflanzt, die jetzt zurückgeschnitten waren, um im Frühjahr wieder auszutreiben und zu blühen.

»Raus«, zischte die Hausherrin kalt und ohne eine Sekunde zu überlegen. »Alles weg. Die hat sowieso *er* gepflanzt und ... Ach Quatsch, stimmt ja gar nicht, aber trotzdem, ich habe die Farbe sowieso nie leiden können. Alles raus, das muss alles weg.«

Der Handwerker sagte etwas, das ich nicht verstand.

»Kriegen Sie, kriegen Sie, kein Problem. Reichen zwei?«

»Vier«, sagte der Mann. »Vier besser.«

»In einer halben Stunde haben Sie Ihre Verstärkung. Fangen Sie aber ruhig schon mal an.«

»Die sollen bringen mit Werkzeug«, meinte der Handwerker. »Und Schubkarre.«

Inzwischen hatte es wieder einmal zu regnen begonnen, und da es hier für uns vorerst nichts mehr zu tun gab, fuhren wir erleichtert in die Direktion zurück.

9

Laila Khatari hatte in den Datenbanken des BKA nach bislang nicht identifizierten weiblichen Toten geforscht, die in der Zeit gefunden worden waren, als Tanja Gerstner verschwand.

»Bei Biblis ist der größte Teil von ihr angeschwemmt worden«, erklärte sie mir am Telefon. »Im April 2014. Zeitlich würde es passen. Allerdings ...«

Allerdings war die Leiche in einem furchtbaren Zustand gewesen. Im Grunde konnte man nicht einmal von einer Leiche reden, denn nur ein abgerissener Arm, ein halbes Bein und der Rumpf waren – an unterschiedlichen Stellen – gefunden worden.

»Entweder der Täter hat sie selber zerlegt, oder sie ist in eine Schiffsschraube geraten. Schwarze Haare hat sie gehabt, Größe und Statur könnten auch ungefähr hinkommen.«

»Wenn ich Sie richtig verstehe, haben wir immerhin eine Hand. Also könnten wir die Fingerabdrücke vergleichen. Und die DNA natürlich.«

»Wenn wir auch welche von Frau Gerstner hätten, gerne.«

Auffälligkeiten wie alte Verletzungen, Knochenbrüche oder Ähnliches schien die Tote nicht gehabt zu haben.

»Der Nagellack war eine No-Name-Marke, haben die Kollegen damals festgestellt. Geraucht hat sie und reichlich Alkohol im Blut gehabt, und außerdem hat sie wohl auch noch kräftig gekokst.«

»Wir machen einen DNA-Abgleich mit der Tochter«, entschied ich. »Ich besorge Ihnen bis morgen eine Referenzprobe.«

»Ist nicht eilig«, meinte Laila. »Bis nach Weihnachten passiert in den Labors auch nicht mehr viel.«

Woran die unbekannte Tote gestorben war, hatte sich nicht mehr feststellen lassen.

»Die Kollegen sind damals davon ausgegangen, dass sie eine Gelegenheitsprostituierte war, möglicherweise aus dem Osten und noch nicht allzu lang in Deutschland. Jedenfalls hat nie irgendjemand nach ihr gefragt.«

Am Nachmittag gegen fünfzehn Uhr meldete sich Clarissa Clarin noch einmal. Auch an der Nordwand waren keine Überreste einer toten Frau zu finden gewesen.

»Das Einzige, was wir gefunden haben, sind undichte Stellen im Bitumenanstrich«, sagte sie matt und etwas entspannter als am Vormittag. »Früher oder später hätten wir wieder Wasser im Keller gehabt, und so hat die ganze Aktion am Ende doch noch einen Sinn gehabt. Außerdem können wir jetzt gleich noch eine Wärmedämmung draufpacken, bevor wir das Loch wieder zuschütten.«

»Sie werden jetzt nicht als Nächstes Ihren Keller aufgraben?«

»Vorerst nicht, nein. Ich habe mit Pascal gesprochen, wir ziehen nun doch über die Feiertage in ein Hotel. Aber trotzdem, Herr Gerlach, ich weiß nicht, wie ich hier noch leben soll mit dem Gedanken im Kopf, dass unter mir vielleicht …«

»Was sagt denn Ihr Mann dazu?«

Sie lachte traurig. »Dass ich eine hysterische Ziege bin und ein paar von meinen Beruhigungspillen einwerfen soll. Das habe ich dann auch getan.«

»Vielleicht legen Sie sich ein wenig hin? Sie klingen sehr erschöpft.«

»Das bin ich auch, weiß Gott! Ich habe es wörtlich gemeint, als ich sagte, ich hätte in der Nacht keine Sekunde geschlafen.«

Eine junge Laborantin in weißem Kittel kam ohne anzuklopfen herein, auf leisen Sohlen, um mich nicht zu stören, und legte etwas vor mich hin. »Sie wissen schon«, flüsterte sie mit bedeutungsvoller Miene und schlich wieder davon.

Ein in einer robusten Kunststofftüte verpacktes Glasröhrchen lag vor mir, in dem sich ein steriles Wattestäbchen befand. Damit würde ich heute Abend aus Maries Mund eine Speichelprobe entnehmen. Ich bedankte mich mit einem Lächeln und wünschte ihr mit der Hand auf dem Mikrofon schöne Weihnachten.

Dann versuchte ich, Clarissa Clarin weiter zu beruhigen, aber die buchstäbliche Leiche in ihrem Keller war längst zu einer fixen Idee geworden, die sich in ihrem Gehirn festgebrannt hatte.

Mit einem Mal schien die Welt zum Stillstand gekommen zu sein. Das Telefon blieb stumm, der Posteingang füllte sich nicht mehr, niemand verlangte vor den Feiertagen noch rasch einen Termin bei mir, Sönnchen legte mir nichts mehr zum Unterschreiben hin. Es war, als gäbe es plötzlich keine Verbrechen mehr, kein Elend in der Kurpfalz, keine Verzweiflung – oder zumindest keine, die ich von Berufs wegen zu beheben hätte.

Weihnachtsruhe machte sich breit. Weihnachtsfrieden.

Irgendwann kam Sönnchen herein, um sich für die kommenden zwei Wochen zu verabschieden.

»Gomera«, sagte sie mit glänzenden Augen. »Davon träume ich schon seit Jahren.«

Natürlich hatte sie ein Geschenk für mich, das länglich war und verdächtig gluckerte. Ich überreichte ihr das, was ich vor einer Woche auf dem Weihnachtsmarkt für sie gefunden hatte: einen schönen nachtblauen Becher, den das berühmte und oft besungene Heidelberger Schloss zierte. Sie freute sich sehr, da sie erst vor Kurzem den Henkel ihres zwei Jahrzehnte alten Dienst-Kaffeebechers abgebrochen hatte.

Ich beschloss, heute ebenfalls früher als sonst Feierabend zu machen. Morgen, an Heiligabend, würde ich nur noch kurz ins Büro kommen, um Laila das Wattestäbchen mit Maries Speichelprobe zu bringen und die letzten Neuigkeiten zu hören.

Laila hatte sich als Jesidin freiwillig zum Dienst über die Feiertage gemeldet. Das in ihrer Sprache Cejna Ezi genannte Fest des Friedens wurde eine Woche vor Weihnachten gefeiert, in großem Familienkreis mit reichlich Essen, alkoholfreien Getränken, Gesang und Ringelreihen. Abgesehen von ihr, würden einige Junggesellinnen und -gesellen ohne Anhang, denen Weihnachten nichts bedeutete, den Betrieb aufrechterhalten. Da erfahrungsgemäß auch viele Kriminelle sich in dieser Zeit des Jahres ein paar stressfreie Tage gönnten, würden sie hoffentlich alle eine ruhige Kugel schieben. Die Zeit der weihnachtlichen Ehekräche begann üblicherweise erst am zweiten Feiertag.

Der Monstertruck war die Sensation des Abends. Nicht nur für Marie, sondern auch für die Zwillinge. Allerdings erst mit einer gewissen Verzögerung, die mit Maries aktuell etwas überreizten Nerven zu tun hatte.

Wie üblich hatten wir vor der Bescherung zu Abend gegessen, das Gerlach-Heiligabend-Standardmenü heiße Würstchen mit Kartoffelsalat. Letzteren hatten meine Töchter unter tatkräftiger Mitwirkung von Marie zubereitet, aus Biokartoffeln vom Wochenmarkt und nach einem Rezept aus dem Internet, und er schmeckte natürlich tausendmal besser als der plastikverpackte aus dem Supermarkt-Kühlregal.

Da die Zwillinge streng auf die Einhaltung der familieninternen Traditionen und Bräuche achteten, zogen sie sich anschließend mit unserem kleinen Gast zusammen zurück. Ich deponierte die Geschenke unter dem tapfer nach Harz duftenden Baum, steckte den Stecker der Baumbeleuchtung ein – das Schmücken hatten, wie es sich gehörte, meine Mädchen am Nachmittag übernommen –, zündete noch einige im Raum verteilte Kerzen an und läutete (mit etwas feuchten Augen) das vorgeschriebene Glöckchen. Der Baum funkelte und glitzerte, dass mir ganz warm wurde ums Herz. Ich hörte die Mädchen tuschelnd und kichernd kommen, die Tür wurde zaghaft aufgeschoben, und Marie brach beim Anblick der weihnachtlichen Pracht umgehend in Tränen aus. Alle Versuche, sie zu beruhigen, fruchteten nicht. Sie wollte ihre Geschenke nicht sehen, sie wollte den Baum nicht bewundern oder die Lichter überall. Sie wollte plötzlich nur noch eines: zu ihrem Papa, der jetzt bestimmt einsam vor einem ärmlichen Bäumchen in seinem eiskalten Haus saß und sich nach seiner Tochter sehnte.

Mit unendlich schlechtem Gewissen versicherte ich Marie noch einmal, ihr Vater werde sich ganz bestimmt sofort bei mir melden, wenn er sein Kind vermisste. Immerhin wirkte sie inzwischen nicht mehr beunruhigt, wenn ich in ihre Nähe kam. Sogar übers Haar durfte ich ihr streichen. Erst nach vielen Minuten versiegten die Tränen allmählich. Schließlich schniefte sie nur noch ein wenig, wischte sich die Augen mit dem Handrücken, vertilgte einige der von meinen Töchtern am Wochenende gebackenen Plätzchen und fasste wieder Mut.

Und dann entdeckte sie den Monstertruck. Die Batterien hatte ich schon eingelegt, sodass er sofort betriebsbereit war. Marie begriff die Funktionsweise der komplizierten Fernbedienung mit unfassbarer Schnelligkeit, und schon raste das knallrote Gerät blinkend und jaulend durchs Wohnzimmer, knallte gegen Stuhlbeine, schlug tatsächlich Purzelbäume, verklemmte sich unter der Couch, wurde wieder befreit, und weiter ging es. Meine Töchter wollten natürlich auch mal steuern und hätten vor Begeisterung um ein Haar vergessen, ihre eigenen Geschenke auszupacken.

Meinen Mädchen hatte ich Gutscheine für ihre Lieblingsboutiquen geschenkt und ein Netflix-Abo. Ich selbst hatte eine Flasche vierzehn Jahre alten Barolo bekommen und einen sogar noch ein Jahr älteren schottischen Whisky von einer kleinen Brennerei auf der Insel Islay. Wie sie herausgefunden hatten, dass mir seit Neuestem Whisky schmeckte, blieb mir ein Rätsel. Wahrscheinlich hatten sie sich von Theresa beraten lassen, die gerade mit der Familie ihres Bruders in Offenbach feierte. Sönnchen hatte mir eine Flasche Kirschschnaps von einer Brennerei in Gengenbach geschenkt. Marie hatte für jeden von uns ein Bild gemalt. Die Bilder waren gerollt und mit rot-goldenem Geschenkband zusammengebunden. Auf meinem war ein großer blauer Pick-up mit bestimmt mächtig viel PS zu sehen, dahinter Häuser und Bäume, alles für eine Neunjährige erstaunlich realistisch dargestellt. An der linken oberen Ecke strahlte eine knallgelbe Sonne, als wäre Regen in dieser kleinen Welt nicht vorstellbar. Menschen kamen nicht vor.

Oma und Opa hatten den Zwillingen ein Spiel geschenkt, bei dem es darum ging, lustige Quizfragen zu beantworten. Ich spielte einige Runden mit, verlor fast jedes Mal haushoch, während Marie verblüffend gut mithielt und mit großer Konzentration bei der Sache war. Louise war ein wenig abgelenkt, da sie im Minutentakt Nachrichten mit Mick austauschte, der Weihnachten bei seinen Eltern am Bodensee verbrachte. Das zerrüttete Verhältnis zu seinem tyrannischen Vater schien sich in letzter Zeit gebessert zu haben. Auch Sarah hatte hin und wieder an ihrem Handy zu tun. Mit wem sie chattete, wollte sie jedoch nicht verraten.

Nach einer Weile zogen sich die Mädchen in Sarahs Zimmer zurück, um dort weiterzuspielen, sich zu verkleiden, verwegene Make-ups aufzulegen und wieder zu entfernen, den Monstertruck neue, wilde Manöver fahren zu lassen und Marie mit zu klein gewordenen Sachen auszustaffieren, die ihr natürlich allesamt dennoch viel zu groß waren. Hin und wieder erschienen sie, um besonders gelungene Kreationen vorzuführen. Es wurde viel gelacht, Marie war mit glühenden Wangen bei der Sache, und nach dem zweiten Whisky beschlich mich das Gefühl, mit einem Mal wirklich drei Töchter zu haben.

Eine Weile telefonierte ich mit Theresa, die sich im offenbar höchst unfriedlichen Familienkreis unwohl fühlte und den Tag verfluchte, an dem sie entschieden hatte, den Abend dieses Jahr nicht vor dem Fernseher zu verbringen. Unsere Geschenke würden wir erst übermorgen beim gemeinsamen Weihnachtsessen austauschen. Sie schien gedrückter Stimmung zu sein und mich um die Gesellschaft junger Menschen zu beneiden. Ich fragte, ob sie Lust habe, morgen Nachmittag zu uns zu kommen und bei mir zu übernachten. Aber auch diese Vorstellung konnte ihre Laune nicht bessern.

Irgendwann wurde es ruhiger in Sarahs Zimmer. Es klang, als würden die drei zusammen einen Film ansehen, vermutlich eine Folge von Michel aus Lönneberga, was ebenfalls zum Gerlach'schen Weihnachts-Pflichtprogramm gehörte. Ich lungerte gemütlich auf der Couch, knabberte süßes Gebäck, goss mir noch einen dritten und vierten Whisky ein und fühlte mich pudelwohl.

Ich war schon ein wenig eingeduselt, als plötzlich Sarah vor mir stand und mit alarmiertem Blick fragte: »Ist Marie nicht bei dir?«

Wir brauchten nicht lange, um festzustellen, dass unser Gast das Weite gesucht hatte. Ich rief die Polizeidirektion an und gab eine Beschreibung durch. Marie hatte ihren Rucksack und den Monstertruck mitgenommen und die allseits bekannte orangene Jacke übergezogen. Kurz erwogen wir, auf eigene Faust nach ihr zu suchen. Aber diesen Gedanken gaben wir bald wieder auf.

»Wir haben ja keine Ahnung, in welche Richtung sie unterwegs ist«, meinte ich.

Besorgt und traurig standen wir im Flur herum und rätselten, weshalb Marie so plötzlich und unerwartet die Flucht ergriffen hatte.

»Sie ist doch so lustig gewesen«, sagte Sarah bedrückt. »Den Film mit Michel hat sie noch gar nicht gekannt. Sie hat so viel gelacht dabei.«

»Irgendwann ist sie still geworden«, fiel Louise leider erst jetzt auf. »Ich hab gedacht, sie muss aufs Klo, als sie rausgegangen ist.«

Wegen ihrer Begeisterung für Michels Streiche hatten meine Mädchen erst mit Verspätung bemerkt, dass Marie nicht zurückkam.

Aus dem Nichts schoss mir ein Gedanke in den Kopf. Natürlich!

Mathilda Ziller meldete sich am Telefon mit einem schon leicht verschlafen klingenden »Ja, bitte?«.

»Marie ist verschwunden. Möglich, dass sie auf dem Weg zu Ihnen ist.«

»Meine Güte ...«

»Vielleicht sehen Sie sicherheitshalber gleich mal aus dem Fenster? Nicht dass sie vor der Tür steht und sich nicht zu helfen weiß.«

»Oh, die Marie hat schon tausendmal bei mir geläutet, die weiß sich zu helfen.«

Die alte Dame versprach, Bescheid zu geben, falls das entlaufene Kind bei ihr aufkreuzen sollte. Keine zwanzig Minuten später spielte mein Handy die ersten Takte von Keith Jarretts Köln Concert.

»Grad kommt sie die Treppe rauf«, verkündete Frau Ziller stolz und inzwischen wieder wacher. »Was mach ich jetzt mit ihr? Ich hab ja überhaupt kein Geschenk für sie.«

Wir kamen überein, dass es für Marie das Beste war, wenn sie diese Nacht bei ihrer geliebten Oma Tilli bleiben durfte. Morgen früh würden wir weitersehen. Ich bat sie, niemandem zu erzählen, dass Marie ausgerissen war, und ich meine Aufsichtspflicht vernachlässigt hatte. Den Zwillingen schärfte ich ein, die Wohnungstür künftig auch dann abzuschließen, wenn wir anwesend waren, und den Schlüssel an die Garderobe zu hängen, wo Marie ihn nicht erreichen konnte.

Erster Weihnachtsfeiertag, Tag der Familie, der Ruhe und Besinnung. Und des Ausschlafens. Als ich zum ersten Mal die Augen öffnete, war acht Uhr schon vorüber. Beim zweiten Mal war es halb zehn. Um mich herum nichts als herrliche Stille. Die Mädchen schliefen noch, das Haus, die ganze Stadt schien noch nicht aus dem Bett gefunden zu haben. Ich reckte mich und dehnte mich, erhob mich schließlich, um mir in der Küche einen Kaffee aus der Maschine zu lassen. Ob ich um diese Uhrzeit wohl schon Maries Oma belästigen durfte? Ich beschloss, noch eine halbe Stunde zu warten und erst einmal richtig wach zu werden.

Mit dem heißen Becher vor mir saß ich am Küchentisch, sah zu, wie die Sonne sich über die Dächer der gegenüberliegenden Häuser erhob, nur um anschließend zügig hinter grauen Wolken zu verschwinden. Ich überlegte, ob ich versuchen sollte, Theresa zu erreichen, verspürte jedoch aus unklaren Gründen keine rechte Lust dazu. So schrieb ich ihr nur eine launige Handynachricht und wünschte ihr einen schöneren Tag als den vergangenen.

Kurz bevor mein Kaffeebecher leer war, legte mein Handy los.

»Ziller« stand auf dem Display.

Marie hatte in der vergangenen Nacht wunderbar geschlafen, war quietschvergnügt und machte zurzeit mit dem Monstertruck die Wohnung unsicher.

»Ich hab sie übrigens gefragt, wohin sie gezogen sind, die zwei.«

»Und haben Sie etwa eine Antwort bekommen?«

»Erst nicht und dann eine, die leider sehr nach Helge klingt. Anscheinend hat er dem armen Kind mal wieder einen Bären aufgebunden.«

Der Ort, in dem Marie seit Ende November zu Hause war, hieß angeblich Oberscheißbach.

»Ein Dorf, das so heißt, gibt's doch im Leben nicht, oder was denken Sie?«

Ohne dass ich Schritte gehört hatte, saß plötzlich Sarah neben mir und lächelte mich verschlafen an. Sie trug einen uralten und völlig aus der Form gegangenen Plüschpyjama, den arg verblasste Teddybärchen zierten.

»Oberscheißbach«, wiederholte ich den angeblichen Ortsnamen ratlos. »Das klingt wirklich, als hätte er Marie auf den Arm genommen.«

Im Flur begann das Festnetztelefon zu düdeln. Sarah erhob sich, um es zu holen, kam zurück und überreichte mir das immer noch randalierende Ding mit dem lautlosen Kommentar: »Oma.«

Ich verabschiedete mich eilig von Frau Ziller, drückte den grünen Knopf am anderen Apparat, sagte mit gespielter Munterkeit: »Hallo Mama, fröhliche Weihnachten euch beiden!«

Jedes Mal nahm ich mir vor, ihr zuvorzukommen, meine Eltern anzurufen, bevor sie es taten. Und jedes Mal klappte es wieder nicht. Meine Mutter tat, als würde es ihr nichts ausmachen, aber sie war immer schon eine schlechte Schauspielerin gewesen. Wir plauderten ein Weilchen über Gott und die Welt und das Elend des Älterwerdens. Das Wetter an der Algarve war prächtig, jeden Tag Sonne, allerdings war es meist windig, oft sogar stürmisch. Die Wellen des Atlantiks gingen hoch, Strandspaziergänge waren zurzeit kein Vergnügen. Während des Gesprächs konnte ich das Toben der Brandung hören. Vögel zwitscherten fröhlich dagegen an. Heute gönnte sich der ewige Westwind sogar eine Weihnachtspause, sodass meine Eltern auf der Terrasse frühstücken konnten. Vater ging es gut, aber er hatte keine Lust, mit mir zu sprechen, ließ lediglich Grüße ausrichten.

»Die schlafen noch«, antwortete ich auf die Frage meiner Mutter, wo denn ihre Enkeltöchter steckten. »Ich sag ihnen, dass sie euch anrufen sollen. Sie sind gestern spät ins Bett gekommen.«

Ich erzählte ihr von Marie und den Gründen, die dazu geführt hatten, dass sie bei uns war beziehungsweise gerade wieder nicht.

Dann ging uns endgültig der Gesprächsstoff aus. Meine Mutter erklärte resolut, sie habe jetzt Hunger und der Kaffee werde kalt.

Inzwischen hatte sich auch Louise zu uns gesellt. Gemeinsam überlegten wir, ob wir auch frühstücken sollten, entschieden uns dagegen, da wir alle noch von gestern satt waren.

»Oberscheißbach«, wiederholte Sarah kopfschüttelnd.

»Was?«, fragte Louise verdutzt.

»Vielleicht gibt's ja einen Ort, der so ähnlich heißt?«, überlegte sie, nachdem ihre Schwester sie aufgeklärt hatte. Keine zwei Minuten später war das Rätsel gelöst.

Ober-Mengelbach hieß der Ort, ein Weiler unweit von Wald-Michelbach. Von der Entfernung her passte es fast zu perfekt.

»Da fahren wir hin«, beschloss ich spontan. »Im Odenwald liegt Schnee. Sollen wir den Schlitten mitnehmen?«

Meine Mädchen waren sofort begeistert von der Idee. »Aber nur, wenn Marie auch mitkommt!«

Sie verschwanden in Richtung Bad, um sich in Rekordzeit reisefertig zu machen, und ich rief Mathilda Ziller an, um sie davon in Kenntnis zu setzen, dass wir sie demnächst überfallen würden, um ihr Marie zu entführen. Sie klang erleichtert. Marie litt offenbar unter Bewegungsmangel und tobte in der Wohnung herum, dass ihr Hören und Sehen verging.

Als ich das Handy zur Seite legen wollte, entdeckte ich, dass Clarissa Clarin mir schon vor einer halben Stunde eine Nachricht geschickt hatte.

»Würde gerne mit Ihnen sprechen. Es ist wichtig. Könnten wir uns heute noch treffen? Bin flexibel, CC.«

Heute? Ging es etwa immer noch um die potenzielle Leiche im Keller ihres Hauses? Drehte sie jetzt endgültig durch? Ich hatte schon eine angemessen pampige Antwort im Kopf, aber dann siegte doch die Neugierde.

»Was gibt es denn Dringendes?«, schrieb ich zurück.

Die Antwort kam postwendend: »Es geht um diese Tanja. Je schneller, desto lieber, bitte!«

Immer noch zögerte ich, hin- und hergerissen zwischen feiertäglicher Faulheit und erwachendem Interesse. Schließlich antwortete ich: »Am späten Nachmittag vielleicht. Melde mich, wenn ich sagen kann, wann.«

Sarah kam wieder herein, in den Augen Vorfreude. »Was machst du, während wir Schlitten fahren, Paps?«

»Da fällt mir schon was ein. Spazieren gehen, Kaffee trinken …«

»So wie das Kaff auf Google Maps aussieht«, sagte meine Älteste mit Blick auf ihr Smartphone, »nimmst du dir den Kaffee besser in der Thermoskanne mit.«

Eine halbe Stunde später waren wir unterwegs. Mathilda Ziller war tatsächlich froh, als wir ihr Marie wieder abnahmen. Allerdings nicht aus den Gründen, die ich vermutet hatte.

»Meine Mama ist heut Morgen im Bad ausgerutscht«, erklärte sie aufgeregt und bereits in Schuhen und Wintermantel. »Wie's aussieht, muss sie ins Krankenhaus.«

Auch Marie war schon fertig angezogen. Mit dem Rucksack auf dem Rücken und dem Monstertruck unterm Arm stand sie im Flur. Neben Schals und Pudelmütze hatten die Zwillinge auch eine dicke cremeweiße Daunenjacke für sie eingepackt sowie Moonboots. Diese waren ihr zwar einige Nummern zu groß, aber mit einem Extrapaar dicker Strümpfe darunter würde es wohl gehen.

Nach anfänglicher Verwirrung freute Marie sich plötzlich aufs Schlittenfahren. Sie freute sich auf die Autofahrt, sie freute sich, als bei Mörlenbach der erste Schnee in Sicht kam, der mit jedem Kilometer, den wir tiefer in den Odenwald hineinfuhren, dichter wurde und bald eine geschlossene Decke bildete.

»Wie bist du eigentlich gestern zu Oma Tilli gekommen?«, fragte ich sie irgendwann.

Mit der Straßenbahn. Ohne Fahrkarte. Sie wusste sich

wirklich zu helfen, da hatte Mathilda Ziller recht. Meine Töchter alberten mit Marie herum. Irgendwann sangen wir alle vier gemeinsam und herrlich falsch »O Tannenbaum«. Um den allgemeinen Jubel noch größer zu machen, brach die Sonne durch die dünner werdende Wolkendecke.

Als ich in Zotzenbach rechts abbog, hörte Marie abrupt auf zu singen. Sie saß auf dem Rücksitz neben Louise, ordentlich angeschnallt, jedoch sträflicherweise ohne Kindersitz. Ich baute darauf, dass die Kollegen, die das Pech hatten, heute Dienst zu schieben, diesen ohne übermäßiges Engagement verrichten würden. Als Unter-Mengelbach in Sicht kam, konnte Marie plötzlich nicht mehr ruhig sitzen.

»Wo fahren wir hin?«, fragte sie schließlich ahnungsvoll.

»Keine Angst, dein Papa wird nicht erfahren, dass wir euer Haus gefunden haben«, versuchte ich sie zu beruhigen. »Ich will mich dort nur ein bisschen umsehen.«

Selten in meinem Leben habe ich mich so schlecht gefühlt wie in diesen Minuten. Immer noch tat ich so, als wüsste ich nicht, dass Maries Vater tot war. Ich brachte es einfach nicht über mich, ihr die grausame Wahrheit zu eröffnen. Nicht ausgerechnet an Weihnachten. Lieber später. Übermorgen. Irgendwann. Wenn sie wieder Fuß gefasst hatte in ihrem so dramatisch durcheinandergewürfelten Leben und Menschen um sich hatte, denen sie vertraute.

Die Straße wand sich in zwei, drei Serpentinen einen Hang hinauf. Die Schneedecke schien immer dicker zu werden. Vor der Abfahrt hatte ich Theresa angerufen, um sie zu fragen, ob sie Lust auf einen Spaziergang bei Sonne und Schnee hatte. Sie hatte jedoch erstens keine Lust auf Schnee, saß zweitens noch im Zug und würde sich drittens am Nachmittag mit einer Kollegin treffen. Seit einigen Monaten besuchte sie regelmäßig einen kleinen Stammtisch Heidelberger Schriftstellerinnen und Schriftsteller. Dort hatte sie sich mit einer Autorin angefreundet, und die würde sie am Nachmittag besuchen für einen literarischen Kaffeeklatsch. »Sei mir nicht böse, Alex«, hatte Theresa gesagt.

»Der Kontakt ist mir wichtig. Und wir sehen uns ja morgen, okay?«

Wieder hatte ich das Gefühl gehabt, etwas stünde zwischen uns. Ich nahm mir vor, sie bei Gelegenheit darauf anzusprechen. Vielleicht hatte ich etwas Falsches gesagt, das sie verärgert hatte. Oder ich war nicht aufmerksam genug gewesen, hatte ihr schon zu lange keine Blumen mehr mitgebracht oder sie zu einem Candle-Light-Dinner ausgeführt.

Noch eine letzte Kurve, dann sahen wir Ober-Mengelbach tief verschneit und in gleißendem Sonnenschein vor uns liegen.

»Gleich kannst du uns deine ganzen Spielsachen zeigen«, sagte Sarah zu Marie, die mit erfrorener Miene hinter ihr saß. Obwohl meine Töchter inzwischen volljährig waren, war bei der Abfahrt wieder einmal eine kurze Diskussion notwendig gewesen, um zu klären, wer wann vorne sitzen durfte. Am Ende hatten sie drei Runden Schnick-Schnack-Schnuck gespielt, und Louise hatte verloren. »Und dann ziehen wir uns ganz dicke, warme Sachen an und fahren Schlitten, ja?«

Maries gemurmelte Antwort klang nicht nach Begeisterung.

Die kleine Ansammlung von Häusern einen Ort zu nennen, grenzte an Hochstapelei. Ein großer Bauernhof lag am Straßenrand, daneben eine Scheune, zwei, drei, nein, vier Häuser. Aus den Schornsteinen stieg Rauch senkrecht in den tintenblauen Winterhimmel. Kein Mensch war zu sehen, den man hätte um Auskunft bitten können. Die wenigen Autos, die am Straßenrand parkten, trugen dicke Schneemützen.

Marie hockte jetzt zusammengekauert auf dem Rücksitz, die Knie hochgezogen, sah ich im Rückspiegel. Ihr Blick war starr. Sie schien sich vor ihrem neuen Zuhause regelrecht zu fürchten. Was konnte dort Schlimmes geschehen sein? War – wie ich spekuliert hatte – der Mörder ihres Vaters dort gewesen, um nach Geld oder Wertsachen zu suchen? Oder – warum war mir dieser Gedanke nicht schon früher gekommen, Herrgott noch mal! – war Gerstner gar nicht aus freien Stücken zum Heddesheimer Badesee gefahren, sondern sein Mörder hatte ihn zu Hause besucht, es hatte Streit gegeben, er hatte sein Opfer entführt, um es an einer dunklen Stelle zu töten? Und Marie hatte den Streit und die Entführung miterleben müssen? Bei der Obduktion waren an Gerstners Leichnam zwar keine Kampfspuren gefunden worden, aber vielleicht hatte der Täter ihn zuvor betäubt? Manche Betäubungsmittel waren schon nach wenigen Stunden nicht mehr nachweisbar.

Die Landstraße führte nach einer letzten Kehre schon wieder aus dem Weiler hinaus in freies Gelände. Mitten in der Kurve zweigte links ein Sträßchen ab, das zu einigen verschneiten Häusern führte. Kurz entschlossen bog ich ab, hielt an und stieg aus.

»Bin gleich wieder da.«

Ich stapfte zum nächstliegenden Anwesen, einem bescheidenen, offensichtlich noch recht neuen Einfamilienhaus, aus dessen Kamin weißer Rauch stieg, klingelte. An der Tür hing ein großes, buntes und selbst bemaltes Keramikschild mit der poetischen Aufschrift: »Hier hausen Maike, Erin, Edith und Joshua Küppersbusch nebst ihrem Hund Friedrich dem Großen.«

Neben dem Hauseingang standen vier Paar Langlaufskier unterschiedlicher Länge.

Der große Friedrich produzierte angemessenen Lärm, musste erst beruhigt werden, bevor die Tür geöffnet werden konnte. Eine zierliche Frau spähte heraus, noch in Pyjama und Morgenmantel, hielt einen riesigen Bernhardiner mühsam am Halsband fest. Ein Hund in der Familie war gut für meine Zwecke, denn Menschen mit Hunden gehen viel spazieren.

»Ja, bitte?«

Ich stellte mich vor, zeigte meinen Dienstausweis und bat

um Verzeihung wegen der Störung zu so unchristlicher Zeit. Der Geruch von frisch aufgebackenen Croissants strich mir um die kalte Nase. Vielleicht war es doch keine gute Idee gewesen, auf das Frühstück zu verzichten.

»Ich suche ein Haus, hier irgendwo in der Nähe, vielleicht ein wenig abgelegen, das längere Zeit leer gestanden hat und seit Dezember wieder bewohnt ist.«

»Beim Steinbruch«, sagte die Frau, ohne eine Sekunde nachzudenken. »Es steht leer, seit wir hier wohnen, aber vor zwei, drei Wochen habe ich auf einmal Licht gesehen.«

Sie beschrieb mir den Weg: Etwa zwei-, maximal dreihundert Meter die Straße entlang, dann links ab.

»Es ist eine Sackgasse. Ob da aber geräumt ist?«

Ich bedankte mich, wollte mich schon abwenden, da sagte sie: »Geht es um das Mädchen? Um Marie?«

Frau Küppersbuschs Ehemann hatte vor Kurzem eine kleine Anhalterin mitgenommen.

»Erin, kommst du bitte mal?«, rief sie über die Schulter.

Friedrich der Große hatte sein Misstrauen mir gegenüber inzwischen überwunden, saß jetzt neben seiner Herrin und musterte mich mit Wohlwollen. Offenbar war ich aus seiner Sicht als Bedrohung nicht ernst zu nehmen.

»Nach Zotzenbach hab ich sie gefahren«, sagte Erin Küppersbusch, als er Sekunden später hinter seiner Frau auftauchte. Er hatte das Gesicht eines Triathleten, war zwei Köpfe größer als sie und trug einen Ring im linken Ohr. Vor etwa zehn Tagen, genauer wusste er es nicht mehr, war er in den nur wenige Kilometer entfernten Ort gefahren, um dort in einer kleinen Weinhandlung Vorräte für die Feiertage einzukaufen sowie bei Edeka einen Berg Lebensmittel.

»Nach Dossenheim wollte die Kleine, hat sie mir gesagt, zu ihrer Oma. Sie ist die Straße nach Unter-Mengelbach runtergetrabt mit einem Rucksack auf dem Rücken. Ist mir ein bisschen strange vorgekommen, ehrlich gesagt, aber sie hat behauptet, ihr Vater wüsste Bescheid, hätte bloß keine Zeit, sie zu fahren.«

Unsere kleine Marie schien bei Bedarf sehr überzeugend lügen zu können.

In Zotzenbach hatte Erin Küppersbusch Marie am Bahnhaltepunkt abgesetzt und ihr erklärt, dass sie in Weinheim in die Straßenbahn der Linie fünf umsteigen müsse.

»Ich fand sie schon ein bisschen jung für so einen Ausflug ganz allein. Aber von der Oma in Dossenheim hat sie die Adresse gewusst und wo sie aussteigen muss und alles. Und, na ja, ich dachte, was soll's. Besser, ich nehme sie mit, als dass ein anderer sie aufliest, Sie wissen schon. Ich habe dann sogar noch gewartet, bis die Bahn kam. Nicht dass sie am Ende doch in den falschen Zug steigt. Was ist denn mit ihr? Gibt's irgendwelche Probleme?«

Ich beruhigte ihn, erklärte, Marie gehe es gut, alles habe seine Richtigkeit.

Wenden war auf der schmalen, auf beiden Seiten von Schneebergen begrenzten Straße unmöglich. So fuhr ich rückwärts bis zur Landstraße. Wie von Frau Küppersbusch beschrieben, zweigte bald ein Weg ab, der tatsächlich nicht geräumt war. Ich fuhr so weit hinein, bis das Heck meines Citroëns den Verkehr nicht mehr behinderte.

Die Mädchen gingen voran, alle drei in klobigen Moonboots. Der Schnee reichte Marie an manchen Stellen fast bis zu den Knien, und es war nicht zu übersehen, wie unangenehm es ihr war, sich dem Haus zu nähern. Manchmal mussten die Zwillinge sie fast hinter sich herschleifen. Der schnurgerade Weg führte durch ein Wäldchen, wo weniger Schnee lag, da hohe Bäume die weiße Pracht abgefangen hatten. Und dann waren wir auch schon da.

Das alte, etwas baufällig wirkende Häuschen stand am Rand des Wegs, der kurz darauf zu Ende war. Während der letzten Meter war Marie kaum noch zum Weitergehen zu bewegen. Eine Krähe flatterte aufgeregt meckernd im Tiefflug über uns hinweg, als wollte sie uns vor einer Gefahr warnen.

Schließlich ging Marie entschlossen das letzte Stück bis

zum Haus. Der Schlüssel steckte in einem Außenfach ihres Rucksacks. Sie schloss auf, die vor Jahrzehnten zum letzten Mal frisch gestrichene Tür knarrte heftig, und ich konnte ihr nur recht geben – innen war es wirklich gruselig kalt. Es roch nach feuchtem Keller, Heizöl und schimmligen Wänden. Das Licht im Flur funktionierte nicht. Irgendwo tropfte ein Wasserhahn. Offenbar waren die Wasserrohre noch nicht eingefroren.

»Wo ist dein Zimmer, Marie?«, fragte Sarah mit gespielter Fröhlichkeit.

»Oben«, antwortete Marie mit dünner Stimme. Vielleicht hatte sie im letzten Moment gehofft, ihr Vater käme ihr freudestrahlend entgegen, um sie in die Arme zu schließen.

»Das gucken wir uns jetzt an, okay?«, schlug Louise vor. »Hast du denn auch Puppen oder nur Autos?«

Maries Antwort konnte ich nicht verstehen. Hintereinander stiegen sie die knarrende Holztreppe mit wackeligem Geländer hinauf. Ich überlegte, ob es sich lohnte, in dem alten Ofen im kleinen Wohnzimmer ein Feuer zu machen. Holz lag bereit. Aber bis das wärmte, war ich sicherlich längst fertig mit dem, was ich vorhatte.

Eines stellte ich gleich beim ersten Rundgang fest: Nach einem Kampf sah es hier nicht aus. Keine Blut- oder Schleifspuren, alle Möbel standen an ihrem Platz, nichts lag am Boden herum, das dort nicht hingehörte. Während die Kälte durch meinen dicken Wollmantel kroch, besichtigte ich die Räume. Die Möblierung war ein wenig kunterbunt, aber irgendwie gemütlich. Sogar Vorhänge hingen an den Fenstern, waren für die niedrigen Decken jedoch zu lang und fungierten daher eher als Staubfänger.

Ich hörte die Mädchen oben reden, herumpoltern und bald auch wieder kichern. In der spartanisch eingerichteten und selten geputzten Küche war nichts von Interesse zu finden. Im Wohnzimmer auf den ersten Blick ebenso wenig. Erst bei genauerem Hinsehen entdeckte ich einen Ordner in der Nische zwischen der Wand und der linken Armlehne des karierten Sofas. Auf den Rücken des Ordners hatte jemand mit dickem Filzstift und eckiger Schrift »Post und Kruscht« geschrieben. In einem dritten Zimmer, das nach Norden ging und in dem es aus unerfindlichen Gründen intensiv nach Zimt roch, standen nur zwei hohe Stapel noch unausgepackter Umzugskartons, die durchzusehen ich mir ersparte.

Ich stieg die Treppe hinauf, warf einen Blick ins Kinderzimmer, wo die wie Eskimos verpackten Mädchen am Boden saßen, Maries beeindruckende Autosammlung bewunderten und einige Gefährte nach den Anweisungen der Besitzerin herumschoben. Marie konnte recht überzeugend Motorgeräusche nachahmen. Glücklicherweise gab es hier einen elektrischen Heizlüfter, der schon geschäftig schnurrte und stickige Wärme verbreitete.

Der nächste Raum war ein karges Schlafzimmer mit einem wackeligen Schrank, der nichts als Männerkleidung enthielt, und einem schmalen, ungemachten Bett. Erst im letzten Raum wurde es interessant für mich. Schiefe Kiefernholzregale bogen sich unter Ordnern und Büchern. Unter dem kleinen Fenster stand ein ramponierter kleiner Schreibtisch aus der Mitnahmeabteilung irgendeines Möbelmarkts. Und hier fand ich nun, was ein Kriminalistenherz erfreut: Kontoauszüge, Rechnungen, Versicherungsunterlagen, Steuererklärungen. Unter dem Schreibtisch entdeckte ich außerdem ein Ladegerät für ein Notebook, das allerdings nirgendwo zu finden war.

Im Erdgeschoss hatte ich den Eindruck gewonnen, Maries Vater sei ein relativ ordentlicher Mensch gewesen. In seinem Arbeitszimmer sah es jedoch nicht ganz so aufgeräumt aus. Einer der Ordner im Regal stand auf dem Kopf, manche waren bis zur Wand nach hinten geschoben, andere ragten ein Stück heraus, einer lag sogar aufgeklappt am Boden. Auch die Schubladen des Schreibtischs wirkten so, als hätte jemand sie hastig durchwühlt. Sollte hier wirklich schon jemand vor mir gesucht haben? Vielleicht nicht nach Geld und Wertsachen, sondern nach verräterischen Unterlagen? Hatte dieser Jemand das Notebook mitgenommen? Was wohl sonst noch?

Ich wählte die Ordner aus, die mich interessierten, und legte sie in eine Kunststoff-Klappkiste, die in einer Zimmerecke stand. Beim Herausnehmen aus dem Regal plumpste ein dickes Buch zu Boden, ein Sachbuch über Solartechnik. Ich stellte es wieder an seinen Platz. Auch den Ordner aus dem Wohnzimmer packte ich ein.

Schließlich ging ich noch einmal hoch, um den Mädchen mitzuteilen, dass ich fertig war, und entdeckte dabei das vermisste Gerät: Der dicke und erstaunlich schwere alte Laptop lag in Maries Zimmer auf dem Teppich, halb unter Spielsachen vergraben. Somit hatte ich alles, was ich brauchte, und schleppte meine Beute zum Auto. Marie legte seltsamerweise keinen Protest ein, als ich den Computer ihres Vaters entführte.

Da die Mädchen noch in ihr Spiel vertieft waren, machte ich einen zweiten Rundgang durchs Haus. Ich betrachtete die gerahmten Fotos, die auf der Fensterbank lagen, vermutlich, um demnächst aufgehängt zu werden. Manche zeigten ein nicht besonders glücklich wirkendes junges Paar und ein kleines, meist bunt gekleidetes Mädchen. Manchmal sah ich auch nur die Mutter mit ihrem Kind, als Baby, als Kleinkind, als Einjährige, die mit verdutztem Blick ihre ersten, wackeligen Schritte machte. Anfangs hatte Marie meist Zöpfchen getragen, später manchmal einen Pferdeschwanz. Und immer wieder wirkte Tanja Gerstner, als wüsste sie mit diesem Bündel Leben in ihren Armen, auf ihrem Schoß, an ihrer Hand, nichts Rechtes anzufangen. Mutterliebe sah anders aus. Fotos von Vater und Tochter allein gab es nicht. Dafür solche von der heranwachsenden Marie. Der erste Tag im Kindergarten, eine Geburtstagsfeier mit drei kleinen, schokoladeverschmierten Gästen und einem Kuchen, auf dem vier Kerzen brannten. Der erste Schultag mit riesiger Schultüte, der siebte Geburtstag. Dann nichts mehr. Allmählich war ich so durchgefroren, dass meine Zähne klapperten.

So legte ich alles wieder an seinen Platz und rief die Mädchen, dieses Mal ein wenig drängender. Nach einigem Hin und Her und mehrfachem »Gleich, Paps, wir wollen nur noch schnell ...« kamen sie schließlich die Treppe herabgedonnert, gut aufgewärmt und bester Laune. Marie trug unter der Daunenjacke nun auch noch ihren wärmsten Pullover und sah dadurch endgültig aus wie ein Michelin-Männchen mit roter Pudelmütze.

Der Schlitten wurde aus dem Auto geholt, ein geeigneter Hang zum Rodeln gleich auf der anderen Straßenseite entdeckt, und ich spielte längst keine Rolle mehr. In Heidelberg war es bewölkt gewesen, doch hier war der Himmel nun fast überirdisch blau, und die Sonne schien mit aller Macht. Dummerweise hatte ich keinen Gedanken an meine Sonnenbrille verschwendet, und so musste ich die Augen zukneifen, so gleißend hell war die Landschaft um mich herum.

Da meine Schuhe sich nicht dafür eigneten, längere Zeit im Schnee herumzustehen, schlenderte ich in den Weiler zurück, machte kehrt und überlegte, wie ich die Zeit totschlagen könnte, bis die Mädchen den Spaß am Wintersport verloren. Schließlich beschloss ich, ins nahe Wald-Michelbach hinunterzufahren in der Hoffnung, dort ein offenes Café zu finden. Ich verkündete den überdrehten Mädchen meinen Plan, und wir testeten, ob man hier nicht vielleicht doch Handyempfang hatte, was nicht der Fall war. Also kamen wir überein, dass ich sie in anderthalb Stunden abholen würde.

Beim Durchfahren der Hauptstraße Wald-Michelbachs wurde mir klar, dass ich vergeblich gehofft hatte. Weit und breit kein offenes Lokal. Am Ortsende wendete ich, und nachdem ich wenige Meter gefahren war, begann mein Handy wieder einmal Keith Jarrett zu spielen. Eine unbekannte Festnetznummer wurde angezeigt, Sarah war am

Apparat. Der Schlitten war bei voller Fahrt umgekippt, Marie hatte sich am Handgelenk wehgetan und weinte. Sarah war zum Haus der Küppersbuschs gelaufen, um mich von dort anzurufen.

Der für das Wetter zuständige Gott schien das Malheur beobachtet zu haben, denn der Himmel verwandelte sich während der Heimfahrt im Nu in eine triste graue Decke. Als wir die Autobahn erreichten, hatte Marie sich schon wieder halbwegs beruhigt. So schlimm wie anfangs befürchtet schien ihre Verletzung nicht zu sein. Sie konnte das Gelenk bewegen, es tat zwar weh, schien ein wenig anzuschwellen, aber das war auch schon alles.

Als wir um kurz vor vier die Heidelberger Weststadt wieder erreichten, schlief sie selig und war bei der Ankunft kaum wach zu kriegen. Wir drei Großen waren ebenfalls rechtschaffen müde und freuten uns auf Heißgetränke.

Bevor ich mir jedoch den zweiten Cappuccino des Tages gönnte, schrieb ich Clarissa Clarin, ich stehe nun für ein Gespräch zur Verfügung. Zu meiner Erleichterung kam keine Antwort. So schrecklich dringend schien ihr Anliegen wohl doch nicht zu sein.

10

Die erbeuteten Ordner waren leider nicht sehr ergiebig. Geburtsurkunden von Vater und Tochter fand ich, nicht jedoch von der Mutter. Eine Heiratsurkunde, ansonsten nichts, was mit ihr zu tun hatte. Hatte Gerstner sie nicht nur aus seinem Gedächtnis zu tilgen versucht, sondern auch aus seinen Unterlagen? Warum hatte er dann aber all die Jahre das »T« an der Klingel und am Briefkasten stehen lassen?

Im Ordner »Post« fand ich einige Schreiben von seinem Arbeitgeber, der Bauer FebW GmbH, wie ich auf diesem Wege endlich erfuhr, außerdem von der Agentur für Arbeit, der Rentenversicherung, der Krankenversicherung und so weiter. Interessant waren die Kontoauszüge. In den zwei Jahren nach seiner Kündigung war es dort stetig abwärtsgegangen. Zu Beginn des vergangenen Jahres, als er seine Stellung verlor, war sein Girokonto mit fast zweitausend Euro im Plus gewesen. Dazu kam ein Sparvertrag, der auf Maries Namen lief und auf den jeden Monat fünfzig Euro flossen. Über die Jahre hatten sich so knapp fünftausend Euro angesammelt, die Gerstner auch in der größten Not nicht angerührt hatte. Im März des laufenden Jahres, als das Arbeitslosengeld endete und Hartz IV begann, hatte er den Dauerauftrag gestoppt, und sein Girokonto war zum ersten Mal ins Minus gerutscht. Im Mai hatte er sein offenbar schon ziemlich betagtes Auto verkauft und fünfzehnhundert Euro eingezahlt. Dennoch hatte er im August, als die erste Rente überwiesen wurde, bei der Bank schon wieder dreitausend Euro Schulden. Auch der Dauerauftrag für die Miete wurde gestoppt, und dann die große Überraschung: Am 23. September hatte Gerstner so viel eingezahlt, dass sein Konto wieder im Plus war. Auch die Miete für August und September hatte er überwiesen.

Auffallend war, dass er in den folgenden Wochen nichts abgehoben hatte, während er in den Monaten davor Montag für Montag anfangs hundert, später achtzig und schließlich noch sechzig Euro aus einem Geldautomaten gezogen hatte. Er musste in der zweiten Septemberhälfte von irgendwoher einen erklecklichen Bargeldbetrag erhalten haben.

Woher kam dieser Geldsegen? Ein Geschenk hielt ich für unwahrscheinlich. Eine Erbschaft ebenso wenig, denn ich hatte keinerlei Unterlagen dazu gesehen. Gestohlen? Geliehen? Von einem Freund, den er ja angeblich nicht hatte? Von dem ehemaligen Kollegen, mit dem er hin und wieder Fußball guckte?

Schließlich wandte ich mich Gerstners Uralt-Laptop zu, versorgte ihn mit Strom, schaltete ihn ein. Er bootete auch brav, das Betriebssystem startete – eine längst verjährte Windows-Version – und verlangte ein Passwort.

Ich versuchte das Naheliegende: »Marie«, »Marie« mit Geburtsjahr, »Gerstner«, mit und ohne Vornamen, mit und ohne Leerzeichen dazwischen, groß und klein geschrieben. Alles vorwärts und rückwärts, mit Punkten und ohne.

Nach einer Dreiviertelstunde gab ich auf. Hier konnte nur das Computergenie Henning helfen, mein Sohn aus einem One-Night-Stand vor zwei Jahrzehnten. Der weilte jedoch zusammen mit seiner Mutter Doro im Urlaub irgendwo im Süden. Wo genau, wussten meine Töchter nicht, aber jedenfalls weit entfernt vom wintertristen Heidelberg.

Ich erzählte ihnen von meinem Problem. »Habt ihr eine Idee, was ich noch versuchen könnte?«

Sie hatten viele Ideen, die allerdings auch nicht von Erfolg gekrönt waren. Louise kontaktierte Mick, der sich immer noch bei seinen Eltern in Allensbach langweilte. Er wusste ebenfalls keinen Rat, doch ihm fiel ein früherer Schulfreund ein, der angeblich ein Ass im Knacken von Passwörtern war. Dieser Schulfreund war allerdings zusammen mit seiner derzeitigen Freundin in Österreich zum

Snowboarden. Es half nichts – ich würde mich wie so oft in Geduld üben müssen.

»Wir wollten dir noch was sagen«, sagte Sarah, als ich den starrköpfigen Computer zuklappte. »Wegen Marie.« Sie wechselten einen Blick. »Wir sind uns nicht ganz sicher, aber wir hatten das Gefühl, in das Haus in Oberscheißbach ist einer eingebrochen.«

»Während Marie noch drin war«, ergänzte Louise. »Hat sie etwas in der Richtung erzählt?«

Nein, das hatte sie nicht.

»Erst ist uns nur aufgefallen, dass sie immer wieder so komisch rumgeguckt hat. Als hätte sie Angst, es könnte außer uns noch wer im Haus sein«, sagte Sarah.

»Einmal ist dir beim Suchen was runtergefallen«, ergänzte Louise. »Und da ist sie richtig zusammengezuckt. Ich hab sie dann drauf angesprochen.«

»Und da hat sie was von einem bösen Mann gemurmelt«, fuhr Sarah fort. »Mehr ist aber nicht aus ihr rauszubringen gewesen.«

Wir gingen in die Küche, und ich bat sie, Marie zu holen, die inzwischen wieder wach war und im Wohnzimmer mit ihrem neuen Lieblingsspielzeug Verkehrsunfall spielte.

Als sie bei uns am Tisch saß und ihr immer noch schmerzendes Handgelenk knetete, fragte Sarah sie, ob sie eine heiße Milch mit Honig haben wollte.

Marie nickte, ohne sie anzusehen.

»Erzähl mir von dem bösen Mann«, forderte ich sie auf.

»Der ist einfach ins Haus gekommen.« Marie sah mich unsicher an, dann Sarah, Louise und schließlich wieder mich.

»Wann war das? Warst du allein im Haus?«

Sie nickte unglücklich. Offenbar erinnerte sie sich nur ungern an das Ereignis. An dem Abend, bevor sie sich auf den Weg nach Dossenheim gemacht hatte, war er gekommen. Nach meiner Rechnung also am 14. Dezember. Zwei Tage später hatte sie mich auf dem Weihnachtsmarkt angerempelt.

»War es schon dunkel?«

»Hm.«

»Und was hat er gemacht? Hat er was gestohlen?«

Das wusste Marie nicht.

»Er ist überall rumgelaufen«, sagte sie empört. »Ich bin schon im Bett gewesen, weil's so kalt war. Und da hab ich gehört, wie unten die Tür aufgegangen ist. Da hab ich gedacht, mein Papa kommt. Aber wie ich übers Geländer geschaut hab, da ist er's gar nicht gewesen, sondern ein ganz fremder Mann.«

»Wie hat er ausgesehen?«

»Riesengroß. Einen schwarzen Mantel hat er angehabt. Und einen Hut.«

»Du hast ihn aber nicht gekannt?«

Hastiges, fast panisches Kopfschütteln.

Nachdem sie ihren Irrtum bemerkt hatte, hatte sie eilig das Licht gelöscht und sich unter dem Bett verkrochen.

»Hast du sein Gesicht sehen können?«

»Bloß die Schuhe. Wie er vor meinem Zimmer vorbeigegangen ist.«

Marie kaute auf dem Daumennagel der unversehrten Hand. Die überwältigende Angst, die sie in diesen Minuten gehabt haben musste, war wieder da. Den dampfenden Becher, der inzwischen vor ihr stand, hatte sie noch nicht einmal bemerkt.

»War er auch im Arbeitszimmer von deinem Papa?«

»Hm.« Jetzt rieb sie sich wieder das schmerzende Handgelenk, das allmählich ein wenig blau zu werden schien.

»Schwarze Schuhe hat er gehabt mit ganz dicken Sohlen und Schnee dran. Er hat die Schuhe gar nicht richtig abgeputzt, dabei muss man das doch. Da hab ich gedacht, wenn er wieder weg ist, dann hau ich ab und fahr zu Oma Tilli. Da ist's warm, und ich bin nicht mehr allein.«

»Wie lange war dein Papa denn schon weg, als der Einbrecher gekommen ist?«

»Paar Tage. Zwei oder drei.«

»Was hat er eigentlich gesagt, als er gegangen ist?«

»Bloß, dass er weggeht und bald wieder heimkommt, und dass ich so lang im Haus bleiben muss.«

»Nachdem der Einbrecher wieder verschwunden war, hast du noch eine Nacht im Haus geschlafen und erst am nächsten Morgen deine Sachen gepackt?«, fragte Sarah ungläubig.

Marie nickte, als wäre das die normalste Sache der Welt.

»Hast du denn gar keine Angst gehabt, dass er zurückkommt?«

»Doch. Aber ich hab ja unterm Bett geschlafen.«

»Ich würd mich zu Tode fürchten, wenn ich nachts allein in einer so abgelegenen Hütte wär«, sagte Sarah leise und schüttelte sich.

»Ich habe gehört, ein netter Mann hat dich zum Bahnhof gefahren«, sagte ich.

Dieses Mal reagierte Marie nicht, sondern blinzelte nur ins Leere.

»Keine Angst, ich werd deinem Papa nicht verraten, dass du in ein fremdes Auto gestiegen bist.«

Nun nickte sie doch und griff endlich nach dem Becher mit heißer Milch und Honig.

Louise erhob sich. »Ich hol mal eine Salbe und einen Verband für ihr Gelenk«, sagte sie. »Das wird allmählich ganz blau.«

Das erste Highlight des zweiten Weihnachtsfeiertags bildete ein Familienausflug in die Notaufnahme des Uni-Klinikums. Marie hatte in der Nacht geweint vor Schmerzen, ihr Handgelenk war inzwischen grün und blau und dick geschwollen, und ich wollte natürlich kein Risiko eingehen. Wir mussten uns in einem spartanisch eingerichteten Wartezimmer etwa eine Dreiviertelstunde gedulden, dann wurden wir zu einer empathischen, jedoch sichtlich übermüdeten Ärztin gebeten, die etwa in meinem Alter war. Das Handgelenk wurde besichtigt, betastet, schließlich sogar geröntgt, und am Ende erklärte die Ärztin der kleinen Patientin, nichts sei gebrochen, nichts gerissen. Ihr Gelenk sei lediglich verstaucht, und sie müsse in den nächsten zwei Wochen eine Bandage tragen. Diese kauften wir zu viert in einer der diensthabenden Apotheken. Es gab diverse Modelle zur Auswahl, in verschiedenen Designs und Farben. Marie entschied sich für eine blaue Variante, die mit Autos verziert war, und trug sie mit Stolz.

Der zweite Höhepunkt erwartete uns bei der Rückkehr in der Küche – Theresa. Marie reagierte anfangs ein wenig verschreckt auf die große, energische Frau mit den honigblonden Locken. Als Theresa sich jedoch klein machte und Maries Verband sowie den Monstertruck gebührend bewunderte, taute sie rasch auf. Meine Liebste hatte auch für Marie ein Geschenk mitgebracht, einen dicken Wälzer voller Bilder und technischer Daten von Autos beginnend mit der Benzinkutsche von Carl Benz bis hin zum neuesten Tesla-Modell. Marie schleppte ihr Geschenk in eine Ecke, legte sich dort auf den Bauch und begann umgehend zu schmökern.

Für mich hatte Theresa eine Flasche Whisky mitgebracht, ebenfalls von Islay, allerdings achtzehn Jahre alt. Ich begann mich zu fragen, ob ich bei Gelegenheit meinen Alkoholkonsum überdenken sollte, wenn mir plötzlich alle Welt Hochprozentiges schenkte. Ich bat Theresa, die Flasche mit nach Hause zu nehmen. So war ich künftig an beiden Lebensmittelpunkten mit schottischem Single-Malt versorgt.

Die Zwillinge bekamen teuer aussehende Halsketten mit Halbedelsteinen, über die sie sich zu freuen schienen.

Schon vor Wochen hatten wir beschlossen, Weihnachten mit einem mindestens fünfgängigen Menü zu feiern und dies als neue Familientradition zu etablieren. Auch die Speisefolge hatten wir schon vor Längerem festgelegt. Sarah war für den Salat zuständig (Rucola mit Parmesanspänen an einer Vinaigrette mit wenig Essig), Theresa für die Suppe

(Sellerieschaumsüppchen), ich für den Primo (Rigatoni mit einer Gorgonzola-Spinatsoße). Den zweiten Hauptgang (Saltimbocca mit in Butter geschmorten Blumenkohlröschen) kochten wir gemeinsam, und um den Nachtisch kümmerte sich Louise. Dieser Teil sollte eine Überraschung sein.

Marie hatte so etwas wie ein mehrgängiges Menü anscheinend noch nie erlebt, kam aus dem Staunen und Wundern nicht heraus und aß mit zunehmendem Spaß und beeindruckendem Appetit. Den Wein hatte Theresa mitgebracht, einen Riesling von ihrem Lieblingswinzer in St. Martin in der Südpfalz.

Als Nachtisch gab es Pannacotta mit gemischten Beeren und im Anschluss (auf mein Betreiben hin) eine Whiskyverkostung, an der sich allerdings nur Theresa beteiligte. Da ich mich nicht entscheiden konnte, welcher mir besser schmeckte, musste ich beide Sorten mehrfach probieren. Anschließend war es halb drei am Nachmittag, draußen schien es allmählich wieder dunkel zu werden, und mich überfiel plötzlich eine große Müdigkeit. Da auch Theresa ein starkes Ruhebedürfnis verspürte, verzogen wir uns in mein Zimmer für den siebten und inoffiziellen Gang.

Ich war – rechtschaffen erschöpft und befriedigt – gerade eingenickt, als wieder einmal mein Handy zu randalieren begann. Ich hätte es krakeelen lassen, wäre der Anruf nicht von der Polizeidirektion gekommen.

»'tschuldigung, Herr Gerlach, dass ich Sie am Feiertag störe«, sagte der diensthabende Kollege mit ruhiger Stimme. »Aber wir haben grad einen ungeklärten Todesfall reingekriegt. Im Palace Hilton. Eine Frau. Der Name ist Clarissa Clarin.«

»Hi, Chef«, begrüßte mich Laila Khatari, als ich aus dem vornehmen Lift trat.

Wir gingen einen langen, mit weichem Teppich ausgelegten Flur im zweiten Obergeschoss entlang, an dessen Ende das Hotelzimmer lag, in dem Clarissa Clarin gestorben war.

»Auf den ersten Blick sieht's eher nach Unfall aus«, meinte Laila. »Könnt aber auch was Schlimmeres sein. Ihr Mann ist unauffindbar. An der Rezeption sagen sie, er sei um halb drei auffallend eilig und ohne Mantel aus dem Hotel gelaufen.«

Vor der offen stehenden Tür des Raums stand eine Gruppe schweigender Menschen. Uniformierte Kollegen, zwei, drei Leute, in denen ich neugierige Hotelgäste vermutete, ein blasser und schwitzender Mann in dunklem Anzug, wohl der Hotelmanager. Einer der Gäste versuchte, über die Köpfe der vor ihm Stehenden hinweg Handyfotos zu schießen. Als eine Kollegin ihn scharf zurechtwies, steckte er das Handy ein und stampfte maulend davon.

»Im Moment ist der Arzt drin und außerdem zwei Leute von der Spusi«, sagte Laila. »Ich hab bisher bloß kurz reingeguckt.«

Wir drängelten uns nach vorne, um besser sehen zu können. Clarissa Clarin lag am Fußende des überbreiten Doppelbetts auf dem Boden. Komplett bekleidet und scheinbar unverletzt.

»Nach einem Kampf sieht es auf den ersten Blick wirklich nicht aus«, fand auch ich.

Das Zimmer war in einem ordentlichen Zustand. Nichts lag herum, alles stand an seinem Platz. Lediglich eine Ecke der weinroten Tagesdecke war ein wenig verrutscht.

Neben der Tür stand eine uniformierte Kollegin mit den Händen auf dem Rücken. Ihre Aufgabe war es, dafür zu sorgen, dass niemand den Tatort betrat, der dort nichts zu tun hatte.

Seit ich vor zwei Jahren um ein Haar selbst Opfer eines Mordes geworden wäre, hatte ich ein Problem damit, Blut zu sehen. Es schien zwar allmählich wieder besser zu werden, aber immer noch beschleunigte sich mein Puls, wenn ich auch nur in die Nähe eines Orts kam, wo ein Mensch gewaltsam zu Tode gekommen war.

Die Augen der Toten standen weit offen, blickten eher

überrascht als anklagend zur Zimmerdecke, der Mund war fast ganz geschlossen. Einer ihrer hochhackigen schwarzen Pumps lag neben dem Fuß.

»Am Hinterkopf ist Blut«, sagte Laila neben mir leise. »Wie's aussieht, ist sie auf den Bettpfosten geknallt.«

»Ist der Mann mit dem Auto unterwegs?«

»Nein, sein Ferrari steht in der Tiefgarage. Hoffentlich ist er nicht in den Neckar gesprungen oder so was. Fahndung ist seit einer Stunde raus.«

»Sie denken an Ehekrach mit letalem Ausgang?«

»Sie nicht? Es ist schließlich Weihnachten.«

Der Arzt murmelte etwas in sein Handy, das er als Aufzeichnungsgerät benutzte. Ich hörte Worte wie »otobasale Fraktur«, »Blutaustritt am linken Ohr und an der Nase«, »subdurale Blutung«.

Eine junge Kollegin im weißen Overall der Spurensicherer machte sich gerade am linken Bettpfosten zu schaffen, der wie das ganze Bettgestell aus schwerem, rötlichem Holz bestand. Das obere Ende des Pfostens bildete eine fast kindskopfgroße Kugel.

»Da sind Haare dran«, hörte ich sie halblaut sagen, während sie ein Foto knipste. »Und ein bisschen Blut auch.«

»Könnte sein, dass sie bloß gestolpert ist«, meinte Laila. »Oder sie haben gestritten, er hat sie gestoßen, und peng.«

»Kann man schon was zum Todeszeitpunkt sagen?«, fragte ich in den luxuriös eingerichteten Raum hinein.

Der Arzt, ein junger, schlaksiger Mann, den ich auf der Straße für einen Studenten gehalten hätte, schien meine Frage überhört zu haben. Er sprach weiter sein medizinisches Kauderwelsch ins Handy, aber schließlich sah er doch auf. »Vor zwei, maximal drei Stunden, würde ich sagen.«

Jetzt war es halb fünf. Also zwischen halb zwei und halb drei.

»Die Herrschaften haben in unserem Restaurant zu Mittag gegessen«, erklärte der zappelige Hotelchef, der sich in meiner Nähe hielt, seit er mitbekommen hatte, dass ich hier der Ranghöchste war. »Ich habe sie selbst gesehen.«

»Wie haben sie gewirkt?«

»Nun, angespannt. Die Frau hatte überhaupt keinen Appetit, hat fast alles von unserem Festtagsmenü zurückgehen lassen. Er dagegen schon. Er hat sogar das Rinderfilet von ihrem Teller aufgegessen.«

»Worüber sie gesprochen haben, können Sie vermutlich nicht sagen.«

»Solange ich im Raum war, haben sie überhaupt nicht gesprochen. An ihrem Tisch herrschte dicke Luft, wie man so schön sagt. Äußerst dicke Luft.«

Es geht um diese Tanja, hatte Clarissa Clarin in ihrer SMS geschrieben. Sollte sie der Grund für den Ehekrach gewesen sein? Ich erinnerte mich an ihre Reaktion, als Laila den Namen ihrer früheren Mieterin erwähnte. An den Blick, den sie ihrem Mann daraufhin zuwarf.

11

Den Sonntag verbrachte ich damit, mich von den Aufregungen der letzten Tage zu erholen und zu lesen. Meine Töchter waren unterwegs, Freunde oder Freundinnen treffen, und hatten Marie mitgenommen, damit sie ein wenig unter Menschen kam.

Während ich die Zeitung normalerweise bestenfalls überflog, las ich heute auch die Meldungen auf den hinteren Seiten. In der Ausgabe vom 24. Dezember berichteten Heidelberger Promis, wie sie Weihnachten feierten, was sie ihren Liebsten schenkten, was gegessen wurde.

Der Oberbürgermeister gewährte großzügige Einblicke in sein Privatleben.

Die Intendantin des Stadttheaters hielt sich eher bedeckt, gestand immerhin, ihr Lieblingsweihnachtsessen seien selbst gemachte Hamburger mit Bergen von Zwiebeln und extra viel Ketchup.

Ein Dr. Clemens Bauer, erfolgreicher Heidelberger Unternehmer und außerdem Bundestagsabgeordneter, feierte »zu Hause in kleinstem Rahmen, genauer gesagt, nur meine Frau und ich« mit feinem Essen, gutem Wein und klassischer Musik. »Ohne Kinder ist Weihnachten nun einmal nicht das, was es nach unseren romantischen Erwartungen sein sollte«, erklärte er. Auf dem Foto war er zusammen mit seiner Frau zu sehen. Sein Gesicht war rund, das Kinn ein wenig fliehend, die wie poliert glänzende Glatze umrahmte ein dunkler Haarkranz. Die Frau war schmal, grazil, leicht gelocktes hellblondes Haar, traurige Augen, die nichts von Festtagsfreude ahnen ließen. Am Ende wurde auf einen Artikel auf der folgenden Seite verwiesen, und erst beim Umblättern fiel mir ein, dass dieser glatzköpfige Dr. Bauer wohl Helge Gerstners letzter Arbeitgeber gewesen war.

Die Bauer FebW GmbH, las ich in dem zweiten Artikel, war jüngst vom Innenminister Baden-Württembergs für sozial vorbildliches und ökologisch nachhaltiges Unternehmertum ausgezeichnet worden. Der Gründer und stolze Chef, Dr. Clemens Bauer, der seit der letzten Wahl nebenbei auch noch für die Grünen im Bundestag saß, hatte seine Firma zu Zeiten ins Leben gerufen, als man Solartechnik noch als grüne Spinnerei abtat und den Klimawandel als Schnapsidee überspannter Berufspessimisten. Über viele, teilweise schwierige Jahre hatte er sein Unternehmen zu dem gemacht, was es heute war: ein deutschlandweit bekannter Anbieter nachhaltiger Energiesysteme für den Hausgebrauch. Solardächer, Wärmepumpen, Blockheizkraftwerke, sogar kleine Windenergieanlagen für den Garten fanden sich im Portfolio.

Er sei immer ein Freund des organischen Wachstums gewesen, hatte Dr. Bauer bei der Preisverleihung erläutert, zu der der Innenminister höchstpersönlich angereist war. »Dieses ewige Größer, Weiter, Schneller, dieses endlose Wachstum auf Pump waren nie meine Sache.«

Heute beschäftigte die Firma knapp einhundert Mitarbeiter, überwiegend Techniker und Ingenieure, von denen einige auf dem Foto zu sehen waren, das auf der Freitreppe vor dem Firmensitz aufgenommen worden war, einem großen, gläsernen Gebäude. Man legte explizit Wert darauf, wo immer es ging, weibliches Personal einzustellen und auch Menschen mit Behinderungen eine Chance zu geben. Selbstverständlich produzierte die preisgekrönte Firma ihren Strom selbst. Sämtliche Gebäude waren Null-Energie-Häuser, Maschinen, Computer und sonstige Geräte auf äußerste Sparsamkeit getrimmt, fast alle Firmenfahrzeuge wurden inzwischen von grünem, überwiegend selbst produziertem Strom angetrieben.

Die nächste Meldung gefiel mir sehr viel weniger. »Nächstenliebe nicht nur an Weihnachten«, lautete die Überschrift. Hier wurde von selbstlosen Menschen berichtet, die andere finanziell oder durch tätige Hilfe unterstützten. Eines dieser leuchtenden Vorbilder war zu meiner Verblüffung ich selbst. Der Teufel mochte wissen, wie die Nachricht nach draußen gedrungen war, aber irgendjemand hatte offenbar wieder einmal den Mund nicht halten können, und so stand es nun also in der Zeitung: »Der Chef der Heidelberger Kriminalpolizei A. Gerlach bietet der wohnsitzlosen neunjährigen Marie über Weihnachten selbstlos familiäre Geborgenheit und ein Dach über dem Kopf. Schließlich sei man als Polizist nicht nur dazu da, Verbrecher dingfest zu machen, sondern immer auch ein Freund und Helfer der Bürger, sagt A. Gerlach dazu.« Das hatte ich so zwar nie gesagt, aber völlig falsch war es natürlich auch nicht. Glücklicherweise war es der Verfasserin des Artikels nicht gelungen, ein Foto von Marie aufzutreiben. Eines meiner Wenigkeit hatte sie dagegen im Archiv der Zeitung gefunden.

Vielleicht war das Ganze gar nicht so schlecht. In letzter Zeit war es ja leider Mode geworden, die Polizei zu kritisieren und niederzumachen. Da konnten ein paar öffentlichkeitswirksame Pluspunkte hie und da nicht schaden.

Darunter stand eine Meldung, die mit »Ein ehrlicher Finder« überschrieben war. Dem in bescheidenen Verhältnissen lebenden Langzeitarbeitslosen Egon K. war zwei Tage vor Heiligabend das zugestoßen, wovon viele Menschen nur träumten: Beim morgendlichen Spaziergang mit seiner Hündin Kalinka hatte er eine Plastiktüte gefunden, die mit Geldscheinen vollgestopft war. Mit großen Geldscheinen. Angeblich enthielt die Tüte einen sechsstelligen Betrag, den Egon K. jedoch trotz seiner Armut, ohne eine Minute zu zögern, beim Fundbüro abgeliefert hatte.

Am Nachmittag versuchte ich noch einmal, das Passwort für Gerstners Laptop zu erraten – wieder vergeblich. Laila hatte ich gebeten, mich auf dem Laufenden zu halten, was den Fall Clarissa Clarin betraf. Aber mein Handy blieb den ganzen Tag über stumm. Lange würde es nicht dauern, bis Pascal Clarin mir gegenübersaß. Falls Lailas Befürchtung sich nicht doch bewahrheiten sollte und er sich im Schock nach dem Tod seiner Frau selbst gerichtet hatte. Offenkundig war er in heller Panik planlos, ohne Gepäck und Auto geflohen.

»Es geht um diese Tanja«, hatte sie geschrieben. Der Satz klang nicht, als hätte sie große Sympathie für Maries Mutter empfunden. Ich hatte inzwischen schon eine Ahnung, worum es bei dem Ehekrach gegangen war, und war sehr gespannt auf das Gesicht ihres Mannes, wenn ich ihm die SMS seiner Frau vorlas.

Am Montag hatte ich anfangs das Gefühl, allein in der Polizeidirektion zu sein. Sönnchen und fast die Hälfte der Belegschaft waren in Urlaub, mein Chef, der Leitende Polizeidirektor Kaltenbach, gönnte sich ebenfalls eine Auszeit, wichtige Neuigkeiten gab es keine, und so nutzte ich die reizarme Zeit, um endlich einmal wieder meinen Schreibtisch aufzuräumen, vieles wegzuwerfen, anderes in die Wiedervorlage zu stopfen, das meiste auf Sönnchens Schreibtisch zu deponieren, damit sie es nach ihrer Wiederkehr in die richtigen Ordner heftete. Ich ließ mir einen Cappuccino aus der Maschine und versuchte, auch in meinen Regalen ein wenig Ordnung zu schaffen.

Um halb zehn tauchte Balke auf, ebenfalls noch in gelassener Feiertagslaune. Laila kam wenige Minuten später. Zusammen gingen wir die während unserer Abwesenheit hereingekommenen Fälle durch.

»Siebzehnmal Ruhestörung wegen Familienkrawall«, las Laila von ihrer Liste ab. »Davon elfmal mit Gewalteinwirkung, die dreimal von der Frau ausging und siebenmal vom Mann, und einmal weiß man nicht. Vier Fälle von schwerer Körperverletzung. Die üblichen Raufereien in der Altstadt, ein paar Taschendiebstähle. Einbrüche, Raubüberfälle, Mord und Totschlag – abgesehen von Frau Clarin – zum Glück Fehlanzeige.«

Alles in allem lagen friedliche Feiertage hinter uns, kamen wir überein. Im Fall Helge Gerstner gab es – abgesehen von dem geheimnisvollen Einbrecher – nichts Neues zu berichten. Nichts ging voran, und das würde wohl noch einige Tage so bleiben. Viele Menschen waren verreist, die Labore des LKA hatten über die Feiertage mit Notbesetzungen gearbeitet und nur die allerdringendsten Anfragen erledigt und würden erst nach Dreikönig wieder voll einsatzfähig sein.

Ich berichtete meinen Mitarbeitern von Gerstners finanzieller Bredouille und dem plötzlichen Geldsegen, der es ihm erlaubt hatte, Ende September seine Schulden zu tilgen.

»Schicken Sie einen Trupp Spurensicherer in das Haus im Odenwald«, bat ich Balke. »Könnte sein, dass dieser Einbrecher der Kerl ist, der Gerstner erschossen hat.«

Balke machte sich eine Notiz auf der Rückseite seines Zettels.

»Handy kaputt?«, fragte ich erstaunt.

»Digital Detox«, erwiderte er achselzuckend.

»Außerdem sollten wir die Firma, wo Gerstner bis zu seinem Rausschmiss gearbeitet hat, mit einem Besuch beglücken.«

»Was ist das eigentlich für ein komischer Name?«, wunderte sich Laila. »FebW, was soll das heißen?«

Die Antwort fand sie selbst mithilfe ihres Smartphones heraus: Für eine bessere Welt.

»Eine Nummer kleiner ging's wohl nicht.« Balke gähnte herzhaft.

Anderthalb Stunden später stellte Balke unseren Dienstwagen gegenüber der Einfahrt zu Dr. Bauers Firma ab. Diese residierte in einem Industriegebiet im Westen Heidelbergs. Ein stämmig gebauter, maulfauler und offenkundig nicht übermäßig intelligenter Kerl, der in einem winzigen Kabuff die Schranke bewachte, musste einige Zeit telefonieren, bis es ihm gelang, eine Ansprechpartnerin für uns zu finden.

Ich hatte unseren Besuch absichtlich nicht angekündigt. Oft erfährt man mehr, wenn die Gesprächspartner unvorbereitet sind.

»Chef ist nicht da«, wurden wir von dem Torwächter zwischen zwei Telefonaten aufgeklärt. »Hat Urlaub. Alle haben Urlaub.«

Den Zusatz »nur ich nicht« verkniff er sich.

Die Frau, die schließlich bereit war, uns Rede und Antwort zu stehen, hieß Milberg mit Nachnamen und war, wenn ich das Genuschel des Pförtners richtig verstand, stellvertretende Geschäftsführerin.

»Können drüben im Eingang warten«, brummte er, als er sich wieder seiner *Bildzeitung* zuwandte. »Kommt gleich.«

Wir überquerten den fußballfeldgroßen asphaltierten Platz, auf dem akkurat aufgereiht eine Menge Firmenfahrzeuge standen, Lkws, Lieferwagen, Kombis und zwei schwere Limousinen. Alle waren weiß lackiert und mit einem Emblem verziert, das stark abstrahiert grünes Gras, blauen Himmel und eine strahlende Sonne zeigte. Ein wenig erinnerte es mich an Maries Weihnachtsgeschenk, das jetzt die Wand über meinem privaten Schreibtisch schmückte. Es roch nach bevorstehendem Regen und den Abgasen der nahen Autobahn.

Wir erreichten das Hauptgebäude, stiegen eine kurze, breite Treppe zu dem unspektakulären, gläsernen Portal hinauf, das ich erst gestern in der Zeitung hatte bewundern dürfen. Als ich auf der vorletzten Stufe war, flog die Tür vor uns mit so viel Schwung auf, dass sie scheppernd gegen einen Poller knallte. Ein bulliger Kerl in grauem Kittel kam uns entgegen, der einen schweren Werkzeugkasten trug. Irritiert von seinem plötzlichen und lautstarken Auftritt, verfehlte ich die letzte Stufe, kam ins Stolpern, und hätte Balke mich nicht festgehalten, wäre ich wohl der Länge nach hingeschlagen. So erwischte es nur mein linkes Knie.

Der Kerl mit dem Werkzeugkasten, vielleicht ein Zwillings-
bruder des Deppen an der Schranke, grinste nur und ließ
uns die Tür vor der Nase zufallen.

Eine Frau Mitte dreißig hielt sie uns wieder auf und stellte
sich als Regina Milberg vor. Sie war sehr viel freundlicher
und kommunikativer als die Mitarbeiter der Firma, mit
denen wir bisher die Ehre hatten.

»Haben Sie sich wehgetan?«, erkundigte sie sich besorgt.

Ich winkte ab. »Alles gut. Mein Kollege hat ja zum Glück
schnell reagiert.«

Munter plappernd führte sie uns zum Lift, der uns ins
zweite Obergeschoss hinaufbrachte. Beim Gehen merkte
ich, dass mein Knie wohl doch etwas mehr abbekommen
hatte, als ich anfangs dachte. Aber mit jedem Schritt ließ
der Schmerz ein wenig mehr nach. Wir verließen den Lift,
gingen einige Schritte einen menschenleeren Gang entlang,
betraten ein kleines Besprechungszimmer mit Ausblick auf
die A 5. In den Augen der stellvertretenden Geschäftsführerin
funkelten jugendlicher Tatendrang und Ehrgeiz. Sie war
eher klein und schmal gebaut, aber mit langen Beinen ge-
segnet, die unter einem kurzen und für die Jahreszeit überraschend luftigen Kleidchen hervorragten.

»Fast drei Viertel unserer Belegschaft sind nicht da«, erklärte sie, als wir uns an einen großen, quadratischen Tisch
mit blütenweißer Platte setzten, und legte einen Computerausdruck vor sich hin. »Die Feiertage liegen dieses Jahr ja
recht arbeitnehmerfreundlich. Mit sechs Urlaubstagen können Sie zwei Wochen freimachen.«

An ihrem linken Nasenflügel glitzerte in hellem Blau ein
kleiner, aber teuer aussehender Stein, Nägel und Mund
schmückte dasselbe helle Rot, und am Hals baumelte ein
kleines Kruzifix an einem dünnen Goldkettchen.

Regina Milberg nahm das Blatt zur Hand, das sie eben auf
den Tisch gelegt hatte, warf einen Blick darauf, legte es wieder hin, sah uns neugierig an, wobei ihr Interesse sich bald
auf meinen jungen und attraktiven Begleiter konzentrierte.

»Ein Kaffee vielleicht? Entschuldigen Sie, ich habe natürlich überhaupt nichts vorbereitet. Wir stecken mitten im Jahresabschluss, und mir schwirrt der Kopf vor lauter Zahlen und Daten. Die Buchhaltung hat natürlich Urlaubssperre, und da Clemens sich eine wohlverdiente Auszeit gönnt, habe ich nun die Ehre, unsere Firma zu repräsentieren.«

»Kein Problem«, beruhigte ich sie. »Kaffee hatten wir heute schon genug, und wir wollen Sie auch gar nicht lange aufhalten.«

Ich erklärte ihr den Grund unseres Überfalls.

»Helge Gerstner«, sagte sie mit schmalen Augen. »Meines Wissens ist er fast von Beginn an bei uns gewesen. Ich selbst bin erst vor drei Jahren dazugestoßen.«

»Das heißt, Sie haben ihn noch persönlich gekannt.«

»Gekannt wäre zu viel gesagt. Aber natürlich hatte ich hie und da mit ihm zu tun. Helge war einer von den Netten. Ich kann noch gar nicht glauben, dass er jetzt tot sein soll. Ermordet auch noch, also wirklich, wer tut denn so etwas?«

»Weshalb wir Sie belästigen, sind zwei Fragen: Erstens: Wer in Ihrem Haus könnte uns etwas über Gerstner erzählen? Wir dachten, vielleicht gibt es frühere Kollegen, zu denen er noch Kontakt hatte. Und zweitens: Warum ist er entlassen worden? Ihr Chef scheint mir ein Unternehmer zu sein, der achtsam mit seinen Mitarbeitern umgeht. So jemand feuert einen verdienten Mitarbeiter nach so vielen Jahren nicht ohne Grund.«

Selbst durch die geschlossenen Fenster drang das Rauschen des Autobahnverkehrs herein. Ein kleiner Vogel zwitscherte klagend dagegen an. Das Parfüm unserer Gesprächspartnerin wehte zu uns herüber und überdeckte den Geruch nach einem scharfen Putzmittel.

»Da wird es mit Sicherheit einen Grund gegeben haben«, sagte Frau Milberg nach kurzem Nachdenken ratlos.

»Den Sie aber nicht kennen.«

»Ich weiß nur, was ich gehört habe, nämlich dass Helge damals – Mitte Dezember war es wohl – zu Clemens zitiert wurde. Sie haben die Tür zugemacht, und angeblich hat es eine heftige Auseinandersetzung gegeben. Wenn Sie mehr zu dem Thema wissen wollen, müssten Sie mit Clemens selbst reden. Er hat mir nie eine Erklärung zu diesem wohl sehr unerfreulichen Vorfall gegeben.«

»Wann wäre Dr. Bauer denn für uns zu sprechen?«, fragte Balke.

»Zurzeit ist er in einem Schweigekloster in der Nähe von Chur. Clemens braucht ab und an Stille und Einsamkeit. Um seine Seele neu auszubalancieren, sagt er. Ich schicke ihm eine Nachricht. Hin und wieder macht er das Handy an, um zu sehen, ob es etwas Wichtiges gibt. Clemens legt großen Wert auf seine Work-Life-Balance. Andererseits nimmt er seine zahlreichen Verpflichtungen sehr ernst. Halbe Sachen gibt es bei ihm nicht.«

»Nun gut.« Ich nahm die Brille ab und rieb meine feiertagsmüden Augen. »Aber es wird doch wohl noch irgendjemanden im Haus geben, der mehr über Gerstners Entlassung weiß. Wie wäre es zum Beispiel mit dem Chef der Personalabteilung?«

»Das bin ich. Unter anderem bin ich seit Neuestem auch das.«

»Bleibt die Frage, wer in der Firma früher engeren Kontakt mit ihm gehabt hat. Mit wem er sich vielleicht nach der Arbeit mal auf ein Bier getroffen hat …«

»Dazu kann ich Ihnen leider nichts sagen. Aber ich kann, wenn der Betrieb im Januar wieder losgeht, gerne mal herumfragen, ob jemand etwas weiß. Falls ich Erfolg habe, hören Sie von mir.«

Balke und ich wechselten Blicke. Er zuckte fast unmerklich die Achseln. Ich erhob mich.

»Dann schicken Sie Ihrem Chef also eine Nachricht. Er soll sich bitte möglichst zeitnah bei mir melden.« Ich schob ein Visitenkärtchen über den Tisch. »Vergessen Sie nicht zu erwähnen, dass Helge Gerstner tot ist und wir seinen Mörder suchen.«

»Selbstverständlich.« Die junge Frau sprang sichtlich erleichtert auf. »Kann aber sein, wie gesagt, dass er sich erst morgen oder übermorgen bei Ihnen meldet. Bitte haben Sie Verständnis dafür.«

Sie war im Begriff, sich zur Tür zu wenden, als sie plötzlich stockte. Sie sah mir ins Gesicht, öffnete den Mund, schloss ihn wieder, schüttelte den Kopf.

»Was ist noch?«, fragte ich.

»Ach, nichts. Sprechen Sie mit Clemens. Ich möchte keine Gerüchte verbreiten.«

»Das geht so nicht, Frau Milberg. Da draußen läuft irgendwo ein Mörder frei herum.«

»Ich weiß ja nicht, ob es wichtig ist«, sagte sie mit gequälter Miene und abgewandtem Blick. »Es ist nur … Gleichzeitig mit Helge ist noch jemand entlassen worden. Das war ungewöhnlich, weil Clemens, seit ich hier bin, sonst noch niemanden freigestellt hat. Wenn jemand auf seiner aktuellen Position nicht mehr gebraucht wird oder eingesetzt werden kann, dann finden wir eigentlich immer eine andere angemessene Beschäftigung für ihn.«

Allmählich hatte ich die Lobeshymnen auf diese wundervolle Firma und ihren ruhmreichen Chef satt.

»Wer?«, fragte ich genervt. »Wer ist noch gefeuert worden?«

»Wittek heißt er, Ferdinand Wittek. Ob die Angelegenheiten etwas miteinander zu tun hatten, kann ich natürlich nicht sagen. Wenn stimmt, was damals gemunkelt wurde, dann ging es um einen Vorfall, der am Rande der Kriminalität war. Mehr möchte ich nun aber wirklich nicht dazu sagen.«

»Waren die beiden befreundet? Haben sie zusammengearbeitet?«

»Ersteres weiß ich nicht. Sie haben beide in der Montage gearbeitet. Aber nicht im selben Team, soweit mir bekannt ist. Wir haben zurzeit neun Montageteams, die meist unabhängig voneinander arbeiten. Aber natürlich ist da viel Wechsel und Hin und Her. Bei größeren Projekten werden Leute aus anderen Trupps abgezogen, bei eher kleinen werden welche abgegeben.«

»Gerstner hat eines dieser Teams geleitet, richtig?«

»Das stimmt.«

»Wittek auch?«

»Nein, der nicht. Der war ...«

»Was war er?«

Wieder zögerte sie, bevor sie weitersprach. »Ein wenig ... na ja, seltsam. Jedenfalls nicht mein Typ.«

»Könnten Sie das bitte konkretisieren?«, fragte Balke charmant lächelnd.

Immer noch hatte sie den Blick abgewandt, verknotete ihre Finger.

»Wie ich schon sagte, ich möchte keine Gerüchte in die Welt setzen. Aber Ferdi, er hatte so etwas Verschlagenes an sich. Und mit Frauen hatte er ein echtes Problem. Nicht nur mit mir.«

»Wir *müssen* irgendwie an Gerstners Mails rankommen«, sagte ich während der Rückfahrt zu Balke. »Anders kommen wir nicht weiter. Ich bringe seinen Laptop morgen mit. Vielleicht versuchen Sie mal Ihr Glück? Wenn Sie auch keinen Erfolg haben, dann schicken wir das Ding zum LKA.«

»Wozu haben die schließlich ihre IT-Cracks«, meinte Balke dazu. Nach kurzem Schweigen fuhr er fort: »Wenn ich seine Mailadresse wüsste, dann könnte ich versuchen, über den Provider weiterzukommen.«

Wieder fuhren wir eine Weile schweigend.

»Und der Mord in diesem Bonzenhotel hat mit Tanja Gerstner zu tun?«, fragte Balke dann.

»Bisher sieht es eher nach Unfall aus als nach Mord. Warten wir ab, bis wir die Ergebnisse der Obduktion haben und den Ehemann vernehmen können.«

Der Verkehr war spärlich. Die große Zeit des Geschenkeumtauschs hatte offenbar noch nicht begonnen.

»Über Maries Mutter wissen wir auch immer noch zu wenig«, sagte ich.

Wir hatten einige Fotos, die acht Jahre alt waren, eine halbwegs brauchbare Personenbeschreibung und kannten einige Basisdaten ihrer Existenz. Wir wussten jedoch nicht, ob sie noch lebte, und wenn ja, wo und unter welchen Umständen. Wir wussten nicht, weshalb sie ihren Mann und ihr Kind verlassen hatte. Ob sie einen neuen Partner hatte, einen Beruf, andere Kinder. Ob sie sich nach ihrem Töchterchen sehnte oder im Gegenteil heilfroh war, es nicht mehr um sich haben zu müssen.

»Sie kann zwanzig Kilo zugenommen haben«, sagte Balke gähnend, als wir an der Ampel zur Bergheimer Straße auf Grün warteten. »Neue Haarfarbe, andere Frisur, ein anderer Name ...«

»Richtig, sie könnte wieder geheiratet haben.«

»Meines Wissens ist sie nicht geschieden.«

»Irgendwo im Ausland, wo man es mit dem Papierkram nicht so genau nimmt.«

»Oder sie hat sich eine komplett neue Identität zugelegt. Einen gefälschten Ausweis ...« Balke sah mich mit krauser Stirn an. »Soll ich diese Frau Balsenberg noch mal fragen, ob sie ihren Perso nicht doch irgendwann verloren hat? Vielleicht ist ihr ja in der Zwischenzeit noch was eingefallen.«

»Sie denken, Frau Gerstner hat ihn ihr geklaut?«

»Oder im Darknet gekauft. So läuft das für gewöhnlich.«

Sollte Tanja Gerstner jetzt wirklich den Namen der ZDF-Redakteurin führen, dann bedeutete dies erstens, dass sie noch am Leben war. Zweitens, dass sie sich ein Prepaidhandy auf deren Namen zugelegt hatte. Und drittens, dass Helge Gerstner dies gewusst und in den vergangenen Monaten sogar mehrfach mit ihr telefoniert hatte.

Die Ampel schaltete auf Grün. Der Motor unseres BMW sprang ganz von alleine an.

Versuchsweise tippte ich den Namen Cristina Balsenberg in mein Smartphone und wurde regelrecht zugeschüttet mit Einträgen und Fotos.

»Ein bisschen sehen sie sich sogar ähnlich.« Ich zeigte Balke eines der Bilder. »Sie sind beide vom selben Typ, schlank, schwarzhaarig, blasse Haut.«

Frau Balsenberg schien allerdings deutlich größer zu sein als Tanja Gerstner.

»Was spricht eigentlich dagegen, das Handy orten zu lassen?«, fragte Balke.

Noch während ich sagte: »Dass ich keine Genehmigung dafür kriegen werde«, wurde mir klar, dass ich Unsinn redete. Das geheimnisvolle Handy konnte ebenso gut dem Mörder gehören, und allein das sollte Grund genug sein, eine Ortung zu veranlassen. Balke hatte die Nummer in den vergangenen Tagen hin und wieder angerufen. Sie war jedoch nie erreichbar gewesen.

»Wenn das Handy dem Täter gehört, dann hat er es natürlich längst verschwinden lassen«, meinte er. »Aber in jedem Fall finden wir die Funkzellen raus, in denen das Ding war, als er es das letzte Mal benutzt hat.«

Balke bog in die Römerstraße ein. Vor uns ragte der futuristische Bau der Polizeidirektion in den wintergrauen Himmel, aus dem es gerade wieder zu tröpfeln begann.

12

Minuten später setzte ich das Brainstorming allein fort. Die Funkzellenabfrage des Prepaidhandys sowie die Übermittlung der Verbindungsdaten hatte ich bereits in die Wege geleitet. Das Tröpfeln hatte sich innerhalb von Sekunden zu einem ausgewachsenen Sturzregen gesteigert. Wir hatten gerade noch halbwegs trocken den Hintereingang der Direktion erreicht.

Also noch einmal von vorn: Wer könnte etwas über Tanja Gerstner wissen, abgesehen von ihrem Mann, der nicht mehr lebte, und ihrer Tante in Hamburg, die vor zwanzig Jahren zum letzten Mal von ihr gehört hatte?

Clarissa Clarin, die inzwischen ebenfalls tot war.

Möglicherweise auch Pascal Clarin, den wir erst noch einfangen mussten.

Das Telefon beendete meine lust- und fruchtlose Grübelei.

»Marie redet!«, sagte Louise aufgeregt. »Sie erzählt von ihrem Vater.«

Louise erwartete mich im Flur, als ich eine Viertelstunde später mit nassen Haaren und durchweichtem Mantel die Wohnung betrat, und winkte mich in die Küche.

»Es hat damit angefangen, dass sie gesagt hat, wir hätten einen tollen Papa«, begann sie, nachdem ich die Tür hinter uns geschlossen hatte. »Weihnachten bei uns fand sie auch super. Ich hab gesagt, dass sie doch bestimmt auch einen netten Papa hat und auch immer schöne Weihnachten. Da hat sie eine Weile gegrübelt, und dann hat sie gesagt, ihr Papa sei weggegangen. Wahrscheinlich nach Amerika, zu ihrer Mama. Wenn er zurückkommt, dann feiern sie ein großes Fest, hat er ihr versprochen, mit Pizza und Cola, und sie darf sich was wünschen, egal, was es kostet, er wird es ihr kaufen.«

»Das mit Amerika vermutet sie aber nur.«

»Genau.« Louise seufzte. »Sie hat gewartet und gewartet und sich fast zu Tode gelangweilt. Sie haben da ja nicht mal einen Fernsehanschluss. Immerhin konnte sie DVDs gucken.«

»Hat ihr Vater nicht doch irgendwas gesagt, wohin er fährt? Irgendeine Andeutung gemacht?«

»Nur, dass er mit dem Zug fahren muss und dass es furchtbar wichtig ist und dass es ihnen hinterher viel besser geht. Sie hat sich natürlich Sorgen gemacht, als er nicht wiederaufgetaucht ist. Irgendwann ist dann auch noch das mit dem Einbrecher passiert, und außerdem ist ihr allmählich das Essen ausgegangen.«

Durch zwei geschlossene Türen hörte ich hin und wieder die Stimmen von Sarah und Marie. Manchmal lachten oder kicherten sie.

»Glaubst du diese Geschichte vom Einbrecher eigentlich?«, fragte Louise.

»Schon. Wenn man so allein ist wie sie, dann kann man sich alles Mögliche einbilden. Aber was sie uns erzählt hat, war viel zu konkret, als dass sie es sich ausgedacht haben könnte. Und mir ist es ja auch so vorgekommen, als wären die Sachen ihres Vaters durchsucht worden.«

»Sollen wir rübergehen?«, fragte Louise. »Willst du zuhören?«

Ich schüttelte den Kopf. »Besser, sie sieht mich jetzt nicht.«

»Bitte entschuldigen Sie, dass ich Sie einfach so überfalle«, sagte ich, als Beatrix Anheuser mir die Tür öffnete, Helge Gerstners frühere Nachbarin in Kirchheim. »Ich war gerade in der Nähe und habe versucht anzurufen, aber es war dauernd besetzt …«

Sie seufzte und lachte in einem. »Ich hab gestern Abend

den Hörer danebengelegt, weil andauernd so ein Kerl anruft, der uns irgendwelche Aktien verkaufen will. Aber kommen Sie doch rein, Herr Gerlach, Sie sind ja ganz nass. Mögen Sie einen Kaffee? Oder besser einen Tee mit Schuss?«

Die silberlockige Hausherrin war heute allein zu Hause, was mir ganz recht war.

»Mein Mann ist in der Stadt«, sagte sie, während wir den Flur durchquerten. »Er braucht wieder mal irgendwas für seine Werkstatt. Seit Neuestem repariert er alte Uhren. Fotografieren macht ihm in letzter Zeit ja keinen Spaß mehr. Sie kommen noch mal wegen der Tanja? Mögen Sie nicht doch einen Tee? Nicht dass Sie sich erkälten.«

Ein heißer Tee war vielleicht doch nicht zu verachten. Während Frau Anheuser sich um mein Heißgetränk kümmerte, erklärte ich ihr mein Anliegen.

»Sie sind anscheinend der einzige Mensch, der mir etwas über sie erzählen kann. Sonst finden wir einfach niemanden.«

»Und was genau wollen Sie wissen?«

»Alles. Wir suchen händeringend nach ihr, kommen aber einfach nicht weiter. Hat sie Lieblingsstädte gehabt, Orte, wo sie gerne war oder gewesen wäre? Hatte sie eine Freundin? Egal was, es interessiert mich.«

Bald darauf saßen wir im gut geheizten Wohnzimmer, ich mit einem riesigen Becher Fencheltee versorgt. Der Weihnachtsbaum war etwas kleiner als unserer und kunterbunt geschmückt mit Figürchen, handbemalten Kugeln, unechten Äpfeln und bunten Bändern. Beatrix Anheuser nippte an ihrem blassen Darjeeling.

»Paris«, sagte sie nach kurzem Nachdenken. »Und Mailand. Mode hat sie sehr interessiert, aber sie hat sich halt immer bloß billige Sachen leisten können. Das hat ihr gar nicht gepasst, dass sie kein Geld für Luxus gehabt hat. Anfangs hat der Helge ja nicht viel verdient. Später ist es dann besser geworden. Er ist befördert worden, glaub ich. Aber besonders viel Geld haben sie trotzdem nicht gehabt. So ein Kind, das kostet halt auch.«

Wieder nahm sie ein Schlückchen aus ihrer Tasse.

Vor den Fenstern tobte jetzt ein Unwetter. Sturm peitschte die Büsche und Bäume, Graupelschauer gingen nieder, hin und wieder meinte ich sogar, fernen Donner zu hören.

»Eine Freundin?«, fragte Frau Anheuser sich selbst. »Da müsst ich überlegen … Sie hat mal von einer erzählt, mit der war sie in derselben Klasse gewesen. Aber wie hat die geheißen? Agnes? Oder Agneta? Gesehen hab ich die jedenfalls nie. Wissen Sie, die Tanja ist nicht der Typ, der ständig Leute um sich haben muss. Sie ist eher ein bisschen scheu. So eine gefährliche Mischung aus Unschuld vom Lande und abenteuerlustigem Teenager. Das war es, glaub ich, was die Männer so verrückt gemacht hat. Sogar mein Richard hat manchmal Stielaugen gekriegt, wenn er sie gesehen hat in ihren knappen Röckchen und bauchfreien Tops.«

»Auf welcher Schule war sie?«

»Auf der Geschwister-Scholl, bis zur Mittleren Reife. Ist gar nicht weit von hier. Ihre Eltern haben seinerzeit ja auch in Kirchheim gewohnt, sie ist praktisch hier aufgewachsen, und … Ah, das wär vielleicht auch was, wo Sie mal nachfragen könnten: Wie sie fünfzehn war, ist ihre Mutter in die Geschlossene gekommen, wegen Depressionen oder so was. Anscheinend hat sie mehrfach versucht, sich das Leben zu nehmen. Der Vater war ja schon länger tot, und drum hat sich dann das Jugendamt um die Tanja gekümmert. Die haben sie in ein Heim gesteckt, wenn mich nicht alles täuscht, ins Paulusheim. Das ist auch hier in der Nähe, an der Alstater Straße.«

»Kommen wir noch mal zu Freundinnen …«

Beatrix Anheuser sah ein Weilchen schweigend in ihren Tee. »Da war mal eine zu Besuch«, sagte sie schließlich, »aber nicht oft. Ich glaub fast, bloß ein einziges Mal. Ich komm nicht drauf, wie die geheißen hat. Vielleicht haben sie sich von der Schule gekannt? Oder sie sind zusammen im Heim gewesen? Über die Zeit hat die Tanja nicht gern geredet. Drum hat sie sich dann an den Helge gehängt, nehm ich an. Damit sie da wegkommt, von dem Heim. Dass sie wieder ein richtiges Zuhause hat, jemanden, zu dem sie gehört und der für sie sorgt. Sie war noch keine vier Wochen achtzehn, da haben sie schon geheiratet. Beim Standesamt. Mit der Kirche haben sie es beide nicht so gehabt. Da ist sie ja auch schon hochschwanger gewesen.«

»Trauzeugen«, notierte ich auf dem Block, den ich vor mir liegen hatte. Nicht selten waren das ja Freunde oder Freundinnen des Brautpaars.

»Was hat sie sonst noch interessiert, abgesehen von Mode?«

Die dezent nach Kölnisch Wasser duftende alte Dame zog den faltenumkräuselten Mund schief.

»Nichts eigentlich. Ich sag ja, irgendwie ist sie immer noch ein Kind gewesen. Ständig hat sie neue Flausen im Kopf gehabt. Fotomodell wollt sie werden, Schauspielerin, Sängerin. Zwei, drei Mal ist sie sogar bei einem Casting gewesen. Sie haben sie aber nicht genommen. Eine Weile hat sie probiert, Kleider zu entwerfen, auf Papier, mit Buntstiften. Aber sie konnt ja nicht mal richtig zeichnen, geschweige denn nähen. Singen konnt sie übrigens auch nicht. Höchstens Fotomodell hätt ich mir vorstellen können. Aber die müssen ja nicht nur nett aussehen, sondern auch was im Kopf haben.«

Was bei Tanja Gerstner nicht der Fall zu sein schien.

»Diese Freundin noch mal, wie hat die ausgesehen?«

Frau Anheuser lachte unmotiviert auf. »Gott, was soll ich sagen? Groß, laut, dumm. Braune Haare hat sie gehabt, mit Locken. Ob die echt gewesen sind? Ob sie wirklich eine Freundin war? Ich kann's nicht sagen. Mit dem Kind hat sie fast noch weniger anfangen können als die Tanja. Wie durchgedrehte Teenager haben die zwei sich aufgeführt.«

Dieses Mal klang ihr Lachen ein wenig verlegen. Fast, als hätte sie Grund, sich zu schämen.

Ich notierte: »Freundin, groß, laut, dumm.«

Noch immer keine Spur von Pascal Clarin, erfuhr ich, als ich wieder an meinem Schreibtisch saß.

Laila hatte mir zwischenzeitlich eine Mail geschickt. Die Ärztin, die Clarissa Clarins Leichnam obduziert hatte, hatte unter ihren Nägeln Gewebematerial gefunden, das nicht von ihr stammte. Vermutlich hatte sie ihrem Mann das Gesicht zerkratzt, bevor er sie mit so fatalen Folgen von sich stieß. Hämatome, Abschürfungen oder sonst etwas, das auf einen Kampf schließen ließ, waren dagegen nicht feststellbar.

Mangels besserer Ideen griff ich zum Telefon.

Bei der Schule, die Tanja besucht hatte, erreichte ich erwartungsgemäß niemanden, da Ferien waren. Ein Anrufbeantworter riet mir, in Notfällen die Nummer des Schulleiters zu wählen, unter der sich jedoch wieder nur ein Anrufbeantworter meldete. Ich bat um Rückruf und versuchte mein Glück als Nächstes beim Paulusheim, wo schon nach dem ersten Tuten abgenommen wurde.

»Wann soll das gewesen sein?«, fragte der junge Mann, an den ich dort geriet.

»Zwischen 2008 und 2012. Genauer weiß ich es nicht.«

2008 war Tanja vierzehn Jahre alt gewesen, am 15. Januar 2012 hatte sie Helge Gerstner geheiratet.

»Damals bin ich noch nicht da gewesen. Aber bleiben Sie mal kurz dran, ich frag eine Kollegin.«

Ich hörte ihn nach einer Cordula rufen, die erst nicht zu finden war, dann doch. Auch sie hatte damals noch nicht im Paulusheim gearbeitet, und von den älteren Angestellten hatte niemand Dienst. Die Frau versprach mir jedoch, sich ans Telefon zu hängen und alle, die erreichbar waren, nach Tanjas Freundin zu fragen, über deren Beschreibung »groß, laut, dumm« sie sich köstlich amüsierte.

»Im Computer steht sie«, sagte Cordula nach kurzem Tippen. »Tanja Schwarz, Zugang Juli 2008, offiziell entlassen am 31. Dezember 2011.«

Seinerzeit hatte das Heim siebzehn ausschließlich weibliche Bewohner gehabt.

»Da fällt mir ein: Fragen Sie doch die Frau Kühnel. Die war bis vor zwei Jahren unsere Chefin und hat ein Gedächtnis wie ein Elefant.«

Ich notierte mir die Festnetznummer der pensionierten Heimleiterin mit dem guten Erinnerungsvermögen und landete beim nächsten Anrufbeantworter. Wieder bat ich um Rückruf.

Inzwischen war es Mittag geworden. Ich wusste nichts mehr mit mir anzufangen und rief Sarah an. Marie hatte wenige Minuten nach meinem Aufbruch das Gespräch über ihren Vater abgebrochen.

»Auf einmal hat sie wieder voll geblockt«, berichtete Sarah. »Und zu sehr nerven wollt ich sie nicht.«

»Jetzt geht diese Fernsehschnepfe nicht mal mehr an ihr Handy«, schimpfte Balke, den ich als Nächsten anrief. »Wahrscheinlich macht sie Urlaub auf einer funknetzlosen Südseeinsel.«

Er machte keinen Hehl daraus, dass er auch lieber in südlichen Gefilden wäre, bei azurblauem Himmel, Meeresrauschen, Sonnenschein und angenehmer Begleitung, als sich im Heidelberger Dauerregen eine Winterdepression zuzuziehen.

Ich hoffte, spätestens morgen die Genehmigungen für die Handyortung und die Einsicht in die Verbindungsdaten zu bekommen. Alles schien zurzeit mindestens doppelt so lang zu dauern wie in normalen Zeiten.

Am Nachmittag riss mich das Telefon aus meinem Dämmerschlaf.

»Lomann hier«, meldete sich eine dunkle Männerstimme. »Sie wollten mich sprechen?«

Der Anrufer war der Leiter der Geschwister-Scholl-Schule.

»Ich bin gerade ins Büro gekommen, weil ich ein paar liegen gebliebene Sachen aufarbeiten möchte, bevor der Tanz wieder losgeht.«

Ich erzählte ihm von seiner ehemaligen Schülerin Tanja Schwarz.

»Sie soll seinerzeit eine Freundin gehabt haben. Braune Haare und, wie es heißt, sehr extrovertiert.«

»Also, mir persönlich sagt das jetzt nichts. Aber ich könnte ... Moment ...« Ich hörte Tastaturklappern. »Unsere Frau Bachmüller war ihre Klassenlehrerin. Ich versuche mal, ob ich sie erreichen kann, und melde mich dann wieder.«

Zehn Minuten später wusste ich, dass auch Tanjas frühere Lehrerin sich an keine Freundin erinnerte, auf die die Beschreibung passte. Frau Bachmüller rief mich selbst an, um mir dies mitzuteilen. An Tanja erinnerte sie sich dagegen noch sehr gut.

»Sie war eine ungewöhnlich Zarte und Hübsche, aber eher still und in sich gekehrt. Faul war sie leider obendrein. Sie hat die Schule ein halbes Jahr vor dem Abschluss geschmissen. Nicht weil sie die Prüfungen nicht bestanden hätte, sondern weil sie nicht lernen wollte. So ist sie dann leider ohne Mittlere Reife abgegangen.«

»Hat es vielleicht andere Freundinnen gegeben?«

»Tanja hat sich mehr für ihre männlichen Klassenkameraden interessiert als für Mädchen. Es hat ihretwegen sogar Prügeleien gegeben. Sie hat die Jungs erst verrückt gemacht und dann fallen lassen, um dem Nächsten den Kopf zu verdrehen. Eine Mutter war einmal bei mir, die Sorge hatte, ihr Sohn könnte sich wegen Tanja etwas antun. Ich habe den armen Kerl dann ganz nach vorne gesetzt, damit er sie nicht mehr ständig vor Augen haben musste.«

Da ich den Hörer schon in der Hand hielt, versuchte ich mein Glück noch einmal bei Frau Kühnel, der pensionierten Leiterin des Paulusheims. Wieder vergeblich.

Der Nachmittag schleppte sich ereignislos weiter. Vor den

Fenstern strömte der Regen, richtig hell wollte es heute offenbar nicht werden, und bald kam ich aus dem Gähnen nicht mehr heraus. Wenn hin und wieder doch ein Anruf kam, hatte er nichts mit Helge Gerstner oder Pascal Clarin zu tun. Wieder und wieder ging ich meine Unterlagen durch in der Hoffnung, dort auf etwas zu stoßen, das wir im Eifer des Gefechts übersehen hatten. Aber ich fand nichts.

Um Viertel vor fünf – draußen hatte sich die Nacht gnädig über das Katastrophenwetter gesenkt – schreckte mich das Telefon wieder einmal aus meiner Kontemplation.

Am anderen Ende war Sarah, die Stimme tränenerstickt.

Marie war weg. Wieder einmal.

»Wir sind bloß kurz einkaufen gewesen, Loui und ich, ein paar Sachen fürs Abendessen besorgen. Nur ganz kurz, höchstens zwanzig Minuten. Marie wollt nicht mit, die war total k. o., weil sie in der Nacht so schlecht geschlafen hat wegen ihrem Handgelenk. Und wie wir wieder heimkommen, ist sie fort.«

Der Regen hatte inzwischen aufgehört, was ich noch gar nicht bemerkt hatte.

»Ihre Sachen?«

»Sind noch da. Der Rucksack, ihre alte Jacke, der Monstertruck, alles noch da. Nur die weiße Jacke von mir und ihre gefütterten Stiefel fehlen. Und das Handy auch. Ich hab schon versucht, sie anzurufen, aber es ist anscheinend aus.«

Dass Marie ihren Rucksack und das geliebte Auto zurückgelassen hatte, wunderte mich, änderte jedoch nichts an der Tatsache, dass wir sie wieder einmal suchen mussten.

»Vielleicht wollte sie zu euch? Ist euch gefolgt, hat euch aber nicht gefunden und sich verlaufen?«

Sarah schwieg. Ihr Atem ging immer noch schwer.

»Ich gebe sicherheitshalber wieder eine Suchmeldung raus und rufe Frau Ziller an. Ihr geht noch mal zum Supermarkt und fragt nach, ob jemand Marie gesehen hat. Vielleicht habt ihr Glück, und sie kommt euch entgegen.«

»So eine Scheiße, Paps«, schluchzte meine Älteste. »Ich hab sooo ein schlechtes Gewissen.«

»Wir haben sie schon dreimal wieder eingefangen. Es wird auch beim vierten Mal klappen.«

»Es gefällt ihr doch bei uns. Wir haben uns um sie gekümmert, wir haben doch alles ...«

»Hör auf damit«, unterbrach ich Sarah gröber als nötig. »Das bringt jetzt nichts. Macht euch auf die Suche. Wenn ihr sie auf dem Weg zum Supermarkt nicht trefft, dann sucht in der Stadt weiter. Nehmt die Räder mit. Vergesst die Handys nicht. Teilt die Straßen untereinander auf. Oma Tilli übernehme ich.«

Zum vierten Mal ging die Meldung an die Reviere: Neunjähriges Mädchen entlaufen. Die Beschreibung war dieselbe wie immer. Nur die Jacke war heute nicht schmutzig orange, sondern cremeweiß.

»Ach Gottchen!«, rief Mathilda Ziller erschrocken, als sie die Nachricht hörte. »Das arme Kind. Grad fängt's an zu schneien, seh ich. Hat sie denn wenigstens was Warmes an?«

In diesem Punkt konnte ich sie immerhin beruhigen.

»Sie sind zu Hause?«

»Bin ich, ja. Meine Mutter liegt jetzt erst mal im Krankenhaus. Da ist sie Gott sei Dank versorgt.«

»Wenn Marie bei Ihnen auftaucht, geben Sie mir bitte gleich Bescheid. Sie kann dann gerne wieder bei Ihnen bleiben, bis wir eine andere Lösung finden.«

»Ins Heim kommt mir das Kind jedenfalls nicht. Zur Not versuche ich, das Sorgerecht zu kriegen.«

Ich legte auf und machte mich auf den Weg nach Hause, um meine Mädchen bei der Suche zu unterstützen. Im Büro konnte ich ohnehin nichts tun, und für die Abarbeitung der niemals endenden Papierflut, die ein Chefposten nun einmal mit sich brachte, fehlten mir seit Sarahs Anruf die Ruhe und die Nerven.

13

Die Wohnung war dunkel und still, als ich ankam. Nur zur Sicherheit sah ich noch einmal in alle Zimmer, auch in mein eigenes Schlaf- und Arbeitszimmer, aber Marie war nirgends zu finden. Hätte sie zu ihrer Oma Tilli gewollt, dann müsste sie dort allmählich angekommen sein. Seltsam fand ich immer noch den Umstand, dass sie ihren Rucksack und den Monstertruck zurückgelassen hatte. Dass sie zum Supermarkt wollte und sich verlaufen hatte, hielt ich inzwischen für unwahrscheinlich. Marie war nicht auf den Kopf gefallen. Alle Begleitumstände sprachen dafür, dass etwas Schlimmes geschehen war. Meine Hände waren feucht, mein Puls hämmerte, und natürlich machte auch ich mir Vorwürfe.

Ich nahm die Taschenlampe, die für den Fall eines Stromausfalls in der Schublade unter dem Telefon lag, stieg in den Keller hinab, leuchtete dort in die Lattenverschläge, sah das übliche Gerümpel, alte Koffer, defekte Stehlampen, Kartons mit mehr oder weniger dicken Staubschichten darauf. Ich warf einen Blick in die Waschküche, wo eine alte Maschine stand, die längst niemand mehr benutzte, inspizierte den Fahrradkeller. Auch hier keine Marie.

Während ich die Treppen wieder hinaufstieg, beschlich mich plötzlich das altbekannte Gefühl, etwas übersehen zu haben. Etwas in meiner Wohnung war nicht so, wie es sein sollte.

Als ich die Tür zu meinem Zimmer ein zweites Mal öffnete, sah ich es sofort: Gerstners Uralt-Laptop war verschwunden. Ich machte Licht, blickte unter den Schreibtisch, auf die Fensterbank – das Ding war tatsächlich nicht mehr da. Auch das Ladegerät fehlte. Außerdem hatte ich aus Ober-Mengelbach vier Ordner mitgebracht. Jetzt standen nur noch drei in der Ecke. Der fehlende war der mit den Briefen.

Sollte Marie die Sachen mitgenommen haben?

Unwahrscheinlich. Wozu sollte sie so etwas tun?

Seit wir in Ober-Mengelbach waren, hatte sie ihr Handy wieder. Hatte jemand sie angerufen und aus dem Haus gelockt? Ihre Mutter womöglich?

Oder sollte etwa …?

Mir wurde eiskalt.

Noch einmal stieg ich die Treppen hinab, dieses Mal eilig und nur bis zum Erdgeschoss. In der Wohnung war Licht, sah ich durch die Verglasung der liebevoll restaurierten Altbautür. Ich drückte den Klingelknopf, unter dem seit Oktober der Name Altenberger stand. Ein Paar Anfang dreißig hatte die Wohnung gekauft und war immer noch dabei, sie zu renovieren. Innen näherten sich tappende Schritte. Der wohlgenährte Mann öffnete, der den Genüssen des Lebens sichtlich nicht abgeneigt war. Ein breites Lächeln erschien in seinem Gesicht, als er mich erkannte. Er steckte in einer farbbesprenkelten, zu eng gewordenen Jeans und einem labberigen T-Shirt und war gerade dabei, die Küchendecke zu streichen.

»Ich habe nur eine kurze Frage«, begann ich, nachdem wir die üblichen Freundlichkeiten und Segenswünsche ausgetauscht hatten. »Haben Sie heute Nachmittag einen Fremden im Treppenhaus gesehen?«

»Gesehen nicht, aber möglicherweise gehört«, erwiderte er nach kurzem Überlegen. Er warf einen Blick auf die alte Pendeluhr, die neben seiner nur provisorisch montierten Garderobe hing, sah wieder in mein Gesicht. »Ihre Töchter habe ich gehört, wie sie weggega …«

»Sonst nichts?«, fiel ich ihm ungeduldig ins Wort.

»Doch. Will ich doch gerade sagen. Ein paar Minuten später ist wer ins Haus gekommen und nach oben gegangen. Erst hat er bei Ihnen geläutet, zwei Mal, dann ist die Haustür gegangen. Ich dachte, Ihre Mädchen kommen zurück. Aber die hätten ja wohl kaum geläutet. Es war ... Warten Sie ... Jemand ist die Treppe rauf, richtig, und irgendwie ... Ich hatte das Gefühl, er hat sich Mühe gegeben, leise zu sein.«

Der beliebte und bewährte Einbrechertrick: Erst mal klingeln, um zu testen, ob jemand zu Hause ist, und sich dann in aller Ruhe an die Arbeit machen.

»Er?«, fragte ich.

»Als Nächstes habe ich Ihre Tür gehört und dann Schritte oben. Schwere Schritte, langsam, zögernd. Deshalb habe ich natürlich angenommen, es ist ein Mann, ja. Ich dachte, Sie machen vielleicht früher Feierabend. Aber Sie hätten ja auch keinen Grund gehabt, an Ihrer eigenen Tür zu läuten.«

»Wie lange war dieser ... Mensch oben?«, fragte ich mit belegter Stimme.

»Kann ich nicht sagen. Meine Schwester aus Buenos Aires hat angerufen, und wir haben ungefähr eine Viertelstunde gequatscht. Wie ich wieder aufgelegt habe, da war oben Ruhe. Bald danach sind dann Ihre Töchter nach Hause gekommen.«

War es vorstellbar, dass dieser Einbrecher, der ja wohl nur der Mann mit Hut gewesen sein konnte, nicht nur den Laptop und den Ordner, sondern auch Marie mitgenommen hatte?, fragte ich mich, als ich in meiner Küche saß und ein großes Glas Wasser leerte. Wie hätte das gehen sollen? Sie hätte doch bestimmt Geschrei gemacht, sich gesträubt und gewehrt, ihn in die Hand gebissen wie den armen Kollegen vor einigen Tagen. Und das hätte Herr Altenberger gehört, auch wenn er telefoniert hatte. Es sei denn ...

Es sei denn, sie hätte den Mann gekannt und wäre freiwillig mit ihm gegangen. Unsinn! Sie hatte ihn ja schon einmal gesehen und nicht gekannt.

Wieso eigentlich ein Mann? Auch Frauen konnten schwergewichtig sein. Auch Frauen konnten sich als Einbrecher betätigen. Auch Frauen, die früher einmal rank und schlank waren, konnten über die Jahre kräftig zugenommen haben.

Sollte die Einbrecherin Maries Mutter sein? Ganz auszuschließen war es nicht, und es würde erklären, dass Marie dem Eindringling so bereitwillig gefolgt war.

Ich nahm das Telefon aus der Ladestation, rief in der Direktion an und ließ mich mit der Kriminaltechnik verbinden. Die erschöpfte Kollegin, die mich vergangene Woche zum Haus der Clarins begleitet hatte, ging ans Telefon.

»Vor allem die Türschlösser sollten Sie sich ansehen«, sagte ich. »Außerdem das Standardprogramm: Hautschuppen am Boden, Haare und so weiter.«

»Ist Ihre Tür beschädigt?«

»Überhaupt nicht. Das war ein Profi.«

Jemand, der imstande war, innerhalb kürzester Zeit und ohne verräterische Spuren Sicherheitsschlösser zu knacken.

Sarah und Louise durchstreiften inzwischen die Innenstadt. Hin und wieder meldeten sie sich, um mir zunehmend verzweifelt mitzuteilen, dass sie Marie noch immer nicht gesichtet hatten. Oma Tilli hatte bisher nicht angerufen. Keine Nachricht aus der Polizeidirektion. In mir machte sich Panik breit.

Die Kollegin von der Spurensicherung fand, wie ich erwartet hatte, an den Türschlössern keinerlei Indizien für gewaltsames Eindringen. Anschließend begann sie, den Fußabtreter, der Besuchern vor meiner Tür ein herzliches Willkommen wünschte, mit breiten, durchsichtigen Streifen zu bekleben. Anschließend zog sie sie der Reihe nach wieder ab und verstaute sie sorgfältig. Das Spurenmaterial, das sie im Lauf des Nachmittags mit einem Kollegen zusammen in Ober-Mengelbach gesichert hatte, war natürlich noch nicht annähernd ausgewertet, berichtete sie mir, während sie wieder einmal am Boden herumrobbte.

»Frühestens in ein, zwei Tagen kann ich Ihnen mehr sagen. Dabei fällt mir ein, ich bräuchte Speichelproben von allen Personen, die hier ein und aus gehen. Wie viele Röhrchen soll ich Ihnen dalassen?«

»Zwei.« Eine Probe von Marie hatte das Labor bereits und eine von mir sowieso. »Ich bringe sie Ihnen morgen früh, okay?«

Dann saß ich wieder in meiner Küche, allein mit meinen Selbstvorwürfen, meinen Sorgen und Befürchtungen. War es wirklich vorstellbar, dass Marie freiwillig mit dem Einbrecher oder der Einbrecherin mitgegangen war? Wer konnte dieser Mensch sein? Wen außer ihren Vater und Oma Tilli kannte sie so gut, dass sie sich ihm anvertrauen würde? Frau Ziller war zwar ein wenig übergewichtig, hätte zur Not auch ein Motiv gehabt, Marie zu sich zu holen. Aber sie war gewiss nicht imstande, Sicherheitsschlösser zu knacken. Würde sie außerdem den Laptop ihres früheren Nachbarn stehlen und einen prallen Ordner voller alter Briefe?

Nein, das war alles viel zu weit hergeholt. Der Zeitungsartikel fiel mir ein, in dem erwähnt wurde, dass Marie sich bei mir aufhielt. Hatte er uns den unerwünschten Besuch verschafft?

Vermutlich.

Wahrscheinlich.

Sollte Marie telefoniert haben, ohne dass jemand von uns es bemerkt hatte? Mit dem Kerl, der dann später …? Eilig holte ich das Telefon aus der Ladestation, sah mir im Stehen die Nummern an, die in den vergangenen Tagen gewählt worden waren, und fand nur eine einzige: Ich selbst hatte vor einer knappen Stunde die Polizeidirektion angerufen. In aller Regel benutzte außer mir niemand mehr das altmodische Ding. Für die Zwillinge bedeutete »telefonieren« ohnehin schon seit Längerem »Videochat«. Außerdem verfügte Marie ja jetzt wieder über ein Handy und …

Systematisch vorgehen, ermahnte ich mich. Nicht in Nebensächlichkeiten verlieren.

Ein solches Problem konnte man immer von zwei Seiten angehen: von vorne, also von der Vorgeschichte her. Das funktionierte in diesem Fall nicht, weil ich zu wenig über Maries Leben wusste. Oder von hinten, vom Ergebnis her.

Was wusste ich? Jemand war in der Wohnung gewesen, um Dinge zu stehlen, die mit Maries Vater in Verbindung standen. Vielleicht, um genau das zu vermeiden, was ich mir davon versprochen hatte: dass ich Informationen fand über die Menschen, mit denen Helge Gerstner in den vergangenen Wochen und Monaten Kontakt hatte. Von denen jemand ihm möglicherweise Geld verschafft und ihn am Ende getötet hatte. Mit ziemlicher Wahrscheinlichkeit war der Einbrecher der Kerl, der Marie schon in ihrem Haus im Odenwald fast zu Tode erschreckt hatte.

So weit logisch, aber wenig hilfreich.

Wie passte Maries Verschwinden in die Geschichte? War sie womöglich schon gar nicht mehr hier gewesen, als der Einbrecher kam? War sie weggelaufen, kurz nachdem Sarah und Louise die Wohnung verlassen hatten? War sie geflohen, als der Eindringling in meinem Zimmer war? Wieso hatte mein neuer Nachbar im Erdgeschoss dann nicht gehört, wie sie die Haustür öffnete und wieder schloss? Hatte er zu diesem Zeitpunkt noch mit seiner Schwester telefoniert? Oder war er gerade auf dem Balkon gewesen, um zu rauchen? Ich wusste, dass er dies hin und wieder tat. Man roch es im Wohnzimmer selbst bei geschlossener Balkontür. Die ich erneuern lassen sollte, weil sie so undicht war, wie auch meine Töchter bemängelt hatten ...

Schon wieder schweifte ich ab!

Im Flur hatte die Kollegin zwei Sohlenabdrücke gefunden. Grobes Profil, geschätzte Größe 45. Also hatten wir es wohl eher nicht mit einer Frau zu tun.

Wer konnte sonst noch Interesse an Gerstners Unterlagen haben? Wieder fiel mir nur sein Mörder ein. Irgendwie mussten Gerstner und er sich ja zum tödlichen Treffen am Heddesheimer See verabredet haben. Dass der Täter den Laptop hatte verschwinden lassen, legte den Schluss nahe, dass die beiden per Mail kommuniziert hatten.

Brachte mich diese Erkenntnis in irgendeiner Weise voran?

Kein bisschen.

Was waren meine Möglichkeiten, den Einbrecher zu identifizieren, bevor in einigen Tagen die Ergebnisse der DNA-Untersuchungen vorlagen?

Erstens: Überwachungskameras.

Zweitens: Nachbarn.

Ich forderte von der Direktion Verstärkung an. Acht Kolleginnen und Kollegen von der Schutzpolizei würden in Kürze ausschwärmen, um Passanten in der Heidelberger Weststadt Maries Foto zu zeigen, an allen möglichen Türen zu klingeln, Menschen beim Abendessen zu stören, beim Fernsehen, bei was auch immer.

Das nähere Umfeld würde ich selbst übernehmen, da ich keine Minute länger still sitzen konnte. Draußen schneite es inzwischen heftig.

Die Befragung der Nachbarn gestaltete sich nicht so einfach, wie ich gehofft hatte. Viele Wohnungen in der Umgebung waren dunkel. Auch dort, wo Licht brannte, wurde mir nicht immer geöffnet, denn nicht nur ich wusste, dass dunkle Fenster am frühen Abend ungebetene Gäste anlockten. Den ersten Erfolg hatte ich bei einem Haus, das dem unseren schräg gegenüber lag. Im zweiten Obergeschoss öffnete mir eine junge, kräftig gebaute Frau in einem farbenfrohen Kimono, der ihr knapp bis zu den Knien reichte. Beine und Füße waren nackt, und die Wohnung, in die sie mich bereitwillig einließ, war atemberaubend überheizt. Sie hatte einen aufgeweckten Blick, glattes, weißblondes Haar und zum Glück einen wachen Verstand.

»Ich habe am Fenster gestanden, meinen Tee getrunken und ein wenig hinausgesehen. Ich mag diese Zeit, wenn die Dämmerung kommt, wenn die Lichter angehen. Erst recht, wenn es schneit.«

Und da hatte sie ihn gesehen: einen Mann, groß, nicht

mehr der Jüngste, in langem, dunklem Mantel und einem Hut mit breiter Krempe. Zudem war ihr aufgefallen, dass er mit dem Schloss der Haustür Schwierigkeiten hatte.

»Ich dachte, sein Schlüssel klemmt. Das passiert mir auch hin und wieder. Oder er hat es erst mit dem falschen Schlüssel versucht. Das passiert mir andauernd. Die ganze Zeit habe ich vor, mir solche bunten Plastikringe …«

»Haben Sie auch gesehen, wie er wieder herauskam?«

Nein, das hatte sie leider nicht.

»Haben Sie vorher jemanden gesehen, der aus dem Haus gekommen ist? Ein Kind vielleicht?«

»Nur Ihre Töchter. Sonst niemanden.«

Der Mann mit Hut war von Norden gekommen, vom Römerkreis her.

Die Zeugin hatte von ihrem Wohnzimmerfenster eine prächtige Aussicht in unsere Küche, in der ich vergessen hatte, das Licht auszuschalten.

»Ist hier sonst noch jemand zu Hause?«, fragte ich. »Ich habe überall geklingelt …«

Sie schüttelte den Kopf. »Viele sind verreist. Die Claasens im Dritten sind vor Weihnachten ausgezogen, und die neuen Mieter kommen erst Mitte Januar. Das Studentenpärchen unterm Dach ist über die Feiertage wahrscheinlich zu den Eltern gefahren. Nein, zurzeit bin ich allein im Haus, fürchte ich. Da finde ich es schon beunruhigend, dass hier auf einmal eingebrochen wird. Der Mann war doch wohl ein Einbrecher?«

»Kein gewöhnlicher. Er hat gefunden, was er gesucht hat. Sie müssen also keine Sorge haben, dass er wiederkommt.«

»Und weshalb sollte ein Kind herausgekommen sein? Ich habe es übrigens schon gesehen, das Mädchen, das seit Neuestem bei Ihnen wohnt.«

Als ich ihr sagte, dass Marie verschwunden war, schlug sie die Hand vor den Mund, und die Augen weiteten sich.

In anderen Häusern, wo ich mein Glück versuchte, hatte ich noch weniger Erfolg. Man war entweder verreist oder noch bei der Arbeit oder hatte Besseres zu tun, als aus dem Fenster zu sehen.

Erst in einem Haus, das etwa hundert Meter weiter nördlich gegenüber dem Wilhelmsplatz lag, wurde ich erneut fündig. Wieder war es eine Frau, die mir die Tür öffnete. Sie war etwa in meinem Alter, vollschlank, gepflegt, wohlriechend und legte offenkundig auch in ihrer Freizeit Wert auf ein gepflegtes Äußeres.

»Vor einer guten Stunde, sagen Sie?«, fragte sie über die Schulter, als sie mich in ihr sparsam, aber edel möbliertes Wohnzimmer führte. Die Wohnung lag im Erdgeschoss, die zwei großen Sprossenfenster waren nicht mit Gardinen verhängt. Lediglich kleine Faltrollos im unteren Teil wehrten neugierige Blicke ab.

Ihre Bewegungen waren so kontrolliert und fließend wie die einer Balletttänzerin, und einen Mann mit Hut hatte sie tatsächlich gesehen.

»Groß, kräftig, schwarzer Ledermantel?«

»Das dürfte er gewesen sein, ja.«

Sie bat mich, Platz zu nehmen, aber ich blieb lieber stehen. Die terrakottafarbene Sitzgarnitur stand hier mitten im Raum. Anstelle eines großen Couchtischs gab es zwei kleine aus gebogenem Plexiglas.

Meine Gastgeberin trug einen tannengrünen, eng anliegenden Pullover aus feiner Wolle und einen halblangen, schmalen Rock. Ihr leicht gelocktes Haar hatte sie im Nacken zu einem Knoten zusammengefasst. Es schimmerte in der dezenten Beleuchtung rötlich braun. Der konzentrierte, ruhige Blick ihrer dunklen Augen machte mich ein wenig unruhig. Um ihren hellrot geschminkten, schön geschwungenen Mund spielte ständig ein kleines Lächeln, als wüsste sie mehr über mich, als mir lieb sein konnte.

»Darf ich fragen, was es mit diesem Mann auf sich hat, Herr Gerlach?«

Offenbar hatte sie meinem Dienstausweis mehr als nur einen flüchtigen Blick gegönnt. Hastig erzählte ich ihr, worum es ging. Dass seit einigen Tagen Marie bei mir lebte, hatte sie in der Zeitung gelesen.

»Das fand ich sehr anrührend.«

Sie sprach leise, meist ein wenig langsam, ihre Stimme war angenehm, fast schmeichelnd. Und ihr hypnotischer Blick wich keine Sekunde von meinem Gesicht.

Auch vom Mord am Heddesheimer Badesee hatte sie gelesen.

»Dieser Mann«, versuchte ich, das Gespräch wieder in die richtige Bahn zu lenken, »war er eher jung oder eher alt?«

»Letzteres«, erwiderte sie leise lächelnd. »Älter, aber noch nicht wirklich alt. Unsympathisch hat er auf mich gewirkt. Schon wie er gegangen ist – leicht vorgebeugt wie ein Stier, der jeden Moment zum Angriff übergehen wird. Um den Mund hatte er so einen Zug, als wäre er nicht besonders glücklich.«

»Sie würden ihn erkennen, wenn ich Ihnen Fotos zeige?«

»Ich bilde mir ein, ein gutes Personengedächtnis zu haben.«

Marie hatte leider auch sie nicht gesehen.

»Ich habe aber nicht lange hinausgeschaut. Etwas hat geknallt, auf dem Platz, und ich wollte sehen, was das war. Vermutlich ein verfrühter Silvesterkracher.«

Erst jetzt entdeckte ich das weiße Klavier an der einen Wand. Auf dem Notenhalter stand ein aufgeschlagenes Heft.

»Schostakowitsch.« Das Lächeln meiner Gastgeberin wurde stärker. »In letzter Zeit spiele ich leider kaum noch. Mein Beruf frisst mir die Zeit weg.«

Sie war Anwältin, hatte ihr Büro gleich um die Ecke in der Kaiserstraße.

»Familienrecht. Falls Sie sich einmal scheiden lassen wollen …«

»Ich bin nicht verheiratet«, erwiderte ich idiotischerweise.

Dann verabschiedete ich mich hastig, drückte kurz ihre warme Hand. Sie brachte mich zur Tür und wünschte mir viel Glück und Erfolg.

Er war also zu Fuß gekommen. Wohnte er in der Nähe, oder hatte er irgendwo ein Auto geparkt?, überlegte ich, als ich weiterzog. Oder war er von der nächsten Straßenbahnstelle gekommen?

»Ich heiße Nora«, hatte die Frau mit der dunklen Stimme und dem hypnotischen Blick gesagt. »Nora Vestergaard. Mein Vater war Däne.«

14

Weitere glaubwürdige Augenzeugen fand ich nicht. Die eine oder der andere wollte den Mann aus reiner Hilfsbereitschaft gesehen haben. Ein junges Paar unterstellte mir, den todgeweihten Kapitalismus unterstützen zu wollen, und war nicht bereit, die weitere Verschärfung des grassierenden Überwachungswahnsinns auch noch zu unterstützen. Ein nach Schnaps riechender Kerl in einer übel riechenden Wohnung drohte mir Prügel an, wenn ich nicht sofort Leine zog.

Das Schneegestöber wurde dichter. Mehr und mehr verschwanden Gehwege und Straßen unter einer jungfräulich weißen Schicht. Unter besseren Umständen sicherlich ein erhebender Anblick.

Kurz überlegte ich, die Straßen nach den heute allgegenwärtigen Überwachungskameras abzusuchen. Aber mit einem Mal hatte ich keine Kraft mehr. Darum mussten sich andere kümmern. Ich war müde, ich war hungrig und zu Tode erschöpft.

Immer wieder riefen mich Mathilda Ziller oder eine meiner Töchter an. Ich telefonierte regelmäßig mit der Direktion. Überall nur Absagen, Enttäuschung und mehr und mehr Verzweiflung. Auch Theresa rief an und wollte wissen, wo ich blieb. Ich hatte völlig vergessen, dass ich heute zu ihr kommen wollte. Nachdem ich ihr im Telegrammstil berichtet hatte, was bei uns los war, hatte sie Verständnis. Dennoch spürte ich, dass sie wieder einmal gekränkt war. Dass sie sich vernachlässigt fühlte. Schon vorgestern war sie alles andere als begeistert gewesen, als ich sie wegen der toten Clarissa Clarin allein im Bett zurückließ. Es war schon eine Zumutung, einen Kripobeamten als Lebensgefährten zu haben. Sobald wieder Ruhe und Zeit war, musste ich mich mehr um sie kümmern.

»Wir sehen uns dann ja übermorgen«, sagte ich ein wenig atemlos.

»Silvester, richtig«, erwiderte sie in einem Ton, als wäre sie mit ihren Gedanken schon woanders.

Gegen halb neun waren wir alle wieder zu Hause. Abgekämpft, durchgefroren, frustriert und voller Sorge um unseren kleinen Schützling. Vor allem Sarah fühlte sich schuldig.

»Ich hätte genauso gut allein einkaufen gehen können.« Sie raufte ihre langen, gerstenblonden Haare. »Ich könnt mich echt ohrfeigen.«

»Niemand konnte damit rechnen, dass der Kerl hier aufkreuzt«, erwiderte ich matt. »Es ist jetzt, wie es ist, und wir können nur hoffen, dass Marie bald gefunden wird. Das wird sie, da bin ich sicher.«

»Ich wollt sowieso nicht in den Supermarkt«, warf Louise ein, als würde das etwas an der Sachlage ändern. »Wieder mal einen Haufen Plastikmüll gekauft.«

»Aber was, wenn der Typ ein Pädophiler ist?«, jammerte Sarah.

»Nichts spricht dafür. Er wollte den Laptop haben und den Ordner. Beides hat er jetzt. Warum er Marie mitgenommen hat? Ich habe keine Ahnung.«

»Vielleicht hat er Angst, dass sie uns was über ihn erzählt?«, grübelte Louise. »Vielleicht hat sie diesmal mehr gesehen als bloß seine Schuhe?«

Seufzend rieb ich mir die Augen. »Vielleicht ist sie auch einfach wieder mal weggelaufen, will zu ihrem Papa zurück, ich weiß es doch auch nicht, Herrgott!«

»Ohne ihren Rucksack?«, fragte Louise zweifelnd.

»Wahrscheinlich war sie in Panik«, mutmaßte Sarah. »Wegen diesem Typ mit Hut.«

»Ihr habt ihn aber nicht gesehen?«, fragte ich sicherheitshalber. »Er ist gekommen, kurz nachdem ihr losgegangen seid. Vielleicht ist er euch begegnet?«

Traurig schüttelten sie die Köpfe.

Wir erwogen dies, diskutierten jenes, bliesen Trübsal, zwangen uns, nebenbei eine Kleinigkeit zu essen. Aber niemand hatte Appetit. Als Erste trollte sich Louise, um Mick die schlimmen Neuigkeiten zu übermitteln. Sarah verschwand bald darauf in ihrem Zimmer, um für den nächsten Mathetest zu lernen. Nur noch wenige Monate, dann begannen die Abiturprüfungen, und das Fach, das den beiden früher so leichtgefallen war, hatte sich durch einen Lehrerwechsel plötzlich zum Problem entwickelt.

Ich selbst setzte mich ins Wohnzimmer, versuchte zu lesen, was mir nicht gelang, schaltete den Fernseher ein und wieder aus, roch Zigarettenrauch vom Nachbarn im Erdgeschoss und beschloss endlich – irgendwie war es doch halb elf geworden – ins Bett zu gehen in der Hoffnung, Schlaf zu finden. Noch ein letzter Anruf in der Direktion – immer noch nichts Neues in Sachen Marie. Die üblichen Schlafplätze der Obdachlosen waren längst überprüft worden, Streetworker befragt, viele Wohnsitzlose.

Immerhin gab es einen Lichtblick im Fall Clarissa Clarin zu vermelden: Ihr Mann war vor drei Stunden verhaftet worden, in einem kleinen Hotel in Passau. Morgen im Lauf des Vormittags würde er nach Heidelberg überstellt werden.

Sicherheitshalber fragte ich auch noch einmal bei Frau Ziller nach, die ebenfalls auf ein Lebenszeichen ihrer geliebten Marie hoffte. Ihre Stimme klang, als hätte sie geweint. Ich versuchte, mich mit einer langen, heißen Dusche zu beruhigen, zog meinen Pyjama an, legte mich ins Bett und knipste die Nachttischlampe aus.

Und natürlich war an Schlaf nicht zu denken.

Eben noch war ich sterbensmüde gewesen, doch nun begannen meine Gedanken und Fantasien wieder Karussell zu fahren. Ich wälzte mich hin und her, dachte Dinge, die ich heute schon hundertmal gedacht hatte, stellte Überlegungen an, die zu nichts weiter führten als der Erkenntnis, dass ich nichts tun konnte, als zu warten und zu hoffen. Dass ich mich gedulden musste, darauf bauen, dass alles gut werden möge. Es ist so verdammt schwer, Geduld zu haben, wenn ein Kind in Gefahr ist. Selbst wenn es nicht das eigene Kind ist, sondern …

Ein Geräusch!

Ich hielt den Atem an.

Nichts.

Doch, ein Rascheln.

Ganz nah.

Atmete da nicht auch jemand?

Plötzlich raste mein Puls, meine Hand fand den Lichtschalter, es wurde hell. Natürlich war ich allein im Zimmer. Ich löschte das Licht ein zweites Mal. Jetzt sah beziehungsweise hörte ich also schon Gespenster.

Aber da war es wieder. Erneut schaltete ich das Licht ein, sprang aus dem Bett, spähte in jede Ecke, hinter die Vorhänge, in den Schrank, unter den Schreibtisch, unter das Bett und … Da lag ein Bündel, ganz hinten an der Wand. Das Bündel war klein, trug eine cremeweiße Steppjacke und gefütterte Stiefel.

»Marie?«, rief ich leise, kroch so weit unters Bett, bis ich sie mit der Hand erreichen konnte. Kleine Äuglein öffneten sich zögernd. Kurz flackerte Panik auf, dann erkannte sie mich.

»Ist er weg?«, flüsterte sie verschlafen.

Minuten später saßen wir wieder in der Küche, dieses Mal zu viert. Unter meinem Bett musste dringend einmal wieder Staub gesaugt werden, hatte ich feststellen müssen, als Marie darunter hervorgekrochen kam. Aber das hatte der allgemeinen Freude und Erleichterung keinen Abbruch getan. Jeder von uns hatte ein Glas Wasser vor sich stehen, und natürlich hatten wir eine Menge Fragen an unseren Gast, der uns einen solchen Schrecken eingejagt hatte.

Marie hatte sich unwohl gefühlt, als sie plötzlich allein in der Wohnung war, hatte bald begonnen, sich zu fürchten.

Deshalb hatte sie beschlossen, den Zwillingen zu folgen, hatte sich eilig angekleidet, aber da hatte die Türklingel angeschlagen, zwei Mal. Dann war das Treppenhauslicht angegangen, sie hatte gehört, dass sich jemand an der Wohnungstür zu schaffen machte. Durch die Türverglasung hatte sie den Schatten des großen Mannes mit Hut gesehen und war daraufhin unter das nächste Bett geflitzt, welches meines war. Sie hatte gehört, wie der Fremde die Wohnung betrat, herumging, die eine oder andere Tür öffnete, schließlich mein Zimmer erreichte, wo er fand, was er suchte. Marie hatte dieses Mal nicht nur seine übergroßen Schuhe gesehen, sondern, als er sich bückte, um den Stecker des Ladegeräts aus der Dose zu ziehen, auch das Gesicht. Nachdem der Riese wieder verschwunden war, war sie sicherheitshalber noch ein Weilchen in ihrem Versteck geblieben und dabei eingeschlafen. Übermüdet von einer unruhigen Nacht.

»Es war derselbe, der auch bei euch im Haus war?«

Sie nickte eifrig. »Er hat den Computer von meinem Papa geklaut.«

Den er beim ersten Versuch nicht hatte finden können, weil er in Maries Spielzeugchaos am Boden lag.

»Ich hab ein Spiel drauf gespielt«, erklärte sie stolz. »Mein Papa hat's mir erlaubt. Er hat gesagt, ich muss aber ganz vorsichtig sein, damit er nicht kaputtgeht. Und ich muss ihn wieder auf seinen Schreibtisch tun, wenn ich nicht mehr spielen will.«

»Für den Computer braucht man ein Passwort.«

»Tanja123 heißt es. Wie meine Mama.«

Darauf hätte ich wahrhaftig auch selbst kommen können.

Ich rief Oma Tilli an und gab Entwarnung. Ich rief in der Direktion an und blies die Suchaktion ab. Schließlich legten wir uns alle wieder in unsere Betten, und dieses Mal schlief ich innerhalb von Sekunden ein.

Am Dienstagmorgen führte mich mein erster Weg in die Abteilung für Kriminaltechnik, wo ich die beiden Röhrchen mit den Speichelproben meiner Töchter ablieferte.

»Wundern Sie sich nicht, sie sind eineiige Zwillinge«, sagte ich zu der Kollegin, die heute noch erschöpfter wirkte als gestern. »Wahrscheinlich hätte eine Probe auch gereicht.«

In meinem Büro machte ich mir einen Cappuccino und bat Sven Balke und Laila Khatari zu mir, um ihnen von den nervenaufreibenden Ereignissen des vergangenen Abends zu berichten. Während ich auf die beiden wartete, wurde mir bewusst, dass ich von einer Frau mit rötlich braunem Haar und unergründlichem Blick geträumt hatte. Es war ein Traum gewesen, von dem ich Theresa lieber nicht erzählen würde …

»Hammer!«, sagte Balke, als ich geendet hatte. »Jetzt kennen wir endlich das Passwort und haben den Computer nicht mehr.«

»Erzählen Sie bloß nicht rum, dass das Ding in meiner Wohnung stand, sonst kriege ich am Ende noch eins auf den Deckel wegen Unterschlagung von Beweismitteln.«

Balke und Laila versprachen zu schweigen wie zehn keltische Hügelgräber.

»Ihnen ist aber schon klar, dass wir Sie ab sofort in der Hand haben?«, sagte Laila mit hinterhältigem Grinsen.

»Sonnenklar«, seufzte ich.

Beide wünschten, schnellstmöglich befördert zu werden. Laila wollte Oberkommissarin werden, Balke fühlte sich zum Hauptkommissar berufen.

»Svenja und ich wollen vielleicht im Sommer heiraten. Wir brauchen eine größere Wohnung, neue Möbel, das kostet alles.«

Wir beschlossen, wieder ernst zu werden.

»Sie nehmen sich bitte ein paar Leute und klappern die Parkhäuser rund um die Weststadt ab«, bat ich Balke. »Außerdem alle Geschäfte, die Überwachungskameras haben. Befragen Sie die Leute, die dort arbeiten.«

Laila hatte schon die Trauzeugen von Helge Gerstner und Tanja Schwarz eruiert, Simon Grünlich und Brigitte Widermann.

»Die zwei übernehme ich«, entschied ich spontan. »Sie kümmern sich bitte weiter schwerpunktmäßig um Frau Gerstner.«

Als ich wieder allein war, wählte ich noch einmal die Nummer der ehemaligen Leiterin des Paulusheims, Andrea Kühnel.

Wieder ging sie nicht ans Telefon.

Ich besorgte mir ihre Anschrift per Online-Abfrage, Mannheim-Käfertal, Fasanenstraße, und beschloss, hinzufahren. Vielleicht konnte mir jemand aus der Nachbarschaft verraten, wo die Frau steckte.

Andrea Kühnel ging deshalb nicht ans Telefon, weil sie im Krankenhaus lag, erfuhr ich eine gute halbe Stunde später.

»Nierenstein«, verriet mir ein gichtiger und dem Anschein nach knapp hundertjähriger Nachbar. Seine Wohnung lag neben der von Frau Kühnel im ersten Obergeschoss eines gesichtslosen Mietshauses an einer langweiligen Dorfstraße. »Gestern ist sie operiert worden.«

»Ich hoffe, es geht ihr schon wieder besser. Darf man sie besuchen?«

»Besuchen Sie sie ruhig«, nuschelte er. Sein Gebiss schien ein wenig locker zu sitzen. »Die Andrea freut sich über jede Abwechslung.«

Frau Kühnel lag im Mannheimer Theresienkrankenhaus in Zimmer 314.

Aber auch in ihrem Krankenzimmer war sie nicht anzutreffen. Ihre käsebleiche und apathische Zimmergenossin meinte, ich würde sie am ehesten in der Cafeteria im Erdgeschoss finden. Erkennen könne ich sie an ihrem feuerroten Wuschelkopf und der durchdringenden Stimme.

Die pensionierte Heimleiterin saß tatsächlich an einem kleinen Tisch mitten im Besuchercafé und hatte ein leeres

Piccolo-Fläschchen und ein fast leeres Sektglas vor sich stehen. Das Café war hell und freundlich, viel beschneites Grün vor großen Fenstern, am Boden granitgraue, spiegelblanke Fliesen. Sogar die Sonne ließ sich zur Feier des Tages blicken und sorgte für warmes Licht und gute Stimmung. Es duftete nach frisch gebrühtem Kaffee und Aufgebackenem. Der seegrüne Bademantel der lebenslustigen Patientin harmonierte vorzüglich mit der Farbe ihres Haars, das den Kopf wie eine Explosionswolke umrahmte. Sie entdeckte mich schon, als ich den weitläufigen Raum betrat, vermerkte mit Genugtuung, dass ich ihren Tisch ansteuerte.

»Sie wollen zu mir?«, fragte sie begeistert.

»Darf ich mich setzen?«

»Klar doch. Machen Sie es sich bequem. Sie müssen einen Sekt mit mir trinken.«

»Leider bin ich Polizist und im Dienst und mit dem Auto da.«

»Macht nichts«, behauptete sie resolut und rief ihre Bestellung mit volltönender Stimme in Richtung Tresen, wo zwei unterbeschäftigte weibliche Servicekräfte so taten, als würden sie sich nicht langweilen. Eh ich michs versah, hatte ich ein gut eingeschenktes Sektglas vor mir stehen. Andra Kühnel erhob das ihre.

»Auf einen glücklich losgewordenen Nierenstein, die dümmste und nutzloseste Erfindung, die die Evolution sich hat einfallen lassen.«

Gottergeben stieß ich mein schlankes, hohes Glas gegen das ihre und nippte.

»Sie sind Polizist?«, fragte sie dann mit aufmerksamem Blick.

Ich stellte mein Glas ab. »Es geht um eine Frau, die Sie von früher kennen. Tanja Schwarz.«

»Sie trinken ja gar nichts.«

»Wie gesagt, ich würde ja gerne, aber ... Erinnern Sie sich noch an sie? Als Sie vor ungefähr zehn Jahren im Paulusheim mit ihr zu tun hatten, war sie sechzehn, siebzehn Jahre alt.«

»Solange Sie nichts trinken, erinnere ich mich an gar nichts.« Demonstrativ leerte sie ihr Glas, schenkte es erneut voll.

So nahm ich dieses Mal einen etwas größeren Schluck, behielt das Glas in der Hand.

»Wir bei der Polizei nennen so etwas Erpressung.«

»Klar doch«, meinte sie fröhlich. »Ist es ja auch. Aber wissen Sie, Herr …«, sie warf einen Blick auf meine Visitenkarte, die vor ihr lag, »… Gerlach, eines habe ich in meinem Leben gelernt: Mit Ehrlichkeit und Vorschriftstreue kommt man nicht besonders weit. Eine gewisse Hinterfotzigkeit hilft oft ungemein.«

»Tanja Schwarz«, wiederholte ich, bevor sie endgültig betrunken war.

»Gottchen, ja«, sagte Andrea Kühnel, nachdem sie noch einmal am Sekt genippt hatte. »Die war schon ein Früchtchen. Bei der habe ich auch öfter Methoden anwenden müssen, die die Polizei mindestens Nötigung nennen würde.«

»Sie haben viel Ärger mit ihr gehabt?«

»Ach.« Sie lächelte in sich hinein. »Renitent ist sie nicht gewesen, auch nicht übermäßig frech. Nur, mit den Jungs, das war ein Problem bei ihr. Die Tanja hat die Kerle angezogen wie Zwetschgenkuchen die Wespen. Wissen Sie, im Grunde hat sie gar nichts dafür gekonnt. Sie hat einfach so was ausgestrahlt, was die Jungs närrisch gemacht hat. Wie geht's ihr denn heute? Was ist aus ihr geworden?«

»Das weiß ich leider nicht. Deshalb bin ich hier.«

In groben Zügen schilderte ich ihr die Zusammenhänge.

»Jemand hat eine Freundin erwähnt. Groß, mit braunen Locken.«

Wieder musste ihre Stimme mit einem Schlückchen Sekt geölt werden.

»Braune Locken …«

Die inzwischen merklich angesäuselte Frau schloss die Augen, dachte kurz nach. Irgendwo im Hintergrund brummte eine Spülmaschine rhythmisch. Hinter dem Tresen wurden Gläser abgetrocknet und nebenbei viel gekichert. Um diese Uhrzeit herrschte noch kaum Betrieb.

»Die Biggie«, sagte Andrea Kühnel und öffnete die Augen wieder. »Die hat braune Haare gehabt und hat viel mit der Tanja zusammengesteckt. Sie haben im gleichen Zimmer gewohnt, und die Biggie war auch so eine, die nichts hat anbrennen lassen.«

»Hat diese Biggie auch einen Nachnamen?«

»Biedermann. Brigitte Biedermann hat sie geheißen, wenn ich mich recht erinnere.«

Es dauerte einige Sekunden, bis mir die Ähnlichkeit auffiel mit dem Namen von Tanjas Trauzeugin. Biedermann – Widermann? Sollte es mit Frau Kühnels Elefantengedächtnis doch nicht so weit her sein?

»Sie wissen vermutlich nicht, was später aus ihr geworden ist?«

Energisch schüttelte sie ihre roten Locken.

»Die hat bestimmt ihren Weg gemacht. Ein paar Monate älter ist sie gewesen als die Tanja und viel energischer und zielstrebiger. Wie sie achtzehn geworden ist, hat sie sich sofort eine andere Bleibe gesucht und ist auf und davon. Wenn ich mich recht erinnere, hat sie schon vorher beim Rewe als Kassiererin gejobbt und sich was dazuverdient, im Franzosengewann.«

Ich machte mir eine Notiz. »Das ist eine Straße in Kirchheim, richtig?«

»Nicht weit von den Eisenbahngleisen, genau. Die müssten eigentlich eine Personalakte von ihr haben, oder nicht?«

Nachdem ich endlich mein Glas geleert hatte, legte ich die Hand darauf, damit es nicht gleich wieder gefüllt wurde. Achselzuckend schüttete Andrea Kühnel den verbliebenen Inhalt meines Fläschchens in ihr eigenes Glas.

»Die Tanja hat's nicht leicht gehabt«, sagte sie mit Blick in den lebhaft sprudelnden Sekt. »Vater tot, die Mutter ständig krank. Die Tanja hat den Haushalt schmeißen müssen, da war sie noch nicht mal zwölf. Sie hat gekocht und geputzt und eingekauft, und das alles neben der Schule. Nach dem zweiten Selbstmordversuch ist die Mutter dann erst in eine Klinik und später in ein Wohnheim gekommen und die Tanja zu uns.«

»Wie ist der Vater eigentlich ums Leben gekommen?«

»Er hat beruflich viel im Fernen Osten zu tun gehabt und ist oft wochenlang weg gewesen. Was genau er dort getrieben hat, hat die Tanja nicht gewusst. Irgendwas mit Kraftwerken, glaube ich. Irgendwann ist die Mutter hingeflogen, um ihren Mann zu besuchen. Sie haben in einem teuren Hotel gewohnt. Nach dem Lunch sind sie zu einem Strandspaziergang aufgebrochen. Dann hat es ein Erdbeben gegeben, und die Tsunamiwarnung hat die beiden anscheinend nicht erreicht. Die Frau ist Stunden später völlig verstört ins Hotel zurückgekommen, und der Mann war einfach nicht mehr da. Keine Spuren, keine Leiche, nichts. So hat es mir die Tanja jedenfalls erzählt.«

Andrea Kühnel zog eine schiefe Grimasse, sah immer noch in ihr Glas.

»Angeblich haben die Eltern viel gestritten, oft richtig übel, und sie ist immer froh gewesen, wenn der Vater wieder seine Koffer gepackt hat.«

»Eine Brigitte Biedermann hat es bei uns in den letzten zehn Jahren nicht gegeben«, behauptete der überraschend junge, besorgniserregend picklige und beunruhigend zapplige Filialleiter des Supermarkts, den Andrea Kühnel mir genannt hatte.

»Versuchen Sie es mal mit Widermann, mit einfachem i.«

Wir saßen in seinem winzigen, über und über mit Ordnern und Kartons vollgestopften Büro, in dem es nach Schweiß und Currywurst roch.

Wieder tippte er ungeschickt auf seiner verstaubten und verschmierten Tastatur herum, die auf dem überladenen Schreibtisch kaum noch Platz fand.

»Bingo!«, verkündete er Sekunden später triumphierend. »Bis 2014 ist sie bei uns gewesen.«

»Persönlich kennengelernt haben Sie sie vermutlich nicht?«

Der junge Mann schüttelte den Kopf mit dem wirren Blondhaar. »Ich bin erst seit zwei Jahren hier, und wir haben wie überall im Einzelhandel wahnsinnig viel Wechsel. Viele arbeiten in Teilzeit oder als Minijobber. Manche nur zwei, drei Wochen zur Überbrückung und so weiter. Die Frau Widermann … Moment … Anfangs hat sie zwanzig Stunden die Woche gearbeitet, das letzte halbe Jahr dann Vollzeit.«

»Wann genau hat sie aufgehört?«

Ende März 2014. Im selben Monat war Tanja Gerstner verschwunden.

»Sie haben bestimmt noch ihre damalige Adresse im Computer.«

»Ja, logo hab ich die. Aber ich glaub nicht, dass ich Ihnen die einfach so verraten darf.«

Der allseits beliebte Datenschutz mal wieder. So sehr ich ihn als Privatmann schätzte, so sehr ärgerte er mich oft als Polizist.

»Vielleicht haben Sie kurz was draußen zu erledigen?«

Der Filialleiter stutzte, begann zu grinsen und erhob sich. »Pinkeln muss ich seit einer halben Ewigkeit. Dieser ewige Kaffee …«

Schon war er verschwunden.

Brigitte Widermann hatte nach ihrem Auszug aus dem Heim in der Danziger Straße 3 gewohnt. Praktischerweise keine zweihundert Meter von ihrem Arbeitsplatz entfernt. So ließ ich meinen Dienstwagen auf dem Parkplatz des Supermarkts stehen und ging die kurze Strecke zu Fuß. Die Sonne schien immer noch, der Schnee von gestern Abend taute zügig. Überall tropfte und platschte es. Voreilige Vögel verkündeten schon den Frühlingsbeginn.

Die Danziger Straße war nicht lang, das Haus Nummer 3

ein schon in die Jahre gekommener, schäbiger Wohnblock. Es gab vier Eingänge mit jeweils acht Klingeln. Nirgends entdeckte ich den Namen Widermann. Die meisten Namen klangen fremdländisch, arabisch, türkisch, vereinzelt nach Russland oder Balkan. Wahllos drückte ich einige Knöpfe, aber die wenigen Bewohner, die mir die Tür öffneten und meine Frage verstanden, wussten nichts von einer Brigitte Widermann.

Leicht frustriert, aber dennoch erleichtert fuhr ich in die Direktion zurück. Immerhin kannte ich nun den Namen eines Menschen, der mir etwas über Tanja Gerstner erzählen konnte. Jetzt musste ich diesen Menschen nur noch finden.

Mit wenigen Mausklicks fand ich heraus, dass Brigitte Widermanns Eltern immer noch in Ladenburg wohnten, wo sie ein Haus in einem der gehobenen Viertel besaßen. Die Festnetznummer von Thea und Bernd Widermann stand ganz klassisch im Telefonbuch. Ich geriet an den unfreundlichsten Menschen, mit dem ich je zu tun hatte.

»Eine Brigitte kennen wir hier nicht!«, bellte der Vater, dass mir das Ohr klirrte.

»Meines Wissens ist sie Ihre Tochter.«

»Wir haben nichts zu tun mit dieser Hure.«

»Sie können mir nicht zufällig sagen ...«

»Nein, kann ich nicht. Und selbst wenn ich könnte, würde ich nicht. Vielleicht überprüfen Sie mal, ob sie nicht gerade in einem Ihrer Knäste sitzt. Würde mich nicht wundern.«

Klack, aufgelegt.

Das war also der Grund, weshalb Brigitte im Heim gewohnt hatte, obwohl ihre Eltern noch lebten.

Simon Grünlich, der zweite Trauzeuge, war anderthalb Jahre nach der Trauung, die er bezeugt hatte, nach Haifa gezogen. Deshalb hielt ich es für unwahrscheinlich, dass er mir bei der Suche nach der damaligen Braut behilflich sein könnte. Allerdings war es denkbar, dass er – sollte er wirklich ein Freund Gerstners gewesen sein – mit diesem auch später noch in Kontakt gestanden hatte. Ich schickte eine Mail an die deutsche Botschaft in Tel Aviv mit der Bitte um Amtshilfe.

Balke hatte im Gegensatz zu mir keinerlei Erfolge zu melden, als er gegen Mittag wiederauftauchte.

»Platte Füße, ein wunder Daumen vom vielen Klingeln – mehr habe ich nicht vorzuweisen.« Stöhnend plumpste er auf einen der Besucherstühle. »Es gibt so Tage, Chef, da wünsche ich wirklich, ich hätte mir einen anständigen Job ausgesucht. Einen, der weniger Ärger mit sich bringt, weniger Frust und Stress und Überstunden und dafür doppelt so viel Geld am Monatsende.«

Auf keinem der Überwachungsvideos, die er sich hatte zeigen lassen, war ein großer Mann mit Hut zu sehen gewesen. Weitere Zeugen hatten er und seine Mitstreiter nicht gefunden.

»Sogar die RNV habe ich angerufen und gebeten, dass sie alle infrage kommenden Tramfahrer informieren. Hat aber auch nichts gebracht. Vielleicht wohnt er irgendwo in der Nähe und ist einfach zu Fuß gekommen? Oder er hat sein Auto irgendwo am Straßenrand geparkt?«

»Könnte ein Kaffee Sie ein bisschen aufheitern?«

Balke nickte ohne Begeisterung. »Extragroß, superstark und heiß wie die Hölle, bitte. Wenn's geht, vielleicht mit einem Schuss Rum?«

Mit Alkoholika konnte ich leider nicht dienen.

»Wenn Sie mal für eine Minute den Chef ausschalten, Chef, dann könnte ich aushelfen.«

Balke verschwand und kam mit einer viereckigen Flasche und zwei Gläsern zurück. Da der Rum teuer gewesen war, mischten wir ihn nicht in den Kaffee, sondern tranken ihn pur. Bald wurde mir wohler, und auch Balkes Miene hellte sich auf. Sekt und Rum schienen sich gut zu vertragen.

»Manchmal ist Alkohol eben doch eine Lösung«, behauptete mein frustrierter Mitarbeiter.

»Ich muss unbedingt was essen«, sagte ich. »Sonst bin ich demnächst dienstunfähig.«

»Kantine hat Notbetrieb. Es gibt nur Eintopf oder Kaltverpflegung.«

In diesem Moment klingelte mein Telefon.

»Er ist da«, verkündete Laila Khatari.

»Wer?«

»Na, Clarin. Der Typ, der seine Frau umgebracht hat.«

»Mittagessen fällt für mich leider aus«, sagte ich zu Balke.

Pascal Clarin sah bemitleidenswert aus. Käsig, teigiges Gesicht, trübe, blutunterlaufene Augen, tiefe Ringe darunter, Zweitagebart, zerknautschter Anzug, fahrige Bewegungen, unruhiges Mienenspiel. Die strähnigen, heute frei hängenden Haare schienen innerhalb weniger Tage dünner geworden zu sein.

Sein Anwalt, ein athletisch gebauter und kämpferisch dreinblickender Enddreißiger, mit dem er per Du war, saß neben ihm. Er sah mich an, als freute er sich darauf, mir zu zeigen, wer hier das Sagen hatte.

Laila und ich setzten uns an die andere Seite des Tischs. Meine junge Kollegin schaltete das Aufzeichnungsgerät ein, klopfte gegen das Mikrofon, um zu überprüfen, ob es funktionierte. Ich sagte das vorgeschriebene Sprüchlein auf, dann konnte es losgehen.

»Jetzt erzählen Sie einfach mal«, bat ich Pascal Clarin betont entspannt. »Was genau ist am vergangenen Samstag passiert?«

Er verzog das Gesicht zu einer leidenden Grimasse, schmatzte, atmete tief ein, seufzte.

»Na ja«, erwiderte er leise und mit verwaschener Stimme. »Clarissa ist nach dem Essen gleich hoch aufs Zimmer, ich habe noch eine Runde an der frischen Luft gedreht. Und wie ich später durch die Tür komme, da liegt sie am Boden und rührt sich nicht mehr. Nehme an, sie ist gestolpert und unglücklich gefallen.«

»Und daraufhin haben Sie nicht etwa Hilfe geholt, sondern die Flucht ergriffen.«

»Ich war in Panik! Sie war tot, das hat man doch gesehen!«

»Überprüft haben Sie es aber nicht?«

Schmatzen, nervöses Zwinkern, eine Grimasse, als hätte er plötzlich Zahnschmerzen. Der säuerliche Mief, der über den Tisch wehte, ließ mich vermuten, dass er seit Samstag im selben Anzug steckte.

»Logisch, dass Sie mir nicht glauben. Würd ich an Ihrer Stelle wahrscheinlich auch nicht. Aber so war's nun mal, ich kann's nicht ändern.«

»Vielleicht fangen wir mal weiter vorne an. Sie hatten in meinem Beisein einen heftigen Streit mit Ihrer Frau wegen der Sache im Keller …«

»Stimmt, ja«, gab er unwillig zu. »Sie hat … hatte ja öfter mal solche Ausfälle, aber dieses Mal hat sie es wirklich zu weit getrieben.«

»Weil Ihre Frau in Ihrem Haus nicht mehr schlafen wollte, sind Sie in ein Hotel gezogen.«

»Ich fand das zwar total bescheuert, aber Clarissa … Wenn sie sich was in den Kopf gesetzt hat, dann ist Ende Gelände. In diesem Fall ganz besonders. Sie war komplett durchgedreht. Völlig von Sinnen.«

»Sie haben sich im Palace Hilton ein schönes Zimmer genommen …«

»Eigentlich hätte es ganz gemütlich werden können. Aber sie hat sich einfach nicht beruhigt. Ständig hat sie mich beschimpft und gejammert und gezetert. Es war nicht zum Aushalten. Nicht zum Aushalten war es.«

»Ist es immer noch um den aufgerissenen Kellerboden gegangen?«

»Worum denn sonst?«

»Das frage ich Sie.«

»Nur um die Sache mit dem Keller. Das war echt zu viel für mich. Echt zu viel.«

»Zu Mittag haben Sie am Samstag im Restaurant des Hotels gegessen.«

»Das Wetter war zu mies, um woanders hinzugehen. Und sie kochen recht ordentlich da. Nicht gerade Sterneküche, aber ganz okay.«

»Und obwohl das Wetter so schlecht war, haben Sie anschließend einen langen Spaziergang gemacht.«

Pascal Clarin fuhr sich mit der Rechten über die Stirn, über den Mund, rieb sich das Genick.

»Geregnet hat es später nicht mehr. Oder nur noch ein bisschen. Trüb war's und kalt und windig. Aber es hat mir gutgetan. Die frische Luft, die Kälte Ich habe das gebraucht.«

»Darf ich fragen, woher die Kratzer in Ihrem Gesicht stammen?«

Unwillkürlich fasste er sich an die linke Wange, an der drei parallele, einige Zentimeter lange Schrammen von oben nach unten verliefen.

»Die ... Ich ... Weiß nicht.«

Der Anwalt beobachtete mich lauernd, als würde er auf meinen ersten Fehler warten, um mich anschließend zur Schnecke zu machen.

»Herr Clarin«, sagte ich ruhig und immer noch freundlich und faltete die Hände auf dem Tisch. »Sie sind müde, ich bin hungrig, und was wir hier machen, führt nur dazu, dass sich die Sache unnötig in die Länge zieht. Meine Leute haben unter den Nägeln Ihrer Frau menschliches Gewebe gefunden. Kleine Hautfetzen, Blut und so weiter. Um was wetten wir, dass die von Ihnen sind?«

Nun schwieg er. Kaute mit gesenktem Blick auf der Wange. Sein Atem ging unregelmäßig und keuchend.

»Sie haben wieder gestritten ...«, versuchte ich, ihn in Richtung Wahrheit zu stupsen.

Immer noch blieb er stumm. Der Anwalt blätterte mit

gerunzelter Stirn in seinen spärlichen Unterlagen. Schließlich sah Clarin auf.

»Ja, Sie haben recht«, gab er zu. »Ja, ich bin nicht spazieren gegangen. Zumindest nicht gleich. Wir sind hoch aufs Zimmer, und kaum war die Tür zu, ist es schon wieder losgegangen. Sie hat mir das Gesicht zerkratzt, hat mich geohrfeigt, auf übelste Weise beschimpft. Mir ist das Theater irgendwann zu bunt geworden, und da habe ich gesagt, wenn sie jetzt nicht sofort aufhört mit dem Zirkus, dann gehe ich runter in die Bar und besaufe mich.«

»Haben Sie Ihre Drohung wahr gemacht?«

»Ich bin runtergegangen, ja. Aber besoffen habe ich mich nicht. Ich habe nur zwei Cognacs gekippt, dann bin ich wieder hoch in der Hoffnung, dass sie sich in der Zwischenzeit abgeregt hat.«

Die Cognacs standen bereits in dem Protokoll, das vor mir lag. Sie hatten pro Glas zwölf Euro zwanzig gekostet. Die Uhrzeit auf der Quittung passte zu seiner Darstellung des Ablaufs.

»Das hatte sie aber nicht?«

»Im Gegenteil.« Mit weit aufgerissenen Augen starrte er mich an. Nahm die rechte Hand zu Hilfe, um seinen Worten Nachdruck und Schwung zu verleihen. »Sie ist sofort wieder auf mich los. Ist gestolpert, über ihre eigenen Füße, und hingeknallt.«

»Sie haben Ihre Frau also nicht berührt?«

»Nein.«

»Herr Clarin, bitte. Sie sind ein intelligenter Mann, Sie wissen, dass ich Ihnen das Gegenteil beweisen kann, falls das nicht stimmt. Die Auswertung der Tatortspuren läuft noch, aber spätestens übermorgen werden wir so weit sein.«

Pascal Clarin sah zu Boden, zur Decke, zu seinem Anwalt, der seinen Blick stumm erwiderte, dann unsicher in mein Gesicht und wieder zu Boden. Der Anwalt machte sich hin und wieder Notizen, hielt sich jedoch immer noch zurück. Mir war nicht klar, worauf er wartete.

»Mal etwas anderes.« Ich zückte mein Smartphone, öffnete die SMS, die Clarissa Clarin mir am Tag vor ihrem Tod geschickt hatte, und legte das Gerät vor dem Beschuldigten auf den Tisch.

Er blinzelte verwirrt, beugte sich vor, las, schluckte.

»Was sagen Sie dazu?«, fragte ich.

»Ich? Äh … nichts. Keine Ahnung, was das heißen soll.«

»Haben Sie mit Ihrer Frau vielleicht nicht nur über Ihren Keller, sondern auch über Tanja Gerstner gesprochen?«

Weit geöffnete Augen, flackernder Blick. »Wieso sollte ich? Sie hat … Clarissa hat Tanja ja nicht mal gekannt. Sie haben sich meines Wissens nie gesehen, die zwei, kein einziges Mal.«

»*Sie* haben sie aber schon gekannt? Sehr gut sogar, richtig?«

»Darf ich fragen, Herr Gerlach«, mischte sich nun endlich der Anwalt ein, »was Sie mit diesen Fragen bezwecken?«

»Das werden Sie gleich merken«, erwiderte ich, ohne den Blick von seinem inzwischen erbärmlich schwitzenden Mandanten zu wenden.

»Flüchtig«, gab dieser jetzt immerhin zu. »Wie ich bei den beiden war, um den Mietvertrag zu unterschreiben, war sie natürlich auch dabei. Aber das war alles. Ehrenwort, mehr war da nicht.«

Nun wandte ich mich doch an den Anwalt: »Ich bin überzeugt, dass Ihr Mandant Frau Gerstner sehr viel besser kennt, als er zugeben will. Vorsichtig ausgedrückt.«

»Das ist eine …«

»Und jetzt überlege ich natürlich, ob dieser Umstand nicht vielleicht zu dem Streit geführt hat, der seine Frau das Leben gekostet hat.«

Ich hatte nicht vergessen, wie überrascht sie ihren Mann angesehen hatte, als Laila den Namen Tanja erwähnte. Dazu Clarins panische Reaktion auf die SMS seiner Frau. Ich war auf der richtigen Fährte. Es war eine Frage von Minuten.

»Ich …«, stammelte Clarin und blinzelte, als gälte es, einen Rekord zu brechen. »Das ist doch alles Quatsch. Quatsch ist das. Und ich … Ich brauch eine Pause, bitte, Herr Gerlach. Habe in den vergangenen Nächten kaum geschlafen. Und viel zu viel gesoffen. Ich bin am Ende, wirklich, Herr Gerlach, am Ende! Bitte!«

»Okay.« Ich erhob mich. »Das soll ja hier kein Folterverhör werden. Schlafen Sie sich aus, und morgen früh um neun sehen wir uns wieder.«

»Geht nicht«, widersprach der Anwalt mit Blick auf sein Handy. »Morgen Vormittag ist mein Kalender dicht.«

Wir einigten uns auf Nachmittag, fünfzehn Uhr.

Balke war inzwischen alleine essen gewesen, hörte ich, während mein Magen immer noch vorwurfsvoll knurrte. In einem nahe gelegenen Restaurant, das ich noch gar nicht kannte, hatte er sich mit einem extragroßen »Anti-Winterfrust-Schnitzel« verwöhnt. Wir beschlossen, gegen die um sich greifende Schläfrigkeit mit einem starken Kaffee anzukämpfen, dieses Mal ohne alkoholische Begleitung. Balke erzählte mir von Svenja, seiner großen Liebe, seinem Glück und den Überlegungen, demnächst vielleicht wirklich mit Hochzeitsvorbereitungen zu beginnen.

»Nie im Leben hätte ich geglaubt, dass ich so was mal ins Auge fassen könnte. Sogar an Kinder haben wir schon gedacht. Erst mal nur ganz allgemein, aber irgendwie fühlt es sich richtig an. Jedenfalls, wenn überhaupt, dann wird es eine Trauung in ganz kleinem Kreis. Keine Verwandten, keine Kollegen, auch keine Chefs, sorry, wirklich nur die allerengsten Freunde …«

Das fand ich schade.

»Ich würde bei Bedarf auch eine kleine Rede halten.«

»Keine Reden, kein Gesülze.« Balke winkte grinsend ab. »Kann man einem Standesbeamten eigentlich verbieten, eine Ansprache zu halten?«

»Keine Ahnung. Aber eines wollte ich Ihnen noch sagen,

da wir gerade unter uns sind: Das mit dem Hauptkommissar könnte klappen bis zur Trauung.«

Durch Runkels Pensionierung hatten wir eine passende Stelle frei, und wenn es jemanden in meiner Truppe gab, der die Beförderung verdiente, dann der junge Mann, der mir gegenübersaß.

Er nahm es mit Befriedigung zur Kenntnis, wirkte jedoch nicht sonderlich überrascht. Schließlich landeten wir doch wieder bei unserem aktuellen Fall.

»Die Kleine wohnt immer noch bei Ihnen?«, fragte Balke. »Wie verkraftet sie das alles?«

»Erstaunlich gut. Meine Töchter kümmern sich rührend um sie. Bevor die Schule wieder losgeht, müssen wir natürlich eine andere Lösung finden.«

»Was Sie von dieser Brigitte erzählt haben …« Er nahm einen großen Schluck aus seinem Becher, verbrannte sich die Zunge, schüttelte sich. »Ich weiß nicht, wer mir mehr leidtut, die Eltern oder die Tochter.«

»Darauf müssen Sie sich einstellen, wenn Sie Kinder haben wollen, dass es auch schiefgehen kann. Die falschen Freunde, die falschen Vorbilder, und schon ist es passiert.«

»Danke für die Warnung«, sagte Balke ernst und mit Blick zum Fenster, wo immer noch hin und wieder die Sonne zum Vorschein kam.

»Es gibt ein schönes Zitat von Karl Valentin, das sollten Sie sich merken: Wir brauchen unsere Kinder nicht zu erziehen, sie machen uns sowieso alles nach.«

Das Telefon beendete meine hobbypädagogischen Überlegungen.

»Widermann hier«, meldete sich fast flüsternd eine Frauenstimme. »Sie haben vorhin mit meinem Mann telefoniert.«

»Wegen Ihrer Tochter, richtig.«

»Sagen Sie ihm bitte nicht, dass ich angerufen hab, ja?«

»Wissen Sie denn, wie ich sie erreichen kann? Von Ihrer

Tochter will ich nichts, keine Angst. Es geht um eine frühere Freundin von ihr.«

»Wie ich sie das letzte Mal getroffen hab, da hat sie gesagt, sie wohnt jetzt in Mannheim. Das wollt ich Ihnen sagen, dass sie in Mannheim wohnt.«

Ich versicherte der geplagten Mutter noch einmal, dass ich ihrer Tochter wirklich nur einige Fragen zu Tanja Gerstner stellen wollte.

»Von einer Tanja hat sie nie erzählt.«

»Sie haben sich wohl erst im Heim kennengelernt.«

»Ach, dieses Heim!«, stieß sie mit erstickter Stimme hervor. »Stellen Sie sich das mal vor: Ihr Kind sagt eines Tages, es will nicht mehr bei Ihnen leben, und zieht freiwillig in ein Heim. Daran ist bloß mein Mann schuld, dieser Grobian, dieser Tyrann. Manchmal könnt ich ihn ...«

»Sie haben keine Adresse von Ihrer Tochter?«

»Nein, leider.«

Auch mit einer Telefonnummer konnte sie nicht dienen.

»Wir haben uns nur ganz zufällig getroffen, auf der Straße, beim Einkaufen. Sie ist auch ziemlich kurz angebunden gewesen, war mit einem Mann da, der nach Geld ausgesehen hat. So ein unsympathischer Kerl mit goldenem Halskettchen und teurer Armbanduhr. Brigitte hat ihn mir nicht vorgestellt und wollt mir nicht mal verraten, was sie jetzt arbeitet. Und wissen Sie, was das Schlimme ist? Ich kann's ihr nicht mal verdenken. Vielleicht, wenn ich ihr mehr den Rücken gestärkt hätte, wenn ihr Vater sie mal wieder zusammengebrüllt und verprügelt hat, vielleicht wär dann alles anders gekommen, aber ... Oh, ich hör die Haustür.«

Ohne sich zu verabschieden, legte sie auf.

»Du, Herr Gerlach?« Marie kam zu mir in die Küche, wo ich mir gerade ein kleines Abendessen richtete. Roggenbrot von einem Bäcker an der Gaisbergstraße, Aufschnitt aus einer Metzgerei in Rohrbach. Meine Töchter machten Ernst mit ihren Buy-Local-Vorsätzen. Marie kletterte auf einen Stuhl und sah mich aufmerksam an und fragte: »Was ist eigentlich mit eurer Mama?«

Ich setzte mich ihr gegenüber. »Die ist leider gestorben. Vor ein paar Jahren schon.«

»Dann haben Sarah und Louise auch keine Mama mehr.« Sie nickte ernst, wandte den Blick ab, sah mir wieder ins Gesicht. »Da sind sie bestimmt manchmal traurig.«

»Ja, das sind sie. Aber sie sind ja schon groß, weißt du. Da ist es nicht mehr ganz so schlimm, wenn man seine Mutter verloren hat.«

Wieder nickte sie. »Meine Mama ist nicht tot. Sie muss nur viel arbeiten. In Amerika.«

»Was macht sie denn da, in Amerika?«

»Der Papa hat gesagt, wenn sie fertig ist mit dem Arbeiten, dann kommt sie zu uns zurück. Aber sie kommt nie.«

»Trotzdem ist es möglich, dass sie eines Tages auf einmal wieder da ist.«

»Aber sie kann mich doch gar nicht finden. Was, wenn sie schon da ist? Und jetzt sucht sie mich überall?«

»Dann geht sie früher oder später zur Polizei und fragt nach ihrer Marie. Das ist wirklich gar kein Problem.«

Sie schwieg ein Weilchen, blinzelte ihre Füße an, die in rosafarbenen Plüschpantoffeln steckten, die Augen und Ohren hatten.

Das Brot duftete so verführerisch, dass ich immer wieder daran schnuppern musste. Beim Anblick der Aufschnitt- scheiben lief mir das Wasser im Mund zusammen. Ich sprang noch einmal auf, um Essiggurken aus dem Kühl- schrank zu holen.

»Du, Herr Gerlach?«, fragte Marie wieder.

»Hm?«

»Glaubst du, mein Papa ist auch nach Amerika gefahren? Vielleicht will er die Mama zurückholen?«

»Das ...« Ich schluckte. »Nein, das glaube ich nicht.«

»Wieso nicht?«

Ich schluckte noch einmal. Aber der Kloß in meinem Hals wollte sich nicht lösen.

»Ich muss dir was sagen, Marie«, begann ich mit kratziger Stimme.

Geduldig und ohne sich zu rühren, wartete sie auf die Fortsetzung.

»Obwohl, wenn ich es mir überlege, vielleicht hast du recht. Vielleicht ist dein Papa wirklich in Amerika, um deine Mama zu suchen.«

Was war ich nur für ein Feigling!

Marie saß ganz ruhig da, atmete flach.

»Und wenn er sie nicht findet? Kannst du sie nicht suchen?«

»Das mache ich schon die ganze Zeit. Aber es ist nicht leicht.«

»Meine Mama ist aber nicht tot?«

»Bestimmt nicht, Marie. Ich werde sie finden, das weiß ich.«

»Bald?«

»Ich streng mich ganz fest an.«

Natürlich dachte ich an Dürrenmatts Roman *Das Verspre-chen,* in dem ein alternder Polizist einer Mutter verspricht, den Mörder ihrer kleinen Tochter dingfest zu machen, und über der Erfüllung seines Schwurs fast zugrunde geht.

Der Mittwoch begann mit einem Paukenschlag.

Genauer, mit drei Paukenschlägen.

Ich saß gerade erst an meinem Schreibtisch und versuchte, mir eine To-do-Liste für den Tag zu machen, als Laila Khatari mit rotem Kopf hereinstürmte.

»Jemandem in Stuttgart ist anscheinend langweilig gewesen«, begann sie noch in der Tür. »Das DNA-Material, das wir ihnen geschickt haben, ist schon komplett ausgewertet.«

Atemlos plumpste sie auf einen der Besucherstühle, atmete noch zwei, drei Mal durch. Offenbar war sie die Treppe heraufgerannt.

»Also erstens ...« Sie wedelte mit einem Papier, das sie in der Hand hielt. »Der Kerl, der in Ihrer Wohnung und in dem Haus in Ober-Mengelbach war, hat eindeutig die Waffe in der Hand gehabt, mit der Gerstner erschossen worden ist.«

Das erstaunte mich nicht mehr wirklich.

»Zweitens: Eine Frau hat sie auch in der Hand gehabt.«

Auch das wussten wir schon.

»Und zwar eine Verwandte ersten Grades von Marie.«

Nun wurde mir schwummrig.

»Eine Schwester hat sie meines Wissens nicht«, sagte ich langsam.

Es konnte sich also nur um die Mutter handeln.

»Kann sie ... Kommt sie als Täterin infrage, was meinen Sie?«

»Warum nicht?«

Damit wäre die Frage, ob Tanja Gerstner noch lebte, wohl beantwortet und die nach ihrem Verbleib plötzlich nicht mehr nur eine Nebensache, die hauptsächlich Marie interessierte, sondern ein zentraler Punkt in unseren weiteren Ermittlungen.

Die Tür öffnete sich, Balke gesellte sich zu uns, ebenfalls mit Unterlagen in der Hand. Laila war jedoch noch nicht fertig.

»Und drittens, Herr Gerlach, sitzen Sie gut?«

Drittens war Gerstner nicht Maries Vater.

»Wie es aussieht, hat seine Frau ihm ein Kuckuckskind untergejubelt.«

Nachdem wir die Neuigkeiten verdaut und diskutiert hatten, was diese Erkenntnisse für unser weiteres Vorgehen bedeuteten, kam Balke zu Wort. Auch er konnte einen Fortschritt melden: Er hatte den Besitzer des Hauses im Odenwald ermittelt.

»War gar nicht so einfach, weil die Grundbuchämter zwischen den Jahren geschlossen haben. Aber die Kollegen in Wald-Michelbach konnten mir auf dem kleinen Dienstweg weiterhelfen.«

Eigentümer des heruntergekommenen Häuschens war ein Ferdinand Wittek, wohnhaft in Steinbach, einem Ort nur wenige Kilometer nördlich von Ober-Mengelbach.

»Den Namen haben wir schon mal gehört«, sagte ich.

»Es ist der Typ, der zusammen mit Gerstner gefeuert worden ist«, erklärte Balke seiner Kollegin.

»Hat jemand Lust auf einen kleinen Landausflug?«, fragte ich in die Runde.

»Ich verzichte«, erwiderte Laila lachend. »Wünsche allseits viel Vergnügen.«

Gerstner und sein früherer Kollege hatten offenbar auch nach ihrem Rausschmiss noch in Kontakt gestanden, nicht nur gemeinsam Bier getrunken und Fußball geguckt. Vielleicht war Wittek der Mensch, der uns mehr über Maries Vater erzählen konnte. Vielleicht war heute der Tag, an dem es endlich voranging. Auch Balkes Blick war jetzt fiebrig aufgeregt.

Im Odenwald lag immer noch Schnee. Der Himmel hing tief, heute beschien keine Sonne die weiße Pracht, die seit meinem letzten Ausflug hierher noch zugenommen zu haben schien.

Ferdinand Witteks Haus lag ein wenig außerhalb des Orts auf einem großen Grundstück. Jenseits davon kamen nur noch Felder, tief verschneit, vereinzelte kahle Bäume, die ihre dürren Äste nach oben reckten, als flehten sie um Gnade, dahinter Wald. Das Sträßchen war ordentlich geräumt, der Zugang zu dem überraschend großen, weißen Einfamilienhaus mit verwinkeltem Walmdach ebenfalls. Ein großzügiger Vorplatz, abgesetzte Doppelgarage, gutbürgerliches Ambiente. Aus dem Kamin stieg Rauch in den betongrauen Himmel. Hinter einem Fenster im Erdgeschoss brannte Licht.

Balke stellte unseren Wagen kurz vor der Einfahrt des Grundstücks ab, wir stiegen aus, gingen die letzten Meter zu Fuß. Der Name neben der Klingel war der richtige: Wittek. Balke drückte den Knopf, trat einen Schritt zurück.

Von innen waren Geräusche zu hören. Etwas klapperte, eine Tür fiel ins Schloss, Schritte kamen zügig näher. In einem kahlen Obstbaum nicht weit von uns schimpfte eine Horde Spatzen auf den Winter. Ein Schlüssel wurde gedreht, die schwere Tür aus hellbraunem Holz flog auf, ein hagerer, knapp eins siebzig großer, hohläugiger Kerl starrte uns böse an. Er war nachlässig rasiert, trug ein olivgrünes T-Shirt und eine Camouflagehose mit großen Taschen an den Seiten.

»Was?«, fragte er knapp und mürrisch.

Wir zückten unsere Ausweise, lächelten artig.

»Kripo Heidelberg«, sagte Balke. »Wir würden gerne …«

Die Tür krachte zu.

»Haut ab!«, hörten wir den merkwürdigen Kerl brüllen. »Verpisst euch, oder es passiert was!«

»Herr Wittek«, rief ich. »Wir haben nur ein paar Fragen zu …«

»Seid ihr taub?«

Poltern drang aus dem Haus, die Schritte entfernten sich eilig. Wir sahen uns verblüfft an. Ich hob die Hand, um ein zweites Mal zu läuten, da wurde über uns ein Fenster aufgerissen, und als wir die Köpfe hoben, blickten wir in die Mündung eines Gewehrlaufs.

»Ich zähl jetzt bis drei«, bellte der ungastliche Hausbewohner, »dann seid ihr verschwunden, ihr Pisser, capito?«

Rückwärts, die Hände in Schulterhöhe, traten wir den Rückzug an.

»Hören Sie«, versuchte ich noch einmal mein Glück. »Das muss ein Missverständnis sein, wir sind …«

Ein Schuss krachte. Die Kugel ging weit über uns hinweg.

»Die nächste trifft, ihr Hampelmänner, ihr Scheißbullen …«

Endlich waren wir aus dem Sicht- und Schussfeld dieses Irren. Wir erreichten unseren Wagen, stiegen ein, Balke ließ den Motor an, setzte sicherheitshalber noch einige Meter zurück, sodass uns eine hohe Ligusterhecke zusätzlichen Sichtschutz gab.

»Was war das denn?«, fragte er, als der Motor wieder erstarb.

»Bedrohung, Nötigung, Verstoß gegen das Kriegswaffenkontrollgesetz, illegaler Waffenbesitz, missbräuchlicher Schusswaffengebrauch«, zählte ich auf.

»Beamtenbeleidigung haben Sie vergessen«, knurrte Balke.

Ich versuchte gar nicht erst, einen der umliegenden Polizeiposten anzurufen, die vermutlich allesamt verwaist waren, sondern wählte gleich die Nummer der Kollegen in Weinheim.

»Der hat echt auf Sie geschossen?«, fragte die Kollegin, die das Telefon hütete, entgeistert. »Wo gibt's denn so was?«

»Es war nur ein Warnschuss. Aber aus einem Schnellfeuergewehr. Der Mann ist eindeutig gemeingefährlich.«

»Dann lass ich am besten gleich das SEK kommen, oder?«

»Das ist erst mal nicht nötig, denke ich. Schicken Sie zwei, drei Wagen her, dann wird er schon friedlich werden. Wir halten hier solange die Stellung und beobachten.«

»Vielleicht hat er nicht geglaubt, dass wir von der Kripo sind?«, überlegte Balke, als ich das Handy aufs Armaturenbrett warf.

»Er hat uns Scheißbullen genannt.«

»Was, wenn er in der Zwischenzeit türmt?«

»Mit dem Auto kommt er nicht unbemerkt an uns vorbei. Und wenn er es zu Fuß über die Felder versucht, dann kann ich ihm nur viel Spaß wünschen.«

»Vielleicht hätten Sie doch gleich das SEK anfordern sollen. Am besten per Hubschrauber, sonst sitzen wir hier noch Stunden ...«

Die Tür neben mir flog auf, jemand packte mich am Ärmel des Mantels und zerrte mich heraus. Ich purzelte in den festgefahrenen Schnee, wurde hochgerissen, fühlte etwas Hartes an der Schläfe.

»Vorwärts!«, bellte Wittek in meinem Rücken. »Eine falsche Zuckung, und du landest auf dem Kompost.«

Der schmerzhafte Druck an meiner Schläfe hörte abrupt auf, zwei, drei Schüsse knallten, vermutlich als Warnung in Balkes Richtung. Dann erhielt ich einen groben Stoß in den Rücken, stolperte vorwärts, rutschte hie und da aus, weil meine Sohlen zu glatt waren für einen Spaziergang im Schnee. Wittek musste uns in weitem Bogen umrundet haben, und weder Balke noch ich hatten in den Spiegel geschaut, als er sich von hinten anschlich.

Die Einfahrt kam in Sicht, er stieß mich mit dem Lauf seiner Waffe in Richtung Haus. Sekunden später fiel die Tür hinter uns ins Schloss, der Schlüssel wurde umgedreht, zwei schwere Sperrriegel wurden ebenfalls verschlossen. Ich hatte die inzwischen eiskalten Hände immer noch oben.

»Was soll das?«, brachte ich endlich heraus. »Ist Ihnen klar, was das hier für Folgen haben wird?«

»Solang du hier bist, überhaupt keine. Los, links rein ins Wohnzimmer!«

Noch ein Stoß ins Kreuz.

Im rustikal eingerichteten, nur schwach geheizten Wohnraum musste ich mich auf einen Stuhl aus hellem Holz mit gedrechselten Beinen setzen.

»Hände nach hinten!«

Ein Kabelbinder kam zum Einsatz, wurde festgezogen. Zu fest. Immer noch hinter mir stehend, tastete der offenbar dem Wahnsinn Verfallene mich ab, nahm alles aus meinen Taschen, was er fand. Mein Portemonnaie flog auf den Tisch, ein halb volles Päckchen Papiertaschentücher, der Schlüsselbund.

»Handy?«, fuhr Wittek mich an.

»Liegt im Auto.«

Nun bekam ich meinen Entführer endlich wieder zu Gesicht. Selbstgefällig grinste er auf mich herab. Stupste, als wäre es ein lustiges Spielchen, die Mündung seiner Beretta gegen meine Stirn.

»Wer bist du noch mal? Hab deinen Namen vorhin nicht richtig verstanden.«

Ich stellte mich vor.

»Kripochef? Super! Da werden deine Scheißkollegen extravorsichtig sein und zweimal nichts riskieren.«

Da war kein Hass in seiner Miene, kein Stolz auf den gelungenen Überfall. Da war – eigentlich gar nichts. Er sah mich an, als wäre ich ein Kaninchen, das er ohne Anstrengung erlegt hatte. Und nun überlegte er, ob er mich an Ort und Stelle ausweiden oder den Akt der Schlachtung auf später verschieben sollte.

»Könnte sein, dass Sie demnächst ein bisschen Ärger kriegen«, sagte ich ruhig.

Angst verspürte ich seltsamerweise keine. Wenn er mich töten wollte, dann hätte er es längst tun können.

»Ich *liebe* Ärger«, verkündete er, immer noch selbstgefällig grinsend. Dann legte er die Beretta auf den Esstisch, wo noch das Zubehör des Frühstücks stand, bei dem wir ihn offenbar gestört hatten. Wittek verschwand im Flur, ich hörte, wie er Stiefel und Mantel auszog, wieder hereinkam. Gemütlich nahm er Platz und setzte sein unterbrochenes Morgenmahl fort, als hätte er nur einen lästigen Zeugen Jehovas abgewimmelt. Ein Stück streng riechender Käse lag neben seinem Teller, eine offene Dose Hausmacher-Leberwurst vom Dorfmetzger, ein Glas offenbar selbst hergestellte dunkelrote Marmelade.

Neben dem Fenster hing eine große Reichskriegsflagge, sah ich, als ich meinen Blick schweifen ließ. Links und rechts davon – schön symmetrisch arrangiert – alte Karabiner aus der Wehrmachtszeit sowie zwei Bajonette.

»Alles echt«, verkündete Wittek mit vollem Mund. »Hab sie so umgebaut, dass sie wieder scharf sind. Ist gar nicht mal schwer, wenn man sich auskennt und das richtige Werkzeug hat. Dass du nicht auf dumme Gedanken kommst: Die Knarren sind nicht geladen. Außerdem hab ich noch zwei G3, eine Uzi, die Beretta hier, eine Colt Government und noch ein paar andere nette Sachen wie Handgranaten und so weiter.«

Im Keller lagerten Essensvorräte für mindestens zwei Jahre, das Öl für die Heizung reichte sogar noch länger.

»Genug Munition für einen kleinen Krieg hab ich auch.«

»Bestimmt haben Sie sogar einen Bunker im Keller.«

Was als zynischer Scherz gemeint war, entpuppte sich als die Wahrheit. Wittek verfügte nicht nur über einen Bunker, der fast zwanzig Quadratmeter groß war und über eine unterirdische Rohrleitung Trinkwasser von einer fünfhundert Meter entfernten Quelle bezog, sondern auch über mehrstufige Filteranlagen, die ihn angeblich sogar vor radioaktiv verseuchter Luft und biologischen Kampfstoffen schützten.

»Dreißigtausend Mücken hat mich der ganze Rotz gekostet. Nicht mal Viren gehen da durch, verstehst du? Bei Bedarf kann ich die ganze Anlage auf Umluft schalten, dann kommt sowieso nichts rein.«

Außerdem besaß er Gasmasken und zwei Kisten Kartuschen dafür.

»Dann sind Sie so was wie ein Prepper?«

»Exakt«, erwiderte er strahlend. »Gibt nicht viele in diesem abgewirtschafteten Land, die so gut vorbereitet sind wie ich. Wenn's losgeht, dann werd ich einer der Letzten sein, die draufgehen.«

»Hat Gerstner das gleiche Hobby gehabt?«

Dieses Wort hörte er gar nicht gern.

»Hobby?«, tönte er mit plötzlich bedenklich rotem Kopf. »Ich bin ein Profi, Mann! Hier geht's nicht um Spaß, hier geht's ums Überleben! Die Katastrophe kommt, so viel ist mal sicher. Wenn nicht heut, dann morgen, wenn nicht dieses Jahr, dann nächstes. Vielleicht der Russe, vielleicht die Moslems oder der Chinese. Eine große Wirtschaftskrise, die nächste Pandemie, irgendwas kommt in jedem Fall, und dann geht's rund. Guckst du keine Nachrichten? Unsere Regierung – alles Marionetten des jüdischen Großkapitals. Die Bundeswehr – ein verlotterter Sauhaufen. Diese Großschwätzer da oben scheren sich einen Scheißdreck darum, wie's uns geht. Die Lügenpresse lullt uns ein, verkauft uns für dumm. Aber mich nicht, darauf kannst du ... Ah, die Kavallerie kommt.«

Erst als er den Raum schon verlassen hatte und die Treppe hinaufpolterte, hörte auch ich das näher kommende Brummen eines Hubschraubers. Es wurde lauter und lauter, ein Rattern, bald ein Dröhnen. Schnee wirbelte vor den Fenstern auf, als oben die ersten Schüsse knallten. Erst einzelne, dann mehrere kurze Feuerstöße. Das Geräusch der Maschine über mir veränderte sich, wurde unregelmäßig, sie drehte ab und schien irgendwo in der Nähe mehr abzustürzen als zu landen. Oben lachte Wittek meckernd. Ein Fenster wurde wieder geschlossen, schwere Rollläden rasselten herunter.

Kurz darauf war der selbst ernannte Kriegsheld wieder da, mit einem rauchenden Gewehr im Arm, verrammelte auch im Erdgeschoss die vergitterten Fenster mit Läden, die aus Stahl zu bestehen schienen. Ein zweiter Hubschrauber näherte sich, landete jedoch mit deutlichem Sicherheitsabstand.

»Eins zu null«, verkündete Wittek markig. »Jetzt werden sie erst mal blöd gucken, diese Volldeppen. Mit so was haben die garantiert nicht gerechnet, was? Jetzt merken sie erst, mit wem sie sich angelegt haben.«

»Sie haben Gerstner ein Haus vermietet«, sagte ich nach einigen Sekunden Stille.

Wittek setzte sich wieder an den Tisch, schnitt das nächste Brötchen auf, beschmierte es sorgfältig mit Butter und Marmelade, biss herzhaft ab. Dann nickte er.

»Hab die Bruchbude geerbt. Der Helge hat mir versprochen, die auch krisenfest zu machen. Nicht so wie das hier natürlich, aber wenigstens ein bisschen. Als zweiten Stützpunkt sozusagen, als Ausweichquartier. Sind Sie drin gewesen? Hat er schon was geschafft oder wieder bloß geschwätzt?«

Offenbar wurde ich plötzlich gesiezt, was vielleicht kein schlechtes Zeichen war.

»Ja, ich habe es vor Kurzem besichtigt. Von größeren Baumaßnahmen habe ich aber nichts gesehen.«

Wittek seufzte. »Der Helge ist nämlich ein großer Schwätzer vor dem Herrn. Sind Sie auch im Keller gewesen? Hat er Ihnen den nicht gezeigt?«

»Er konnte mir nichts mehr zeigen.«

»Wieso?«

Offenkundig wusste er noch nicht, dass sein Mieter und Kampfgefährte nicht mehr am Leben war.

»Tot?«, fragte er mehr verblüfft als erschrocken. »Habt ihr ihn kaltgemacht?«

»Er ist erschossen worden. Von wem, wissen wir noch nicht.«

»Ist er im Kampf gefallen?«

»Er hat sich mit jemandem getroffen, in der Nähe von Heddesheim. Es hat wohl Streit gegeben, und drei Tage später haben wir seine Leiche aus dem Wasser gefischt, mit einem Loch im Kopf. Nach einem Kampf hat es aber nicht ausgesehen.«

»Aufgesetzter Schuss?«, fragte er fachmännisch weiter.
Ich bejahte.

»Eine Hinrichtung, ganz klar. Wahrscheinlich ist der Russe schon eingesickert und löscht jetzt nach und nach alle Kameraden aus, die ihm gefährlich werden könnten. Wird nicht lang dauern, bis er hier aufkreuzt. Eine Frage von Tagen, denk ich. Aber bei mir werden die Mongolen kein so leichtes Spiel haben. Bei mir beißen die auf Granit, die Hunnen oder die Moslems, ganz egal.«

Während er mutige Grimassen schnitt und verwegene Sprüche von sich gab, glänzten seine Augen wie die eines Kindes kurz vor der Bescherung. Tief im Inneren war Wittek vielleicht wirklich ein Kind geblieben. Ein Kind, das sich gerne Schauergeschichten ausdachte und im Besitz äußerst gefährlicher Spielsachen war.

»Ihren Bunker würde ich mir gerne mal ansehen«, sagte ich. »Imponiert mir, was Sie alles können und machen.«

»Später«, raunzte er mich an und schob mit plötzlicher Hast das letzte Stück seines Marmeladenbrötchens in den Mund. »Erst muss ich noch mal rauf, Lage checken.«

Er packte das Gewehr, das er neben sich an die Wand gestellt hatte, nahm das Magazin heraus, warf einen sinnlosen Blick darauf, steckte es wieder an seinen Platz und verschwand. In ihm schienen gerade der Wahnsinn und ein letztes Fünkchen Verstand miteinander im Streit zu liegen.

Kurz darauf hörte ich seine schweren Schritte über mir, einen Stuhl knarren. Eine Weile blieb es still. Auch von draußen drang kein Geräusch zu mir. Von dort, wo Freiheit herrschte, wo kein irrer Verschwörungstheoretiker und Waffennarr das Kommando führte, sondern ein hoffentlich besonnener und kühl abwägender Kollege. Ich versuchte, mir über meine Lage klar zu werden. Gut sah es nicht aus, richtig schlecht aber auch nicht. Solange meine Hände hinter der Stuhllehne gefesselt waren, konnte ich nur abwarten. Als Erstes musste es mir gelingen, das Vertrauen des Geiselnehmers zu gewinnen, sodass er mich irgendwann losmachte.

Die Kollegen, die draußen inzwischen in vermutlich großer Zahl Stellung bezogen hatten, konnten derzeit nichts unternehmen, ohne mein Leben zu gefährden. Früher oder später würden sie versuchen, mit Wittek Kontakt aufzunehmen, ihn mit Versprechungen zu locken, in Sicherheit zu wiegen, sein Ego aufzubauen, bestenfalls, wenn es gut lief, so etwas wie eine persönliche Beziehung zu ihm herzustellen, um ihm irgendwann klarzumachen, in was für einer aussichtslosen Situation er sich befand.

Aber noch war es zu früh dafür. Noch war Wittek viel zu aufgedreht, siegessicher, voll mit Adrenalin und Glückshormonen. Erst wenn er wieder halbwegs klar denken konnte, würde er mit sich reden lassen.

Wenn überhaupt.

Schritte auf der Treppe, er kam zurück, stellte das Gewehr

an seinen Platz, legte zwei Magazine auf den Tisch, setzte sich wieder.

»Alles unter Kontrolle«, verkündete er großspurig. »Die da draußen haben die Hosen gestrichen voll.«

Zur Überwachung des Umfelds hatte er mehrere Videokameras auf dem Dach montiert, erfuhr ich, fernsteuerbar, nachtsichtfähig und mit teuren Zoom-Objektiven ausgestattet.

»Damit kann ich alles sehen, was draußen abgeht. Sogar auf dem Handy. Hier, gucken Sie mal.«

Stolz hielt er mir sein Smartphone hin, auf dem vor allem viel Schnee zu sehen war. Er tippte kurz auf dem Display herum, dann sah ich den Hubschrauber, der in einiger Entfernung auf dem Feld niedergegangen war. Er schien nicht allzu schwer beschädigt zu sein, auch wenn immer noch ein wenig schwarzer Qualm aufstieg. Männer mit Feuerlöschern stapften darum herum durch den Tiefschnee.

»Die Hosenscheißer trauen sich nicht ran«, meinte Wittek begeistert. »Weicheier sind die, so sieht's nämlich aus.«

»Ich müsste mal«, sagte ich bescheiden. »Tut mir leid, aber …«

Dieses Problem hatte er offenbar nicht einkalkuliert.

»Klein oder groß?«, fragte er nach kurzem Nachdenken über diese überraschende Wendung.

»Klein.«

Pause. Ratlose Miene.

»Verkneifen Sie es sich. Später. Jetzt nicht.«

15

»Gerstner und Sie waren beide bei Bauer angestellt«, sagte ich, nachdem wir uns einige Zeit angeschwiegen hatten.

Wittek nickte finster. »Dieser Bauer ist ein Obermegaquadratarschloch. Vornerum tut er so menschenfreundlich, und hintenrum ist er eine linke Drecksau. Wie alle sogenannten Politiker und Unternehmer, die in Wirklichkeit bloß Absahner und Volksverblöder sind. So sieht's nämlich aus.«

»Wie war Gerstner denn so? War er auch so ein harter Bursche wie Sie?«

Wittek stieß wieder sein Ziegenlachen aus. »Der Helge, der ist doch auch bloß ein Hosenscheißer beziehungsweise war, muss man ja sagen. Der war kein Kämpfer, absolut nicht. Sein Töchterchen, das ist sein Ein und Alles gewesen. Außerdem, er war halt auch krank. Mit seinem Rücken, das war echt Scheiße, muss ich schon sagen.«

»Und trotzdem wollte er Ihr Haus renovieren?«

»Viel hat er ja nicht gemacht, wie's scheint. Wenigstens ein bisschen was hätt er schon machen können.«

»Wissen Sie, mit wem er sonst Umgang hatte?«

Wittek zog den verkniffenen Mund schief und die Nase hoch. »Wie er noch im Job war, hat er mit vielen Leuten zu tun gehabt. Schließlich ist er ja Teamleiter gewesen. Als Chef soll er soweit okay gewesen sein. Keine große Leuchte, aber okay. Dass er mit jemandem enger gewesen wär, wüsst ich nicht. Sonst?« Wieder zog er eine Grimasse. »Über so Sachen haben wir nicht groß geredet. Mehr über Technik und Waffen und so.«

»Er hat sich auch für Waffen interessiert?«

Wieder lachte er. »Der ist ja nicht mal beim Bund gewesen. Wenn Sie dem eine Knarre gegeben hätten, dann hätt er sich glatt in den Fuß geschossen.«

Erneut fing er an, mir seine krausen Theorien vorzubeten von jüdischer Weltverschwörung und amerikanischen Milliardären, die das Blut getöteter Kinder tranken, um wieder jung zu werden. Die Russen spielten dieses Mal eine Nebenrolle. Die meisten seiner Wahnvorstellungen kannte ich schon aus den Medien, manches hatte er sich offenbar selbst zusammengereimt. So gab es angeblich seit Neuestem eine geheime Allianz zwischen Russland, China und den USA mit dem Ziel, Europa auszuplündern, die Bevölkerung nach und nach zu vergiften und durch Moslems zu ersetzen. Um Platz zu schaffen, den später amerikanische Superreiche, chinesische Oligarchen und russische Apparatschiks in friedlicher Eintracht bewohnen wollten.

»Was glauben Sie denn, wieso unsere Frauen keine Kinder mehr kriegen?« Aufgebracht funkelte er mich an. »Und wieso die Spermien von den Männern immer weniger werden? Was glauben Sie denn, was da dahintersteckt? Unser Volk schrumpft und schrumpft und wird durch Kameltreiber und Analphabeten ersetzt, die bald in der Mehrheit sein werden, und dann gnade uns Gott. Wer sich dann nicht wehren kann, der ist am Arsch, so sieht's nämlich aus.«

Ich fragte mich, was die amerikanischen und russischen Krösusse wohl davon halten würden, in einem muslimisch regierten Europa unter der Knute einer humorlosen Religionspolizei leben zu müssen, behielt den Gedanken jedoch vorsichtshalber für mich.

Stattdessen nickte ich ernst. »Habe ich so noch nie gesehen. Sie haben ganz recht. Das ist ja wirklich furchtbar. Hat Gerstner das genauso gesehen?«

»Nicht in dieser Schärfe. Er hat einfach nicht den richtigen Biss gehabt. Hat wahrscheinlich mit seinem Kind zu tun, was weiß ich. Kämpfer sollten keine Kinder haben und am besten auch keine Frau. Anhang schwächt einen Mann bloß. Sehen Sie mich an: Der Starke ist am mächtigsten allein, so sieht's nämlich aus.«

Kurz sah er auf seine Hände, schien vorübergehend den Faden verloren zu haben.

»Und Sie müssen echt pissen?«, fragte er dann unvermittelt. »Kein Fake?«

»Habe am Vormittag wohl zu viel Kaffee getrunken.«

»Und Sie machen keinen Stress, wenn ich Sie aufs Klo lasse?«

»Ich bin doch nicht lebensmüde. Wie sollte ich denn gegen Sie ankommen?«

»Ich steh vor der Klotür mit der Knarre im Anschlag, klar?«

Seufzend erhob er sich, steckte die Beretta in den Hosenbund, zog ein beängstigend langes Messer aus einer Scheide an seinem breiten Ledergürtel, durchtrennte meine Fessel, eskortierte mich zur Toilette, deren Tür auf der anderen Seite des Flurs lag. Natürlich war auch dort das Fenster vergittert und mit einem schweren, metallenen Rollladen gesichert. Ich erleichterte mich, Wittek führte mich – die Waffe immer auf mein Herz gerichtet – zu meinem Stuhl zurück. Dieses Mal zog er den Kabelbinder nicht mehr ganz so fest. In meinen fast abgestorbenen Fingern kribbelte es unangenehm, als das Blut wieder zu zirkulieren begann.

»Haben Sie früher beruflich viel mit Gerstner zu tun gehabt?«, nahm ich den Faden wieder auf.

»Wieso willst du das eigentlich wissen?«, fuhr er mich an. »Geht dich doch einen Dreck an, wie und wo ich mit ihm zu tun gehabt hab, verfickte Scheiße noch mal!«

»Entschuldigen Sie. Ich dachte nicht, dass das ein Geheimnis ist.«

Wortlos glotzte er auf die Tischdecke, kaute auf der blutleeren Unterlippe. Der Glanz in seinen Augen war erloschen, der Adrenalinrausch verflogen. Allmählich kam er wohl wieder in der Wirklichkeit an, in der Realität, die für ihn alles andere als rosig aussah. Vielleicht begriff er genau jetzt, dass es für den Miniaturkrieg, den er angezettelt hatte, nur drei denkbare Enden gab: Entweder er gab irgendwann auf, oder er wurde von der angeblich so hasenfüßigen Übermacht vor der Tür überwältigt, oder er starb. Früher oder später würde er schlafen müssen. Auch wenn er sicherlich über Mittelchen verfügte, um sich lange wach zu halten, würde ihn irgendwann der Schlaf übermannen.

Den Blick hielt er jetzt hartnäckig abgewandt, stierte abwechselnd auf die Pistole in seiner Hand, auf das Frühstücksgeschirr, das an die Wand gelehnte G3. Die Beretta war gesichert, sah ich. Seltsamerweise war ich immer noch nicht sonderlich beunruhigt. Die größte Gefahr war nach meiner Einschätzung, dass er mich aus Versehen verletzte oder ich bei einem gewaltsamen Befreiungsversuch meiner Kollegen von einer verirrten Kugel getroffen wurde. Bislang hatte ich das Gefühl, diesen Verrückten halbwegs unter Kontrolle zu haben.

»Haben Sie vielleicht eine Idee, wer Ihren Freund auf dem Gewissen haben könnte?«, fragte ich in die ungemütliche Stille hinein.

Wittek schreckte hoch, zwinkerte verwirrt. »Freund? Ich hab keine Freunde. Echte Kämpfer sind einsame Wölfe, hab ich dir das nicht schon verklickert?«

»Hat er Feinde gehabt?«

Wittek senkte den Blick wieder. Schnaufte ein Weilchen. »Ich weiß bloß, dass er irgendwie Stress gehabt hat. Drum hat er mich im November angerufen und gefragt, ob das alte Haus immer noch leer steht. Mit wem er Stress gehabt hat? Keine Ahnung.«

»Sie haben aber doch bestimmt eine Vermutung, clever wie Sie sind?«

»Ich glaub, es hat mit seiner Tussi zu tun gehabt, dieser miesen kleinen Fotze, die ihn hat sitzen lassen.«

»Das heißt, er hat wieder Kontakt zu ihr gehabt?«

»Denk schon, ja.«

»Was wissen Sie über sie?«

»Na, nix. Bloß, dass sie ihn hat sitzen lassen mit dem

Kind und mit einem anderen auf und davon ist. Mit einem, der mehr Kohle gehabt hat als er.«

»Herr Wittek?«, rief draußen eine blecherne Megafonstimme. »Wir würden gerne mit Ihnen reden. Nur reden, keine Angst. Sie befinden sich eindeutig in der stärkeren Position, das ist uns allen hier sonnenklar. Wir sind an einer friedlichen Lösung interessiert, bei der niemand zu Schaden kommt. Sie doch bestimmt auch.«

»Arschloch!«, brummte Wittek und trank einen Schluck Wasser. »Fick dich selber.«

Nach einigen Sekunden Pause ging es weiter:

»Sagen Sie uns, was Ihre Forderungen sind. Man kann über alles reden, Herr Wittek, wirklich über alles.«

»Leck mich«, lautete der Kommentar des Angesprochenen dazu.

Wieder blieb es für einige Zeit still.

»Auf den hat er einen Mordshass gehabt, der Helge«, sagte Wittek dann plötzlich.

»Auf den, der ihm die Frau ausgespannt hat?«

»Ja, klar.«

»Er hat gewusst, wer es war?«

»Logisch. Wenn er den in die Finger kriegt, dann macht er ihn kalt, hat er mehr als einmal getönt. Aber das ist natürlich auch wieder bloß Geschwätz gewesen. Der Helge hätt gar nicht den Mumm gehabt, einen kaltzumachen.«

»Im Gegensatz zu Ihnen.«

Dieses Mal wirkte meine Schmeichelei nicht mehr. Seine Miene war jetzt verschlossen, der Blick voller Hass und mühsam verhohlener Unsicherheit. Dieser Hass galt jedoch nicht mir, sondern der Welt jenseits der Mauern seines Hauses. In der es keine Frau gab, die sich mit ihm einlassen wollte. Vielleicht nicht einmal einen Mann, der sein Freund sein mochte. Einer Welt, in der er nichts galt, in der ihn – abgesehen von seinen Brüdern im Glauben an Verschwörungstheorien – niemand ernst nahm.

»So sind sie doch alle, die Frauen«, stieß er hervor. »Blöde

Fotzen, die sich den letzten Arschlöchern an den Hals schmeißen und ...«

Er brach ab, aber ich konnte mir den zweiten Teil seines Satzes denken: Die tapferen und anständigen Kerle wie er blieben ungeliebt. Hatten Sex höchstens mit sich selbst.

Von ferne waren Motorengeräusche zu hören, die näher kamen und bald erstarben. Vermutlich rückten gepanzerte Fahrzeuge an und brachten sich in Stellung.

Auch Wittek war nicht entgangen, dass sich draußen etwas tat. Er warf einen Blick auf sein Smartphone, wirkte jedoch nicht beunruhigt.

»Hat er jemals eine Andeutung gemacht, wer ihm die Frau weggenommen hat?«, wagte ich einen weiteren Vorstoß.

Zögern. Müdes Kopfschütteln. Meine Hoffnung stieg, dass ihm bald die Augen zufallen könnten. »Bloß halt, dass sie mit ihm nach Amerika ist.«

Amerika!

In dieser Sekunde fiel bei mir der Groschen. Ich hatte »Amerika« bisher immer verstanden als »irgendwo in weiter Ferne«. Vielleicht bedeutete es aber schlicht und einfach, dass Tanja Gerstner wirklich in den USA war? Das Ehepaar Clarin war längere Zeit dort gewesen, die seltsame Reaktion der Frau, als Laila den Namen Tanja erwähnte. Plötzlich ergab alles einen Sinn. Pascal Clarin hatte damals ein Techtelmechtel mit seiner Mieterin begonnen. Sie war ihm nach Florida gefolgt, das heimliche Paar war aufgeflogen, und das Ende vom traurigen Lied war ein tödlicher Showdown zwischen Liebhaber und gehörntem Ehemann am Heddesheimer See.

Zu dumm, dass ich Clarin nicht gleich mit meinem Verdacht konfrontieren konnte. Die für den Nachmittag angesetzte zweite Vernehmung würde ja nun aus naheliegenden Gründen ausfallen müssen.

Links über der Durchreiche zur Küche hing eine kleine Uhr, die ich bisher nicht bemerkt hatte. Viertel nach zwei. Wann waren Balke und ich angekommen? Gegen elf? Ja,

kurz nach elf dürfte es gewesen sein, als Balke den Klingelknopf drückte und das Drama seinen Lauf nahm.

Allmählich fand ich es seltsam, dass ich nach wie vor
keine Angst spürte. Immer noch war ich überzeugt, meinen
Geiselnehmer im Griff zu haben. Dass es mir gelingen
würde, ihm so lange um den Bart zu gehen, bis er unauf-
merksam wurde. Vielleicht würde es bald geschehen, vielleicht erst spät in der Nacht. Meine Chance würde kommen. Vielleicht die einzige.

»Könnte ich einen Schluck Wasser haben?«, fragte ich,
um das Gespräch nicht einschlafen zu lassen.

»Wieso Wasser?«, fragte er knurrig. »Hab Bier da, wenn
Sie wollen, und Schnaps und Wein und Orangensaft.«

»Nur Wasser bitte.«

»Natur oder mit Sprudel?«

Sechs Uhr vorbei. Allmählich wurde das Ganze ätzend.
Draußen war es vor über einer Stunde dunkel geworden,
wovon ich wegen der Rollläden nichts sehen konnte. Abgesehen vom regelmäßigen Knurren meines Magens, war es
die meiste Zeit still in diesem verfluchten Haus, weil mir
absolut nichts mehr einfiel, was ich meinen Plagegeist noch
fragen könnte. Selbstverständlich war er Trump-Fan gewesen, und natürlich war er dies nun nicht mehr, nachdem
sein Gott sich am Ende dermaßen blamiert und selbst vom
Podest gestoßen hatte. Die Megafonstimme hatte noch
einige Male gescheppert, jeweils im Abstand von einer halben Stunde, aber Wittek hatte nie darauf reagiert. Draußen
lagen allmählich die Nerven blank, wusste ich aus Erfah-
rung. Nichts ist quälender als ein Geiselnehmer, der nicht
mit sich reden lässt.

Wittek hatte mir noch einige technische Details zu seinem Bunker erzählt. Von redundanten Notstromaggrega-
ten hatte ich gehört, von ohne Kühlung ewig haltbaren
Proteinriegeln, Entkeimungsmitteln, Trockenobst, Bergen
von Konserven und ungeheuren Benzinvorräten.

Seine anfängliche Euphorie war jedoch längst verflogen. Die meiste Zeit saß er zusammengesunken am Tisch, glotzte auf sein Handy, brütete vor sich hin, reagierte nur noch abweisend und wortkarg auf meine Versuche, das Gespräch in Gang zu halten, den Kontakt zu ihm nicht ganz abreißen zu lassen. Zwischenzeitlich war ich noch zwei weitere Male auf der Toilette gewesen, immer brav und fügsam. Jedes Mal hatte er anschließend meine Hände wieder gefesselt. Aber jedes Mal ein wenig nachlässiger. Dennoch war es völlig unmöglich, die Fesseln hinter meinem Rücken abzustreifen.

»Wann zeigen Sie mir denn jetzt Ihren Bunker?«, startete ich einen neuen Anlauf. »Der interessiert mich wirklich sehr.«

»Okay«, murmelte er, nachdem es eine Weile so ausgesehen hatte, als wäre er im Sitzen eingeschlafen. Stöhnend drehte er einige Male den Kopf hin und her, um die Müdigkeit und vielleicht auch finstere Fantasien daraus zu vertreiben. »Gehen wir in Gottes Namen runter, damit endlich Ruhe ist. Sowieso besser, ich schließ Sie unten ein, damit Sie mich nicht ständig volllabern.«

Wir stiegen die Treppe in den Keller hinab, er hinter mir, die Beretta an meinem Hinterkopf, meine Hände nach wie vor gefesselt. Unten schaltete er das Licht ein, öffnete eine schwere, weiß lackierte Stahltür. Dahinter kam eine weitere Treppe zum Vorschein, schmaler und steiler als die erste, und es ging noch ein Stockwerk tiefer. Dann wieder eine Tür, dieses Mal grau lackiert, dicker und schwerer als die erste. Auch sie wurde geöffnet, wozu Wittek sich leise maulend an mir vorbeizwängen musste, weil er den Schlüssel hatte. Zwei massive Hebel mussten umgelegt werden. Fast lautlos schwang die vermutlich tonnenschwere Tür auf, innen ging automatisch Licht an. Gleißend helles, kaltes Licht.

Der Rest war verblüffend einfach.

Es war eng am Ende der Treppe, sodass ich zurück auf die unterste Stufe treten musste, damit Wittek die Tür vollends öffnen konnte. Ohne einen Plan gemacht zu haben, tat ich so, als würde ich das Gleichgewicht verlieren, prallte mit der linken Schulter gegen die Tür, mit der rechten gegen meinen Geiselnehmer, der sich in diesem Moment umwenden wollte. Er stolperte zwei Schritte seitwärts, suchte irgendwo Halt, fand keinen. Doch dann stand er wieder sicher, fuhr herum, riss die Waffe hoch, Sekundenbruchteile zu spät, denn ich hatte ihm die schusssichere Panzertür schon vor der Nase zugeknallt. Der Schlüssel steckte außen, und es gelang mir, ihn mit am Rücken gefesselten Händen im gut geölten Schloss herumzudrehen, bevor der Erbauer dieses atombombensicheren Bunkers begriff, wie ihm geschah.

16

»Wie siehst du denn aus?«, lautete Theresas wenig empathische Begrüßung, als ich um kurz nach acht in ihr Haus wankte. »Schlimmen Tag gehabt?«

»Kann man so sagen.« Seufzend hängte ich meinen Mantel an die Garderobe.

Sie nahm mich in ihre weichen, warmen, nach teurer Seife duftenden Arme. Strich mir durchs Haar. Es tat unendlich gut. Ich war außer der Reihe zu ihr gefahren und nicht zu meinen Töchtern, weil ich genau das jetzt brauchte: Jemanden, der mich hielt. Der mir Ruhe geben konnte, Wärme, Sicherheit. Den Mädchen hatte ich eingeschärft, gut auf Marie aufzupassen. Und Marie hatte am Telefon versprochen, gleich nach der Gutenachtgeschichte einzuschlafen.

»Erzähle«, sagte Theresa.

»Später«, murmelte ich. »Erst essen und ein Glas Wein.«

Eilig deckte sie den Tisch für mich, stellte für sich selbst lediglich ein Glas hin, da sie schon gegessen hatte. Ich sank auf meinen Stuhl, nahm mir eine Scheibe Brot, strich Butter darauf, legte eine Scheibe Gouda darüber, biss ab, kaute.

»Du wirkst wie ferngesteuert«, konstatierte meine Liebste mit kritischem Blick. »Nun sag endlich, was ist passiert?«

Nachdem ich das Brot hinuntergeschlungen hatte – ich hatte den ganzen Tag noch nichts gegessen –, lehnte ich mich zurück und begann zu erzählen. Und erst jetzt, in diesen Sekunden, sprang mich die Angst an wie eine wütende Katze. Schweiß auf der Stirn, eine stählerne Klammer um das Herz, Tonnen von Blei auf der Brust. Es dauerte lange, bis ich meine Geschichte losgeworden war und wieder halbwegs normal atmen konnte.

»Hast du schon mal daran gedacht, diesen Job an den Nagel zu hängen?«, fragte Theresa ernst, während ich das nächste Brot präparierte. »Das ist doch kein Leben. Ständig dieser Stress, die Angst, die Hetze.«

»Unkraut vergeht nicht«, behauptete ich lahm.

In diesem Augenblick legte mein Handy los, das ich irgendwo im Flur hatte liegen lassen. Theresa sprang auf und brachte es mir. Unbekannte Nummer.

»Bauer hier«, sagte eine heisere, resolute Männerstimme. »Sie wollten mich sprechen.«

Der Gründer und Chef der Firma, bei der Gerstner und Wittek bis vor zwei Jahren gearbeitet hatten.

»Clemens Bauer«, wiederholte der Anrufer aufgeräumt, der mein Zögern falsch deutete. »Sie waren gestern in meinem Betrieb und haben nach Helge Gerstner gefragt.«

»Entschuldigen Sie«, bat ich ein wenig benommen. »Ich hatte einen harten Tag und war gerade ein wenig neben der Spur.«

»Kein Problem«, sagte er mitfühlend. »Auch Sie haben hin und wieder Feierabend, nehme ich an. Helge ist tot, habe ich gehört. Ermordet, ist das denn wirklich wahr?«

»Leider ja.«

»Und wie kann ich helfen?«

»Indem Sie mir einige Fragen beantworten. Vor allem würde mich interessieren, weshalb Gerstner vor zwei Jahren überraschend ausgeschieden ist. Meines Wissens war er mehr als zehn Jahre bei Ihnen.«

»Das ist richtig. Anfangs als einfacher Techniker, später als Leiter eines Montageteams. Ich war lange Zeit sehr zufrieden mit ihm. Aber dann ... es sind einige unerfreuliche Dinge vorgefallen, über die ich lieber schweigen möchte. De mortuis nihil nisi bene ...«

»Dieser Spruch gilt nicht, wenn es um die Aufklärung eines Mordes geht, Herr Dr. Bauer.«

»Wie Sie meinen.«

Gerstner hatte seinen Arbeitgeber bestohlen.

»Immer wieder sind Geräte verschwunden. Filterkartuschen, Luftkanäle, Ventilatoren, Sonnenkollektoren. Es kommt schon mal vor, dass am Jahresende bei der Inventur das eine oder andere nicht zu finden ist. Aber im Jahr vor Helges ... Ausscheiden hat sich der Schwund doch sehr gehäuft. Er hatte einen Freund, ebenfalls bei uns angestellt ...«

»Ferdinand Wittek.«

»Sie kennen ihn?«

»Ich hatte heute Gelegenheit zu einem ... hm ... längeren Gespräch mit ihm.«

»Eines späten Abends sind die beiden in flagranti erwischt worden, und ich sah keine andere Möglichkeit, als ein deutliches Signal zu setzen. Sehen Sie, Herr Gerlach, unsere gesamte Unternehmenskultur basiert auf Vertrauen. Und das haben die beiden auf schlimmstmögliche Weise missbraucht.«

Dass Wittek es mit den Eigentumsrechten nicht so genau nahm, konnte ich mir vorstellen. Aber Gerstner? So hatte ich ihn bisher nicht gesehen. Ein wenig verschroben, nicht sehr gesellig, aber eine ehrliche Haut, das war mein Bild von ihm. Sollte Wittek ihn auf die schiefe Bahn gelockt haben? Oder gar gezwungen? Womit hätte er ihm drohen können? Ich würde den so kläglich gescheiterten Helden bei nächster Gelegenheit fragen.

Für ein ausführlicheres und tiefer schürfendes Gespräch war ich zu müde und unkonzentriert, stellte ich fest. So bedankte ich mich bald bei Herrn Dr. Bauer. Er versprach, sich zu melden, sobald er wieder in Heidelberg war. Dies sollte übermorgen der Fall sein, spätestens am Samstag.

Später saß ich mit Theresa zusammen im Wintergarten. Der Himmel war heute sternenklar. Es würde eine kalte Nacht werden. Wir tranken Wein, hörten Schmuserock, kuschelten ein wenig, und nach dem zweiten oder dritten Kuss schlief ich ein.

Auch am Donnerstagmorgen veranstalteten wir unser gewohntes Brainstorming zu dritt in meinem Büro. Da ich katastrophal schlecht geschlafen hatte, begannen wir ausnahmsweise erst um halb zehn. Vor mir stand der übliche und heute besonders unverzichtbare Morgencappuccino.

»Sie sehen echt fertig aus, Chef«, fand Balke. »Wollen Sie sich nicht mal ein paar Tage Auszeit gönnen?«

»Sobald dieser Fall geklärt ist, gerne.«

Ich berichtete meinen Mitstreitern von meinem Telefonat mit Clemens Bauer.

»Sie haben Geräte für Witteks Atombunker geklaut?«, fragte Balke amüsiert. »Und was hat Gerstner davon, wo er diesen ganzen Verschwörungsquatsch doch anscheinend gar nicht glaubt?«

»Das wüsste ich auch gerne.«

Ansonsten gab es kaum Neuigkeiten. Nach Tanja Gerstner, die aufgrund ihrer Spuren an der Tatwaffe seit Neuestem unter Mordverdacht stand, wurde bereits gefahndet. Balke hatte endlich Cristina Balsenberg erreicht. Sie machte Urlaub im Süden Afrikas auf einem Kreuzfahrtschiff und hatte nur Handyempfang, wenn man sich in der Nähe größerer Städte aufhielt.

»Da der Vertrag für das Prepaidhandy auf ihren Namen läuft, kann sie uns problemlos die Einwilligung geben, das blöde Ding orten zu lassen und so weiter.«

Stöhnend griff ich mir an den Kopf. Darauf hätten wir weiß Gott schon früher kommen können. Aber es war einfach zu viel. Zu viele Aspekte, zu viele Spuren, Fragen und Hypothesen. Es wurde höchste Zeit, aufzuräumen, die Anzahl unserer Theorien und Fahndungsansätze wieder zu reduzieren.

Balke hatte den Provider bereits kontaktiert, die Daten lagen vor, waren jedoch noch nicht ausgewertet.

Ich leerte meinen Becher und wandte mich an Laila.

»Und wir zwei müssen allmählich los.«

»Ja, Sie haben recht«, sagte Pascal Clarin, als wir uns wieder gegenübersaßen. »Ich hatte ein Verhältnis mit Tanja, und Clarissa hat davon gewusst. Anfangs nicht, aber …«

Während der Zeit, als er und seine Frau in Orlando gelebt hatten, war er zweimal in Deutschland gewesen. Beim ersten Mal zusammen mit seiner Frau.

»Clarissas beste Freundin hat geheiratet. Da waren wir aber gar nicht in Heidelberg, die Hochzeit war in der Eifel irgendwo, und wir sind zwei Tage später schon wieder über den Atlantik gedüst.«

Beim zweiten Mal, acht Monate später, war er allein geflogen.

»Wegen eines Notartermins. Eine Tante von mir war gestorben und hat mir einiges vererbt. Bei der Gelegenheit habe ich die Gerstners besucht und mir zeigen lassen, was Helge im Haus schon alles gemacht hat. Sie haben mich zum Abendessen eingeladen, es ist ziemlich lustig geworden, wir haben auch einiges getrunken …«

Und irgendwann hatte er Tanjas Fuß auf dem seinen gespürt.

»Und wie sie mich manchmal angesehen hat …« Clarin hustete seine Kehle frei. »Aber ehrlich, bei diesem Langweiler von Ehemann, kein Wunder, dass sie auf Abenteuer aus war. Als ich wieder in Orlando war, haben wir angefangen, uns Nachrichten zu schreiben. Anfangs nur Text, bald auch mit Bildchen, Sie wissen schon. Sie war heiß auf mich, ich war heiß auf sie, und nach ein paar Wochen habe ich ihr angeboten, rüberzukommen. Ich habe ihr den Flug bezahlt, ein Hotelzimmer. Wir haben ein paar höllenheiße Nachmittage miteinander verbracht, und … Na ja, sie ist dann einfach geblieben.«

Clarin konnte plötzlich gar nicht mehr aufhören zu sprechen, sprudelte regelrecht über. Er hatte seiner Geliebten ein möbliertes Apartment besorgt und selbstverständlich auch die Miete bezahlt.

»Sie hatte ja nicht mehr, als in ihren Koffer passte. War

eine wilde Zeit. Ein Rausch, eine Sucht, und es wurde immer schlimmer. Ja, das war ich wohl: süchtig nach ihr. Kopf und Kragen habe ich riskiert, um bei ihr sein zu können. Anfangs dachte ich, das legt sich mit der Zeit. Wenn wir uns ausgetobt haben, fliegt sie nach Hause, beruhigt ihren Mann, und alles ist wieder gut. Aber nichts hat sich gelegt. Wir konnten einfach nicht voneinander lassen. Obwohl es auf der intellektuellen Ebene nun wirklich überhaupt nicht gepasst hat.«

Mit der Zeit war er immer unvorsichtiger geworden, und irgendwann hatte seine Frau eine von Tanjas Nachrichten auf seinem Handy entdeckt.

»Eine Höllenszene hat sie mir gemacht. Mit Trennung gedroht, mit Selbstmord.«

»Sie wusste aber nicht, wer Tanja war?«

Aufgewühlt schüttelte Clarin den Kopf, rieb sich die Augen wund.

»Sie hatte Tanja nie gesehen, und den Namen hatte sie sich nicht gemerkt, das wissen Sie ja. Ich habe mich darauf herausgeredet, dass es eine rein virtuelle Beziehung sei. Dass Tanja irgendwo in Deutschland lebt, in festen Händen ist und wir uns nie im Leben gesehen haben. Clarissa hat mir geglaubt und irgendwann auch verziehen. Mit der Zeit ist das Verhältnis mit Tanja dann doch ein wenig abgekühlt, und ein paar Monate später sind wir ohnehin nach Deutschland zurück, Clarissa und ich. Tanja wollte drüben bleiben. Vielleicht hatte sie einen neuen Stecher gefunden, ich weiß es nicht, und es war mir letztlich auch gleichgültig. Treue ist etwas, das in Tanjas Wortschatz nicht vorkommt.«

»Wissen Sie, dass Gerstner nicht der Vater von Tanjas Tochter ist?«, fragte Laila.

Clarin sah sie verblüfft an.

»Das Thema ist zwischen uns nie zur Sprache gekommen. Dass sie ihren Mann hat sitzen lassen, dass sie ein Kind hat, mir persönlich war das alles wurscht. Ich habe die Zeit mit ihr genossen. Den Sex, ihre Gier, ihre Hemmungslosigkeit, dieses – wie sage ich es am besten? – Animalische. Sonst ist sie ja so still und in sich gekehrt. Aber im Bett, ich kann Ihnen sagen …«

»Haben Sie Gerstner später noch mal gesehen?«, fragte Laila weiter.

»Logisch. Bei der Übergabe des Hauses.«

»Danach nicht mehr?«

»Wieso sollte ich?«

Immer noch stellte Laila die Fragen, was mir heute sehr gelegen kam.

»Er hat also bis zum Ende nicht gewusst, dass Sie ein Verhältnis mit seiner Frau hatten?«

»Ich habe es ihm jedenfalls nicht erzählt. Und Tanja? Was sollte sie für einen Grund haben?«

»Um ihm wehzutun?«

»Wenn sie es getan hat, dann habe ich nichts davon erfahren.«

»Haben Sie oder Ihre Frau in den vergangenen Wochen seltsame Anrufe erhalten?«, fragte ich.

»Anrufe?« Ratloser Blick. »Von wem denn?«

»Gerstner hat nicht versucht, Sie zu erpressen?«

»Wie? Überhaupt nicht, nein.«

Clarin sah mir offen und völlig verständnislos ins Gesicht, und ich war geneigt, ihm zu glauben.

»Wissen Sie, ob Tanja zurzeit noch in den USA ist?«, fragte nun wieder Laila.

»Keine Ahnung, wirklich. Wir hatten seit damals keinen Kontakt mehr.«

Ich übernahm wieder: »Bei dem Streit mit Ihrer Frau ist es in Wirklichkeit um Tanja gegangen, richtig?«

Ein letztes Zögern. Dann raffte er sich auf, hatte offenkundig entschieden, reinen Tisch zu machen.

»Hauptsächlich ja. Aber auch um anderes. Clarissas blödsinnige Aktion im Keller, die Firma. Wir haben große Probleme. Finanzielle Probleme.«

Die Clarins waren vor einiger Zeit zu der Ansicht gekommen, Kirchheim sei keine angemessene Wohngegend mehr für sie. Ihr Hauptkunde war eine internationale Hotelkette, deren Häuser sie einrichteten, und die Geschäfte waren viele Jahre lang hervorragend gelaufen.

»Wir haben eine nette kleine Gründerzeitvilla am Heiligenberg gekauft. Zurzeit wird sie renoviert und modernisiert. Fast anderthalb Millionen haben wir dafür hingelegt, und die Instandsetzung wird fast noch mal genauso viel kosten.«

Doch dann hatte der große Kunde vor wenigen Wochen völlig überraschend den Vertrag gekündigt.

»Klar haben wir noch ein paar andere Kunden. Aber drei Viertel unseres Umsatzes haben wir mit Marriott gemacht.«

Allein deshalb hatten die Nerven blank gelegen.

»Aber es war nicht nur das. Es hatte sich so vieles angesammelt über die Jahre, und alles, alles ist an diesem verfluchten Samstag zur Sprache gekommen.«

Laila forderte ihn auf zu erzählen, was genau an dem Nachmittag geschehen war.

»Seit wir in diesem Hotel waren, herrschte miese Stimmung. Der Auslöser waren übrigens Sie, Frau Khatari.«

Ich hatte es befürchtet.

»Seit Clarissa im Gespräch mit Ihnen begriffen hat, wer Tanja ist, war der Teufel los. Jahrelang war die Geschichte kein Thema mehr gewesen. Aber jetzt wollte sie ganz genau wissen, was damals gelaufen ist, jedes schmutzige Detail. Als sie hörte, dass es eben doch keine rein virtuelle Beziehung war, sondern ein sehr handfester Betrug, ist sie völlig ausgetickt. Wie und wo und wann ich bei ihr war, wie oft, wie lange. Ob Tanja im Bett besser war als sie und so weiter und so weiter ...«

Clarin brach ab. Hatte die Augen jetzt geschlossen. Seine Hände bewegten sich rastlos. Schließlich sah er mir wieder ins Gesicht.

»Am Samstag habe ich Ja gesagt. Ja, Tanja war besser im

Bett als Clarissa. Ja, ich habe sie geliebt wie verrückt. Ja, es war mir scheißegal, wenn sie sich deshalb scheiden lässt.«

Daraufhin hatte seine Frau endgültig die Nerven verloren.

»Wie ein ausgehungerter Tiger ist sie auf mich los. Sie haben natürlich recht, die Kratzer in meinem Gesicht sind von ihr.«

Er hatte versucht, sich zu wehren, sie auf Abstand zu halten, Clarissa Clarin war gestolpert und gefallen.

»Und ...« Er schluckte. Schlug die Augen nieder. »... dann war sie tot.«

»Wie haben Sie das festgestellt?«

»Äh ...« Verständnislos sah er mir ins Gesicht. »Sie sagen doch selbst, sie ist tot. Ist sie es etwa gar nicht?«

»Was haben Sie anschließend gemacht?«

»Abgehauen bin ich. Musste mich erst mal abregen. Spazieren gehen. Wieder zu Verstand kommen. Mir war klar, dass ich die Polizei rufen musste. Aber nicht gleich. Das konnte ich einfach nicht.«

»Vor allem einen Krankenwagen hätten Sie rufen sollen. Als Sie weggelaufen sind, war Ihre Frau noch am Leben. Es ist ziemlich sicher, dass sie hätte gerettet werden können.«

Pascal Clarin sank in sich zusammen wie eine Aufblaspuppe, aus der jemand den Stöpsel gezogen hatte.

»Wie ich später aus dem Lift steige«, murmelte er nach langem Schweigen, »überall Leute, Polizei, und ich ... Verdammte Scheiße, ich wusste doch, ich bin schuld, ich war's, ich habe sie getötet!«

»Sie waren über zwei Stunden weg. Kurz vor drei haben Sie das Hotel verlassen, und erst um zwanzig nach fünf haben Sie es wieder betreten.«

Mit abwesendem, fast irrem Blick starrte er auf einen Punkt hinter mir. Sein Atem ging stoßweise.

Ich beugte mich vor, legte die Unterarme auf den Tisch.

»Dass Ihre Frau unglücklich gestürzt ist, dass Sie das alles nicht wollten, glaube ich Ihnen. Aber Sie werden sich wegen unterlassener Hilfeleistung verantworten müssen.«

»Ich habe sie …«, flüsterte er mit glasigem Blick. »Am Ende habe ich sie gehasst, richtig gehasst. Dass ich sie nicht gestoßen habe, ist reiner Zufall. Es ist nur Zufall, dass ich kein Mörder bin, verstehen Sie? Ich wollte ihr wehtun, ich … Was haben Sie gesagt?«

»Für Ihren Richter gilt, was Sie getan haben, nicht, was Sie vielleicht tun wollten. Dass Sie nicht umgehend Hilfe gerufen haben, wird man Ihnen vorwerfen.«

Stockend, immer wieder von großen Pausen unterbrochen, erzählte er uns von seiner Ehe. Die große Liebe war es von Anfang an nicht gewesen.

»Aber wir sind miteinander klargekommen, konnten zusammen lachen und streiten und wieder lachen. Erst nach dieser Geschichte mit Tanja hat sich alles verändert. Ich würde Firmengeld abzweigen, hat Clarissa mir unterstellt, und bei Nutten verschleudern. Wenn ich auf Dienstreise war und abends eine halbe Stunde zu spät angerufen habe, war schon wieder Weltuntergang angesagt. Mit der Zeit wurde sie regelrecht manisch. Sie hätte eine Therapie gebraucht, dringend. Da war so viel Hass zwischen uns, so viel Misstrauen.« Wieder schwieg er, jetzt ruhiger, blickte über mich hinweg ins Nirgendwo. »So gesehen, habe ich sie doch umgebracht. Ich habe ihr das Herz gebrochen, verstehen Sie? Erst ist das bisschen Liebe zwischen uns kaputtgegangen und danach alles andere.«

»Die Frau in Orlando zu finden, ist total unmöglich«, eröffnete mir Laila am Nachmittag. »Die Stadt hat eine Viertelmillion Einwohner, und Meldeämter wie bei uns kennen die Amis gar nicht.«

»Die Adresse, die Clarin uns genannt hat, haben Sie überprüft?«

»Natürlich. Aber das ist ein Wohnsilo mit fast achtzig Apartments – null Chance. Ich habe einen Hausmeister erreicht, aber der behauptet, er hätte die Namen Clarin oder Gerstner noch nie gehört.«

Seufzend lehnte ich mich zurück. »Nach allem, was wir jetzt wissen, ist sie sowieso längst wieder in Deutschland.«

»Genau.« Laila setzte sich aufrecht hin, schob sich eine vorwitzige Strähne ihres schwarzen Haars aus dem Gesicht. »Ich denke, sie ist wieder in der Gegend, hat mit ihrem Mann Kontakt aufgenommen und ihm Geld geliehen. Dann konnt er's nicht zurückzahlen, es hat Streit gegeben …«

Ja, warum eigentlich nicht?

Allerdings hätte die zierliche Frau nie im Leben die Leiche ihres Mannes dreihundert Meter weit tragen können, und dann war da immer noch die dritte DNA-Anhaftung an der Waffe, von der wir bisher lediglich wussten, dass sie von einem großen, kräftigen Mann stammte, der gerne Hüte trug und beim BKA nicht registriert war. Sollte er Maries Vater sein? War Tanja jetzt mit ihm zusammen, und sie hatten sich Helge Gerstner gemeinsam vom Hals geschafft? Eine Speichelprobe von Pascal Clarin war auf dem Weg nach Stuttgart, aber ich hatte wenig Hoffnung, dass er dieser Unbekannte war. Er war zwar groß, aber nicht breit, wie alle Zeugen den Täter beschrieben hatten.

Balke platzte ins Zimmer, völlig außer Atem.

»Sorry wegen der Verspätung«, prustete er, als er sich auf den Stuhl fallen ließ. »Aber das war jetzt wichtig.«

Cristina Balsenberg war eingefallen, dass ihr doch einmal der Personalausweis abhandengekommen war.

»Genauer, die ganze Handtasche. In Mailand, in der U-Bahn. Die Tasche und das meiste vom Inhalt hat sie später wiedergekriegt. Nur Geld, Führerschein und der Perso waren weg.« Er atmete einige Male tief durch und fuhr fort: »Das unbekannte Handy war übrigens am Nachmittag vor Gerstners Tod zum letzten Mal im Netz eingeloggt.«

In den Wochen zuvor hatte die Besitzerin es nur selten eingeschaltet und benutzt. Meistens hatte das Gerät sich dabei in einer Funkzelle im Mannheimer Stadtteil Neckarstadt befunden. Einmal war es in der Nähe des Wohnheims im Osten Mannheims gewesen, in dem Tanja Gerstners Mutter ihr vermutlich trost- und freudloses Leben fristete.

Sollte das Handy also tatsächlich in Tanja Gerstners Handtasche stecken? Lebte sie jetzt unter falschem Namen in Mannheim?

»Was geben die Verbindungslisten her?«, fragte ich.

»Wenig«, erwiderte Balke. »Sie hat kaum telefoniert, und das Handy war die meiste Zeit ausgeschaltet. Eine Arztpraxis hat sie drei Mal angerufen, ein paarmal ihren Mann, einmal eine Boutique. Die in der Praxis sagen, dass die Patientin, die sie als Cristina Balsenberg kennen, Tanja Gerstner ähnlich sieht. Außerdem spricht sie Hochdeutsch mit Hamburger Akzent und hat die Rechnungen immer bar bezahlt.«

»Na, das ist doch schon mal was«, sagte ich. »Es geht voran.«

Nun mussten wir die falsche Cristina Balsenberg nur noch finden. Was nicht leicht werden dürfte. Da keine Gefahr im Verzug war, beschloss ich, es für heute gut sein zu lassen.

»Svenja lyncht mich, wenn ich schon wieder zu spät komme«, sagte Balke, als er sich erhob. »Wir haben Gäste, große Silvesterparty.« Er strahlte mich voller Vorfreude an. »Und Sie? Auch Party heute Abend?«

»Wir sind nur zu zweit. Beziehungsweise zu zweieinhalbt.«

»Die halbe Person ist Marie, nehme ich an?«

Meine Töchter hatten mir schon vor Wochen die Erlaubnis abgeschwatzt, den Jahreswechsel zusammen mit Freundinnen und Freunden in unserer Wohnung feiern zu dürfen. Ich hatte sie schwören lassen, dass es dabei weder zu Bränden noch zu größeren Überschwemmungen kommen würde und sie im Fall des Falles für alle Personen- und Sachschäden aufkämen. Da neunjährige Mädchen bei solchen Festivitäten fehl am Platz waren, hatte ich beschlossen, Marie mit zu Theresa zu nehmen. Dort würden wir in kleinem Rahmen feiern und später auch übernachten.

»Wer ist da?«, fragte ich ungnädig ins Handy.

Nachdem ich zeitig Feierabend gemacht hatte, war ich zu Hause gewesen, um Marie abzuholen, und nun waren wir zusammen auf dem Weg zu Theresa. Die Sonne versank gerade im Winterdunst, ein ungemütlich feuchter und kühler Wind ging, und ich fragte mich wieder einmal, wie und wann ich Marie endlich die schlimme Wahrheit verkünden sollte, dass ihr Vater seit nun schon fast drei Wochen nicht mehr lebte. Das Gespräch auf eine Psychologin abzuschieben, behagte mir nicht. Es selbst zu führen, behagte mir noch viel weniger. Ob vielleicht Theresa …? Unsinn, Marie kannte sie ja kaum. Mir vertraute sie inzwischen. An meiner Schulter würde sie weinen können. Und dann? Spätestens in der kommenden Woche würde das Jugendamt aktiv werden und mir Marie wegnehmen …

»Schneeberger heiß ich«, sagte der Anrufer. »Also Kevin Schneeberger. Sie kennen mich nicht.«

Marie und ich überquerten gerade den Neckar. Sie blieb stehen, um die beleuchteten Ausflugsschiffe zu bewundern, die am Ufer vertäut lagen. Vereinzelt stiegen schon verfrühte Silvesterraketen in die Luft, spiegelten ihren bunten Funkenregen im träge dahinfließenden Wasser. Marie trug ihren Rucksack auf dem Rücken und ihr neues Lieblingsauto unterm Arm.

»Der Knut, also, also mein Boss, der hat mir gesagt, dass Sie nach der Biggie gefragt haben.«

Knut hieß der Chef des Rewe-Markts mit Vornamen, in dem Brigitte Widermann vor Jahren gearbeitet hatte, Tanjas frühere Busenfreundin.

Marie hatte genug gesehen, ergriff meine Hand und zog mich weiter.

»Und … also … ich hab sie nämlich gesehen, die Biggie. Glaub ich wenigstens. Richtig sicher bin ich mir nicht, ehrlich gesagt. Glaub aber schon, dass sie es war.«

»Wann und wo?«, fragte ich unfreundlich. Wir erreichten das Ende der Brücke und damit den Windschatten der Häuser.

»Ja, also, das ist mir jetzt ein bisschen unangenehm, weil ... Eigentlich wollt ich gestern schon anrufen, aber ... ähm ... Heut hat der Knut gesagt, ich muss Ihnen das unbedingt sagen, weil doch eine Freundin von ihr verschwunden ist, und drum ruf ich Sie jetzt also doch an.«

Kevin Schneeberger besuchte hin und wieder, wenn seine Finanzen es erlaubten, die Mannheimer Lupinenstraße, gestand er kleinlaut, das Rotlichtviertel der Stadt.

»Nicht oft natürlich, könnt ich mir ja gar nicht leisten. Aber ... Und da hab ich sie gesehen, die Biggie.«

»In einem Bordell?«

»Ja, genau. Sie ist eine ... na ja, Sie wissen schon, was die Frauen da machen.«

Sollte Frau Widermanns unsympathischer Vater es wörtlich gemeint haben, als er sie als Hure bezeichnete?

Obwohl die meisten Geschäfte längst geschlossen hatten, waren immer noch viele Menschen unterwegs. Manche festlich gekleidet auf dem Weg zu einer kulturellen Veranstaltung, andere mit Körben und Taschen voller Knabberzeug und Flaschen zu Freunden, um dort in lustiger Runde den Jahreswechsel zu feiern. Überall leuchtete noch Weihnachtsdekoration, blinkten Tannenbäumchen, schimmerte warmes Licht.

»Haben Sie mit ihr gesprochen?«

»Bloß nicht!«, erwiderte der junge Mann, den ich mir unwillkürlich picklig und schlecht riechend vorstellte.

»Sie sind sich aber nicht sicher, dass es Biggie war?«

»Doch, eigentlich schon. So eine wie die Biggie vergisst man nicht so leicht.«

Die Straßenbahnhaltestelle blieb hinter uns, die Geschäfte rechts und links der Straße wurden weniger.

»Sie waren früher Kollegen?«

»Ja, genau. Ich hab frisch angefangen als Azubi, und sie hat ein paar Monate später gekündigt. Scharfe Braut ist sie gewesen, die Biggie. Ich hab mich gleich am ersten Tag in sie verknallt, hab aber null Chancen gehabt bei ihr. Ich hab ja nicht mal ein Auto gehabt, bloß ein Moped. Mit so Typen wie mir hat die Biggie sich nicht abgegeben.«

War es Zufall, dass sich sowohl Tanja Gerstner als auch ihre ehemalige Freundin in Mannheim herumtrieben? Sollten sie immer noch befreundet sein?

Marie lächelte übermütig zu mir herauf, als ich das Handy einsteckte, genoss den Abendspaziergang durch die Straßen der großen, berühmten Stadt.

Wir bogen in die Rahmengasse ein, wo es sehr viel ruhiger war als in der Brückenstraße, und bald darauf in die Schröderstraße, an deren Ende Theresas Haus stand. Hier hatten wir den Gehweg fast für uns allein. Nur hin und wieder kam uns noch jemand entgegen oder kreuzte eilig unseren Weg. Einmal meinte ich Schritte hinter mir zu hören, aber als ich mich umwandte, war niemand zu sehen. Aus gekippten Fenstern drang Lachen und Musik, meist Oldies aus den Sechziger- und Siebzigerjahren, und kurz nachdem Marie zum ersten Mal die weltweit beliebte Frage gestellt hatte: »Wann sind wir da?«, waren wir da.

17

»Was machst du, Herr Gerlach?«, fragte Marie, als sie am Neujahrsmorgen unvermittelt neben mir auftauchte. In einem Schlafanzug, der ihr viel zu groß war, mit verquollenem Gesicht und dem unvermeidlichen Monstertruck.

Es war erst halb acht, und trotz des Kaffees, der vor mir stand, war auch ich noch nicht ganz wach. Theresa und ich waren – nachdem wir Marie um kurz nach Mitternacht ins Bett gesteckt hatten – noch ein wenig aufgeblieben, hatten auf das neue Jahr angestoßen und all die schönen, aufregenden und nicht ganz so aufregenden Dinge, die es vermutlich mit sich bringen würde. Gegen halb zwei hatten auch wir uns schlafen gelegt, noch ein wenig gekuschelt, beide jedoch zu erschöpft, um das neue Jahr mit einem angemessenen Beischlaf zu begrüßen. Es wurde wirklich dringend Zeit, mir ein wenig Urlaub zu gönnen und unsere Beziehung zu pflegen. Theresa war schon am Abend gedrückter Stimmung gewesen, manchmal aus irgendwelchen Gedanken hochgeschreckt, wenn ich sie ansprach. Vielleicht machte sie sich dieselben Gedanken wie ich. Oder sie hatte Sorgen um ihr Buch, dessen Erscheinungstermin nun doch wieder unsicher war, da der Verlag gerade einmal wieder knapp bei Kasse war. Selbst das Feuerwerk hatte ihr lediglich ein müdes, fast wehmütiges Lächeln entlockt, und dem Kuss um Mitternacht hatte die rechte Wärme gefehlt.

Eigentlich hatte ich vorgehabt, heute endlich einmal richtig auszuschlafen. Aber dann war ich aus Gewohnheit doch wieder um kurz nach sieben aufgewacht.

»Ich guck mir was im Internet an«, beantwortete ich Maries Frage.

»Das sind schöne Frauen«, fand sie.

Ich hatte gerade das Portal *Huren24.de* auf dem Schirm in der Hoffnung, dort auf Brigitte alias Biggie Widermann zu stoßen.

»Sind die Frauen arm?«

»Irgendwie schon, denke ich.«

»Sie haben gar nichts Richtiges zum Anziehen.«

»Du hast recht«, sagte ich lahm. »In gewisser Weise sind sie wirklich arm.«

»Kann man die kaufen?«

»So richtig kaufen eigentlich nicht. Eher ...«

»Weil, mein Papa hat gesagt, wenn die Mama nicht bald heimkommt aus Amerika, dann kauft er sich einfach eine neue Frau.«

»Dein Papa war ... ist ein Spaßvogel.«

»Mein Papa ist kein Vogel.«

»Er bringt dich gern zum Lachen.«

Marie nickte ernst, während sie immer noch auf den Monitor von Theresas Breitbild-Notebook starrte.

»Er sagt oft lustige Sachen und macht Späße. Seit wir im Haus wohnen, nicht mehr so. Er hat auch mehr geschimpft als früher. Die mit den roten Haaren, würd dir die gefallen? Die sieht nett aus.«

»Weißt du, ich hab ja schon eine Frau. Die Theresa.«

»Geht die nicht weg?«

»Ganz bestimmt nicht.«

Um das heikle Thema zu beenden, klappte ich den Computer zu.

»Hör mal, Marie, ich muss dir was sagen.«

»Hm?«

»Es geht um deinen Papa.«

»Was ist mit ihm?«

»Er wird ... Also, ich glaub, er wird nicht ... Es wird noch ein bisschen dauern, bis er zurückkommt.«

Marie schwieg. Und ich fühlte mich einmal mehr hundeelend.

»Aber weißt du, was?«

»Hm?«

»Ich glaub, deine Mama ist gar nicht in Amerika.«

»Echt?«, fragte sie mit plötzlich großen Augen.

»Es kann sogar sein, dass sie ganz in der Nähe ist. Es ist noch nicht ganz sicher. Auf jeden Fall werde ich sie finden. Und dann …«

Ja, was dann? Was, wenn die Mutter nichts mehr von ihrer Tochter wissen wollte? Wenn sie mir höhnisch ins Gesicht lachte, statt sich um Marie zu kümmern? Wenn sie aus irgendwelchen Gründen nicht in der Lage war, Verantwortung für ein Kind zu übernehmen, für es zu sorgen, es zu erziehen, darauf zu achten, dass es jeden Morgen pünktlich in die Schule kam und sich vernünftig ernährte?

Hätte ich doch nur den Mund gehalten!

»Wollen wir was spielen?«, fragte ich mit belegter Stimme.

Das fand Marie nach kurzem Zögern eine prima Idee.

»Memory!«, rief sie strahlend und stellte den Truck auf den Esstisch.

Als Theresa auftauchte, hatten wir neun Runden gespielt. Unnötig zu sagen, dass ich alle verloren hatte.

»Ich komme mit«, verkündete Theresa beim Frühstück zu meiner Verblüffung. »Die Lupinenstraße kenne ich wie meine rechte Hosentasche.«

»Wie das?«

Sie hatte dort viel recherchiert. Für ihr Buch.

Das zwar noch immer keinen Erscheinungstermin, seit einigen Tagen jedoch wenigstens einen Titel hatte: »Liebe auf Zeit.« Es war ein unterhaltsames Sachbuch über die Geschichte des angeblich ältesten Gewerbes der Welt. Die Titelfindung war eine Tortur gewesen, die um ein Haar zu einem nachhaltigen Zerwürfnis zwischen der stolzen Autorin und ihrem Kleinverleger in Köln geführt hatte. Falls nicht wieder etwas dazwischenkam, sollte es nun doch Anfang März in die Buchhandlungen kommen, lauteten die neuesten Nachrichten.

»Eigentlich haben Frauen dort keinen Zutritt«, sagte ich, »im Rotlichtviertel.«

»Ich schon«, behauptete die Schriftstellerin selbstbewusst. »Ich kenne eine Menge Leute dort und kann dir bestimmt nützlich sein. Wie heißt die, nach der du suchst?«

»Brigitte Widermann. Kurzform Biggie.«

Sie kräuselte die Stirn. »Die Mädels benutzen natürlich alle Pseudonyme. Aber wir werden sie trotzdem finden. Hast du ein Foto?«, fragte sie, während sie nebenbei ihre honigblonde Lockenpracht bändigte. »Eine Beschreibung? Irgendwas Hilfreiches?«

»Bordelle machen Mietverträge mit ihren Damen. Und da stehen ja wohl keine Pseudonyme, sondern echte Namen und Adressen drin.«

»Wieso fragst du nicht einfach das Mannheimer Meldeamt?«

Das hatte ich natürlich längst getan.

»Die kennen sie nicht. Vielleicht hat sie geheiratet und den Namen des Mannes angenommen.«

Vermutlich legte sie Wert darauf, nicht gefunden zu werden, vor allem nicht von ihrem Vater.

Ich schnitt für Marie eines der aufgebackenen Brötchen auf und beschmierte es mit Marmelade. Erdbeere war ihre Lieblingssorte.

Wenn Brigitte Widermann verheiratet war, wäre das nichts Ungewöhnliches. Nicht wenige Prostituierte waren tagsüber treue Ehefrauen und liebevolle Mütter und trugen nachts mit Wissen und Einverständnis ihrer Männer etwas zum Familieneinkommen bei.

»Vor vier Uhr am Nachmittag brauchen wir uns dort aber nicht blicken zu lassen«, meinte Theresa und nahm sich eines der Croissants.

Über Nacht schien sich ihre Laune gebessert zu haben. Vielleicht lag es am Wetter. Heute schien wieder einmal die Sonne durch die großen Scheiben ihres Wintergartens.

Natürlich wollte und konnte ich nicht bis zum späten Nachmittag warten. Ich hatte Blut geleckt. Plötzlich war ich überzeugt, auf der Zielgeraden zu sein. Die Lösung des Falles Helge Gerstner rückte in greifbare Nähe, ich fühlte es. Als Theresa im Bad war, wo sie erfahrungsgemäß längere Zeit bleiben würde, setzte ich mich noch einmal an ihr Notebook. Marie spielte jetzt Memory gegen sich selbst, wobei sie logischerweise immer gewann. Fairerweise wechselte sie jedoch ab, sodass einmal die linke Hand triumphierte, das nächste Mal die rechte.

Den erstaunlich professionell gestalteten Homepages der in der Lupinenstraße angesiedelten Etablissements entnahm ich, dass man derzeit achtundfünfzig Damen beschäftigte und pro Tag angeblich über fünfhundert Männer befriedigte. Sicherheit und Sauberkeit wurden großgeschrieben, sämtliche Zimmer waren mit Dusche, WLAN und Flachbildfernseher ausgestattet. Ein Geldautomat befand sich gleich am Eingang des nur gut hundert Meter langen Sträßchens im Norden der Mannheimer Innenstadt. Männliche Besucher waren herzlich willkommen.

Anrufe der Polizei hingegen weniger.

»Widermann?«, fragte ein knurriger Kerl, der sich unter der Nummer des Bordells mit der Hausnummer eins meldete. »Kenn ich nicht. Bei uns wechseln die Girlies ständig, weißt du? Da kann ich mir beim besten Willen nicht alle Namen merken, sorry, echt.«

»Wenn ich richtig gelesen habe, dann vermieten Sie Ihre Zimmer an Frauen, die ihre Dienstleistung dann als selbstständige Unternehmerinnen anbieten.«

»Du sagst es. Sie kommen und gehen, die selbstständigen Mäuschen.«

»Vermieten klingt für mich irgendwie nach Mietvertrag ...«

»Ohne Vertrag läuft bei mir gar nix«, behauptete der Kerl am anderen Ende mit Verve. »Bei mir ist alles picobello sauber und gepflegt. Buchhaltung, sanitäre Einrichtungen, alles tipptopp. Handtücher, Bettwäsche werden nach jedem Date gewechselt, nach jedem!«

»Wo sind denn diese Mietverträge?«

Das wusste mein Gesprächspartner angeblich nicht so genau. »Den Papierkram macht mir die Mandy. Die ist aber bloß am Dienstag da. Im Moment bin ich hier allein. Die Freier liegen alle noch in der Kiste wegen Silvester. Die trudeln erst am Abend ein.«

»Okay, dann mache ich Ihnen jetzt einen Vorschlag: Sie rufen Ihre Mandy an und fragen sie, wo der Ordner mit den aktuellen Mietverträgen ist. Oder ich komme am Abend in Begleitung von zwanzig uniformierten Kollegen und helfe Ihnen beim Suchen.«

Sieben Minuten später kam der Rückruf. Eine Brigitte Widermann hatte weder zurzeit noch früher jemals ein Zimmer im *Paradise of Love* angemietet.

Beim nächsten Bordell meldete sich eine schläfrige Frauenstimme, die einige Sekunden brauchte, um zu begreifen, dass mich anzuschmachten vergebliche Liebesmühe war. Auch sie wurde rasch kooperativ, und auch in ihren Unterlagen war keine Brigitte Widermann zu finden.

Erst beim fünften Etablissement landete ich wenigstens einen Teilerfolg.

»Widermann nicht«, sagte eine geschäftstüchtig und nicht mehr ganz jung klingende Frau. »Aber eine Brigitte hätt ich im Angebot. Die heißt aber Cervenka mit Nachnamen, und bei der Arbeit nennt sie sich Claire.«

Das Alter der Frau passte, die Beschreibung ebenfalls. Offenbar hatte sie tatsächlich geheiratet.

Brigitte Cervenkas Handynummer wollte die Dame mir aus Datenschutzgründen nicht verraten, auch nicht ihre aktuelle Adresse.

»Ich sag ihr, sie soll dich anrufen, Süßer, ja? Worum geht's denn überhaupt, wenn man fragen darf?«

»Nichts Weltbewegendes. Um eine frühere Freundin von ihr. Kommt sie heute?«

»Das kann ich nicht sagen, Darling. Die Mädels arbeiten bei mir alle als selbstständige Unternehmerinnen und ...«

Und den Rest kannte ich schon: Die Zimmer waren blitzsauber, die sanitären Einrichtungen in allerbestem Zustand, die Teppiche wurden täglich gesaugt und desinfiziert, Handtücher und Bettwäsche nach jedem Kundenkontakt gewechselt et cetera, et cetera.

»Zutritt für Jugendliche unter 18 und Frauen verboten«, stand auf dem großen roten Schild am Eingang der Mannheimer Sündenmeile, die eher ein Sündengässchen war. Theresa und ich passierten die Sichtblende und betraten den erwachsenen Männern vorbehaltenen Teil der großen Stadt. Das Wetter hatte den Tag über gehalten, wir hatten am Nachmittag in herrlichstem Sonnenschein mit Marie zusammen einen langen Spaziergang am Neckarufer gemacht, und erst gegen Abend war es wieder kühl geworden. Ein böiger Westwind kündigte neues Unheil an. Marie hatten wir in die Obhut meiner Mädchen gegeben, die sie mit großem Hallo begrüßten.

Paradise of Love, Roter Stern, Blue Velvet, My Lady lauteten die Namen der Häuser, an denen wir entlangflanierten. Von Kundschaft war noch nicht viel zu sehen, obwohl acht Uhr schon vorüber war. Brigitte Cervenka hatte mich erwartungsgemäß nicht angerufen, und so hatten Theresa und ich beschlossen, sie an ihrem Arbeitsplatz aufzusuchen.

Viel rotes Licht schmückte das schummrige Sträßchen, hin und wieder auch blaues oder gelbes. Die wenigen Männer, die wir trafen, mieden den Blickkontakt und waren durch Theresas Anblick merklich irritiert, da sie offenkundig nicht den Eindruck erweckte, sie sei hier, um ihr Haushaltsgeld aufzubessern. Bald hatten wir die richtige Hausnummer erreicht. Durch einen an einen Tunnel erinnernden, komplett in Rot gehaltenen Gang ging es in eine schwülwarme, ebenfalls in schmeichelndes Licht getauchte Bar.

An der Decke drehte sich eine riesige Discokugel. Der Scheinwerfer, der sie beleuchten sollte, schien jedoch defekt zu sein oder nur bei größerem Publikumsandrang eingeschaltet zu werden. Auf mit plüschigem blutrotem Samt bezogenen Hockern an der Theke saßen drei offenherzig gekleidete Damen und schäkerten mit der Frau hinter dem Tresen.

»Na, ihr zwei Süßen«, gurrte eine vollbusige, schwarzhaarige Beinaheschönheit mit wissendem Lächeln. »Lust auf einen flotten Dreier?«

Ich zückte meinen Dienstausweis, und das Lächeln erlosch wie eine Kerze im Sturzregen. Die schlanke, ebenfalls luftig gekleidete Frau, die die Getränke ausschenkte, war die, mit der ich am Vormittag telefoniert hatte.

»Die Claire ist da, hat aber grad Kundschaft«, sagte sie mit hochgezogenen Brauen. »Zehn Minuten müsstet ihr mindestens noch warten. Aber verschreckt mir bitte die Kundschaft nicht. Ist eh nichts los heute.«

Wir zogen unsere Mäntel aus und setzten uns an einen kleinen Tisch in der hintersten Ecke, wo unsere Anwesenheit hoffentlich nicht allzu geschäftsschädigend wirkte. Theresa hatte sich bewusst nicht herausgeputzt, sondern trug Jeans und Pullover.

»Sektchen aufs Haus für unsere Freunde und Helfer?«, fragte die Barkeeperin nach einigen ungemütlich stillen Sekunden. Offenbar hielt sie Theresa für eine Kollegin von mir.

Die Alkoholika waren erstaunlich preiswert, stellte ich beim Blick in die Karte fest. Das gehörte natürlich zum Geschäftsmodell. Hatten potenzielle Freier sich erst einmal genug Mut angetrunken, dann saßen die großen Scheine umso lockerer.

Wir verzichteten auf den Sekt. Ich zog auch mein Jackett aus, weil mir immer noch zu warm war. Es roch angenehm hier. Keineswegs so, wie ich es von früheren, selbstredend rein dienstlichen Bordellbesuchen kannte, nämlich nach billigem Parfüm, Pissoir-Duftsteinen und Desinfektionsmitteln mit Zitronenaroma. Die Damen an der Bar waren nur dezent parfümiert, und die Luftumwälzung funktionierte gut. In den Nischen standen billige Kopien klassischer griechischer und durchweg nackter Schönheiten beiderlei Geschlechts. Ansonsten gab es nichts Schlüpfriges oder gar Anrüchiges zu sehen. Aus unsichtbaren Lautsprechern perlte Bossanova-Musik.

»Warst du eigentlich schon mal in einem Bordell?«, wollte Theresa grinsend wissen. »Ich meine, so richtig?«

»Als ich jung war, hat mir das Geld gefehlt und der Mut. Und später hatte ich keinen Bedarf mehr.«

Ein dunkelhaariger Mann in zerschlissener Jeansjacke kam die Treppe herunter, mit gesenktem Kopf und sichtlich schlechtem Gewissen.

»Ciao, Jochen«, rief die Barkeeperin ihm munter nach. »Bis nächsten Freitag dann.«

Deutlich leiser sagte sie zu den anderen etwas, von dem ich nur den Schluss verstand: »So was von verklemmt.«

Wenige Minuten später rauschte im wahrsten Sinn des Wortes Claire die Treppe herab, Brigitte Widermann beziehungsweise Cervenka. Sie trug einen nachlässig zugebundenen, mit japanischen Schriftzeichen bedruckten Kimono und, wie es schien, wenig bis nichts darunter. Der Kimono schien aus echter Seide zu sein.

Offenbar hatte die Frau hinter der Bar ihr einen Wink gegeben, denn sie steuerte auf direktem Weg unseren Tisch an, schnappte sich einen Stuhl und verbreitete den Duft eines teuren Duschgels.

»Ihr wollt zu mir?«

Ihr Blick wanderte zu Theresa, zurück zu mir, wieder zu Theresa. Die Augen wurden größer.

»Moment mal, bist du nicht …?«

»Hallo, Claire.« Theresa reichte ihr – immer noch grinsend – die Hand. »Schön, dich wiederzusehen.«

»Sie ist nämlich mal bei mir gewesen«, sagte Claire aufgeregt zu mir. »Hat mich interviewt für ihr Buch.« Dann wandte sie sich wieder der Autorin zu. »Theresa, stimmt's? Und was wollt ihr hier? Wieder bloß quatschen oder bumsen? Beide zusammen oder nacheinander? Lesbisch hab ich eigentlich nicht im Angebot, aber bei dir würd ich glatt eine Ausnahme machen, Schätzchen.«

Ihr Blick zuckte zur Bar. »Machst mir 'nen Sprizz, Carola? Mit extra viel Eis wie immer. Bist ein Schatz.«

»Es geht um Tanja Gerstner«, sagte ich, als sie sich wieder uns zuwandte.

Ihr Blick verdunkelte sich, wurde misstrauisch. »Tanja wie? Kenn ich nicht.«

»Sie sind aber doch Brigitte Widermann?«

»War ich mal, ja. Jetzt heiß ich Cervenka.« Sie seufzte schwer, rollte die üppig geschminkten und mit falschen Wimpern aufgepeppten Augen. »War noch nicht mal neunzehn, da hab ich geheiratet. War aber nicht für lange. Nach der Scheidung hab ich den Nachnamen behalten, damit mein Alter mich nicht so leicht findet.«

»Ihr Vater ist ziemlich schlecht auf Sie zu sprechen.«

»Ich auf ihn auch.« Irritiert zwinkernd sah sie auf ihre gepflegten Hände, deren rosafarbener Nagellack makellos war. Der Konflikt mit ihrem Erzeuger schien ihr auch heute noch zu schaffen zu machen. »Ein paarmal hat nicht viel gefehlt, und er hätte mich zum Krüppel geschlagen, dieser Hirnamputierte. Stört's euch, wenn ich rauche? Hinterher brauch ich das immer. Bild mir ein, es desinfiziert die Lunge, und man wird den Geruch von den Hengsten los.«

Claire alias Brigitte trug das lange, glatt fallende Haar jetzt hellblond. Ansonsten entsprach sie der Beschreibung, die Frau Anheuser mir gegeben hatte, Tanjas frühere Nachbarin: groß, kräftig, laute Stimme, selbst wenn sie sich – wie jetzt – bemühte, leise zu sprechen.

»Sie waren mit Tanja zusammen fast vier Jahre im Paulusheim und haben sich sogar ein Zimmer geteilt. Damals hat sie Schwarz mit Nachnamen geheißen.«

»Ah!«, sagte sie gedehnt und blies den Rauch über mich hinweg. »*Die* Tanja meinst du. Kann mich kaum noch an sie erinnern. Gott, wie lang ist das jetzt her?«

»Zehn Jahre und ein bisschen.«

»Stimmt. Ob die Schwarz geheißen hat, weiß ich beim besten Willen nicht mehr. Was ist eigentlich aus ihr geworden?«

Theresa zauberte einen Hunderter aus ihrer großen Handtasche und spielte auffällig unauffällig damit herum.

»Kannste stecken lassen, Süße«, sagte Claire mit müdem Lächeln. »Ich erinnere mich wirklich kaum noch an sie. Man trifft so unendlich viele Leute in meinem Business.«

Für Sekunden war es still an unserem Tisch. Die Damen an der Theke alberten wieder herum, jetzt allerdings mit gedämpfter Lautstärke. Wenn ich richtig verstand, ging es um eine Kollegin, die heute ihren freien Tag und außerdem wieder einmal Ärger mit ihrem Dauerverlobten hatte.

Claire nahm einige Züge von ihrer Zigarette, drückte ihr dann energisch das Lebenslicht aus.

»Du hast mir übrigens versprochen, ich krieg ein signiertes Freiexemplar«, sagte sie zu Theresa, ohne sie anzusehen. »Was ist damit?«

»Es ist immer noch nicht gedruckt, tut mir leid. Aber sobald es da ist, bringe ich es dir persönlich vorbei, fest versprochen.«

»Schon ulkig.« Claire betrachtete immer noch den erloschenen Stummel in ihrer Hand. »Eine richtige Schriftstellerin. Mit einem Bullen zusammen.«

»Damals hast du gesagt, du teilst dir die Wohnung mit einer Freundin.« Theresa steckte den Schein wieder ein.

»Ach, die.« Claire machte eine nervöse Handbewegung, zupfte den nächsten Glimmstängel aus der Packung, schob ihn wieder zurück. »Das ist nicht lang gut gegangen. War sowieso nur vorübergehend, bis sie was Eigenes gefunden hat.«

Wenn meine Menschenkenntnis in diesen Sekunden

nicht völlig versagte, dann war alles, was sie bisher zum Thema Tanja gesagt hatte, eine einzige große Lüge gewesen. Bevor ich jedoch nachhaken konnte, polterten drei schon leicht angetrunkene und vor Unsicherheit schwitzende Burschen herein, die die magische Altersgrenze noch nicht lange überschritten hatten. Alle trugen Lederjacken, Jeans und bunte Sneakers. Der kleinste musterte Claire mit unverhohlenem Interesse, die beiden anderen schielten zur Bar hin, wo man ihnen einen warmen Empfang bereitete.

Claire wandte sich mit sicherem Instinkt dem neuen Kunden zu. Wie von Zauberhand klaffte der Kimono noch ein wenig weiter auf und legte pralle Brüste und Schenkel frei. Sie ergriff ihr Glas, erhob sich.

»Sorry«, sagte sie mit einem knappen Seitenblick zu mir, ohne sich von der neuen Geldquelle abzuwenden. »Wir sind ja sowieso fertig.«

»Schau mal, Paps!«

Sarah kam aus ihrem Zimmer geschossen, als ich noch nicht einmal die Wohnungstür hinter mir geschlossen hatte. In ihren Augen leuchtete Stolz, und in der Hand hielt sie ein Blatt Papier, das sie mir überreichte wie ein wertvolles Geschenk. Es war ein Computerausdruck, eine Art Zeichnung, die das Gesicht eines Mannes darstellte. Er war etwa in meinem Alter, guckte ein wenig finster, wirkte aber trotzdem nicht unfreundlich.

»Das …«, sagte ich nach einer Schrecksekunde verdutzt, »das bin ja ich!«

Meine Älteste machte fast Luftsprünge vor Begeisterung. Sie hatte im Internet eine App gefunden, erklärte sie mir, mit der man Phantombilder machen konnte.

»Wie ihr es bei der Polizei auch macht.«

Das Bild, das ich in der Hand hielt, hatte sie nach Maries Angaben gefertigt. »Wollt erst mal testen, ob es überhaupt funktioniert.«

Ich war ehrlich beeindruckt. »Sie hat ein gutes Auge für Menschen. Und das in ihrem Alter. Wo steckt sie überhaupt?«

»Sie ist heute ziemlich früh eingeschlafen. War ein bisschen übernächtigt von Silvester.«

Bei diesem Stichwort fiel mir die Party wieder ein, die hier in der vergangenen Nacht stattgefunden hatte. Unauffällig sah ich mich um. Die Wohnung wirkte jedoch, als wäre nichts gewesen. Nirgendwo lagen Scherben herum oder Schnapsleichen, es roch nicht nach Zigarettenqualm oder Schlimmerem.

»Keine Angst, Paps.« Sarah war mein kritischer Blick nicht entgangen. »Sind alle brav gewesen. Wir haben Spiele gemacht und später ein bisschen getanzt.«

Einen letzten Hauch von Marihuanaduft meinte ich allerdings wahrzunehmen, auch wenn die Mädchen offenbar gründlich gelüftet hatten.

»Und wozu ist dieses schöne Phantombild gut?«, fragte ich, während ich endlich meinen Wintermantel an den Haken hängte. »Was soll das bringen?«

»Das hier.«

Mit großer Geste gab sie mir ein zweites Blatt, auf dem ein mürrischer Kerl mit breitem Gesicht, Nussknackerkiefer, Adlernase, schmalem Mund und ausgeprägten Tränensäcken zu sehen war. Er trug einen Hut, den er tief in die Stirn gezogen hatte.

»Ist das etwa …?«

»Marie hat ihn bloß einmal und nur ganz kurz gesehen, aber das hat gereicht. Das Mädel ist echt ein Phänomen.«

»Das ist ja … Genial ist das, Sarah! Das hast du toll gemacht, wirklich, ich bin begeistert.«

»Meinst du, es hilft dir, den Dreckskerl zu finden?«

»Auf jeden Fall!« Immer noch starrte ich das Bild an. »Ich glaub fast, den hab ich sogar schon mal irgendwo gesehen.«

»Wie … Echt jetzt?«

»Ich kann mich im Moment nicht erinnern, wann und

wo. Ist schon ein paar Tage her, aber doch, ich bin mir fast sicher.«

Sarahs Euphorie war auf mich übergesprungen. Das Phantombild, meine vage Erinnerung. Wenn mir dieser Mann erst einmal gegenübersaß, dann war der Rest ein Kinderspiel, davon war ich überzeugt. Er war der Schlüssel zu allem.

18

Am Samstagmorgen erwachte ich in bester Laune. Das Phantombild des Einbrechers und möglicherweise Mörders, der Kontakt zu Tanjas Freundin Brigitte, die sicherlich sehr viel kooperativer werden würde, wenn ich sie mit etwas mehr Zeit und Nachdruck befragte.

Um halb neun saß ich voller Tatendrang in der Küche, energie- und wassersparend geduscht und fertig angekleidet vor meinem Frühstückscappuccino und überlegte, was ich jetzt tun sollte. Um Claire zu belästigen, war es noch zu früh. Prostituierte kamen meist spät ins Bett und schliefen dementsprechend lange. So beschloss ich schließlich, das zu tun, was ich meinen Töchtern versprochen und um ein Haar vergessen hatte: am Samstagvormittag zum Wochenmarkt zu fahren, um Gemüse, Käse und vielleicht noch andere Dinge einzukaufen. Den Speiseplan für die kommende Woche zu machen, hatten wir leider versäumt. So inspizierte ich den Kühlschrank und beschloss, einfach das zu kaufen, was man immer brauchte: Zwiebeln, Kartoffeln, Zucchini, Auberginen, Lauch, Champignons, Äpfel, Eier von frei laufenden Hühnern. Draußen schien die Sonne. Das Leben war schön. Und natürlich würde ich das Rad nehmen.

Von unserer Wohnung bis zum Markt brauchte ich mit meinem guten, alten und, wie ich bei dieser Gelegenheit feststellte, dringend pflegebedürftigen Motobécane-Rad kaum mehr als zehn Minuten. Der Verkehr auf der Rohrbacher Straße war lebhaft, aber ein freundlicher Wind blies die Abgase der Autos in die andere Richtung. Wohlgemut stellte ich meinen treuen Drahtesel in der Nähe der Straßenbahnhaltestelle ab, nahm den Korb vom Gepäckträger und stürzte mich ins Gewühl.

Zwanzig Minuten später war mein Korb gut gefüllt. Sogar an einen Blumenstrauß für Theresa hatte ich gedacht, ein Symbol für den Neubeginn unserer Beziehung sozusagen, und musste feststellen, dass mein Rad verschwunden war.

Anfangs glaubte ich, mich vertan zu haben, aber nein, es war wirklich weg. Wer, um Himmels willen, klaute denn ein rostiges Uralt-Rad, das höchstens noch als Kuriosum Wert hatte, wenn daneben fünf andere standen, die alle mindestens tausend Euro gekostet hatten? Ich suchte eine Weile herum, ärgerte mich ordentlich über mich selbst, weil ich vergessen hatte, das Rad abzuschließen, und machte mich schließlich zu Fuß auf den Rückweg. Ich ging zügig und stellte nach einiger Zeit fest, dass ich mich im Grunde freute, das alte Ding endlich los zu sein. So konnte ich mir ein neues zulegen, ohne ein schlechtes Gewissen haben zu müssen.

Bald staunte ich, wie weit zwei Kilometer sein können, wenn man einen schweren Korb voller Grünzeug und einen Blumenstrauß tragen muss. Aber ich erreichte mein Ziel, ohne allzu viel von meiner morgendlichen guten Laune eingebüßt zu haben, verstaute meine Einkäufe und ging daran, im Internet nach einem geeigneten Zweirad zu suchen. Inzwischen war es halb elf geworden – immer noch zu früh, um Brigitte Cervenka alias Claire zu behelligen.

Sarah gesellte sich zu mir, schon geduscht und angezogen. Marie leistete mir ebenfalls Gesellschaft, und gemeinsam sichteten wir die Angebote, die das weltweite Netz für mich bereithielt.

»Einen Tausender musst du schon anlegen, Paps«, meinte Sarah.

»Eure Räder haben nicht mal achthundert gekostet.«

»Vor fünf Jahren. Hast du schon mal daran gedacht, dir ein E-Bike zuzulegen?«

Nein, das hatte ich nicht. Noch fühlte ich mich jung und gesund genug, um selbst strampeln zu können. Mit elektrischer Unterstützung zu radeln kam mir immer vor, als würde man Krafttraining mit Aluhanteln machen, weil es dann nicht so anstrengend war.

Nachdem ich eine halbe Stunde gestöbert hatte, war ich so verwirrt von der Fülle der Angebote, dass ich fürs Erste aufgab. Wie sollte ich entscheiden, ob ich ein Tourenrad brauchte, ein Trekkingrad oder vielleicht sogar ein Lastenrad, mit dem man auch mal einen halben Zentner Kartoffeln nach Hause transportieren konnte? Ich beschloss, Balke um Rat zu fragen. Der kannte sich mit Fahrrädern bestens aus.

Claires Anschrift hatte ich mir inzwischen per Onlineanfrage aus dem Mannheimer Melderegister besorgt. Aber immer noch war es zu früh, um ihr einen unangemeldeten Besuch abzustatten. Ich wollte sie überraschen, vielleicht auch überrumpeln, jedoch nicht verärgern.

Sarah, die mich nach einigen Minuten Fahrradsucherei alleingelassen hatte, kam zurück, ließ sich einen doppelten Espresso aus der Maschine, setzte sich zu mir und begann, mich nach Strich und Faden und mit erstaunlichem Geschick auszufragen. Wegen des Phantombilds fühlte ich mich in ihrer Schuld, weshalb ich bereitwillig Auskunft gab.

»Glaubst du immer noch, dass du den Typ schon mal gesehen hast?«

»Absolut. Aber es ist mir bis jetzt nicht eingefallen, wo und wann. Früher oder später werd ich draufkommen.«

Die Erinnerung ließ sich nicht zwingen. Oft musste man einfach abwarten, bis das richtige Neuron im Hirn plötzlich »Hier!« schrie.

»Und ihr wart gestern Abend echt im Puff?«

Ich erzählte ihr von Brigitte und Tanja. Und davon, dass ich vorhatte, Erstere heute noch mit einem Überraschungsbesuch zu beglücken.

»Darf ich mit?«, lautete Sarahs nicht ganz unerwartete Frage.

Abgesehen davon, dass es gegen jede Vorschrift war, fiel mir nichts ein, was dagegengesprochen hätte. Manches sprach sogar dafür. Je mehr Polizeiluft sie schnupperte und je spannendere Dinge sie erlebte, desto wahrscheinlicher war es, dass sie sich nach dem Abitur wirklich für den richtigen Beruf entscheiden würde.

»Wieso überrascht mich das jetzt nicht?«, fragte Brigitte Cervenka, als sie uns am frühen Nachmittag gähnend ihre Tür öffnete.

»Hätten Sie ein paar Minuten Zeit für uns?«, fragte ich freundlich zurück. »Das ist übrigens Sarah. Sie macht zurzeit ein Praktikum bei uns. Ich hoffe, Sie haben nichts dagegen, wenn sie dabei ist?«

Sie zuckte die Achseln und wandte sich wortlos um. Heute war sie ungeschminkt und wirkte, als wäre sie erst vor wenigen Minuten aus dem Bett gestiegen. Ein schlabberiger grauer Pullover ließ nichts von ihrem Oberkörper ahnen. Dafür saß die pinkfarbene Jogginghose umso knapper um ihre wohlgeformten Hüften. Die Füße steckten in bunten Wollsocken, die blond gefärbten Haare waren noch feucht von der Dusche. Am Scheitel schimmerte schon die Naturfarbe durch, ein stumpfes Braun. Dieses Mal schien das Duschgel ein preiswerteres zu sein als gestern Abend. Sie roch nach Frühling und Blütensauberkeit. Das Haus, in dem wir uns befanden, war ein senffarbener fünfgeschossiger Wohnblock aus den Siebzigerjahren. Er lag an der Käfertalerstraße, und davor standen Bäume, sodass der Verkehrslärm zumindest in der warmen Jahreszeit ein wenig gedämpft wurde.

Bald darauf saßen wir in einem Wohnzimmer, das so unspektakulär und schlicht eingerichtet war wie Millionen andere in Deutschland. Obwohl das breite Fenster gekippt war, übertönte der Zigarettengestank jeden anderen Geruch. Der große, gläserne Aschenbecher auf dem Couchtisch quoll über vor Kippen.

»Kaffee?«, fragte unsere Gastgeberin, die ihre Nervosität durch betonten Gleichmut zu überspielen versuchte und sich die nächste Kippe ansteckte. »Ich kann euch allerdings nur Filterkaffee anbieten, die Espressomaschine ist vorige Woche explodiert. Zucker hab ich da, Milch nicht.«

Ich winkte ab.

»Für mich auch nicht«, schloss sich Sarah artig an.

»Ich hab's Ihnen gestern Abend schon gesagt«, eröffnete Brigitte Cervenka das Gespräch, nachdem sie zwei, drei tiefe Züge von ihrer Zigarette genommen hatte. »Ich kenne Tanja kaum. Es stimmt, im Heim hab ich mal ein paar Wochen mit ihr das Zimmer geteilt. Wir haben uns aber nicht besonders gut vertragen.«

Sie saß auf einer einfachen, mit sienarotem Samt bezogenen Couch, lächelte etwas zu gelangweilt, schnipste die Asche von ihrer Zigarette, wobei der größte Teil auf dem Tisch landete.

»Teenies halt, Zickenkrieg war praktisch Dauerzustand im Heim. Zwanzig pubertierende Mädels auf einem Haufen, was soll da Gutes bei rauskommen?«

»Sie haben sie später nicht wiedergesehen?«

Sie schüttelte den Kopf, dass die feuchten Strähnen flogen.

»Irgendwer hat mir erzählt, sie hätte dann auch bald geheiratet. Und dass sie ein Kind hat. Ich bin zu meinem Mann nach Mannheim gezogen. Er hat hier bei der ABB einen guten Job gehabt und eine große Wohnung. Tanja ist in Heidelberg geblieben, soweit ich weiß. Gesehen hab ich sie aber nie wieder und …«

Eines der beiden Smartphones, die vor ihr lagen, unterbrach sie.

»Muss ich drangehen.« Mit überraschender Energie sprang sie auf. »Job geht vor, sorry.«

Sie ergriff das linke, schon ein wenig abgegriffene Gerät, verließ den Raum und schloss die Tür hinter sich. Ich nutzte die Gelegenheit, mich ein wenig umzusehen. Hinter der Couch hing ein großes, gerahmtes Foto an der Wand, das einen farbenprächtigen Herbstwald zeigte. Auf der Fensterbank der übliche Tand und Trödel, wie er sich in jeder Wohnung mit der Zeit ansammelte. Kerzenständer, die nie benutzt wurden, verstaubte Muscheln von längst vergessenen Urlauben, eine Schneekugel, in der das Heidelberger Schloss in Miniaturformat glitzerte. Auch an der Stirnwand hingen etliche Fotos, alle gerahmt und sehr viel kleiner als das über der Couch. Auf den meisten waren Menschen zu sehen. Oft die Frau, deren gurrende Stimme durch die dünne Tür zu hören war.

»Da fehlen zwei«, sagte Sarah leise. »Die hat sie erst vor Kurzem abgenommen.«

Auch mir waren die hellen Flecken nicht entgangen. Tanjas Jugendfreundin hatte offenbar mit meinem Besuch gerechnet.

»Ich kann mir vorstellen, wer da drauf ist«, sagte ich mit ebenfalls gedämpfter Stimme. »Wenn sie gleich wieder reinkommt, dann fragst du, wo das Klo ist, machst die Tür hinter dir zu und guckst mal vorsichtig in die anderen Zimmer. Ich werde sie ablenken und dabei so laut sein, dass sie dich nicht hören kann. Vergiss nicht, am Ende die Klospülung zu drücken.«

»Passt super«, wisperte Sarah mit schelmischer Miene. »Die Aufregung schlägt mir nämlich auf die Blase.«

Die Klinke wurde gedrückt, Brigitte Cervenka kam zurück, nahm wieder Platz, behielt das Smartphone in der Hand.

»Schweine gibt's«, murmelte sie mit leerem Blick. »Ihr macht euch keine Vorstellung, auf was für kranke Ideen manche Typen kommen.«

»Ähm …«, sagte Sarah verlegen und schaffte es sogar, dabei ein bisschen zu erröten. »Ich müsste mal für kleine Praktikantinnen …«

»Die schmale Tür links neben dem Eingang«, erwiderte unsere Gastgeberin tonlos und immer noch, ohne jemanden anzusehen. Offenkundig gab es sexuelle Praktiken, die so pervers waren, dass sie selbst eine erfahrene Hure aus der Fassung brachten.

Sarah federte hoch, verschwand fast lautlos.

Und ich plusterte mich auf.

»Frau Cervenka«, legte ich mit erhobener Stimme und finsterer Miene los. »Sie sagen nicht die Wahrheit. Ich bin überzeugt, dass Sie immer noch Kontakt zu Ihrer Freundin haben …«

»Bullshit!« Auch sie wurde sofort laut. »Bullshit ist das, weil …«

»Sie lügen!« Ich schlug mit der flachen Hand auf den Tisch. »Wo ist sie? Was macht sie zurzeit? Wieso versteckt sie sich? Vor wem?«

»Ey!« Ihr Gesicht war jetzt rot vor Empörung. »So redest du nicht mit mir, du … du Hirni.« Sie holte tief Luft für die Fortsetzung. »Schneit hier unangemeldet rein und macht Stress, ich glaub's nicht. Bild dir bloß nicht ein, weil ich eine Nutte bin, kannst du hier den großen Zampano markieren. Ich hab auch meine Rechte, verfickte Scheiße noch mal! Ihr verpisst euch jetzt lieber, bevor ich handgreiflich werde.«

»Okay, okay.« Ich machte beruhigende Bewegungen mit den Händen. »Entschuldigen Sie, ich bin ein bisschen neben der Spur zurzeit. Soll nicht wieder vorkommen.«

Von ferne hörte ich die Toilettenspülung rauschen, eine Tür klappen. Sekunden später saß Sarah wieder neben mir, mit Unschuldsmiene und verständnislosem Blick.

»Tut mir wirklich leid«, fuhr ich mit hoffentlich überzeugend gespielter Zerknirschung fort. »Dieser Fall raubt mir allmählich den letzten Nerv.«

Brigitte Cervenka wurde wieder ein wenig kleiner auf ihrer Couch. Ich vermutete, dass sie genauso geschauspielert hatte wie ich.

»Um was geht's denn überhaupt?«, fragte sie. »Was wollt ihr von Tanja?«

»Ihr Mann ist erschossen worden. Und es besteht der Verdacht, dass sie zumindest dabei war. Wenn sie nicht sogar selbst abgedrückt hat.«

Es war nicht zu erkennen, ob diese Neuigkeit sie erschreckte. Ihre Miene blieb so gleichgültig-ablehnend wie zuvor. Allerdings mied sie seit Neuestem wieder meinen Blick.

»Gestern haben Sie gesagt, es wohnt außer Ihnen noch jemand in dieser Wohnung.«

»Das hab nicht ich gesagt, sondern deine Tussi. Ich hab gesagt, dass sie schon vor einer halben Ewigkeit ausgezogen ist.«

»Wie heißt diese Mitbewohnerin?«

»Uschi«, erwiderte sie einen Wimpernschlag zu spät. »Uschi Knoll. Seit sie weg ist, lebe ich wieder allein hier. Sie wollte nach Berlin. Keine Ahnung, was aus ihr geworden ist.«

Für einige Sekunden schwiegen wir uns an. Brigitte Cervenka betrachtete hasserfüllt ihre Zigarette, die sie sich eben erst angesteckt hatte, drückte sie plötzlich mit angewiderter Miene aus.

»Jetzt brauch ich erst mal einen starken Kaffee.«

Sie verschwand, ließ dieses Mal die Tür offen, sodass wir sie in der Küche hantieren hörten, wo ein Radio lief. Neil Diamond sang »Song sung blue«.

»Das Zimmer gegenüber ist ihr Schlafzimmer«, flüsterte Sarah in mein Ohr. »Das dritte ist abgeschlossen. Ich hab durchs Schlüsselloch gespickelt, aber man sieht nicht viel. Bloß dass ein vollgemüllter Schreibtisch am Fenster steht.«

In der Küche klapperte und zischte es, und bald darauf kam unsere Gastgeberin wider Willen zurück, mit einem dampfenden, von butterblumengelben Sternchen übersäten Becher in der Hand.

»Und jetzt?«, fragte sie mit schmalen Augen, ohne sich zu setzen. »Sonst noch Fragen? Ansonsten schlage ich vor, dass ihr allmählich die Fliege macht.«

»Keine Fragen mehr«, sagte ich. »Ich möchte Ihnen nur noch etwas zeigen, bevor wir Sie wieder in Ruhe lassen.«

Die Idee war mir aus dem Nichts gekommen. Ich fand auf meinem Smartphone ein Foto, das Louise am Heiligen

Abend gemacht hatte. Marie, die strahlend vor Besitzerstolz ihren chromfunkelnden Monstertruck an sich drückte.

Ich legte das Handy auf den verhältnismäßig sauberen Couchtisch.

Brigitte Cervenka setzte sich widerwillig, blickte aufs Display, dann in mein Gesicht.

»Süßes Schneckchen. Sie haben noch eine zweite Tochter?«

Kurz kam ich aus dem Konzept, weil sie meine Lüge, Sarah sei eine Praktikantin, so mühelos durchschaut hatte.

»Das ist Tanjas Tochter, nicht meine. Marie heißt sie. Ich weiß übrigens, dass Sie sie als Baby mal auf dem Arm gehabt haben.«

»Marie?«, fragte sie matt und hustete vor Schreck.

»Sie ist neun Jahre alt.«

»Und ... was geht mich das an?«

»Sie ist jetzt praktisch Vollwaise. Ihr Vater ist tot, die Mutter seit Jahren verschollen, und so wird Marie demnächst wohl oder übel in einem Heim landen.«

Ich hatte auf die Wirkung des Wörtchens »Heim« spekuliert, und meine spontane Idee erwies sich als Volltreffer.

»Helge?«, fragte sie. »Er ist ... echt tot? Kein Scheiß?«

Sie konnte den Blick nicht von dem kleinen Mädchen abwenden, das auf dem Foto so glücklich wirkte, so fröhlich und geborgen. Ihre Augen wurden feucht. Sie kniff die Lippen zusammen, schüttelte einige Male unwillig den Kopf, und dann begann sie lautlos zu weinen. Sie schlug die schmalen Hände vor das bei Tageslicht nicht mehr ganz so jung wirkende Gesicht und schluchzte hemmungslos.

»Fuck!«, hörte ich sie immer wieder hervorstoßen. »Fuck, fuck, fuck!«

Ich wartete geduldig, bis sie sich beruhigt, die Nase geputzt, die Augen trocken gewischt hatte. Schließlich sah sie mich wieder an, blinzelte die letzten Tränen weg.

»Ich höre«, sagte ich ruhig und steckte mein Handy wieder ein.

Es war, wie ich vermutet hatte: Die beiden Freundinnen hatten all die Jahre den Kontakt gehalten.

»Sogar in der Zeit, als Tanja in Florida war. Ständig hat sie mir Fotos geschickt, um mich neidisch zu machen. Von der Stadt, von den Wolkenkratzern, von ihrem Apartment, vom Meer, das sie von ihrem Balkon aus sehen konnte, von ihrem Typ, der sie ausgehalten hat und in den sie mal wieder wie blöd verknallt war.«

»Sie war öfter verliebt?«

Brigitte Cervenka ging nicht auf meine Frage ein. Gedankenverloren griff sie nach einer Zigarette, zuckte zurück. Seufzte. Blickte zur Decke.

»Glauben Sie ...«, sagte sie nach einer Weile mit rauer Stimme. »Glauben Sie, Tanja ist auch tot?«

»Im Moment kann ich nichts ausschließen. Deshalb bin ich hier, weil ich hoffe, dass Sie mir helfen können, sie lebend zu finden.«

»Die Tanja«, murmelte sie nach einem letzten Zögern. »Ich glaub, sie kann das gar nicht, richtig lieben. Ich übrigens auch nicht, da haben wir was gemeinsam. Kommt vielleicht von früher, von den Eltern, was weiß ich. Jedes Mal ist sie irre stolz, wenn ein Typ sich für sie interessiert, stellt sofort ihre komplette Lebensplanung auf den Kopf, und ein paar Wochen später ist dann wieder heulendes Elend angesagt. Oder der nächste, noch tollere Mister Superstar.«

Nachdem sie – völlig abgebrannt – aus den USA zurückgekehrt war, hatte Tanja zunächst bei ihrer Freundin Brigitte Unterschlupf gefunden. Diese war damals noch nicht verheiratet gewesen, hatte in einer winzigen Dachgeschosswohnung in der Heidelberger Südstadt gehaust und ihren Lebensunterhalt als Teilzeitkraft in gleich zwei Supermärkten verdient. Eine Nachbarin hatte sie später darauf gebracht, dass es für eine junge, gut aussehende Frau wesentlich einfachere und einträglichere Methoden gab, Geld zu verdienen.

»Sie hat es in ihrer Wohnung gemacht, auf eigene Rechnung, und da hab ich gedacht, das kann ich auch.«

Die beiden Freundinnen hatten sich eine größere Wohnung gesucht, und da Tanja bald zu dem Schluss kam, dass Prostitution nicht das Rechte für sie war, hatte sie sich einen anderen Broterwerb gesucht.

»Sie hat in Bars gejobbt, anfangs als Animiermädel, später auch gestrippt, und meistens hat sie einen Typen an der Angel gehabt, der sie ausgehalten hat. Fast immer waren die Männer älter als sie, viel älter. So ist sie dann schließlich zum Film gekommen.«

»Film?«

»Na ja, keine richtigen Filme fürs Kino oder so. Pornos halt. Aber keine von den ganz üblen.«

Bald hatte Tanja besser verdient als Brigitte und sich eine eigene Wohnung und später ein BMW Cabrio geleistet. Mit der Zeit hatte man sich ein wenig aus den Augen verloren, bis Tanja vor anderthalb Jahren eines trüben Vormittags wieder vor der Tür ihrer Freundin stand. Mit einer kleinen Tasche und einem Rollköfferchen, die alles enthielten, was ihr noch geblieben war.

Brigitte Cervenka zupfte nun doch wieder eine Zigarette aus der Packung, zündete sie mit flatterigen Bewegungen an, rauchte gierig.

»Halb verhungert und komplett runter mit den Nerven. Furchtbar hat sie ausgesehen, einfach nur furchtbar.«

»Und seither wohnt sie im Zimmer nebenan.«

Sie drückte die eben erst angerauchte Zigarette aus, steckte sie eine Sekunde später wieder zwischen die farblosen und jetzt ziemlich blassen Lippen, um sie ein zweites Mal anzuzünden.

»Sie wissen wirklich nicht, wo sie steckt?«

»Nein, ich weiß es wirklich nicht«, sagte sie nach zwei Zügen zu ihrem verbogenen Glimmstängel. »Vor zwei Wochen ungefähr war sie auf einmal verschwunden. Ich weiß nicht, warum. Ich weiß nicht, wo sie hin ist. Sogar ihre meisten Sachen hat sie dagelassen. Ihr könnt mich foltern – keine Ahnung, was da los ist. Sie ruft nicht an, sie schreibt keine Nachrichten, totale Funkstille.«

»Wann genau ist sie ausgezogen?«

»Sie ist ja nicht ausgezogen. Sie muss Hals über Kopf getürmt sein. Hat nur ihre Tasche mit dem Nötigsten gepackt, und hasta la vista, Baby. Wie ich nachts um drei heimkomme, ist sie nicht mehr da, und das ist alles, was ich weiß. Sonst ist sie meistens noch mal kurz rausgekommen, egal, wie spät es war, hat mir was zu essen hingestellt und ein Bierchen, und wir haben noch ein bisschen gequatscht. Das hat mir gutgetan. Dass jemand da war. Jemand zum Reden. Oder einfach nur so.«

»Wann genau war das?«, fragte ich noch einmal. »Versuchen Sie bitte, sich zu erinnern.«

Mit einer steilen Falte über der Nase und Blick zur Decke rechnete sie.

»Ist doch schon länger her, sorry, wir haben ja schon Januar. Man verliert das Zeitgefühl, wenn man immer nur nachts arbeitet. Anfang Dezember muss es gewesen sein. Oder sogar noch im November?«

Dieses Mal wurde der Glimmstängel endgültig ausgedrückt und dabei so zerquetscht, als wäre er schuld an allem Elend dieser Welt.

»Sie hat mir den Haushalt gemacht, geputzt, gekocht, dass ich nur so gestaunt hab. Früher ist sie in so Sachen eine noch größere Schlampe gewesen als ich. Und jetzt?« Ihre Unterlippe begann schon wieder zu beben. »Ich vermisse sie. Scheiße, sie fehlt mir. Hatte mich richtig an sie gewöhnt.«

»Wieso haben Sie erst geleugnet, sie zu kennen?«

»Ich wollt sie nicht in irgendwas reinreiten. Ist doch klar, dass sie ein Riesenproblem hat.«

»Hat sie noch andere Freundinnen? Freunde? Einen neuen Lover vielleicht?«

Kopfschütteln, Kopfschütteln, Kopfschütteln. Für Sekun-

den herrschte Stille. Auf der Straße bellte aufgeregt ein kleiner Hund.

»Wenn ich irgendwas wüsste, ich würd's Ihnen sagen,
Ehrenwort. Ich wüsst ja selber gern, was mit ihr los ist.«

»Ich möchte mir ihr Zimmer ansehen.«

Ohne zu zögern, geradezu erleichtert, sprang Brigitte Cervenka auf.

19

Der Raum, in dem Tanja Gerstner bis vor Kurzem noch gelebt hatte, war kaum halb so groß wie das Wohnzimmer,
billig und ohne erkennbares Konzept eingerichtet. Anstelle
eines Betts gab es ein Klappsofa mit sommerbuntem Blüm-
chenbezug. Am Fenster ein kleiner, quadratischer Tisch, daneben zwei billige Klappstühle, die nicht zusammenpass-
ten, und der unaufgeräumte Schreibtisch, den Sarah durchs
Schlüsselloch gesehen hatte. Mitten im Zimmer prangte ein
offenbar nagelneues, teuer aussehendes Trimm-dich-Rad,
das zum Rest passte wie ein soeben gelandetes Ufo auf einen
Müllplatz. An der Wand neben der Tür stand ein zweitüri-
ger Schrank, an dessen Inhalt ich den finanziellen Nieder-
gang der Benutzerin ablesen konnte. Von teuren Designer-
modellen bis zu billigstem Plunder war alles vertreten. In
den beiden großen Schubladen im unteren Teil des Schranks
fand ich noble Etuis für kostbare Halsketten, Beutelchen
mit wertlosem Ohrschmuck, Strümpfe mit und ohne Lauf-
maschen, Gürtel und Haargummis, Lippenstifte in allen
erdenklichen Farben, leere Parfümflakons teurer Marken,
die nach nichts mehr dufteten.

»Eigentlich ist es mein Gästezimmer, aber ich krieg ja eh
kaum Übernachtungsbesuch«, erklärte die Hausherrin in
meinem Rücken. »Und wenn, dann schläft der Besuch
meistens in meinem Bett.«

Aus den Tiefen der linken Schublade zog ich eine haltbar
aussehende schwarze Schatulle mit Klappdeckel hervor.

»Kahr Firearms« lautete der silberfarbene, geprägte Auf-
druck, und ich brauchte einen Augenblick, um zu begreifen, was ich in der Hand hielt. Die Waffe, die in die Vertie-
fung des Kartons passte, fehlte. Einige Patronen lagen lose
darin herum.

»Mit einer Pistole dieses Herstellers ist Tanjas Mann erschossen worden.« Ich zeigte Brigitte Cervenka meinen Fund. »Und es besteht leider Gottes der begründete Verdacht, dass sie den Abzug gedrückt hat.«

»Tanja ...?« Sie lachte schrill. »Sie spinnen doch. Also echt, beim besten Willen, nie im Leben ...«

In der Schreibtischschublade lagen Briefe, in denen es meist um irgendwelche Dinge ging, die Tanja Gerstner gewonnen hatte.

»Ein Spleen von ihr«, sagte Brigitte Cervenka dazu. »Ständig hat sie bei irgendwelchen Preisausschreiben mitgemacht und hin und wieder auch mal Glück gehabt, wie bei dem Heimtrainer zum Beispiel. Die meisten Sachen hat sie gleich über eBay vertickt. So hat sie sich ein bisschen was dazuverdient.«

»Sonst hat sie nichts gearbeitet?«

»Dafür war sie viel zu kaputt. Tanja hat noch was auf der hohen Kante gehabt. Sie hat Miete bezahlt für das Zimmer und auch ein bisschen was zum Haushaltsgeld dazugelegt.«

»Ich finde hier keine Kontoauszüge.«

»Weil sie gar kein Konto hat. Ging ja nicht, mit einem Ausweis, der ihr nicht gehört. Sie wäre sofort aufgeflogen, wenn sie zur Bank gegangen wäre.«

Tanja Gerstner benutzte tatsächlich den Ausweis, der Cristina Balsenberg in Mailand abhandengekommen war. Außerdem besaß sie das Prepaidhandy, dessen Vertrag auf den Namen der ZDF-Redakteurin lief. Das Handy selbst fand ich allerdings nicht.

»Wieso eigentlich der Zirkus mit dem falschen Namen?«, fragte ich, während ich weiter die Schublade durchstöberte.

Sarah stand neben mir und hätte mir zu gerne geholfen. Aber allein die Tatsache, dass ich ohne Durchsuchungsbeschluss in diesem Zimmer war und in Sachen wühlte, die einer Fremden gehörten, wäre schon Grund für eine Abmahnung gewesen, wenn nicht Schlimmeres. Sollte herauskommen, dass ich mir dabei auch noch von meiner Tochter helfen ließ, dann dürfte ich mich wohl auf eine Versetzung nach Badisch Sibirien einstellen.

»Sie hat eine wahnsinnige Angst gehabt, dass Helge sie findet und ihr den Kopf abreißt«, beantwortete Brigitte Cervenka meine Frage. »Wie oft hab ich versucht, ihr den Blödsinn auszureden, aber sie war total stur und hat sich geweigert, ihn auch nur anzurufen. Tanja hat so ein megaschlechtes Gewissen gehabt, dass sie sofort ausgetickt ist, wenn ich mit dem Thema angefangen habe.«

Abgesehen von der Schatulle, in der aller Wahrscheinlichkeit nach die Tatwaffe gesteckt hatte, führte meine höchst illegale Durchsuchung zu nichts Verwertbarem. Manches von dem, was ihr wichtig war, hatte Tanja Gerstner bei ihrem überstürzten Aufbruch vermutlich mitgenommen.

Vor wem versteckte sie sich?, fragte ich mich zum hundertsten Mal, als es nichts mehr zu durchsuchen gab. Sogar hinter und unter den Schrank hatte ich geblickt, das Sofa von der Wand gerückt. Vor ihrem Mann? Sollte Gerstner sie aufgespürt und unter Druck gesetzt haben? Hatte er deshalb sterben müssen?

Oder verbarg sie sich vor dem Finsterling mit Hut, dessen Spuren wir ebenfalls an der kleinen Pistole gefunden hatten? Sollte er wirklich Maries biologischer Vater sein?

»Zuletzt hab ich richtig Angst um Tanja gehabt«, sagte Brigitte Cervenka, als wir wieder im Wohnzimmer saßen.

Sie nippte an ihrem inzwischen wieder aufgefüllten Becher, verzog das Gesicht, tat noch einen dritten Löffel Zucker hinein, rührte nachdenklich um, schien für einige Sekunden sehr weit weg zu sein. Dann sah sie wieder auf.

»Für die Tanja ist das nichts gewesen, ein Baby, das ständig Arbeit macht. Dazu diese Schlaftablette von Mann. Kein Wunder, dass sie sich bei der ersten Gelegenheit verkrümelt hat.«

»Wissen Sie, dass die Schlaftablette nicht Maries Vater war?«

Sie nickte. »Von wem sie das Kind hat, wollt sie mir nicht verraten. Angeblich war's ein One-Night-Stand im Suff, und sie hat nicht mal den Namen von dem Typen gekannt. Helge hat nichts davon geahnt. Der war immer so ... so rührend blauäugig. Hat seine Tanja vergöttert und ihr alles geglaubt, einfach alles. Und diese Bitch hat nichts Besseres zu tun, als ihn von vorne bis hinten zu verarschen.«

»Wenn sie solche Angst vor ihrem Mann gehabt hat, wieso ist sie dann hiergeblieben? Sie hätte genauso gut in eine weit entfernte Stadt ziehen können, wo keine Gefahr bestanden hätte, ihm über den Weg zu laufen.«

Der Grund war Tanjas Mutter.

»Die besucht sie regelmäßig. Aber es war nicht nur die Mama. Tanja fühlt sich hier heimisch. Außerdem bin ich hier, ihre Biggie, bei der man unterkriechen kann, wenn's einem grad mal wieder scheiße geht.«

Tanja Gerstner hatte in der Zeit nach ihrer Rückkehr aus den USA häufig einschlägige Aufreißerbars besucht.

»Von jedem Deppen hat sie sich abschleppen lassen, wenn er was auf dem Konto und ein cooles Auto hatte. Und irgendwann ist sie dann Candy über den Weg gelaufen.«

»Candy?«

»Wie der Typ in echt heißt, weiß ich nicht.«

Allmählich bekam ich doch Lust auf eine halbe Tasse Kaffee. Mein Wunsch wurde ohne Zögern erfüllt. Sarah wollte immer noch nichts trinken.

»Dieser Candy«, fuhr Brigitte Cervenka fort, als sie wieder an ihrem Platz saß, »hat eine kleine Filmfirma. German Amateurs oder so ähnlich heißt der Laden. Die Produkte könnt ihr euch auf Pornhub angucken. Tanja hat meistens das Pseudonym Sexy Sandy benutzt. Ein paar Jahre ist sie richtig fett im Geschäft gewesen. Sie hat saugut verdient, musste nicht mehr an der Stange rumturnen und sich von jedem Wichser angrapschen lassen.«

Tanja hatte sich eine Vierzimmerwohnung in der Nähe des Herzogenriedparks geleistet, das Mobiliar nur vom

Feinsten. Und sie hatte noch immer häufig wechselnde Liebhaber gehabt, die sich von ihr ausnehmen ließen.

»Sie waren dort?«, fragte ich. »In dieser Wohnung?«

»Einmal nur. Irgendwie hat es in der Zeit nicht mehr so recht gepasst zwischen uns. Tanja hat sich als Filmstar gefühlt, mit Geld nur so um sich geschmissen. Und ich war die dumme Nutte, die's zu nichts gebracht hat. Eine Weile war ganz Funkstille, und dann steht sie auf einmal vor meiner Tür. In der Pornobranche ist eine Frau über zwanzig, maximal fünfundzwanzig, nichts mehr wert. Obwohl Tanja mit ein bisschen Schminke und weichem Licht immer noch fast als Teenager durchgehen würde. Erst wenn sie ins MILF-Alter kommen, gibt's wieder eine gewisse Nachfrage.«

»MILF?«, fragte ich.

»Moms I'd like to fuck«, sagte Sarah ungerührt, bevor unsere Gastgeberin antworten konnte.

Tanja Gerstner hatte sich eine kleinere Wohnung gesucht, den BMW verkauft, und mit den Liebhabern war es auch nicht mehr so gut gelaufen wie früher.

»Sie ist krank geworden, irgendeine Verdauungsgeschichte. Jedenfalls hat sie total abgenommen. Und so ein Hungerhaken ohne Titten findet auch im miesesten Schuppen keinen Mann mehr, der ein Gläschen Sekt und einen Fuffi springen lässt.«

»Sie hat in der Zeit, in der sie bei Ihnen gewohnt hat, kein Geld verdient? Auch wenn sie Rücklagen gehabt hat, irgendwann müssen die ja mal aufgebraucht gewesen sein.«

Brigitte Cervenka hing gerade wieder irgendwelchen Erinnerungen nach. Dann sah sie abrupt auf.

»Vielleicht hat sie noch einen alten Sponsor gehabt, der ihr die Treue gehalten hat. Mit ihren Preisausschreiben hat sie auch manchmal was eingenommen.«

Irgendwann schienen die Reserven jedoch tatsächlich erschöpft gewesen zu sein. In den letzten Monaten hatte Tanja Gerstner keine Miete mehr zahlen und nichts zu essen einkaufen können.

»Ich hab ihr in den Ohren gelegen, sie soll sich einen Job suchen. Irgendwo an der Kasse, das geht doch immer. Aber das wollt sie nicht. Hat regelrecht Angst gehabt, unter Leute zu gehen. Das mit ihrer Krankheit wurd auch immer schlimmer statt besser. Ich hab sie dann quasi zum Arzt getragen. Die Rechnung durft natürlich ich bezahlen und die Medikamente auch. Krankenversicherung hat sie keine, Hartz IV oder Sozialamt geht wegen ihrem geklauten Ausweis nicht. Tanja hat Rotz und Wasser geheult und alle Eide geschworen, dass ich mein Geld zurückkriege, sobald es ihr wieder besser geht.«

In Gedanken drehte sie ihren Kaffeebecher hin und her, nahm einen Schluck, stellte ihn wieder ab.

»Aber dann, im Herbst, muss irgendwas passiert sein. Auf einmal ist sie wieder flüssig gewesen.«

»Wann?«, fragte ich aufmerksam. »Wann genau war das?«

»Im September. Sie hat ihre Schulden bezahlt, mit Zinsen sogar, ist wieder mehr rausgegangen, hat sich sogar wieder Klamotten gekauft und Schuhe. Ich hab gar nicht erst gefragt, woher die Kohle kommt, denn sie hätte es mir sowieso nicht verraten. Vielleicht hat sie einen ihrer Typen von früher angegraben, war mir ja letztlich auch schnurz.«

Ende September hatte auch Helge Gerstner plötzlich wieder Geld gehabt. Das konnte kein Zufall sein. Die beiden mussten sich in der Zeit davor getroffen, vielleicht sogar versöhnt haben. Aber woher der plötzliche Reichtum?

Es entstand eine kurze Pause, in der nur das Ticken der Uhr über der Tür zu hören war und das Brummen der Autos auf der Straße zwei Stockwerke unter uns. Irgendwo im Haus weinte ein Kind.

»Sie ist auch wieder besser drauf gewesen«, fuhr Brigitte Cervenka mit müder Stimme fort. »Sogar gesundheitlich ist es auf einmal aufwärtsgegangen. Sie konnt wieder richtig essen, hat sogar ein paar Kilo zugelegt.«

Ich zog ein Foto aus der Tasche, das von der Speicherkarte

aus Gerstners Smartphone stammte. Es war ein im vergangenen Herbst entstandenes Selfie, das ihn zusammen mit Marie zeigte. Im Hintergrund waren Giraffen zu sehen, offenbar waren sie im Zoo gewesen.

»Haben Sie ihn in letzter Zeit mal gesehen? Die beiden hatten anscheinend wieder Kontakt, vielleicht hat er Tanja mal hier besucht?«

Erst reagierte sie nicht, doch dann hob sie plötzlich die Brauen. »Einmal hab ich, wie ich nachts heimgekommen bin, tatsächlich das Gefühl gehabt, es könnt ein Mann hier gewesen sein. Ein Geruch wie von einem billigen Rasierwasser hat in der Luft gehangen. Ich hab Tanja drauf angesprochen, aber sie hat abgestritten, dass wer in der Wohnung war.«

»Es gibt noch einen zweiten Mann, für den wir uns interessieren.« Ich faltete das Phantombild des Manns mit Hut auseinander und schob es über den Tisch.

Nach einem kurzen Blick reichte sie mir das Blatt zurück. »Nie gesehen, tut mir leid.«

»Sie hat Ihnen doch bestimmt das eine oder andere erzählt«, nahm ich einen neuen Anlauf. »Mit welchen Männern sie zusammen war, zum Beispiel. Solche Sachen erzählen sich Freundinnen doch üblicherweise.«

»Früher schon. Aber Tanja war nicht mehr wie früher. Sie war nie ein Plappermaul gewesen, aber in letzter Zeit hat sie mir eigentlich überhaupt nichts mehr von sich erzählt. Ich denke, sie ist nicht besonders stolz gewesen auf das, was sie alles angestellt hat. Irgendwann haben wir spätnachts mal drüber geredet, wie meine eigene Zukunft aussieht. Was ich mache, wenn es im Puff mal nicht mehr so gut läuft. Ich hab einiges auf der hohen Kante, die Wohnung gehört mir. Aber bis zum bitteren Ende wird es natürlich nicht reichen.«

»Und?«, fragte ich.

Sie hob die Achseln. »Irgendwas geht immer.«

Wieder schwieg sie für Sekunden mit gesenktem Blick.

»Es hat Zeiten gegeben, da hab ich gedacht, sie entwickelt eine Depression oder so was. Wie ihre Mutter. Ist so was nicht erblich?«

»Manchmal wohl schon.«

»Wieso reden Sie nicht mal mit Candy?«, fragte Brigitte Cervenka alias Claire, als wir uns erhoben. »Oder mit Leuten in den Bars, wo sie getanzt hat? Ein paar werden sie schon noch kennen.«

Ich notierte mir die Namen von drei Lokalen, in denen Tanja vor Jahren performt und Männer verrückt gemacht hatte.

20

Sarah und ich saßen wieder im Wagen und rekapitulierten, was wir in der vergangenen Stunde erfahren hatten.

»Supercool, dass du mich mitgenommen hast, Paps«, sagte meine angebliche Praktikantin mit verschmitztem Blick. »Ich fang schon an, mich auf die Zeit nach dem Abi zu freuen. Ah, schau, da kommt sie.«

Wir beobachteten, wie Brigitte Cervenka mit einer großen Tasche das Haus verließ und auf flachen Schuhen die Straße entlanglief, vermutlich, um fürs Wochenende einzukaufen. Die Balkone des Hauses, in dem sie lebte, hatten das Format von Duschhandtüchern. Die Bäume davor, Kastanien, wenn ich mich nicht irrte, waren groß und alt und vollkommen kahl. Dazwischen gab es immer wieder Parkbuchten, von denen einige zurzeit frei waren.

Seit dem Morgen schien die Sonne von einem fast wolkenfreien Himmel, und inzwischen zeigte das Thermometer vierzehn Grad an, nachdem es vor wenigen Tagen noch geschneit hatte.

Brigitte Cervenka blieb nach wenigen Metern stehen, plauderte angeregt mit einer weißhaarigen, vom Alter schon ein wenig gebeugten Frau, die ihr mit vollem Einkaufstrolley entgegenkam. Man verabschiedete sich bald, und wie erwartet, betrat die Frau das Haus, das die andere eben erst verlassen hatte.

»Komm«, sagte ich zu Sarah und öffnete die Tür. »Alte Damen wissen oft eine Menge über ihre Nachbarn.«

»Nein«, sagte die Frau, als wir sie auf der Treppe eingeholt und ihr das Phantombild gezeigt hatten. »Den habe ich hier noch nie gesehen.«

Sie hieß Gruber mit Nachnamen und wohnte im zweitobersten Stockwerk.

Ich steckte das Bild wieder ein und bot ihr an, ihren Trolley zu tragen.

»Sie sind wirklich von der Polizei? Ich meine, so ein Ausweis, und man hört in letzter Zeit so viel …«

Ein zweiter, etwas längerer Blick auf meinen Dienstausweis brachte ihr Misstrauen zum Verschwinden. Sie freute sich sehr, ihre Einkäufe nicht selbst die Treppen hinaufschleppen zu müssen. Oben angekommen, bat sie uns in ihr ein wenig muffig riechendes Heim. Nachdem ich ihr aus dem schweren und für die derzeitige Temperatur viel zu warmen Wollmantel geholfen hatte, führte sie uns in ihre kleine, mit bunten Möbeln vollgestopfte Küche.

Während sie mit Sarahs Unterstützung ihre Einkäufe versorgte, begann ich mit meinen Fragen. Die Frau, die bis vor Kurzem bei Brigitte Cervenka gewohnt hatte, hatte rote Haare, erfuhren wir.

»Aber die Farbe war nicht echt. Die Frauen von heute sind ja nie mit ihren Haaren zufrieden. Haben sie Locken, dann lassen sie sie wegmachen, haben sie keine, dann zahlen sie viel Geld dafür, welche zu bekommen.«

»Haben Sie zufällig mitbekommen, dass Frau Cervenkas Mitbewohnerin mal Besuch hatte?«

Frau Gruber setzte sich schweratmend zu mir an den Tisch, dachte ein Weilchen angestrengt nach. »Doch, ja, im Sommer, im Spätsommer. Abends, es ist schon ganz dunkel gewesen. Und da hat sie mal mit einem Mann geredet. Vor dem Haus, ich habe es vom Wohnzimmerfenster aus gesehen. Der hat aber nicht so ausgeschaut wie der Kerl auf Ihrem Bild.«

Ich zückte mein Smartphone, zeigte ihr das Foto von Helge Gerstner. Sie nestelte eine Lesebrille aus der Tasche ihrer tannengrünen Strickjacke, setzte sie umständlich auf und betrachtete es.

»Der könnte es gewesen sein, ja. Ich habe den Eindruck gehabt, dass sie Streit hatten. Nicht, dass sie laut gewesen wären, aber er hat sie am Arm gepackt, mehrfach, und sie hat sich jedes Mal sofort wieder losgemacht. Er war böse auf sie, und Cristina hatte Angst vor ihm. Mit der Zeit haben sie sich dann aber beruhigt.«

Cristina? Richtig, hier kannte man Tanja Gerstner ja unter dem Namen Cristina Balsenberg.

»Haben Sie den Mann später noch mal gesehen?«

»Halb unter dem Baum haben sie gestanden, im Schatten. Deshalb habe ich sie erst gar nicht bemerkt. Größer als die Cristina ist er gewesen, und eigentlich hat er ganz normal ausgesehen. Anständig, wenn Sie verstehen, was ich meine. Nicht so wie der andere, der auf Ihrer Zeichnung.«

Nachdenklich spielte sie mit ihren Fingern.

»Mögen Sie einen Kaffee?«, fragte sie dann. »Kuchen wäre auch noch da, gestern erst gebacken, Marmorkuchen.«

Wir verzichteten, und ich hinterließ ein Visitenkärtchen auf dem Küchentisch.

Auf dem Weg nach unten läuteten wir an jeder Tür außer der von Brigitte Cervenka. Aber nur eine wurde uns noch geöffnet, im ersten Obergeschoss. Eine rundliche Frau mit blauschwarzem Lockenhaar strahlte uns aus dunklen Augen an. Sie sah kaum älter aus als Sarah, und hinter ihr versteckten sich drei kichernde Jungs im Kindergartenalter. Leider sprach sie kein Wort Deutsch. Zum zweiten Mal an diesem Tag versetzte meine Tochter mich in Erstaunen.

»Parla italiano?«, fragte sie.

Das Strahlen der Frau wurde noch um zwei Stufen heftiger, und sie ließ einen Redeschwall los, der schier kein Ende nehmen wollte.

»Sie sind aus Rumänien«, sagte Sarah halblaut zu mir. »Rumänisch und Italienisch sind sehr ähnlich.«

Ich zeigte der jungen Mutter erst das Foto von Helge Gerstner, was nur ratloses Kopfschütteln auslöste, dann das Phantombild des Unbekannten mit Hut. Dieses Mal nickte sie nach kurzem Zögern und plapperte wieder mit Maschinengewehrgeschwindigkeit auf Sarah ein. Es entspann sich ein lebhaftes Gespräch mit Worten und Gesten, Händen und Füßen, oft auch Lachen.

Schließlich zückte Sarah ihr Smartphone und öffnete den elektronischen Terminkalender. Die Rumänin begriff sofort, ihre dunklen Augen wurden zu Schlitzen, zwischen den Brauen bildete sich eine tiefe Falte. Schließlich tippte sie auf den sechsten Dezember, auf den siebten und achten. Der Mann war also wenige Tage vor dem Mord am Heddesheimer See hier gewesen. Vielleicht, um mit Tanja Gerstner zu sprechen, die zu diesem Zeitpunkt jedoch längst das Weite gesucht hatte. Weil sie seinen Besuch erwartet und gefürchtet hatte? War er in ihrer Wohnung gewesen und hatte die Waffe an sich genommen? Sarah drückte den Kalender weg und deutete auf die Uhr, die nun auf dem kleinen Display zu sehen war. Dieses Mal musste nicht lange überlegt werden. Der große Unbekannte war abends zwischen zehn und halb elf gekommen, die Treppen hinaufgestiegen und hatte ein Stockwerk höher die Wohnung von Brigitte Cervenka betreten, ohne zuvor geklingelt zu haben.

Wann der Mann das Haus wieder verlassen hatte, wusste Frau Ionescu nicht zu sagen. Als sie den Müll hinunterbrachte, nachdem die Kinder endlich in ihren Betten lagen, war sie ihm zufällig auf der Treppe begegnet, und er hatte ihren Gruß nicht erwidert.

»Woher kannst du auf einmal Italienisch?«, fragte ich Sarah auf der Rückfahrt nach Heidelberg.

»Von Giuseppe«, antwortete sie entspannt.

Giuseppe stammte aus Ancona und machte an der Heidelberger Universität ein Erasmus-Semester. Kennengelernt hatte man sich auf Tinder, wobei sich mir allein bei dem Wort die Nackenhaare aufstellten.

»Da geht's nicht bloß ums Poppen«, versuchte Sarah, mich zu beruhigen. »Wir haben uns getroffen und geredet und wieder getroffen, und geknutscht haben wir erst beim vierten oder fünften Date. Das andere ist noch später gekommen.«

So richtig doll verliebt war sie nicht in den Italiener, gestand sie, ein kleines bisschen aber schon.

»Er ist so lustig. Studiert Molecular Biosciences und kann schon ziemlich gut Deutsch.«

Immer, wenn sie beim Küssen und dem anderen eine Pause einlegten, brachten die beiden sich gegenseitig ihre jeweilige Muttersprache bei.

»Sprachen können ist nie verkehrt«, meinte meine Große altklug.

Kaum waren wir wieder zu Hause, begann mein Handy zu randalieren. Die alte Frau Gruber hatte noch etwas herausgefunden, berichtete sie aufgeregt.

»Nämlich die Frau Hellberg aus der Wohnung unter der von Biggie, ich habe sie eben auf der Treppe getroffen, und sie sagt, sie hätte einmal eine Männerstimme aus dem Zimmer von Cristina gehört. Abends, wie die Biggie nicht zu Hause war.«

Wann das gewesen war, wusste Frau Gruber dieses Mal ziemlich genau. »Im Oktober, sagt sie, um den Zwanzigsten herum. Sie konnte einige Tage nicht in ihrem Schlafzimmer schlafen, weil es renoviert wurde. Ihr Neffe hat ihr einen neuen Teppichboden reingemacht und die Wände gestrichen. Von dem Farbgeruch hat sie ständig niesen müssen, und so hat sie zwei Wochen lang in dem Zimmer unter dem von der Cristina geschlafen. Das Haus ist leider ziemlich hellhörig. Oder in diesem Fall muss man wohl sagen, zum Glück.«

»Wie hat die Stimme geklungen? Eher hoch oder eher tief?«

»Ganz normal, sagt sie. Dieses Mal haben sie auch nicht gestritten. Nur geredet.«

Verstanden hatte die Nachbarin leider nichts von dem, was gesprochen wurde.

»Gerstners Mails können wir vergessen«, eröffnete uns Balke entnervt, als wir am Montagmorgen zur ersten Lagebesprechung der Woche beisammensaßen. »Die Freaks am LKA sind auch nicht weitergekommen. Wenn wir wenigstens seine Mailadresse kennen würden, dann könnte ich versuchen, das Passwort zu erraten. Aber nicht mal die wissen wir ja.«

»Also, die müsst sich doch rausfinden lassen«, meinte Laila, die sich im Gegensatz zu Balke über das lange Wochenende bestens erholt zu haben schien.

Nach dem aufregenden Samstag war mein Sonntag umso friedlicher verlaufen. Die Mädchen waren spät aufgestanden, hatten im Internet nach einem stromsparenden Kühlschrank für uns gesucht, jedoch nichts gefunden, das ich zu bezahlen bereit war. Sarah war nach dem Mittagessen mit Marie zum nächsten Abenteuerspielplatz aufgebrochen, Louise und Mick saßen die meiste Zeit in ihrem Zimmer und studierten Reiseberichte im Internet. Seit Neuestem stand eine Durchquerung Afghanistans per Rad zur Diskussion. Louise vertrat die Linie »No risk, no fun«, während Mick zu meiner Erleichterung strikt dagegen war, das Al-Qaida-Land zu durchqueren, um sich irgendwelchen islamistischen Fanatikern als Entführungsopfer anzudienen.

Ich hatte den Nachmittag auf dem Sofa vertrödelt. Kurz bevor ich zu Theresa aufbrechen wollte, wurde mir klar, dass ich meine Töchter viel zu oft mit der Verantwortung für das Kind alleinließ. So rief ich sie an und sagte mit schlechtem Gewissen ab. Sie klang nicht gerade erfreut, aber auch nicht sonderlich verstimmt. Irgendetwas stand seit einiger Zeit zwischen uns, wurde mir wieder bewusst. Ich musste das Thema demnächst zur Sprache bringen. Gleichgültig, was ich mir hatte zuschulden kommen lassen, ich würde Besserung geloben. So konnte und durfte es nicht mehr lange weitergehen.

»Sie haben recht«, sagte ich an Laila gewandt. »Sein Kumpel Wittek müsste Gerstners Mailadresse eigentlich kennen. Mit dem wollte ich sowieso noch mal reden.«

Ferdinand Wittek saß zurzeit in der JVA Darmstadt in Untersuchungshaft.

»Wer weiß, ob er überhaupt noch Mails geschrieben hat«, grübelte Balke finster. »Das meiste läuft doch heute sowieso über WhatsApp oder Telegram oder was weiß ich.«

»Wer ist das?«, fragte Laila mit Blick auf meinen Schreibtisch, während Balke sich ausgiebig streckte.

Ich reichte ihr das Phantombild.

»Der böse Mann mit Hut?«, fragte sie verblüfft.

»Den kenne ich!« Balke richtete sich auf und machte runde Augen. »Irgendwo habe ich diese Visage schon mal gesehen. Ist noch gar nicht lange her, aber ...«

Aber auch ihm fiel nicht ein, bei welcher Gelegenheit das gewesen sein könnte. Offenbar waren wir zu zweit gewesen bei diesem Treffen, denn auch ich war immer noch überzeugt, dem Mann schon einmal begegnet zu sein.

»Die Mailadresse vom Helge?«, fragte Ferdinand Wittek entspannt, als ich ihm zwei Stunden später gegenübersaß. »Ja logo kenn ich die.«

»Okay ...«

»Na ja, nicht so aus dem Gedächtnis. Auf dem PC hab ich die und auf dem Handy auch. Aber das haben sie mir abgenommen.«

Ich bat die hoch aufgeschossene JVA-Beamtin, die dem Gespräch beiwohnte, Witteks Handy bringen zu lassen. Leider stellte sich jedoch heraus, dass der Akku inzwischen leer war. Auf die Schnelle ein passendes Ladegerät aufzutreiben, erwies sich als unmöglich, und ich verspürte wenig Lust, Stunden in diesem kargen und ungastlichen Ambiente zu vertrödeln. Die Wände des Gesprächsraums waren ohne jeden Schmuck, die Stühle klobig und vermutlich seit einem Vierteljahrhundert nicht erneuert, die Fenster selbstverständlich vergittert. Wittek und mich trennte eine dicke

Plexiglasscheibe. Merkwürdigerweise roch es intensiv nach Pfefferminze. Vielleicht der Kaugummi, den die dösige Aufseherin immerzu im Mund herumwälzte.

»Können Sie sich vielleicht noch erinnern, wie die Adresse aufgebaut war?«, fragte ich.

»Helge Punkt Gerstner, glaub ich, und dann noch eine vierstellige Zahl. Sein Geburtsjahr vielleicht? Oder war die Zahl nur zweistellig?«

»Und weiter?«

»Könnt sein, gmx.com nach dem Klammeraffen. Oder war's web.de? Jedenfalls 'ne Kost-nix-Adresse.«

So kamen wir nicht weiter. »Die Kollegen organisieren ein passendes Ladegerät, und Sie gucken bitte nach, ja?«

»Kein Problem. Man hilft doch gern.«

Wittek war nicht wiederzuerkennen. Brav und höflich wie ein gut erzogener Internatsschüler beantwortete er meine Fragen. Sein Blick verriet keine Spur von schlechtem Gewissen oder Sorgen um seine Zukunft, die alles andere als rosig aussah. War er zu dumm, um zu begreifen, dass er das Gefängnis lange nicht mehr verlassen würde? Schmeichelte es seinem Stolz, plötzlich ein ernst zu nehmender Verbrecher zu sein? Einer von den harten Jungs, zu denen er immer gehören wollte?

»Wieso ich eigentlich hier bin, ist aber etwas anderes«, erklärte ich ihm und rückte unwillkürlich näher an die Trennscheibe heran. »Es geht um Ihre Entlassung bei Bauer.«

Immer noch trieb mich die Frage um, weshalb Gerstner seine Stellung riskiert haben sollte, nur um Wittek einen Gefallen zu tun, der nicht einmal ein Freund, sondern höchstens ein guter Bekannter war.

»Und?«, fragte Wittek mit säuerlichem Grinsen.

»Sie sollen in der Firma irgendwelche Sachen geklaut haben.«

»Hab ich, stimmt. Aber es ist alles Zeug gewesen, das sowieso auf dem Müll gelandet wär. Der Firma ist überhaupt kein Schaden entstanden. Das ist alles Schrott gewesen, verstehen Sie? Die Ventilatoren, die Luftkanäle, die Filter, alles bloß Schrott.«

»Was ich nicht begreife: Wieso hat Gerstner Ihnen dabei geholfen?«

»Hat er doch gar nicht.«

»Bauer behauptet es aber.«

»Dann lügt er, diese hinterfotzige Sackfresse.«

»Was war dann der Grund für seine Kündigung?«

»Keine Ahnung. Mir hat der Helge bloß gesagt, er hätte Stress mit Bauer gehabt, und der hätte ihn fristlos gefeuert.«

»Er hat Sie also nicht unterstützt bei Ihren … Beschaffungsmaßnahmen?«

»Er hätt mir gar nicht groß helfen können. Ich hab Schlüssel für die Lagerhallen gehabt und alles. Und ich hab auch ehrlich keine neuen Geräte mitgehen lassen, sondern bloß altes Zeug, das sie bei Kunden ausgebaut haben und sowieso weggeschmissen hätten. Aber das ist dem Bauer total egal gewesen, diesem Drecksarsch. Diebstahl ist Diebstahl, hat's geheißen, Firmeneigentum ist Firmeneigentum.« Nun wurde Wittek laut. »Vertrauensbruch, das ist sein Lieblingswort gewesen. Effektiv geklaut hab ich maximal fünfzig Euro, den Schrottwert von dem Gerümpel. Ich hab diesem verlogenen Arschsack sogar angeboten, den Schaden zu ersetzen. Aber nix da, wollt er nicht. Vertrauensbruch, Exempel statuieren und fertig.«

Seine Darstellung des Sachverhalts klang glaubhaft. Andererseits: Welchen Grund sollte Bauer haben, mich bei einer solchen Nebensächlichkeit zu belügen? War ihm der wirkliche Grund für Gerstners Kündigung peinlich? Oder hatte er sich einfach falsch erinnert? Lohnte es sich überhaupt, dieser Sache nachzugehen?

Während der Rückfahrt rief Sarah an.

»Paps, mir ist langweilig.«

Giuseppe war zurzeit in seiner Heimat, um im Kreis der Familie das Befana-Fest zu feiern. Merkwürdigerweise schienen seine Eltern mitten in Ancona in einem Funkloch zu wohnen, denn er war seit Tagen nicht mehr erreichbar.

»Wieso spielst du nicht was mit Marie?«

»Die will immer bloß mit ihrem blöden Auto spielen. Und nachher geht sie sowieso mit Loui in die Stadt.«

Louise und Mick wollten sich nach reduzierter Funktionskleidung umsehen, erfuhr ich, und nach anderen nützlichen Dingen für ihre geplante Radtour nach Down Under. Sie schienen tatsächlich Ernst zu machen.

»Dann geh eine Runde spazieren. Oder joggen. Es ist herrliches Wetter.«

Spazieren gehen war langweilig, allein joggen das Grauen.

»Könnt ich nicht irgendwas machen, Paps? Ich würd dir gern irgendwie helfen. Ist immer so cool, wenn ich dich begleiten darf.«

»Im Moment weiß ich nichts Passendes, tut mir leid. Wenn mir was einfällt, bei dem du mir helfen kannst, ruf ich dich an, okay? Vielleicht saugst du den Flur und das Wohnzimmer? Der Küchenboden könnte auch mal wieder gewischt werden …«

Sarahs Begeisterung hielt sich in Grenzen.

Immer noch wurde mir schwummrig bei der Vorstellung, was bei Louises und Micks Weltreise alles schiefgehen konnte. Sie konnten Unfällen zum Opfer fallen oder in die Hände von Wegelagerern geraten und ausgeraubt werden. Sie konnten sich fremdländische Krankheiten zuziehen oder von Gangstern entführt werden, und ich würde dann das Lösegeld bezahlen dürfen. Bestimmt gab es noch tausend andere Möglichkeiten, bei einem solchen Abenteuer zu Schaden zu kommen, die auszumalen meine Fantasie nicht ausreichte.

21

Den Namen des Filmschaffenden mit dem Spitznamen Candy herauszufinden, war Balke nicht schwergefallen. Eine Kollegin vom Sittendezernat, die er darauf ansprach, hatte schon hin und wieder mit dem Mann zu tun gehabt. Der Pornoproduzent hieß Konrad Meinhart und war in Ilvesheim zu Hause.

»Sein Studio sitzt aber in Mannheim, in der Nähe vom Messegelände«, sagte Balke, als wir im Wagen saßen, um dem Herrn einen Besuch abzustatten.

Seinen Montagmorgenfrust schien Balke inzwischen überwunden zu haben. In seinen Augen glimmte wieder Jagdfieber.

»Auf den Knaben freue ich mich, Chef. Diese Typen hab ich am liebsten, die man so richtig von Herzen hassen kann. Denen man in den Arsch treten darf, ohne sich hinterher mies zu fühlen.«

Meinhart war einundvierzig Jahre alt und in Ludwigshafen-Oggersheim aufgewachsen. Nach einem nicht übermäßig guten Hauptschulabschluss hatte er zunächst als Kellner in diversen, häufig wechselnden Lokalen gejobbt. Irgendwann war er in einer zwielichtigen Bar in der Nähe des Mannheimer Industriehafens gelandet, hatte ein Verhältnis mit der dreißig Jahre älteren Besitzerin begonnen, und als diese zwei Jahre später das Zeitliche segnete – unbestätigten Gerüchten zufolge im Zuge eines für ihre Konstitution etwas zu stürmischen Beischlafs –, das Etablissement geerbt.

»Er hat den Schuppen runderneuert«, erzählte Balke gut gelaunt, während wir das Heidelberger Kreuz passierten. »Von *Bei Ilona* in *Cherrymoon* umgetauft, die Wände rot gestrichen, für schummriges Licht gesorgt und zwei großbusige Bedienungen eingestellt. Erst sind die Freier gekommen und bald darauf die Mädels. Candy – den Spitznamen hat er damals schon gehabt, niemand weiß, woher und wieso – hat nach und nach die Wohnungen über seiner Kneipe dazugemietet und die Zimmer stundenweise an seine Bienen verhökert. Bis ihm die Mannheimer Kollegen auf die Schliche gekommen sind, war er wahrscheinlich schon Millionär.«

Meinhart hatte sein illegales Bordell schließen müssen, jedoch unverzüglich eine neue, wesentlich größere Bar südlich des Zentrums eröffnet, wohin sich das Geschäft mit den Bienchen dann schnell verlagerte.

»Dort war Platz für eine richtige Bühne, er hat Scheinwerfer, eine Tonanlage und Großbildprojektion für die Kurzsichtigen eingebaut, und der Laden hat praktisch vom ersten Tag an gebrummt wie ... na ja, ein Bienenstock eben. Einmal haben ihm irgendwelche Rocker das Mobiliar zerlegt, aber er hat neues gekauft, die Bühne vergrößert, den Preis für den Sekt erhöht, und ein halbes Jahr später hatte er den Schaden verschmerzt.«

Während Balke unseren Dienstwagen in Richtung Mannheim steuerte, rief ich das dortige Polizeipräsidium an und ließ mich mit dem Sittendezernat verbinden. Natürlich hatte auch der brummige Kollege, an den ich dort geriet, schon hin und wieder mit Meinhart zu tun gehabt.

»Seine Bars und Sexshops hat er alle verkauft, und das mit der Filmerei hat er anscheinend auch schon wieder an den Nagel gehängt. Die German Amateurs existiert jedenfalls nicht mehr.«

»Wahrscheinlich hat er genug verdient und für den Rest des Lebens ausgesorgt.«

In den vergangenen Jahren hatte Meinhart es geschafft, nicht ein einziges Mal mit dem Gesetz in Konflikt zu geraten. Auch aus den in Zuhälterkreisen üblichen, nicht selten mit scharfen Waffen ausgefochtenen Konkurrenzkämpfen hatte er sich geschickt herausgehalten.

»An die Rocker wird er Schutzgeld gezahlt haben, nachdem sie ihm den Laden verwüstet haben. Sonst hätten die ihn garantiert nicht in Frieden gelassen.«

»Anderes Thema«, sagte ich zu Balke, als ich das Handy wieder einsteckte. »Dieser Kerl mit Hut geht mir nicht aus dem Kopf. Sie glauben ja auch, Sie hätten ihn schon irgendwo gesehen.«

Balke nickte nachdenklich. »Ich zermartere mir die ganze Zeit das Hirn, wo und wann. Der einzige Ort, wo wir in letzter Zeit zusammen waren, ist Bauers Firma.«

»Vielleicht der Stoffel an der Pforte?«

»Möglich.«

Mein Handy begann Keith Jarrett zu spielen.

Es war Sarah. »Ist dir schon was eingefallen, Paps? Ich hab die ganze Wohnung gesaugt und die Küche geputzt und das Bad auch.«

Dieses Engagement musste belohnt werden.

»Ja, ich hab was für dich. Pass auf ...«

Ich bat sie, sich an ihr Notebook zu setzen und alles an Informationen zusammenzusuchen, die das Internet zu Bauers Firma hergab. Diese Aufgabe war zwar nicht ganz das, was Sarah sich erhofft hatte, aber sie heuchelte dennoch Freude und guten Willen.

»Vor allem interessieren mich Namen von Angestellten, Fotos und so weiter. Leg eine Datei an, und kopier alles rein, was du findest, okay? Und zwar, das ist wichtig, immer mit Angabe der Quelle, damit wir es später nachvollziehen können.«

»Mach ich. Danke, Paps.«

»Und noch was, Sarah: keine Eigenmächtigkeiten, keine Alleingänge.«

»Ich könnt doch wenigstens mal hinfahren und mich ein bisschen umgucken. Was soll denn da ...«

»Wenn du wirklich Polizistin werden willst, mein Kind, dann lautet die erste Lektion, die du lernen musst: Vorgesetzte haben immer recht. Und in diesem Fall bin ich dein Vorgesetzter, klar?«

Balke hatte natürlich mitgehört, grinste wissend und ersparte mir kluge Kommentare.

Meinharts großzügiges Haus am Ilvesheimer Neckarufer war schon fast eine Villa. Einstöckig, geschmackvoll in Toskanafarben gestrichen und mit dunklem Walmdach, gelegen in einem parkähnlichen und bestens gepflegten Grundstück. Anstelle des Besitzers öffnete uns eine üppige Walküre mit wallendem, fast hüftlangem platinblondem Haar die Tür. Sie duftete heftig nach Moschus, war spärlich bekleidet und erklärte uns in schläfrigem Ton, der Hausherr weile in seinem Studio, das – wie Balke schon wusste – in einem Industriegebiet westlich des nur wenige Kilometer entfernten Mannheimer City-Airports lag.

Das Firmengebäude entpuppte sich als ödes, einstöckiges Flachdachgebäude, das seine besten Jahre schon lange hinter sich hatte, falls es solche jemals gegeben haben sollte. Links davon erstreckte sich das weitläufige Gelände einer großen Spedition, rechts befand sich eine Tankstelle, die offenbar hauptsächlich von Lkws frequentiert wurde.

Neben der billigen und alles andere als repräsentativen Eingangstür klebte ein Plastikschildchen, auf dem der neue Firmenname stand: »BMG Kontaktvermittlung«. Das einzig Sehenswerte an dem schäbigen Anwesen waren die beiden Autos, die davor parkten: ein mattschwarzer Lamborghini Aventador und ein großer dunkelblauer Land Rover.

»Kommen Sie nicht auch manchmal ins Grübeln, Chef?«, fragte Balke, als er mit grimmiger Miene den wackeligen Klingelknopf drückte. »Ob wir vielleicht in der falschen Branche arbeiten?«

Innen schepperte ein misstönender Gong, eilige Schritte kamen näher, die Tür wurde aufgerissen.

»Wenn ihr noch einmal zu spät kommt, ihr A... – oh!«

Konrad Meinhart entsprach in keiner Weise der Vorstellung, die ich mir von ihm gemacht hatte. Im Stillen hatte ich sogar gehofft, er könnte der große Unbekannte sein. Er war jedoch im Gegenteil klein und drahtig, steckte in einem teuren, möglicherweise sogar maßgeschneiderten auberginefarbenen Anzug und italienischen Schuhen. Das sandblonde und schon ein wenig schüttere Haar trug er schulterlang. Vielleicht ein Überbleibsel aus seiner Zeit als kaufmännischer und künstlerischer Leiter eines florierenden Filmstudios.

»Verzeihen Sie tausendmal«, sagte er mit schmalem Lächeln unter einem nicht weniger schmalen Oberlippenbärtchen und einer angedeuteten Verbeugung. »Sie ahnen schon, ich hatte jemand anderes erwartet. Mit wem habe ich das Vergnügen?«

Vom nahen City-Airport startete eine kleine Düsenmaschine, die einen solchen Lärm verursachte, dass ein Gespräch vorübergehend unmöglich war. Rasch an Höhe gewinnend, flog sie eine Schleife nach Norden, und es wurde wieder ruhiger. Meinhart nahm mir den Dienstausweis aus der Hand, wirkte nicht im Geringsten beunruhigt, als er das Polizeilogo sah, gab ihn mir zurück.

»Wie darf ich Sie ansprechen, Herr Gerlach?«, fragte er höflich. »Als Kriminaloberrat?«

»Der Name reicht«, erwiderte ich. »Der Herr neben mir ist Oberkommissar Balke. Wir sind hier wegen Tanja Gerstner.«

»Tanja wie? Ist mir nicht bekannt, leider. Ich wünschte sehr, ich könnte Ihnen helfen.«

»Möglich, dass Sie sie als Cristina Balsenberg kennen.«

Ein Strahlen huschte über das für einen Mann seiner Branche etwas zu weiche Gesicht.

»Die Cristina, aber natürlich! Sie hat in der Tat einige Zeit für mich gearbeitet. Bis vor drei Jahren, später nicht mehr.« Er machte eine etwas tiefere Verbeugung, zog die Tür bis zum Anschlag auf. »Aber bitte, treten Sie doch ein in mein bescheidenes Reich. Was darf ich Ihnen anbieten? Alkoholisches verbietet sich in Ihrem Fall selbstverständlich. Wie wäre es mit einem Kaffeechen? Wir hätten auch Fruchtsäfte und so weiter. Ihr Begehr ist mir Befehl.«

Während er weiter auf uns einredete, lotste Meinhart uns in ein kleines, bescheiden eingerichtetes Besprechungszimmer, das gleich links neben der Eingangstür lag, verbeugte sich erneut, forderte uns stürmisch auf, doch bitte sehr Platz zu nehmen. Ich bat um ein Wasser, Balke – vermutlich, um den geschwätzigen Gastgeber zu ärgern – um eine Cola mit Eis und Zitrone. Dieser zuckte mit keiner Wimper, sondern rief »Sofia?« und gab unsere Bestellungen weiter. Für sich selbst orderte er einen Milchkaffee. »Mit Hafermilch, weißt du ja, mein Schatz.«

Dann schloss er die Tür, setzte sich mit geradem Rücken uns gegenüber an den Tisch und faltete die Hände. Er duftete intensiv nach einem vermutlich sündteuren Aftershave.

»Was möchten Sie wissen über Cristina? Wie darf ich helfen?«

Ich eröffnete ihm, dass seine frühere Mitarbeiterin seit einigen Wochen spurlos verschwunden war und wir einerseits um sie besorgt waren, andererseits Gründe hatten, sie dringend sprechen zu wollen.

»Sie hat sich doch hoffentlich nichts zuschulden kommen lassen?«, fragte er erschrocken. »Cristina war mir gegenüber immer äußerst loyal und zuverlässig. Sie hatte – wie viele Menschen in unserem Gewerbe – hin und wieder ihre Launen und kleinen Eigentümlichkeiten, aber summa summarum kann ich nichts an ihr bemängeln.«

»Darf ich fragen, was sie hier gemacht hat?«, fragte Balke. »Was waren ihre Aufgaben?«

Meinhart senkte den Blick, sah auf seine Hände mit perfekt manikürten Nägeln. »Nun. Sie war selbstredend Schauspielerin, um nicht zu sagen Darstellerin, denn schauspielern brauchte sie bei ihrem Naturell eigentlich nicht.«

»Wir hatten gehofft, Sie könnten uns sagen, wo wir sie finden.«

Bevor Meinhart zu einem neuen Wortschwall ansetzen

konnte, platzte ein klobiger, großflächig tätowierter Mann in ausgebeulter Jeans und knapp sitzendem Muskelshirt herein. Ohne uns einen Blick zu gönnen, sagte er zu seinem Chef: »Candy, könntste ma kurz? Die Janine dreht wieda ma am Rad.«

Meinhart sprang auf, verbeugte sich dieses Mal nur knapp. »Die Pflicht ruft nach mir. In meinem Business ist jede verlorene Minute eine pekuniäre Challenge.«

Die beiden verschwanden, Meinhart vergaß wegen der finanziellen Herausforderung sogar, die Tür zu schließen, und so konnten wir ihn kurz darauf schreien und zetern hören. Eine Frau gab ihm keifend und fast noch lauter Kontra. Soweit ich verstehen konnte, war sie der Ansicht, ihre beiden Partner hätten vor Beginn des Drehs nicht ordentlich geduscht und sie werde sich nicht von jeder ungewaschenen Drecksau sein stinkendes Ding in den Mund stecken lassen. Balke grinste, ich grinste, eine junge, überraschend normal aussehende Frau brachte die Getränke, schenkte uns ein warmes Lächeln, schloss die Tür hinter sich, sodass wir dem weiteren Verlauf der Auseinandersetzungen nicht folgen konnten.

»Anscheinend hat er die Filmerei doch nicht an den Nagel gehängt«, meinte Balke.

Es dauerte fast zehn Minuten, bis Meinhart zurückkehrte, leicht derangiert und mit Schweiß auf der Stirn. Vermutlich war das Studio überheizt, was angesichts der dort ablaufenden Handlungen begreiflich war.

»Künstler!« Er seufzte schwer. »Vor allem Künstler*innen*, ich kann Ihnen sagen …« Mit einem gebügelten Taschentuch wischte er sich die Stirn ab, faltete es sorgfältig wieder zusammen und steckte es ein. »Da war Cristina anders, Gott ist mein Zeuge. Sie war ein wahrer Profi – intelligent, talentiert in vielerlei Hinsicht. Zu schade, dass sie nicht mehr zur Verfügung steht.«

»Hat sie hier im beruflichen Umfeld Freunde gefunden, Freundinnen, bei denen sie untergekommen sein könnte?«

»Nun, hier im cineastischen Milieu gewisslich nicht. Die Darstellerinnen und Darsteller gehen sich außerhalb des Studios eher aus dem Weg, ist mein Eindruck. Vielleicht aufgrund einer gewissen ... hm ... Scham. Als Cristina – Sie verzeihen, wenn ich sie weiterhin so nenne – noch im Cherrymoon gearbeitet hat, da gab es eine gewisse Annalinda. Mit der hat sie sich recht gut verstanden, meine ich mich zu entsinnen.«

Ich notierte mir den Namen.

»Und nun möchten Sie verständlicherweise erfahren, wie Annalinda mit Nachnamen heißt und wo sie sesshaft ist.«

»Wäre super«, brummte Balke augenrollend.

»Ich bin mir nicht einmal sicher, ob die Dame tatsächlich Annalinda hieß oder nicht vielleicht doch Annalisa oder schlicht Anneliese. Um dies zu eruieren, müsste ich meine alten Unterlagen visitieren. Diese lagern allerdings im Keller meines Privathauses, Herr Kriminaloberrat Gerlach und Herr Oberkommissar Balke, und meine Anwesenheit und Autorität ist hier im Moment leider ganz unverzeihlich. Wenn der Chef nicht im Haus ist, dann tanzen bekanntlich die Katzen auf den Tischen.«

Als müsste diese Weisheit bestätigt werden, gab es neues Geschrei in der Ferne. Meinharts Kopf lief rot an, fauchend hetzte er davon, vergaß dieses Mal die Verneigung, jedoch nicht, die Tür hinter sich zuzuknallen.

»Visitieren?«, fragte Balke müde grinsend. »Gibt's das Wort überhaupt?«

»Ich will es nicht ausschließen.«

»Wieso redet der Typ so geschraubt? Damit wir nicht merken, wie blöd er ist? Mit Ach und Krach die Hauptschule geschafft, aber reden wie ein Professor.«

»Dumm ist er nicht. Sonst hätte er es nicht so weit gebracht.«

»Dieser Typ, der vorhin reingekommen ist«, sagte Balke nach kurzem Schweigen. »Wissen Sie, an wen mich der erinnert hat?«

»Wenn ich ihn mir mit Mantel und Hut vorstelle …«

Meinhart polterte wieder herein, jetzt mit einem gequält wirkenden Lächeln im Gesicht, plumpste schwer atmend auf seinen Stuhl.

»Wo waren wir stehen geblieben?«

»Annalinda.«

»Ganz recht. Sie arbeitet seit geraumer Zeit nicht mehr für mich. Ich suche Ihnen sehr gerne die Kontaktdaten heraus, sowie ich wieder zu Hause bin.«

Was leider erst am späten Nachmittag der Fall sein würde, ganz sicher aber heute noch, schwor er mit Pathos und feierlich erhobener Hand.

»Ihr Angestellter, der Sie vorhin geholt hat …«

»Uwe? Was ist mit ihm?«

»Könnten wir ihn kurz sprechen?«

»Selbstredend, bitte gerne. Bleiben Sie sitzen, ich lasse ihn holen. Wenn Sie auf die Anwesenheit meiner Wenigkeit bei diesem Gespräch möglicherweise verzichten könnten?«

Es dauerte einige Minuten, bis Uwe Gallus uns gegenübersaß, jetzt anständig bekleidet mit Hemd und einem hellbraunen Cordjackett, das an den Schultern bedenklich spannte. Wie der Mann, den wir suchten, war er groß und muskelbepackt. Außerdem war er durch unsere Anwesenheit so verunsichert, dass er nicht wagte, mir länger als eine halbe Sekunde ins Gesicht zu sehen. Sein runder Kopf war vollkommen kahl. Die farbigen Tattoos im Genick und an den Armen verdeckte das Jackett. Sein Alter schätzte ich auf Anfang vierzig, die Intelligenz auf unter achtzig.

»Sie erinnern mich an jemanden«, eröffnete ich das Gespräch freundlich lächelnd. »Danke übrigens, dass Sie Zeit für uns haben.«

Gallus schnaufte. »Gemacht hab ich nix«, grummelte er mit gesenktem Blick. »Seit fünf Jahren hab ich nix mehr gemacht, was die Bullerei interessiert. Meine Bewährung ist rum, und ich bin sauber, Mann! Ich mach hier meinen Job, und in meiner Freizeit box ich 'n bisschen oder schraub an meinen Autos rum. Alles voll legal, Mann! Ihr seid an der falschen Adresse, sorry.«

Dreimal hatte er schon im Gefängnis gesessen. Einmal mit siebzehn, ein halbes Jahr wegen schwerer Körperverletzung. Während der Haftzeit hatte er ein Anti-Aggressionstraining absolviert, das jedoch nicht allzu viel fruchtete, denn schon ein Jahr nach seiner Entlassung hatte er erneut vor dem Richter gestanden. Dieses Mal hatte der Staatsanwalt auf versuchten Totschlag in einem besonders schweren Fall plädiert, da Gallus als trainierter Boxer ständig zwei lebensgefährliche Waffen mit sich herumtrug – seine Fäuste. Er war zu zweieinhalb Jahren verknackt worden, jedoch nach zwei Dritteln der Zeit auf Bewährung freigekommen.

»Beim dritten Mal hab ich überhaupt gar nix dafür gekonnt. Zwei Arschlöcher, die wo ich gedacht hab, sie sind meine Freunde, haben mich in die Scheiße geritten, und weil ich vorbestraft war und die Arschlöcher nicht, haben sie mir nix geglaubt, bloß den anderen, und ich bin wieder eingefahren. Aber seither, Leute, ich bin so brav wie ein ... wie ein Mönch quasi.«

Der Schweiß lief ihm in kleinen Bächen übers breite, heute nur nachlässig rasierte Gesicht.

»Ich glaube Ihnen«, sagte ich milde. »Sie sehen nur zufällig jemandem ähnlich, den wir suchen.«

»Und? Kann ich was dafür?« Für einen Moment klang er gereizt, wollte schon aufbrausen, mäßigte seinen Ton jedoch gleich wieder. »Ich mein, was kann ich denn da machen, wenn mir einer ähnlich sieht?«

»Was ziehen Sie denn für gewöhnlich an, wenn Sie rausgehen?«

»Parka«, murmelte er mit Leidensmiene. »Oder Lederjacke. Je nachdem.«

»Tragen Sie manchmal einen Hut?«

Wieder ging sein Temperament mit ihm durch. »Seh ich aus wie mein Opa, oder was? Höchstens mal 'ne Basecap gegen die Sonne.«

»Wäre es okay für Sie, wenn wir Ihre Kolleginnen und Kollegen fragen, ob das stimmt?«

Er knurrte etwas, das ich als Zustimmung interpretierte.

Ich nickte Balke zu. Er erhob sich und verließ den Raum.

»Dürfte ich ein Foto von Ihnen machen?«

»Was passiert, wenn ich nicht will?«

»Gar nichts. Es ist nur so, ich habe eine Zeugin, die den Mann gesehen hat. Und je schneller sie bestätigt, dass Sie nicht der Gesuchte sind, desto eher haben Sie wieder Ihren Frieden.«

Stöhnend stemmte er seine mindestens hundert Kilo Knochen- und Muskelmasse hoch, stellte sich breitbeinig in Positur. Ich knipste drei Aufnahmen aus verschiedenen Perspektiven, bedankte mich ein wenig übertrieben herzlich und reichte ihm die Hand zum Abschied. Die er aber nur widerwillig ergriff.

In der Tür rannte er um ein Haar Balke um, so eilig hatte er es, aus meiner Reichweite zu kommen.

22

»Und?«, frage Balke, als wir wieder im Auto saßen. »Ist er's?«

»Eher nicht«, erwiderte ich.

Er schien derselben Meinung zu sein.

»Die Frau am Empfang sagt, dass sie ihn noch nie in Mantel und Hut gesehen hat. Sie wird mich anrufen, wenn er sich auf einmal komisch benimmt oder anfängt, wie wild rumzutelefonieren.«

Dies schien nicht der Fall zu sein, denn die Empfangsdame rief nicht an. Beziehungsweise erst am Abend, jedoch aus einem ganz anderen Grund, wie Balke mir dann am nächsten Morgen erzählte. Offenkundig hatte er seinen Charme wieder einmal zu sehr spielen lassen.

Dennoch schickte ich die Fotos, die ich gemacht hatte, an Sarah mit der Bitte, sie Marie zu zeigen.

»Wie geht das denn jetzt weiter mit dem Mädchen?«, fragte Balke, während er sich in den lebhaften Verkehr auf der Autobahn einfädelte. »Sie werden sie ja wohl nicht adoptieren wollen.«

Ich musste lachen. »Erstens würde mir das Jugendamt was husten, in meinem Alter und ohne Frau. Und zweitens habe ich wirklich keine Lust mehr auf kleine Kinder. Obwohl ...«

Obwohl ich es durchaus genoss, wenn Marie wie früher meine Töchter neben mir auf dem Sofa saß und sich vertrauensvoll an mich schmiegte, wurde mir plötzlich bewusst.

»Bevor die Schule wieder losgeht, muss ich jedenfalls eine andere Lösung finden«, sagte ich.

»Vielleicht finden wir ja nun bald ihre Mutter«, meinte Balke hoffnungsvoll. »Nachdem dieser Spinner seine Unterlagen *visitiert* hat.«

Für einige Minuten fuhren wir schweigend.

»Andererseits, was soll sie mit dem Mädchen?«, fragte Balke dann. »Sie wollte jahrelang nichts von ihr wissen. Die zwei kennen sich ja überhaupt nicht.«

Mein Handy.

Sarah.

»Sie ist weg!«, schrie sie. »Marie ist weg!«

Louise und Mick hatten mit unserem kleinen Gast zusammen einen Spaziergang in die Stadt gemacht, um dort einen Teil des von Oma überwiesenen Weihnachtsgelds auszugeben. Sie waren in Fahrradshops gewesen, in Geschäften, die sich auf Outdoorbedarf spezialisiert hatten, in Schuhläden. Irgendwann hatten die beiden wegen irgendeiner Bagatelle zu streiten begonnen und vorübergehend nicht auf Marie geachtet, und als Louise und Mick sich wieder beruhigten, war sie nicht mehr da gewesen. Eine Angestellte meinte, Marie habe den Laden ohne Eile verlassen. Wohin sie anschließend gegangen war, konnte sie nicht sagen. Louise hatte umgehend Sarah alarmiert und gebeten, mir Bescheid zu geben, während sie und Mick schon dabei waren, die endlos lange Heidelberger Einkaufsstraße abzulaufen, in die Seitengassen zu blicken, nach Spielwarengeschäften mit verlockenden Schaufenstern Ausschau zu halten.

Sarah stieg gerade auf ihre Vespa, nannte mir eilig den Namen des Schuhgeschäfts, wo Marie zuletzt gesehen wurde. Ich setzte das Blaulicht aufs Dach, Balke schaltete das Martinshorn ein und trat aufs Gas.

Louise und Mick waren bereits wieder an der Stelle zurück, wo sie Marie verloren hatten. Louise war aschfahl, ihre Hände zitterten, und natürlich marterte sie sich mit Selbstvorwürfen, die Mick ihr halbherzig auszureden versuchte.

»Irgendwas Neues?«, lautete meine erste, atemlose Frage.

Die Antwort war nur ein verzweifelter Blick.

»Wo steckt Sarah?«

Sie war gerade dabei, die umliegenden Geschäfte abzuklappern, auf der Suche nach Augenzeugen oder Überwachungskameras, die zumindest Teile der heute ungewöhnlich belebten Flaniermeile im Blick hatten.

»Bisher hat sie nichts gefunden«, sagte Mick kleinlaut. »Im Moment ist sie drüben in dem Optikerladen, und ... Ah, da kommt sie.«

Sarahs Miene war anzusehen, dass sie fündig geworden war.

»Sie ist eindeutig entführt worden, Paps«, sagte sie lauter als nötig, als sie bei uns stand. »Eine Frau hat sie angequatscht und dann ist sie einfach mit ihr mitgegangen.«

»Ohne sich zu wehren?«

»Erst hat sie sich gesperrt, dann aber nicht mehr.«

Kurz darauf betraten Sarah und ich einen staubig riechenden, winzigen Raum neben der Toilette, in dem die Überwachungstechnik untergebracht war. Die Kamera hing an der Decke über dem Eingangsbereich des Brillengeschäfts und fing durch die Glastür den Bereich bis etwa bis zur Mitte der Straße ein. Eine Frau, die nur unwesentlich älter als Sarah war, begleitete uns, um an den kompliziert aussehenden Geräten die richtigen Knöpfe zu drücken.

Die Szene dauerte nicht einmal dreißig Sekunden. Marie bummelte ins Sichtfeld der Kamera, trat nah ans Schaufenster heran, um die dort ausgestellten bunten Brillengestelle zu betrachten. Eine Frau kam von der Seite ins Bild und sprach sie an. Da sie der Kamera halb den Rücken zuwandte und einen weit fallenden hellen Trenchcoat, ein Kopftuch und trotz des inzwischen wieder trüben Himmels eine große Sonnenbrille trug, war weder von ihrem Körper noch vom Gesicht viel zu sehen. Marie blickte verwundert zu ihr auf, schüttelte den Kopf. Die Entführerin packte sie am Oberarm, das Mädchen zuckte zurück, öffnete den Mund, schien etwas zu sagen, den unvermeidlichen Monstertruck fest an die Brust gepresst. Die Frau wirkte angespannt, nervös, vielleicht auch wütend. Als sie mit Worten nicht erreichte, was sie wollte, zog sie Marie einfach mit sich, und diese folgte ihr notgedrungen, wenn auch widerstrebend. Augenblicke später verschwanden die beiden aus dem Bild.

»Von Größe und Statur her könnte sie Maries Mutter sein«, sagte ich.

Sie hatte auf Gott weiß welchem Weg herausgefunden, wo ihre Tochter zu finden war, und den dreien nur in die Stadt folgen und abwarten müssen, bis Marie unbeaufsichtigt war.

»Sie glauben, sie ist von ihrer eigenen Mutter entführt worden?«, fragte die Angestellte verwirrt. »Wo gibt's denn so was?«

»Das ist eine lange Geschichte«, seufzte ich.

Als wir wieder ins Freie traten, hielt ich einen USB-Stick in der Hand, auf dem das kurze Video gespeichert war. Laila Khatari und zwei Kollegen vom Kriminaldauerdienst waren inzwischen ebenfalls eingetroffen. Ich bat sie zu versuchen, der Spur der Unbekannten zu folgen.

»In jedem zweiten Laden hier hängen Kameras. Vergessen Sie nicht die in den Parkhäusern.«

Um nichts zu versäumen, hatte ich noch während der rasenden Fahrt hierher wieder einmal Fotos und Maries Beschreibung an alle Reviere verteilen lassen. Jeder Polizist in Heidelberg und Umgebung hatte inzwischen ein Bild von ihr auf dem Handy. Aber Marie und ihre Entführerin blieben verschwunden. Wir vermuteten, dass sie irgendwo am Rand der Altstadt in ein Auto gestiegen waren, und hofften auf eine Videoaufzeichnung, die uns das Kennzeichen verriet.

»Sie bleiben bitte hier und koordinieren die Suche«, sagte ich zu Balke. »Ich besorge Ihnen noch ein paar Leute zur Verstärkung. Ich fahre in die Direktion und schicke das Video an Frau Cervenka und Meinhart.«

»Wenn wir besseres Material finden, könnten wir versuchen, ein Fahndungsfoto daraus zu machen«, schlug Balke vor. »So was sollten unsere Techniker eigentlich draufhaben.«

»Schicken Sie mir alles, was Sie finden.«

»Paps?«, fragte Sarah mit großen, treuen Augen. »Darf ich mit?«

»Okay«, entschied ich, ohne nachzudenken. »Du kriegst den Schreibtisch von Sönnchen und wertest die Videos aus, die reinkommen. Aber erzähl es nicht rum, sonst lande ich in der Hölle.«

Falls die Frau nicht Maries Mutter sein sollte, welchen Grund könnte eine Fremde haben, sie zu entführen? Erpressung konnte wohl ausgeschlossen werden. Niemand in Maries Umfeld war reich. Eine Geisteskranke? Eine kinderlose Frau, die sich endlich ihren Lebenstraum erfüllen wollte?

Konrad Meinhart antwortete schon wenige Sekunden, nachdem ich ihm das Video geschickt hatte.

»Sie ist es. Das ist Cristina, wie sie leibt und lebt.«

Fünf Minuten später rief Brigitte Cervenka alias Claire an.

»Auf keinen Fall«, war sie überzeugt. »Von der Größe her könnte es passen. Aber wie sie sich bewegt, das ist nie und nimmer Tanja. Sie hat zwar nicht Ballett gelernt, aber sie hat jahrelang getanzt und kann sich bewegen. Außerdem, die Frau auf dem Video packt das Kind, als wollte sie es stehlen. So verhält sich doch keine Mutter, ich bitte Sie!«

»Bad News, Chef«, sagte Laila abgekämpft, als sie gegen halb fünf wiederauftauchte.

Sie und ihre Kolleginnen und Kollegen hatten sich von einer Überwachungskamera zur nächsten vorangekämpft, tausend potenzielle Augenzeugen belästigt, zig Videos studiert, aber nur auf einem Bruchteil davon war die Entführerin zu sehen gewesen, die Marie ständig am Oberarm festhielt. Warum hatte das Kind kein Geschrei gemacht? Sich losgerissen, sein Heil in der Flucht gesucht? Die Kleine war doch sonst so groß im Weglaufen, weshalb ausgerechnet heute nicht? Hatte die Fremde ihr Versprechungen gemacht? Ihr gedroht? Oder war sie für Marie gar keine Fremde gewesen?

Immerhin wussten wir nun, dass die Frau mit Marie im Schlepptau die Hauptstraße entlang bis zum Bismarckplatz gegangen war. Dort waren sie links abgebogen in Richtung Friedrich-Ebert-Anlage.

»Auf einem Video von der Apotheke sind sie noch mal kurz zu sehen, aber dann ist Ende Gelände. Vielleicht hat sie in der Nähe ihr Auto stehen gehabt oder sich ein Taxi genommen. Die Taxizentrale ist informiert. Die Kollegen suchen noch weiter, aber ich kann jetzt nicht mehr, sorry, Chef.«

Die sonst so energiegeladene junge Kollegin sah wirklich aus, als bräuchte sie dringend einige Stunden Pause.

»Vielleicht sind sie in ein Haus gegangen?«, überlegte Sarah. »Vielleicht wohnt sie da irgendwo?«

Laila seufzte und nickte. »Haben wir auch überlegt. Die anderen klingeln im Moment an jeder Tür in der Gegend. In einem Parkhaus sind sie jedenfalls nicht gewesen, das wurde schon gecheckt. Wir haben in allen Geschäften Maries Foto rumgezeigt, Passanten auf der Straße, sogar den Pennern, die am Bismarckplatz immer abhängen – kein Mensch erinnert sich an sie.«

Ich schickte Laila nach Hause.

»Schlafen Sie eine Runde. Das ist eine dienstliche Anweisung. Wenn Sie wieder fit sind, kommen Sie wieder her, okay?«

Inzwischen waren noch weitere Videoschnipsel eingetrudelt, und auch Laila hatte einiges mitgebracht. Auf keinem davon war jedoch das Gesicht oder auch nur die Haarfarbe der Entführerin zu erkennen.

»Ich könnte Ausdrucke von den besten Stellen machen«, bot Sarah an. »Ein bisschen kenne ich mich mit Videobearbeitung aus.«

Ich bezweifelte, dass Sönnchen die dazu notwendige Software auf ihrem PC hatte.

»Kein Problem«, behauptete Sarah siegessicher. »Gibt's umsonst im Internet.«

Ich wandte ein, sie dürfe nicht einfach irgendwelche Programme aus dem Internet herunterladen. Das war bei Dienst-PCs sogar ausdrücklich verboten.

»Es geht um Marie«, sagte Sarah, und damit war die Diskussion beendet.

Sie setzte sich wieder an Sönnchens Arbeitsplatz und ließ die Maus tanzen, während ich hinter meinen Schreibtisch sank und einige Papiere zur Seite schob, um Platz zu schaffen, was dazu führte, dass mein Lieblingskuli hinunterfiel. Ich versuchte, ihn aufzufangen, stieß dabei mit dem linken Knie gegen eine Kante des Schreibtischs, worauf ein heftiger Schmerz mich durchzuckte und ich plötzlich wusste, wo ich den Mann mit Hut schon einmal gesehen hatte. Damals allerdings ohne Kopfbedeckung.

Wir waren auf der Treppe zum Eingang von Bauers Verwaltungsgebäude gewesen, ich kam ins Stolpern, Balke hielt mich geistesgegenwärtig fest. Dennoch hatte ich mir wehgetan, der Schreck, eine kurze Ablenkung, aber war da nicht …?

Natürlich! Hastig kramte ich das Phantombild hervor. Kein Zweifel, der unfreundliche Kerl mit Werkzeugkasten und grauem Kittel, der es nicht für nötig befunden hatte, uns die Tür aufzuhalten, war der Gesuchte.

In Rekordzeit waren Balke und ich wieder in Wieblingen. Heute durften wir sogar auf dem Firmengelände parken. Die Frau, die diesmal die Schranke beaufsichtigte, war auf unser Kommen vorbereitet und erklärte uns, wo die Besucherparkplätze waren, nämlich links neben der gefährlichen Treppe. Inzwischen war es Abend geworden, der Parkplatz hell erleuchtet, und im Verwaltungsgebäude brannte hie und da noch Licht, während die Werkstätten und Lagerhallen dunkel im Hintergrund lagen. Ein scharfer, kalter Wind ging.

Dr. Bauers Sekretärin, mit der ich während der Fahrt telefoniert hatte, erwartete uns in der Eingangshalle, führte uns zu meiner Überraschung nicht zu den Aufzügen, sondern im Erdgeschoss einen langen Flur entlang.

»Bei uns ist die Chefetage nicht ganz oben, sondern ganz unten«, erklärte sie mit Stolz. »Clemens möchte so nah wie möglich am Ort des Geschehens sein. Seine Angestellten sollen keine Angst haben, wenn sie an seine Tür klopfen, die ohnehin meistens offen steht. So kann er auch mal rasch in die Fertigung hinüberlaufen, wenn etwas abzuklären ist. Der persönliche Kontakt zu seinen Mitarbeitern ist Clemens äußerst wichtig.«

»Wie schafft Ihr Chef es, gleichzeitig Bundestagsabgeordneter zu sein und ein solches Unternehmen zu leiten?«, fragte Balke misstrauisch.

»Das dürfen Sie mich nicht fragen«, erwiderte sie lächelnd. »Wenn ich morgens komme, sitzt er meist schon am Schreibtisch, und wenn ich abends gehe, immer noch. Clemens braucht nicht viel Schlaf, behauptet er immer. In den Zeiten, wenn er in Berlin sein muss, läuft fast alles per Videokonferenz. Das funktioniert viel besser, als wir anfangs dachten.«

Das Chefbüro lag ganz hinten links. Es hatte Fenster in zwei Richtungen, und Bauer konnte fast sein komplettes Reich überblicken, ohne sich von seinem Schreibtischsessel zu erheben.

Als wir sein überraschend sparsam und sachlich eingerichtetes Büro betraten, sprang er auf, kam uns mit ausgestreckten Händen und strahlender Miene entgegen. Dr. Clemens Bauer war einer der Menschen, deren Stimme nicht zu ihrem Äußeren passte. Ich hatte ihn mir größer vorgestellt, sportlicher, kantiger. In Wirklichkeit war er klein und pummelig und strahlte eher die Aura eines lebensfrohen Landpfarrers aus als die eines erfolgreichen Unternehmers. Er schüttelte erst meine Hand stürmisch, dann die von Balke.

»Nehmen Sie doch bitte Platz. Mögen Sie Kaffee? Tee? Vielleicht lieber einen Saft?«

Wir setzten uns über Eck an seinen großen, rechteckigen Besprechungstisch aus mahagonifarbenem Holz. Der umtriebige Unternehmer trug eine abgewetzte Jeans und ein schon etwas aus der Form gegangenes hellblaues Poloshirt. Repräsentatives Getue schien nicht seine Sache zu sein. Seine Brille hatte dicke Gläser und einen schwarzen Kastenrahmen.

»Meinen naturtrüben Apfelsaft kann ich sehr empfehlen«, verkündete er schmunzelnd. »Meine Frau und ich haben eine Obstwiese adoptiert, wenn man so sagen kann, ganz in der Nähe unseres Hauses. Früher ließ der Besitzer die Äpfel einfach am Boden verfaulen. Jetzt bezahle ich ihm ein Taschengeld und darf sie ernten. Den Saft macht mir eine kleine Kelterei am Ort.«

Im ersten Moment war ich ein wenig irritiert gewesen, weil Bauer mir bekannt vorkam. Aber dann fiel mir ein, dass ich erst unlängst sein Foto in der Zeitung hatte bewundern dürfen, auf dem er allerdings wesentlich größer und eindrucksvoller gewirkt hatte als in der Realität.

Balke wählte den Saft, ich ein stilles Wasser.

»Was kann ich für Sie tun?«, fragte Bauer aufgeräumt, nachdem er die Bestellungen an seine Assistentin weitergegeben hatte. »Geht es immer noch um diese traurige Sache mit Helge?«

»Auch.« Ich zog das zusammengefaltete Phantombild aus der Brusttasche meines Jacketts, faltete es auseinander, strich es glatt, legte es Bauer vor.

»Kennen Sie den Herrn?«

Er kannte ihn nicht oder war ein exzellenter Schauspieler. Kein Zucken im Gesicht, kein Zwinkern, kein Zögern, nur die betroffene Ratlosigkeit eines Menschen, der gerne helfen möchte, aber leider nicht kann. Er nahm das Blatt sogar in die Hand, schob die Brille hoch, um besser sehen zu können, schüttelte ein zweites Mal den im Verhältnis zum gedrungenen Körper zu großen Kopf.

»Tut mir leid«, sagte er mit ehrlich klingendem Bedauern. »Wer soll das sein? Hat er etwas mit Helges Tod zu tun?«

»Wir vermuten es.«

»Diese Sache macht mir sehr zu schaffen. Auch wenn wir unter ... hm ... unschönen Begleitumständen auseinandergegangen sind, den Tod wünscht man niemandem.« Er seufzte. »Schon gar nicht so einen.«

»Kommen wir bitte noch mal zu den unschönen Umständen seines Ausscheidens.«

Dr. Bauer lehnte sich zurück, sah mir gerade ins Gesicht. »Was es dazu zu sagen gibt, habe ich Ihnen bereits am Telefon gesagt, Herr Gerlach. Dem ist nichts hinzuzufügen.«

»Gerstner hatte hier einen Kollegen und möglicherweise Freund, Ferdinand Wittek.«

»Ferdi, richtig. Wir sprachen auch über ihn.«

»Herr Wittek behauptet nun, es sei nicht wahr, dass Sie Gerstner aus demselben Grund entlassen haben wie ihn.«

»Das behauptet er?«, staunte Dr. Bauer ratlos betroffen.

»Bei Gerstner sei es angeblich nicht um gestohlenes Firmeneigentum gegangen.«

Nun wurde er schmallippig. »Sondern?«

Auch wenn er ein talentierter Lügner war, bei seinem Beruf vermutlich sein musste – es war offensichtlich, dass wir uns jetzt auf gefährlichem Gelände bewegten.

»Das würde ich gerne von Ihnen hören«, sagte ich mit meinem verbindlichsten Lächeln und lehnte mich ebenfalls zurück.

Er zögerte lange, betrachtete seine für einen Mann ungewöhnlich kleinen Hände.

»Muss ich?«, fragte er dann mit sichtlichem Unbehagen. »Bin ich zur Aussage verpflichtet?«

»Im Augenblick noch nicht. Aber Sie werden verstehen, dass es uns zu denken geben würde, wenn Sie sich nicht äußern wollen.«

»Nun denn.« Er hatte sich wieder in der Gewalt und faltete die Hände auf dem Tisch, wodurch er wieder sehr nach

Landpfarrer aussah. »Zunächst einmal, damit alles seine Richtigkeit hat: Wir haben Helge nicht entlassen, sondern man hat sich einvernehmlich getrennt. Die formale Kündigung hatte einzig den Grund, dass ihm die Agentur für Arbeit keine Sperrzeiten aufbrummen konnte. Und es hat – nun, wie sage ich es am besten? Eigentlich gab es keinen konkreten Anlass für die Trennung. Es war nur so, dass Helge hier im Haus leitender Mitarbeiter mit entsprechender Verantwortung war. Solchen Menschen muss man als Chef bedingungslos vertrauen können. Sie kennen das sicherlich auch als leitender Beamter. Vertrauen ist für mich ein hohes Gut. Ein kostbares Gut.«

»Und Ihr Vertrauen zu Gerstner war erschüttert.«

Dr. Bauer blickte auf seine gefalteten Hände. »Es waren Kleinigkeiten, Eigenmächtigkeiten, Fehler, die sich häuften und das Unternehmen teilweise teuer zu stehen kamen. Ich habe Helge zum Gespräch gebeten, später sogar offiziell abgemahnt, er hat Besserung gelobt, aber nichts hat sich gebessert. Irgendwann musste ich einfach einen Schlussstrich ziehen. Abgesehen davon, glaube ich bis heute, dass er wusste oder zumindest ahnte, was sein Freund Ferdi hier getrieben hat. Er hat es zwar vehement geleugnet, aber … nun … Das Vertrauen war eben nicht mehr da. Dass Helge und Ferdi zum selben Termin gekündigt wurde, war aber reiner Zufall. Bei Helge hatte es sich lange angebahnt, bei Ferdi handelte es sich um eine fristlose Entlassung. Da bestand keinerlei Zusammenhang.«

Während er sprach, hatte mein Handy, das ich vor mich auf den Tisch gelegt hatte, mit einem »Pling« eine neue Nachricht gemeldet, jetzt kam ein zweiter Ton. Ich nahm es in die Hand, um nachzusehen, was es Neues gab, hoffte natürlich auf eine positive Entwicklung in Sachen Marie.

Balke fragte an meiner Stelle: »Können Sie uns Beispiele nennen für Gerstners Fehlverhalten?«

Die erste Nachricht stammte von Meinhart, dem Produzenten sündiger Filmchen. Tanjas frühere Kollegin und möglicherweise Heute-noch-Freundin hieß Annette Marquard und hatte zuletzt in Heidelberg gewohnt. Die Adresse, Quinckestraße, war nicht weit von Theresas Haus entfernt.

Die zweite Nachricht kam von Sarah: »Hab ihn gesehen! Grad hat er das Gelände verlassen. Mit Hut. Im Auto. Seeehr eilig.«

Wie kam die denn hierher? Hatte sie etwa ...? Na, die würde was erleben!

Aus welchem Grund verließ der Mann, den es hier angeblich nicht gab, ausgerechnet jetzt so eilig das Gelände? Wusste er, dass wir seinetwegen hier waren? Wenn ja, woher?

»Herr Gerlach?«, sagte Bauer besorgt. »Ich hoffe, keine schlechten Nachrichten?«

Ich lächelte so harmlos, wie es mir im Moment möglich war, sagte: »Schlechte nicht, aber wichtige«, während ich gleichzeitig mein Gerät zu Balke hinüberreichte, damit er Sarahs Meldung ebenfalls lesen konnte. Er gab es mir mit unbewegter Miene zurück.

Kurz überlegte ich, ihn hinauszuschicken, damit er verhinderte, dass Sarah etwas Unüberlegtes tat und sich in Gefahr brachte. Aber ich entschied mich anders.

»Entschuldigen Sie«, sagte ich, »aber ich muss das hier kurz beantworten.«

Hastig tippte ich eine Antwort an meine ungehorsame Tochter: »NICHT verfolgen, klar?«

Dann sah ich wieder auf.

»So, jetzt bin ich wieder bei Ihnen.«

Bauer wandte sich an Balke, um dessen Frage zu beantworten. »Zum Beispiel hat er Komponenten und auch ganze Anlagen zu billig angeboten. Angeblich, um neue Kunden zu gewinnen. Als Gruppenleiter war er befugt, kleinere Projekte selbst zu kalkulieren ...«

»Sie denken, es ging in Wirklichkeit um etwas anderes?«, fragte Balke.

»So etwas tut man schon mal. Vor allem, wenn es sich

um große Kunden handelt und Folgeaufträge zu erwarten sind.«

»Er hat sich von den Abnehmern schmieren lassen?«

Hoffentlich, hoffentlich las Sarah meine Ermahnung und hielt sich auch daran.

»Das haben Sie gesagt, Herr Balke. Belegen kann ich nichts.« Bauer zog eine saure Grimasse. »Aber wenn es einmal so weit ist, dass man beginnt, solche Überlegungen anzustellen, dann ist das Vertrauen derart zerrüttet, dass eine weitere gedeihliche Zusammenarbeit praktisch unmöglich ist.«

»Gut.« Ich steckte das Handy demonstrativ ein. »Wir nehmen also mit, dass es keinen konkreten Grund für Gerstners Ausscheiden gab.«

»Sie bringen die Sache auf den Punkt.«

Der Blick meines Gegenübers blieb ruhig, offen und ernst. Lügner oder Schauspieler?, fragte ich mich erneut.

»Kommen wir noch mal auf dieses Phantombild zurück«, sagte ich. »Wir haben bei unserem letzten Besuch einen Mann getroffen, der diesem hier sehr ähnlich sah. Er trug einen grauen Kittel und einen Werkzeugkasten.«

»Joachim«, sagte Bauer sofort. »Joachim Berger, unser Hausmeister und Mädchen für alles.«

»Könnten wir ihn kurz sprechen?«

»Aber gerne. Ich hoffe, er ist noch im Haus.«

Er erhob sich mit überraschender Behändigkeit, ging zur Tür, um seiner Sekretärin die nötigen Anweisungen zu geben.

Überraschend schnell stand Joachim Berger vor uns. Auch heute im grauen Kittel, mit schmutzigen Händen und nach altem Schweiß riechend.

»Was gibt's?«, fragte er und sah abwechselnd seinen Chef und mich an.

Er war es nicht. Die Figur und der mürrische Zug um den Mund hätten gepasst, seine Schultern waren breit, aber er war zu klein, maß nicht einmal einen Meter achtzig.

Auch Balke schüttelte den Kopf.

Still und frustriert verabschiedeten wir uns. Dr. Bauer hatte immerhin so viel Anstand, uns nicht merken zu lassen, dass wir uns blamiert hatten.

23

Sarah hatte meine Anweisung befolgt und erwartete uns vor dem inzwischen dunklen Imbiss gegenüber der Firmenein-fahrt.

»Wie kommst du darauf, dass er es war?«, fragte ich immer noch ein wenig aufgebracht wegen ihrer Eigenmäch-tigkeit.

Sie zückte ein großes Foto, trat in das Licht einer Straßen-laterne und zeigte es mir. Ich kannte die Aufnahme, es war die, die kurz vor Weihnachten in der Zeitung gewesen war, anlässlich Bauers Ehrung wegen vorbildlichen Unterneh-mertums.

»Der hier.« Sarah deutete auf einen bulligen Mann in schwarzer Uniform, der ganz am Rand stand. Nicht auf der Treppe wie die offiziellen Gäste der Feier zu Bauers Belobi-gung, sondern eher wie einer, der aufpasst und für die Sicherheit zuständig ist. Ich nahm Sarah das Blatt aus der Hand, schob die Brille hoch, sah genau hin. Sie hatte recht. Das breite Kinn, die Nase, die Tränensäcke.

»Wo hast du das her?«

Ich selbst hatte ihr den Auftrag gegeben, im Internet nach Informationen und Bildern zu Bauers Firma zu suchen.

»Das da hab ich auf der Internetausgabe der RNZ gefun-den«, sagte sie stolz. »Aber die Qualität war nicht beson-ders. Da hab ich einfach dem Journalisten eine Mail ge-schrieben, und er hat mir das Originalfoto geschickt.«

Daraufhin hatte sie es nicht mehr ausgehalten, im Büro auf mich zu warten, sondern hatte sich auf ihre Vespa ge-schwungen.

»Hab gedacht, vielleicht wär's gut, wenn jemand vor der Einfahrt steht und ein bisschen aufpasst.«

Unser Mann hieß Xaver Meidinger, hatte sie bereits herausgefunden, fuhr einen nachtblauen Opel Insignia und wohnte in Edingen, einem Örtchen keine fünf Kilometer von der Stelle entfernt, wo wir standen. Sarah hatte das Kennzeichen des Opels an die Direktion durchgegeben, wo man daraufhin ohne Zögern oder Rückfrage bei mir eine Halterermittlung durchführte. Und selbstredend wollte sie dabei sein, wenn wir den potenziellen Mörder und nachweislichen Einbrecher heimsuchten. Sie schwor heilige Eide, im Wagen sitzen zu bleiben und sich in nichts einzumischen.

»Es geht trotzdem nicht«, sagte ich schweren Herzens. »Du fährst jetzt heim, so leid es mir tut.«

»Toll gemacht, Sarah«, sagte Balke das, was eigentlich ich hätte sagen sollen, und klopfte ihr auf die Schulter. »Da rödeln wir tagelang rum und bringen nichts zustande, und du setzt dich eine halbe Stunde an den PC und löst den Fall.«

»Eine Dreiviertelstunde war's schon«, sagte sie bescheiden und schier platzend vor Stolz. Mit neuer Energie wandte sie sich an mich.

»Und wenn ich euch hinterherfahr und nur aus der Ferne zuguck? Bitte, Paps, bitteee!«

Während der kurzen Fahrt nach Edingen forderte ich zur Verstärkung zwei Streifenwagen an, die zu meiner Überraschung schon vor Ort waren, als wir ankamen. Mit ausgeschalteten Scheinwerfern warteten sie etwa hundert Meter von Meidingers Haus entfernt am Straßenrand. Ich bat die Besatzung des einen Wagens, zwei stämmige Männer, Balke und mich zu begleiten, wies Sarah an, im Fond des noch besetzten Wagens Platz zu nehmen, und befahl den Kollegen, Sarah unter keinen Umständen aussteigen zu lassen. Zur Not sollten sie ihr Handschellen anlegen.

Wie ich befürchtet hatte, war Meidinger nicht nach Hause gefahren, sondern hatte vermutlich gleich das Weite gesucht. Während der Fahrt hatte ich mit Dr. Bauer telefoniert und ihm von der neuesten Entwicklung berichtet. Er war sehr betroffen gewesen, hatte zunächst nicht glauben wollen, dass sein bewährter Angestellter ein Dieb und Mörder sein sollte, mir dann jedoch ohne Protest dessen Handynummer genannt. Wie Meidinger erfahren haben könnte, dass die Kripo im Haus war, konnte auch er sich nicht erklären. Möglicherweise von der Frau an der Pforte, vermutete er.

Das Fachwerkhaus war alt, klein und ein wenig schief, aber – soweit ich im Dämmerlicht sehen konnte – liebevoll gepflegt. Auf dem weitläufigen Grundstück wiegten sich große Bäume im Wind, der in der vergangenen Stunde noch zugenommen zu haben schien. Es roch nach Landwirtschaft und wieder einmal nach Regen. Meidingers Handy war nicht erreichbar, was niemanden wunderte. Ich wertete diesen Umstand als Indiz dafür, dass wir dieses Mal auf der richtigen Fährte waren.

Eine neugierige, stämmig gebaute und vielleicht fünfzig Jahre alte Nachbarin in bunter Kittelschürze näherte sich uns vorsichtig. Auf meine Frage hin behauptete sie, Meidinger seit dem Morgen nicht mehr gesehen zu haben.

»Was zieht er denn für gewöhnlich an, wenn er das Haus verlässt?«, fragte ich.

»Jetzt im Winter meistens einen Mantel und seinen Hut. Er hat fast keine Haare mehr, drum hat er gern was auf dem Kopf.«

»Was für einen Mantel?«

»Einen Ledermantel, einen schwarzen.«

Wir warteten fünf Minuten, wir warteten zehn Minuten, aber Xaver Meidinger zog es vor, nicht aufzutauchen. Längst standen er und sein Wagen auf der Fahndungsliste mit dem Hinweis: »Achtung, Selbstschutz! Verdächtiger ist möglicherweise bewaffnet.« Zwischendurch blickte ich immer wieder auf mein Handy, aber nie gab es Neuigkeiten zu Marie.

Schließlich beschlossen wir, nach Heidelberg zurückzufahren. Ich bat die Kollegen, das Haus die Nacht über ein wenig im Auge zu behalten.

»Glaube zwar nicht, dass er sich hier blicken lässt, aber man weiß ja nie.«

Die Nachbarin versprach, mich anzurufen, sollte Meidinger wider Erwarten doch noch nach Hause kommen.

Bei Annette Marquard war uns das Glück wieder hold. Sie bewohnte eine Dreizimmer-Erdgeschosswohnung in Neuenheim, in einem älteren Wohnblock keine zweihundert Meter von Theresas Haus entfernt, und war ein umgänglicher und kooperativer Mensch.

»Die Cristina? Natürlich kenne ich die. Wieso fragen Sie?«

Wir standen uns an ihrer Wohnungstür gegenüber. Auf der einen Seite Balke und ich, auf der anderen Tanja Gerstners frühere Arbeitskollegin und offenbar Immer-noch-Freundin. Sie war Anfang vierzig, schlank und hochgewachsen und schien keine große Aufmerksamkeit auf ihr Äußeres zu verschwenden, solange sie zu Hause war. Den Oberkörper verhüllte ein zwei Nummern zu großes kariertes Männerhemd, dessen Ärmel sie mehrfach hatte umkrempeln müssen, damit sie nicht zu lang waren. Darunter trug sie eine durchlöcherte Jeans, die ihr zu kurz war. Die knochigen Füße waren nackt. Ein Parfüm war nicht zu riechen. Dafür hing ein schimmliger Kellergeruch im kalten Treppenhaus. Um die Ecken des Hauses heulte der Wind, der sich allmählich zum Sturm zu steigern schien.

»Wann haben Sie sie zum letzten Mal gesehen?«, fragte ich.

»Vor einer halben Stunde ungefähr. Aber jetzt sagen Sie schon, was Sie von ihr wollen. Hat sie etwa was verbrochen?«

»Aber nein. Wir haben nur ein paar Fragen an sie wegen ihrer Tochter.«

»Cristina hat eine Tochter?«, fragte Annette Marquard

mit hochgezogenen Brauen und strich sich eine Strähne ihres langen silbergrauen Haars hinters Ohr. »Hat sie mir nie von erzählt. Ich weiß zwar, dass sie mal verheiratet war, aber dass sie ein Kind hat, ich bin geplättet!«

»Wann wird sie zurück sein?«, fragte Balke.

»Jeden Moment. Sie wollte nur rasch ein paar Sachen fürs Abendessen kaufen. Wir wechseln uns ab mit dem Haushalt. Heute ist sie dran.«

»Sie lebt bei Ihnen?«

»Ist das schlimm? Mein Vermieter weiß Bescheid und hat nichts dagegen. Und mir passt es gut in den Kram, weil wir in der Firma mal wieder Kurzarbeit haben. Da kann ich jeden Euro brauchen, den sie mir bezahlt.«

Balke und ich beschlossen, auf dem Gehweg auf Maries Mutter zu warten. Der Wind zerrte an meinem Mantel, ließ meine Hosenbeine flattern, wirbelte ständig meine Haare durcheinander. Balke hatte es leichter mit seiner knapp sitzenden Lederjacke und der Fremdenlegionärsfrisur. Sarah hatten wir vor Bauers Firma abgesetzt, von wo sie hoffentlich auf ihrer Vespa nach Hause gefahren war.

Wir fingen gerade an, uns nach einer geschützten Nische umzusehen, als die so lange Gesuchte um die Ecke bog. Ich erkannte sie sofort: schmal, zierlich, das jetzt kinnlang geschnittene Haar war zurzeit fuchsienrot und wehte ebenfalls im Wind. Sie trug hohe Schuhe und einen zum Einkaufen entschieden zu eleganten dunklen Hosenanzug.

Ich ging ihr einige Schritte entgegen, zeigte meinen Ausweis. »Frau Gerstner?«

Erschrocken sah sie mir ins Gesicht. »Mein Name ist Balsenberg. Cristina …«

»Ich weiß, wie Sie heißen, Frau Gerstner. Ich nehme Sie fest wegen des Verdachts, Ihren Mann getötet zu haben oder an der Tötung mitgewirkt zu haben.«

Sie schluckte und sah zu Boden wie ein Kind, das Schläge und Gebrüll fürchtete, schluckte wieder. Aber dann folgte sie mir ohne Widerstand. Balke nahm ihr die Einkaufstasche ab und begleitete sie ins Haus, damit sie sich umziehen und einige Sachen für die erste Übernachtung hinter Gittern einpacken konnte. Wenige Minuten später kamen sie wieder heraus, Tanja Gerstner und ich setzten uns in den Fond des Wagens. Sie duftete nach einem leichten Mädchenparfüm.

»Muss ich was sagen?«, fragte sie kleinlaut, während Balke ihre Tasche im Kofferraum verstaute und sich hinters Lenkrad setzte.

»Sie müssen sich nicht selbst belasten und dürfen selbstverständlich einen Anwalt hinzuziehen«, erklärte ich ihr.

»Wieso sagen Sie denn, ich hätte Helge umgebracht?«, flüsterte sie mit fassungslosem Blick. »Ist er tot?«

Balke ließ den Motor an und setzte zurück.

»Die Waffe, mit der er erschossen wurde, gehört Ihnen. Und es waren Ihre Spuren dran.«

»Er ist also wirklich tot?«, fragte sie so kläglich, dass mir schon jetzt Zweifel kamen, sie könnte mit dem Mord an ihrem Ehemann etwas zu tun haben.

»Sie haben nichts davon gewusst?«

Heftiges, ja, panisches Kopfschütteln. »Ehrlich nicht. Ich habe mich nur gewundert, warum er sich überhaupt nicht mehr meldet. Ich dachte, er ist …«

»Er ist?«

»Nichts.« Ihre großen, dunklen Augen schimmerten feucht, die Erschütterung schien echt zu sein.

Balke hatte den Wagen endlich aus der engen Parklücke rangiert. Als ich beim Wegfahren aus dem Fenster blickte, sah ich Annette Marquard mit ratloser Miene hinter der Gardine stehen.

»Wie … Wie geht es Marie?«, fragte Tanja Gerstner nach langem Zögern und vielem Blinzeln.

»Bei Ihnen ist sie also nicht?«

»Bei mir?« Verstört sah sie mir ins Gesicht. »Wie kommen Sie denn darauf? Wieso sollte sie denn bei mir sein?«

Tanja und Helge Gerstner hatten sich vor wenigen Monaten zufällig getroffen, erfuhr ich, als sie mir später in meinem Büro gegenübersaß. Ich hatte ihr zu Beginn erklärt, dass das Gespräch keine Vernehmung sei, sondern lediglich ein erster, informeller Austausch. Balke leistete uns Gesellschaft.

»Auf dem Mannheimer Paradeplatz. Wir haben beide auf eine Straßenbahn gewartet. Im Sommer war das. Ende Juli oder Anfang August. Ich war beim Arzt gewesen und Helge bei einem Chiropraktiker wegen seines Rückens. Und auf einmal steht er vor mir, und ich …«

»Sie waren nicht besonders glücklich über dieses Wiedersehen?«, fragte ich freundlich.

Sie senkte den Blick, kaute auf der blassen, fast bläulichen Unterlippe.

»Zu Tode erschrocken war ich. Ich hatte ein so schrecklich schlechtes Gewissen, ich war so fies zu ihm gewesen, so gemein. Es gab da nämlich einen Mann …«

Tanja Gerstner sprach ein auffallend gepflegtes Hochdeutsch mit einem Hauch von hanseatischem Akzent.

»Pascal Clarin«, sagte ich.

Verdutzt sah sie auf. »Sie wissen davon?«

»Ich weiß eine Menge über Sie. Zum Beispiel, dass Sie einige Monate in Florida waren.«

»Ich habe nicht nur Helge sitzen lassen, sondern auch Marie. Es war … Ich war …«

Wieder dauerte es lange, bis sie die richtigen Worte fand.

»Ich schäme mich so, Herr Gerlach. Ich könnte im Boden versinken, weil ich mein Kind im Stich gelassen habe. Später, als ich wieder in Deutschland war … Ich habe mich einfach nicht getraut, Helge zu treffen, ihm und Marie in die Augen zu sehen. Eine Rabenmutter bin ich. Eine … ach …«

In Florida hatte sie nicht länger bleiben können, nachdem von ihrem Liebhaber kein Geld mehr kam. Anfangs hatte sie versucht, sich mit Jobs über Wasser zu halten, was jedoch nicht funktionierte. Das Apartment mit Meerblick war teuer, die Lebenshaltungskosten waren hoch, dazu die Einsamkeit in der Fremde. So war sie von ihrem letzten Geld nach Deutschland zurückgeflogen, hatte zunächst bei ihrer Freundin Biggie Unterschlupf gefunden und sich einen Ausweis mit einem falschen Namen zugelegt.

»Das war gar nicht so schwierig. Ein ... Freund ... na ja, mehr eine ... Bekanntschaft, hat ihn mir besorgt. Von ihm habe ich auch die Pistole.«

Der Name des hilfsbereiten Herrn war ihr leider entfallen.

»Es hat so viele Männer gegeben in meinem Leben. Viel zu viele Männer.«

In Mannheim hatte sie ein neues Leben begonnen. Ein Neustart mit häufig wechselnden Liebhabern, wilden Partys und immer mehr Geld und Luxus.

Maries jetzt sehr zerknirschte Mutter war mit einem großen Glas Wasser und einem Käsebrötchen versorgt, von dem sie hin und wieder kleine Häppchen abbiss.

»Mir ist aufgefallen, dass Sie auch später, als Sie nichts mehr verdient haben, immer Geld hatten.«

Plötzlich wagte sie wieder nicht mehr, mir in die Augen zu sehen.

»Darf ich fragen, woher dieses Geld stammt?«

»Ich hatte Ersparnisse«, murmelte sie mit gesenktem Blick.

»Aus der Zeit, als Sie noch gut verdient haben?«

Das Thema behagte ihr ganz und gar nicht.

»Auch«, sagte sie schließlich. »Ein lieber Freund von früher hat mich lange unterstützt.«

»Clarin?«

»Nein, der nicht. Dieser Freund ist einer der wenigen anständigen Männer, die ich je getroffen habe. Er ist verheiratet, und ich möchte ihn nicht in Schwierigkeiten bringen. Er hat nichts mit all dem zu tun, was geschehen ist, bitte glauben Sie mir.«

»Das würde ich gerne selbst beurteilen.«

»Und wenn ich es nicht sage?«

»Dann werde ich seinen Namen auf anderen Wegen herausfinden.«

Für Sekunden herrschte unbehagliche Stille.

»Herr Gerlach, bitte glauben Sie mir, ich könnte so etwas nicht«, sagte Tanja Gerstner dann mit verschleiertem Blick. »Ich habe wirklich viele Dummheiten gemacht. Aber einen Menschen töten und ausgerechnet Helge, weshalb sollte ich das denn tun? Außerdem liegt meine Pistole gut verpackt in einer Schublade in Biggis Wohnung.«

»Da liegt sie nicht mehr. Ich habe die schwarze Schachtel gesehen. Sie war leer.«

Mit einem Ruck sah sie wieder auf. »Ja, aber ... dann muss sie jemand gestohlen haben.«

»So sieht es wohl aus.«

»Muss ich deshalb ins Gefängnis? Ich weiß, dass ich sie nicht besitzen dürfte. Eigentlich wollte ich sie schon längst loswerden. Ich wusste nur nicht, wie.«

Ich atmete tief durch, sah ihr in die schreckensweiten, tränennassen Augen. In ihr schmales, blasses Gesicht, das bei hellem Licht doch deutlich von einem wechselvollen Leben gezeichnet war. Diese Frau war am Ende ihrer Kräfte. Der Schreck, als ich plötzlich vor ihr stand, der Schock der Festnahme, die Nachricht vom Tod ihres Mannes und von Maries Entführung. Es war offensichtlich, dass ich heute nicht mehr erfahren würde. Auf mein Nicken hin erhob sich Balke und führte Tanja Gerstner aus dem Büro, um sie im Keller in einer der Zellen einzuschließen.

»Tut mir leid, dass es schon wieder so spät geworden ist«, sagte ich, als ich um kurz nach neun meinen Mantel an Theresas Garderobe hängte und vor dem Spiegel die vom Sturm zerzauste Frisur zurechtzupfte.

»Schon gut«, sagte sie teilnahmslos. »Ist okay.«

»Ich wollte sowieso mal mit dir über das Thema reden. Ich weiß, dass ich in letzter Zeit viel zu selten bei dir war. Dass ich mich zu wenig gekümmert habe. Der aktuelle Fall steht ganz kurz vor dem Abschluss. Was hältst du davon, wenn ich mir anschließend zwei Wochen ...«

»Alex!«, unterbrach sie mich kläglich.

»Was ist?«

Sie wich meinem Blick hartnäckig aus.

»Dir geht's nicht gut, mein Schatz«, sagte ich besorgt. »Fällt mir schon seit Tagen auf, dass dich irgendwas quält. Du bist doch hoffentlich nicht krank?«

»Setz dich erst mal und iss«, sagte sie mit matter Stimme. »Ich habe schon.«

Das ließ ich mir nicht zweimal sagen. Zum Mittagessen war ich heute wieder einmal nicht gekommen, und mein Magen knurrte schon seit Stunden. Während ich in Theresas behaglich geheiztem Wohn- und Esszimmer mit Appetit ein Schinkenbrot verspeiste, versuchte ich weiter, ein Gespräch in Gang zu bringen, aber es wollte mir nicht gelingen. Draußen heulte der föhnige Wintersturm. Bäume knarrten, Rollläden klapperten.

Theresa antwortete einsilbig, sah die meiste Zeit aus dem Fenster oder an die Wand. So erzählte ich ihr von meinem Tag, davon, dass wir endlich Maries Mutter gefunden, Marie selbst dafür wieder einmal verloren hatten.

Aber all das schien sie nicht zu interessieren.

Fürs Erste gesättigt, schob ich meinen Teller von mir, erhob mich, holte ein Glas aus der Küche und schenkte mir einen ordentlichen Whisky ein. Aus der Flasche, die Theresa mir zu Weihnachten geschenkt hatte und die nun auf dem Ecktisch zwischen den beiden Couches stand.

Dann setzte ich mich wieder an den Tisch und stützte die Unterarme auf. »Jetzt sag doch bitte, was ist los? Habe ich mich danebenbenommen? Ist es, weil ich so spät gekommen bin? Weil ich nicht angerufen habe?«

Endlich sah sie auf, und wieder einmal blickte ich in ein Paar feuchte, schuldbewusste Frauenaugen.

»Alexander, es tut mir schrecklich leid, aber ich kann es nicht ändern ...«

Sie hatte sich verliebt.

In einen Schreiberling, den sie bei ihrem Autorenstammtisch kennengelernt hatte.

»Er heißt Jörg. Er schreibt Krimis. Ziemlich erfolgreich.«

»Ausgerechnet«, sagte ich mit einer Stimme, die nicht nach meiner klang.

Meine Hände waren plötzlich klamm, fühlten sich seltsam taub an. Meine Kopfhaut kribbelte. Mein Puls holperte. Theresa hatte sich in einen dahergelaufenen Trottel verliebt, der Jörg hieß und Krimis schrieb.

»Und ...« Ich musste mich räuspern. »Was wird jetzt mit uns?«

»Na ja.« Traurig hob sie die Schultern, ließ sie wieder sinken.

»Es ist ... aus? Vorbei? Von jetzt auf gleich?«

»Anfangs fanden wir uns nur sympathisch, er hat mir viele gute Tipps gegeben zum Schreiben, und ... Herrgott, du weißt doch selbst, wie so was läuft.«

Wie ein Roboter, ohne zu überlegen, schob ich den Stuhl zurück, kippte den Whisky in einem Rutsch hinunter, knallte das Glas auf den Tisch, nestelte ungeschickt ihren Hausschlüssel von meinem Bund, ließ ihn hineinfallen.

»Meine Sachen hole ich bei Gelegenheit«, sagte ich heiser und stolperte in Richtung Tür.

»Du gehst einfach und lässt mich hier sitzen?«

»Hast du erwartet, dass ich dich beglückwünsche? Falls du Trost brauchst, wende dich an Jörg. Ich nehme an, er wartet oben im Bett auf dich.«

»Alex, also bitte, ich ...«

Unnötig zu sagen, dass ich die Haustür mit extra viel Schwung hinter mir zuwarf.

24

Erst als ich den Neckar überquerte, vom Sturm gebeutelt und hin und her gestoßen, war ich wieder so weit bei Sinnen, dass ich mich zu fragen begann, was ich nun tun sollte. Nicht langfristig, sondern jetzt. Nach Hause ging nicht. Nicht in diesem Zustand. Erst musste ich wieder zu mir finden. Mich abregen, den Schock verdauen. Es half nichts, wenn meine Töchter sich auch noch Sorgen um ihren Paps machten oder – noch schlimmer – versuchten, ihn zu trösten und zu beraten. Theresa war ein Problem, das ich mit mir allein ausmachen musste.

Ich hatte große Lust, jemanden zu verprügeln, am liebsten natürlich diesen Krimischreiber, aber das ging aus naheliegenden Gründen nicht.

Spazieren gehen?

Genau danach war mir jetzt.

Bewegung tat mir gut.

In die Stadt.

Unter Leute.

In irgendeine Kneipe, wo ich meinen Frust ertränken konnte, meine Wut, diese nagende Eifersucht.

Die Susibar? Dort war ich seit Ewigkeiten nicht mehr gewesen. Ob es die wohl noch gab?

Nach zehn Minuten strammem Fußmarsch stellte ich fest: Susis Bar existierte noch. Die Tür stand trotz des Sturms offen, der Andrang war um diese Zeit – es war gerade erst neun Uhr vorbei – noch überschaubar. Ich stellte mich an den Tresen, orderte ein Pils und als Notreserve gleich noch ein zweites. Susi hatte sich seit meinem letzten Besuch vor über einem Jahr kein bisschen verändert. Schlank, rank, flink und geschickt schmiss sie ihren Laden. Um das längliche Gesicht ein Wust von schwarzen Kräusellocken. Für jede und jeden hatte sie ein freundliches Wort und immer ein optimistisches Lächeln auf den nur dezent geschminkten Lippen. Noch war es friedlich hier, nicht einmal die Hälfte der Stühle und Barhocker waren besetzt, sodass sie hin und wieder sogar Zeit für ein Schwätzchen fand.

»Lange nicht gesehen«, sagte sie, als sie die zwei schlanken Gläser vor mich hinstellte. »Alex, richtig? Bin mir nicht ganz sicher, werde wohl allmählich alt.«

»Dein Personengedächtnis möchte ich haben.«

»Siehst aus, als hättest du nicht den besten aller Tage hinter dir.«

Mein erstes Glas hatte ich fast auf ex hinuntergestürzt. Ich nahm das zweite in die Hand. »Kann man so sagen.«

»Beziehungsstress?«

»Sieht man das?«

Sie lachte auf. »Nach Geldsorgen siehst du nicht aus. Krank scheinst du auch nicht zu sein. Als Beamter kennst du keine Angst um den Job. Was bleibt da noch?«

»Hast du schon mal daran gedacht, auf Psychotherapeutin umzuschulen?«

»Wieso umschulen? Die Krankenkassen müssten die Getränke meiner Gäste bezahlen. Kämen sie wesentlich billiger weg als mit tausend Therapiestunden. Also Liebeskummer. Schlimm oder sehr schlimm?«

»Noch schlimmer.«

»Und Alkohol hilft?«

»Unbedingt.«

Susi lief ans andere Ende der langen Bar, um eine Bestellung aufzunehmen, einen Cocktail zu mixen und dem Gast in Rekordzeit zu servieren. Er war ein finsterer, schon deutlich angegrauter Anzugträger, der sich nicht einmal bedankte. Abgesehen von ihm, einigen anderen Männern und einer Gruppe junger Burschen, die ständig herumalberten und erfolglos versuchten, sich zu starken Kerlen aufzuplustern, waren noch ein still Händchen haltendes Paar und zwei Frauen ohne Begleitung hier. Eine dunkelhaarige, südländisch aussehende war im Alter der starken Kerle, wollte jedoch nichts von ihnen wissen. Die andere, die Haare glatt und braun, obenherum ein wenig drall, saß vier oder fünf Hocker von mir entfernt, blickte im Fünfsekundentakt auf ihr Handy oder zur Tür, als erwartete sie jemanden, der nicht kam. Entsprechend finster war ihre Miene. Sie war einige Jahre jünger als ich, vielleicht Anfang vierzig.

Ich nahm einen extragroßen Schluck, gab Susi einen Wink, dass ich demnächst Nachschub brauchte.

Ausgerechnet ein Krimischreiber! Wieso nicht gleich … nicht gleich … Etwas Schlimmeres wollte mir nicht einfallen. Krimiautoren, diese Typen, die keinen Dunst von den Dingen hatten, die einen Kripobeamten tagein, tagaus beschäftigten, in Atem hielten, nicht selten zur Verzweiflung trieben. All das Elend überall, das Leid. Überall nur Bosheit, Niedertracht, Untreue …

Die versetzte Frau warf mir jetzt hin und wieder Seitenblicke zu, bemerkte ich nach dem dritten Bier. Sie hatte die Hoffnung wohl aufgegeben, ihr Date würde noch auftauchen. Aber nichts lag mir ferner, als mich auf einen Flirt einzulassen. Das Thema Frauen war für mich vorerst keines mehr. Wobei sie eigentlich nicht schlecht aussah und es mich vermutlich wenig Anstrengung gekostet hätte, sie zu irgendwelchen Dummheiten zu überreden. Aber nicht heute. Heute wollte ich mich zünftig besaufen, später ins Bett fallen und hoffentlich nichts träumen. Vor allem nicht von gewissen honigblonden Diven, die einen einfach sitzen ließen wegen eines …

»Alex«, sagte eine sanfte Stimme. »Alles okay bei dir?«

Susi stand wieder vor mir und musterte mich besorgt. Ob sie wohl noch zu haben war? Einen Ring trug sie jedenfalls nicht. War ich eigentlich noch ganz bei Trost?

»Machst du mir noch ein Pils, bitte?«

»Immer gerne. Ich nehme an, du weißt, wie viel du vertragen kannst?«

Nein, ich wusste offenkundig nicht, wie viel Alkohol ich vertrug. Als ich am nächsten Morgen viel zu spät erwachte, erinnerte ich mich vage, irgendwann von Bier auf Mojitos und anderes Teufelszeug umgestiegen zu sein. Mit noch trübem Blick inspizierte ich mein Handy, um nachzusehen, ob es Neuigkeiten in Sachen Marie gab, stellte fest, dass ich irgendwann doch mit der versetzten Braunhaarigen ins Gespräch gekommen war.

»War nett mit dir«, hatte sie heute Morgen um halb sieben geschrieben. »Ich hoffe, du hast keinen allzu dicken Kopf. Vielleicht sieht man sich bald mal wieder? Würd mich freuen. Grüßle, Wilma.«

Zu Tätlichkeiten schien es nicht gekommen zu sein, denn ich war in meinem eigenen Bett aufgewacht. Mit Brummschädel zwar und flauem Magen, ansonsten jedoch unversehrt.

Von Marie immer noch nichts Neues.

Auch von Meidinger nicht.

Im Badezimmer entdeckte ich Lippenstift an meinem Mund, der sich jedoch leicht entfernen ließ. Nach einer sehr langen, sehr heißen Dusche und einem doppelten Espresso fühlte ich mich schon wieder ein wenig besser. Als ich meinen Mantel überzog, kam Sarah aus ihrem Zimmer.

»Was ich dir noch sagen wollt, Paps. Ich hab doch gestern Standfotos aus den Videos gemacht.«

»Ja?«

»Und da ist eines dabei gewesen, leider sind sie alle nicht besonders scharf, aber ich könnt mir einbilden, dass eine Haarsträhne von der Frau zu sehen ist.«

Sie überreichte mir einen farbigen Computerausdruck der Aufnahme. Die Strähne, die unter dem Kopftuch hervorlugte, weil die Entführerin gerade den Kopf abwandte und die Sonne günstig stand, war blond. Hellblond.

Eilig machte ich mich zu Fuß auf den Weg zur Polizeidirektion, nicht ohne meine Tochter dieses Mal ordentlich gelobt zu haben. Der Sturm hatte sich über Nacht gelegt, und die föhnige Wärme, die er gebracht hatte, tat mir seltsamerweise gut.

Als hätte ich geahnt, dass ich heute zu spät kommen würde, hatte ich die erste offizielle Vernehmung von Tanja Gerstner erst auf zehn Uhr angesetzt. Heute würde Laila assistieren.

Als ich mein Büro betrat, waren es nur noch fünf Minuten bis zum Termin. Die beiden Frauen waren schon da, unterhielten sich halblaut und mit Kaffeebechern in den Händen, schienen sich gut zu verstehen. Um Maries Mutter nicht noch mehr zu verängstigen, hatte ich beschlossen, auch die Vernehmung in meinem Büro durchzuführen und nicht im für diese Zwecke vorgesehenen Raum im Erdgeschoss mit vergitterten Fenstern und nur von außen durchsichtigem Spiegel.

Laila hatte bereits alles vorbereitet und tat, als bemerkte sie nicht, dass ich trotz des zügigen Spaziergangs immer noch lange nicht nüchtern war. Gegen die Alkoholfahne hatte ich unterwegs eine halbe Rolle Pfefferminzdrops zerkaut. Mit einem unterdrückten Seufzer sank ich auf meinen Chefsessel. Die Kopfschmerzen waren durch die frische Luft ein wenig besser geworden, jedoch noch keineswegs verschwunden. Mein Magen war immer noch verstimmt.

Das rote Lichtlein der Videokamera in der Ecke leuchtete schon, das Mikrofon des Aufnahmegeräts stand auf dem Tisch. Auch die beiden Frauen setzten sich. Laila drückte den Knopf ihres silbernen Kugelschreibers und testete das Mikrofon.

Ich sprach die vorgeschriebene Einleitung auf: Datum und Uhrzeit, die Namen der Anwesenden, den Grund der Vernehmung.

»Frau Gerstner verzichtet auf die Anwesenheit eines Rechtsbeistands, ist das richtig?«

»Ja«, antwortete sie mit klarer Stimme.

»Sie wurde darauf hingewiesen, dass sie keine Aussagen

machen muss, die sie selbst belasten könnten, und dass sie jederzeit das Recht hat, doch einen Anwalt hinzuzuziehen, richtig?«

Wieder sagte sie: »Ja.«

Jetzt erst bemerkte ich, dass Laila einen Zettel zu mir herübergeschoben hatte. »Nichts Neues von Marie oder Meidinger«, hatte sie mit ihrer runden Mädchenschrift darauf notiert.

Tanja Gerstner wandte den Blick keine Sekunde von meinem Mund.

»Ich schlage vor, wir fangen noch mal ganz von vorne an«, sagte ich betont entspannt, nahm die Brille ab und lehnte mich zurück. »Im Januar 2012 haben Sie geheiratet, waren zu diesem Zeitpunkt schon schwanger mit Marie.«

Dieses Mal dauerte es ein wenig, bis sie sagte: »Das ist alles richtig.«

»Was Sie Ihrem Bräutigam aber verschwiegen haben.«

»Das stimmt nicht. Ich war ja schon im sechsten Monat. Wie hätte ich es verschweigen können?«

»Sie haben ihn im Glauben gelassen, das Kind sei von ihm.«

Sie nickte. Ich bat sie, laut »Ja« zu antworten, was sie auch tat.

»Wann hat er erfahren, dass er nicht Maries Vater ist?«

Jetzt schlug sie die Augen nieder. »Das weiß ich nicht. Als wir uns vergangenes Jahr in Mannheim wiedergetroffen haben, hat er es jedenfalls gewusst. Woher, habe ich ihn nicht gefragt. Beim ersten Treffen haben wir nur kurz gesprochen, wie es so geht und so weiter. Helge hat mir seine Handynummer gegeben und die Adresse. Und Bilder von Marie hat er mir gezeigt, auf dem Handy. Er hat mich gefragt, ob ich welche davon haben möchte, aber das wollte ich nicht. Einige Tage später habe ich dann gedacht, dass es doch schön wäre, Fotos zu haben. Immerhin, na ja, Marie ist doch immer noch mein Kind, nicht wahr? Trotz allem.«

Sie verstummte, atmete schwer, als hätte das Sprechen sie angestrengt. Aber dann fuhr sie tapfer fort: »Helge sagte, er könnte mir Papierabzüge machen, damit ich sie mir einrahmen kann. Das wollte ich aber nicht, denn dann hätt ich ihm ja meine Adresse verraten müssen.«

»Sie hatten immer noch Angst vor ihm? War er so wütend, weil Sie ihn verlassen und hintergangen haben?«

»Eigentlich nicht. Höchstens ein bisschen, aber ... na ja, wirklich glücklich war er natürlich nicht. Ich hatte das Gefühl, dass er schon länger wusste, dass Marie nicht sein Kind war, und sich damit abgefunden hat.«

Tanja Gerstner hatte ihre Fotos bekommen, woraufhin das schlechte Gewissen ihrem Kind gegenüber noch zunahm.

»Wochen später haben wir uns wieder in der Stadt getroffen, dieses Mal absichtlich, auf einer Terrasse am Marktplatz. Da hat Helge mir dann doch ein paar Papierfotos gegeben und von Marie erzählt. Dass sie ein liebes Mädchen ist und wahrscheinlich aufs Gymnasium kommt.«

»Wusste er, wer wirklich Maries Vater ist?«

Ihre Miene gefror. Dieses Thema schien vermintes Gelände zu sein.

»Hat er nicht gefragt?«

»Nein. Doch, aber ... nicht direkt.«

Das war nun eindeutig eine Lüge gewesen. Sie log bemitleidenswert schlecht.

»Aber Sie haben es ihm nicht verraten.«

Immer noch hielt sie den Blick gesenkt. »Nein.«

»Haben Sie sich später noch öfter getroffen?«

»Noch zwei-, dreimal. Wir haben festgestellt, dass wir beide ziemlich in der Scheiße sitzen, Entschuldigung. Ich war pleite, er war pleite ...«

»Hatten Sie denn gar nicht das Bedürfnis, Ihre Tochter wiederzusehen?«

»Ich ...« Lange nagte sie auf der blutleeren Unterlippe. »Ich hätte schon wollen, aber ich habe mich nicht getraut.

Dachte, bestimmt hasst sie mich. Schreit mich an. Will nichts von mir wissen. Hätte ich ja auch verstanden, nach allem, was ich …«

»Mindestens einmal haben Sie Ihren Mann vor dem Haus getroffen, wo Sie und Ihre Freundin wohnten. Er hat Ihre Adresse anscheinend doch gekannt.«

Wieder dauerte es eine Weile, bis sie antwortete. »Ich weiß nicht, wie er sie herausgefunden hat. Ich wollte ihn eigentlich nicht mehr treffen, weil es mir nicht guttat. Danach war ich jedes Mal tagelang völlig down.«

Laila saß entspannt neben mir, spielte mit ihrem Stift, machte sich hin und wieder Notizen.

»Er war sogar in Ihrem Zimmer, richtig?«

»Das ist wahr. Mit der Zeit hat es uns beiden doch gutgetan. Wieder zusammen zu sein. Sich zu vertragen. Ich habe gemerkt, dass Helge im Grunde ein netter Kerl ist. Ich hatte mir immer ausgemalt, wie böse er auf mich sein muss. Dass er mich anbrüllt oder sogar schlägt. Aber so war es nicht. Er hat sich sogar gefreut, verstehen Sie? Gefreut, dass ich wieder da war. Er sagte, wir sollten nichts überstürzen. Wir lassen uns ganz viel Zeit, damit wir uns wieder aneinander gewöhnen.«

Dass ihr Mann zu dieser Zeit mit Marie zusammen in Dossenheim gewohnt hatte, wusste sie.

»An der Klingel hat all die Jahre auch Ihr Name gestanden. Marie hat er erzählt, Sie seien in Amerika und würden irgendwann zurückkommen.«

»Ich weiß.«

Ich massierte mein Genick in der Hoffnung, es würde gegen Kopfschmerzen helfen. Tat es aber nicht. Tanja Gerstner roch heute nach billiger Seife, sonst nach nichts.

»Kommen wir noch mal zu dem anderen Thema. Es tut mir leid, aber ich kann es Ihnen nicht ersparen. Wer gibt Ihnen immer wieder Geld?«

Keine Reaktion.

»Sie haben in den vergangenen zwei Jahren keine Einnahmen gehabt, aber Ihrer Freundin trotzdem Miete bezahlt. Sie haben kein Konto, haben das Geld also bar bekommen.«

Schweigen.

»Gestern sagten Sie, ein Freund hätte Sie unterstützt. Wer ist dieser Freund?«, fragte ich noch einmal, und dieses Mal nicht mehr ganz so freundlich.

Im Grunde war dieses Thema gar nicht wichtig. Aber gerade weil sie sich so zierte und sperrte, ließ ich nicht locker. Hier verbarg sich irgendein Geheimnis.

»Ich … Das will ich nicht sagen.«

»Ist es Konrad Meinhart? Oder einer Ihrer früheren Liebhaber?«

Keine Antwort.

»Xaver Meidinger?«

Stille.

»Ist es jemand, der Ihnen verpflichtet ist? Der glaubt, er wäre Ihnen etwas schuldig?«

»Hm.«

»Ja oder nein?«

Zaghaftes Nicken. Ein gehauchtes: »Ja.«

Endlich fiel bei mir der Groschen. »Hat es etwas mit Marie zu tun? Stammt das Geld von Maries leiblichem Vater?«

Widerwilliges, aber etwas deutlicheres Nicken.

»Bitte antworten Sie.«

»Ja.«

Allmählich fiel es mir schwer, ruhig zu bleiben. Diese Frau hatte Monat für Monat Geld von Maries Erzeuger kassiert, entweder als Schweigegeld oder, was ich für wahrscheinlicher hielt, als Unterhalt für das uneheliche Kind. Geld, von dem Marie nie einen Cent gesehen hatte.

»Darf ich fragen, warum Sie so ein Geheimnis um den Namen machen? Sie sagten, er ist verheiratet, okay. Ich verspreche Ihnen, dass ich ihn nicht behelligen werde. Er hat nichts Verbotenes getan.«

Nichts.

»Ist das der einzige Grund – dass er verheiratet ist?«

»Ja.«

Tanja Gerstner war wirklich eine miserable Lügnerin.

Seufzend setzte ich die Brille wieder auf. Die Kopfschmerzen schienen nun doch schwächer zu werden.

»Dann lassen wir das erst mal so stehen. Mir ist aufgefallen, dass Sie und Ihr Mann Ende September auf einmal wieder Geld hatten. Beide. Nicht nur ein paar hundert Euro, sondern viel mehr. Er hat seine Schulden bei einer Nachbarin bezahlt, Sie haben Ihre Schulden bei Ihrer Freundin bezahlt.«

Erneut keine Reaktion.

»Würden Sie mir verraten, woher dieses Geld kam? Auch von Ihrem spendablen Freund?«

Wieder dieses Zögern, das mich zunehmend aggressiv machte. Dann, so leise, dass ich Sorge hatte, das Aufnahmegerät würde es nicht registrieren:

»Ich möchte doch lieber einen Anwalt.«

Ich hatte den Bogen überspannt. Mürrisch beendete ich die Vernehmung, bat Laila, für Tanja Gerstner einen geeigneten Strafverteidiger zu suchen, ließ mir einen zweiten Cappuccino aus dem Kaffeecomputer im Vorzimmer, räumte mit plötzlich wieder stärker brummendem Schädel sinnlos auf dem Schreibtisch herum. Dabei geriet mir das Phantombild von Xaver Meidinger in die Finger, des Mannes mit Hut.

Sollte er wirklich Maries Erzeuger sein?

Warum eigentlich nicht?

Ich hatte Tanja Gerstner das Bild zeigen wollen, es aber aufgrund diverser Ereignisse am Vorabend vergessen. Halblaut vor mich hin fluchend, leerte ich meinen Becher, stellte nebenbei fest, dass Wilma mir inzwischen noch zwei weitere Nachrichten geschrieben hatte, die zu lesen ich auf später verschob, und machte mich auf den Weg zu Lailas Büro ein Stockwerk tiefer.

Wie ich gehofft hatte, war Tanja Gerstner noch bei ihr.

Laila telefonierte gerade mit der Sekretärin eines infrage kommenden Rechtsbeistands.

Ich trat vor unsere klägliche, inzwischen des Mordes kaum noch Verdächtige, die zusammengesunken auf einem Stuhl saß und erschrocken hochsah, als meine Füße in ihr Blickfeld kamen. Wortlos und mit betont finsterer Miene hielt ich ihr das Blatt vors Näschen.

Ihre Augen wurden für einen Moment klein, dann riesengroß.

»Sie kennen ihn.« Befriedigt nahm ich mir den zweiten Stuhl, um mich rittlings darauf niederzulassen.

»Nein. Ich … Ich weiß nicht, wer das ist. Wirklich nicht.« Ihr Blick wurde flehend. Die Hände waren so ineinander verkrampft, dass ich meinte, das Knacken der Knöchel zu hören.

»Ich schlage vor, wir hören jetzt mal auf mit den Spielchen«, sagte ich grimmig.

»Erst will ich einen Anwalt«, sagte sie in jämmerlichem Ton.

Dagegen war nichts zu machen. Ich faltete das Blatt wieder zusammen und erhob mich. Die erste Bresche war in ihre Festungsmauern geschlagen. Ob mit oder ohne Anwalt – lange würde es nicht mehr dauern, bis sie mit der Wahrheit herausrückte.

In der offenen Tür blieb ich stehen. Etwas in meinem Kopf hinderte mich plötzlich daran, weiterzugehen und sie hinter mir zu schließen. Die Augen. Etwas war mit ihren Augen.

Ihre Iris war dunkelbraun, die von Marie dagegen blassblau. Das Gesicht der Mutter war schmal, Maries eher rund.

Zögernd wandte ich mich wieder um. Tanja Gerstner blickte mit gefrorener Miene zu mir auf. Knetete immer noch ihre Mädchenfinger. Wovor fürchtete sie sich so?

Blassblaue Augen, rundes Gesicht. Natürlich! Was war ich nur für ein Idiot!

Mit zwei Schritten war ich wieder bei ihr, setzte mich dieses Mal richtig herum auf den Stuhl.

»Clemens Bauer ist Maries Vater, stimmt's?«

Sie zuckte zusammen wie unter einem Peitschenhieb, schien noch ein wenig mehr zu schrumpfen, rang nach Atem und Fassung. Schließlich wich der letzte Rest von Spannung aus ihrem zierlichen Körper, und sie begann, hemmungslos zu weinen.

25

»Na, sehen Sie, war doch gar nicht so schwer«, sagte ich, jetzt wieder freundlich. Väterlich. »*Er* hat Ihnen ständig Geld gegeben. Für Marie.«

Wieder nickte sie. Jetzt mit geschlossenen Augen.

Laila beendete ihr Telefonat, legte mit Schwung den Hörer auf und sah fragend erst die Verdächtige an, dann mich, dann wieder Frau Gerstner, über deren Wangen die Tränen strömten, als wollten sie nie wieder versiegen.

»Geld, das Sie für sich behalten haben«, sagte ich zu der reumütigen Sünderin.

»Er hat es nicht gewusst«, flüsterte sie nach langer Stille. »Er hat nicht gewusst, dass Helge und ich nicht mehr zusammen waren. Sonst hätte er mir nichts gegeben. Hat er dann ja auch nicht mehr, als er es endlich wusste.«

»Wann war das?«

Nach dem Streit mit Helge Gerstner, der zu dessen Kündigung führte, hatte Bauer die Zahlungen eingestellt.

»Helge hat es irgendwie herausgefunden, dass Marie nicht von ihm ist. Vielleicht hat er einen Test gemacht und eins und eins zusammengezählt. Er hat Clemens auf den Kopf zugesagt, dass er Maries Vater ist, und Geld verlangt. Unterhalt für Marie für sieben Jahre. Clemens hat gesagt, dass er die ganze Zeit bezahlt hat, aber Helge wollte es nicht glauben. Sie haben gestritten. Dann hat er es doch geglaubt und trotzdem Geld verlangt und damit gedroht, dass er sonst an die Presse geht. Da ist Clemens der Kragen geplatzt, und er hat Helge gefeuert.«

»Und der hier?« Ich hielt das Blatt mit dem Phantombild noch einmal hoch.

Meidinger hatte ihr das Geld ausgehändigt. An jedem Monatsersten war sie abends zu ihm nach Edingen gefahren und hatte sich ihren Umschlag abgeholt. Anfangs waren achthundert Euro darin gewesen, später achthundertfünfzig, am Ende neunhundert. Bauer selbst, mit dem sie sich Monate vor ihrer Heirat und obwohl sie damals schon mit Gerstner liiert war, ein kleines Intermezzo gegönnt hatte, hatte sie seither nie wieder getroffen oder gesprochen.

Endlich passte alles zusammen. Nun ja, beinahe alles. Noch immer wusste ich nicht, weshalb Helge Gerstner hatte sterben müssen und wer Maries Entführerin war und wo sie sich mit dem Kind versteckt hielt.

»Frau Dr. Rowedder könnt heut Nachmittag um vier«, sagte Laila, als das Gespräch zwischen Tanja Gerstner und mir erneut stockte. »Sonst hab ich keinen Anwalt gefunden, der Zeit hätte. Ich hab gleich zugesagt und den Termin in Ihren Kalender eingetragen.«

Minuten später saß ich wieder an meinem Schreibtisch und stellte fest, dass meine Kopfschmerzen in der Aufregung verschwunden waren und Wilma noch einmal geschrieben hatte. »Schläfst du immer noch? Die arme, kleine Wilma muss seit acht arbeiten. Grad hab ich Pause. Magst du anrufen?« Es folgten drei Smileys.

Die Nachricht war schon vor zwanzig Minuten gekommen, Wilmas Pause vermutlich längst zu Ende, und außerdem verspürte ich nicht die geringste Lust, den Kontakt zu vertiefen.

Ich nahm den Hörer zur Hand und bat Balke zu mir, den ich heute noch nicht gesehen hatte. Nach wie vor keine Spur von Marie oder Meidinger, erfuhr ich, als er mir gegenübersaß.

»Interpol hat seine Daten und die von seinem Opel. Maries Foto hängt allmählich wahrscheinlich in jeder Polizeidienststelle Deutschlands.«

Ich berichtete ihm, was ich erst seit wenigen Minuten wusste.

»Dann hätte Meidinger Gerstner auf dem Gewissen?«

»Dass die Frau geschossen hat, halte ich inzwischen für ausgeschlossen. Sie behauptet übrigens, jemand hätte ihr die Tatwaffe gestohlen.«

»Gerstner? Angeblich war er ja in ihrem Zimmer.«

»Möglich.«

»Oder Meidinger? Soll der nicht auch dort gewesen sein?«

Xaver Meidinger war nicht vorbestraft, hatte Balke herausgefunden. Entweder war er nie straffällig geworden, oder seine Taten waren so geringfügig gewesen, dass die Einträge inzwischen wieder aus dem Bundeszentralregister gelöscht waren. Die Ortung von Meidingers Handy war schon seit gestern Abend genehmigt und veranlasst. Aber auch wenn der Mann gewiss keine Intelligenzbestie war – so dumm, sein Handy einzuschalten, war er natürlich nicht.

»Wenn wir uns diesen sauberen Dr. Bauer noch mal zur Brust nehmen?«, schlug Balke vor. »Vielleicht hat er ja einen Tipp für uns, wo wir nach Meidinger suchen sollen.«

»Genau das habe ich vor. Hätten Sie Zeit? Sie dürfen auch ruhig ordentlich böse gucken.«

»Good Cop, bad Cop?«, fragte Balke grinsend.

»Bad Cop, bad Cop«, korrigierte ich ihn grimmig.

Seit ich wieder halbwegs bei Kräften war, brodelte in mir wieder die Wut auf Theresa. Und Clemens Bauer war ein wunderbares Opfer, um meinen Zorn abzureagieren.

Balke sprang auf, um noch rasch die Jacke aus seinem Büro zu holen. Als er die Tür zwischen Vorzimmer und Flur öffnete, hörte ich, wie er »Oh!« rief. »Frau Liebekind, das ist ja mal eine ... äh ... Überraschung! Sie wollen zu meinem Chef, nehme ich an?«

Mein Puls legte ein paar Extraschläge ein. Theresas Stimme konnte ich nur gedämpft hören, was sie antwortete, nicht verstehen. Die Tür fiel wieder ins Schloss. Dann war es still. Keine Schritte näherten sich. Niemand kam und klopfte an meine Tür.

Was zum Teufel wollte sie hier? Und weshalb der plötzliche Rückzieher? Hatte sie mit einem Mal der Mut verlassen? War es ihr peinlich, von Balke gesehen zu werden, der sie natürlich aus der Zeit kannte, als ihr Mann noch unser aller Vorgesetzter war? War die Liebe zu ihrem Krimischreiber schon verraucht, und sie wollte mich um Verzeihung bitten? In mir machte sich eine ungesunde Mischung aus bitterem Grimm, verletztem Stolz und zuckersüßer Schadenfreude breit. Wenn es so war, wenn sie einen Neubeginn wollte, dann musste sie schon vor mir niederknien und meine Füße küssen. Und ich würde sie eine gehörige Weile zappeln lassen, bevor ich mich dazu herabließ, auch nur darüber nachzudenken, ob ich ihr noch einmal die Gnade meiner Aufmerksamkeit schenken wollte.

Auf die Gefahr hin, umsonst nach Wieblingen zu fahren, hatte ich unseren Besuch dieses Mal nicht angekündigt.

Dass Balke mich während der Fahrt nicht auf Theresas verunglückten Beinahebesuch ansprach, wertete ich als Indiz dafür, dass er von unserer Beziehung wusste. Dass sie für Sönnchen kein Geheimnis war, hatte ich schon vor Längerem feststellen müssen, als sie sich bei einer unserer Kaffeeplaudereien verplapperte. Dass auch Balke informiert war, konnte nur bedeuten, dass die ganze Direktion vom Liebesleben des Kripochefs Kenntnis hatte. Aber dieses Problem hatte sich ja nun zum Glück erledigt. Was hoffentlich nicht demnächst zu neuen Spekulationen in der Heidelberger Polizeidirektion Anlass gab.

Wie üblich fuhr Balke den Wagen, während ich meinen Gedanken, Gefühlen und Rachegelüsten nachhing. Ich versuchte zu ergründen, was in meiner Beziehung zu Theresa schiefgegangen war. Dass wir zum letzten Mal wirklich ein Liebespaar waren, war im Oktober gewesen. Wir hatten ein Wochenende in Frankfurt verbracht, wo Theresa einen Termin mit der Lektorin eines großen Verlags hatte, der sich für ihr neues Buch interessierte. Das Treffen hatte in einem Desaster geendet. Wir hatten uns ein Hotelzimmer genommen, Theresa beruhigte sich wieder, und wir verbrachten den Nachmittag im Bett wie in alten Zeiten. Ansonsten? Business as usual. Vieles war mehr und mehr zur Gewohnheit geworden. Fast, als wären wir schon ein altes Ehepaar. Als wüsste der eine, was die andere dachte, bevor sie den Mund öffnete, um es auszusprechen. So ist es doch früher oder später immer: Man reagiert auf Vorschläge, die der andere noch nicht einmal in Erwägung gezogen hat. Missverständnisse entstehen, Missstimmungen, die kleinen Kränkungen des Alltags sammeln sich an zu einer Pfütze, die zum Weiher wird, zu einem nicht mehr ganz so kleinen See voller Gift und Bitterkeit. Manchmal hatte sie schlechte Laune, manchmal ich. Allzu oft hatte ich keinen Kopf gehabt für ein vernünftiges Gespräch, für Theresas Sorgen, für Zärtlichkeiten, da mich wieder einmal berufliche Probleme plagten. Beim Stichwort »Zärtlichkeiten« fiel mir ein, dass ich in der vergangenen Nacht wieder von Nora Vestergaard geträumt hatte, der Anwältin mit dem hypnotischen Blick. Auch dieses Mal war es kein jugendfreier Traum gewesen. Was zum Teufel war denn auf einmal los? Theresa verliebte sich Hals über Kopf in diesen Autor … und ich? Glücklicherweise kam die Einfahrt zu Dr. Bauers Firma in Sicht, und ich musste den Gedanken nicht zu Ende denken.

Der Chef war im Haus, erfuhren wir schon an der Pforte. Ich bat Balke, beim Wachhäuschen zu bleiben, damit die blasse Frau, die auch heute dort saß, Bauer nicht vorwarnen konnte. Den Weg zu seinem Büro fand ich allein. Seine Sekretärin sah irritiert auf, als ich mit etwas mehr Schwung als nötig in ihr Büro platzte.

»Er hat gerade Besuch«, sagte sie hastig. »Sie müssen warten, tut mir leid. Soll ich vielleicht …?«

Sie machte Anstalten, an die Tür zum Chefbüro zu klopfen, doch ich hielt sie davon ab.

»Wie lange wird es noch dauern mit dem Besuch?«, fragte ich mit gedämpfter Lautstärke.

Das konnte sie nicht sagen. Sie wusste nur, dass Dr. Bauer Gespräche nicht unnötig in die Länge zu ziehen pflegte.

Länger als eine Viertelstunde dauerte selten ein Termin bei ihm.

Immer noch irritiert setzte sie sich wieder an ihren modernen Glas-und-Stahl-Schreibtisch, auf dem ein teurer, überbreiter Computermonitor den Erfolg der Firma repräsentierte. Ich nahm am Besuchertisch in der Fensterecke Platz, wo auf Kante gestapelte Firmenprospekte lagen. Hin und wieder hörte ich Gemurmel aus dem Chefbüro. Als dort Stühle gerückt wurden, schickte ich Balke eine Nachricht, er könne jetzt kommen. Kurz darauf öffnete sich die Tür zu Bauers Büro, und eine junge, schlanke Frau kam eilig heraus, sichtlich unzufrieden mit dem Ergebnis ihres Chefgesprächs. Sie nickte flüchtig in die Runde und tackerte auf harten Absätzen davon. In der Tür zum Flur prallte sie fast mit Balke zusammen.

»Sie?«, fragte Clemens Bauer, als wir unangekündigt in sein Reich eindrangen. Ich vorneweg, Balke in meinem Kielwasser.

»Es tut mir leid, dass wir Sie so überfallen, Herr Dr. Bauer. Aber es haben sich überraschend neue Aspekte ergeben.«

»Ach?« Mit misstrauischem Blick erhob er sich aus seinem schlichten Schreibtischsessel. »Ich stehe selbstverständlich zu Ihrer Verfügung.«

»Es geht um Ihren Mitarbeiter Xaver Meidinger«, eröffnete ich das Gespräch, als wir wieder Platz genommen hatten. Bauer hatte sich dieses Mal an die Längsseite des Tischs gesetzt, sodass dieser zwischen uns stand.

»Das Phantombild sollte Xaver darstellen?«, fragte er mit nicht ganz sicherem Lächeln. »Ich habe ihn wirklich nicht erkannt, tut mir leid. Soweit ich weiß, ist er nicht im Haus. Er hat sich krankgemeldet. Obwohl Xaver sonst zu den Mitarbeitern gehört, die sich selbst mit neununddreißig Grad Fieber noch zur Arbeit schleppen. In all den Jahren hat er …«

»Ich weiß, dass er nicht krank ist«, fiel ich ihm ins Wort. »Er ist auf der Flucht, und wir fahnden europaweit nach ihm.«

»Sie fahnden?« Dieses Mal gelang es ihm nur mit Mühe, die Fassung zu wahren. »Aber um Himmels willen! Was hat er denn ... Was werfen Sie dem armen Mann vor?«

»Er steht im dringenden Verdacht, Helge Gerstner getötet zu haben.«

»Mit einer Waffe, die übrigens Tanja Gerstner gehört«, fügte Balke kalt hinzu. »Der Name sagt Ihnen etwas?«

Bauer öffnete den Mund, um zu leugnen, besann sich jedoch. Offenbar verfügte er über genug Intelligenz und Größe, um einzusehen, wann er verloren hatte.

Er stand auf und ging zur Tür. »Babs«, sagte er heiser zu seiner Assistentin. »Das hier wird länger dauern. Sag Heinrich, ich rufe ihn an, sobald ich Zeit für ihn habe.«

»Ich habe Frau Gerstner gestern Abend festgenommen«, sagte ich, als er wieder saß, »und sie hat mir einige interessante Dinge erzählt. Zum Beispiel, dass Sie Maries Vater sind. Was wir bisher nicht wissen, ist, welche Rolle Ihr Herr Meidinger in dem ganzen Drama spielt. Abgesehen davon, dass er Maries Mutter in Ihrem Auftrag jahrelang jeden Monat einen Umschlag voller Geld übergeben hat.«

Bauer senkte den Blick, spielte wieder einmal mit seinen sauber manikürten Fingern. »Das war alles nicht so geplant, bitte glauben Sie mir. Alles hätte ganz anders ablaufen sollen.«

Meidinger stammte aus einfachsten Verhältnissen, erfuhren wir. Der Vater hatte die Mutter noch vor der Geburt des Jungen verlassen. Schon als Jugendlicher hatte Xaver sich geprügelt, Fahrräder gestohlen, später Mopeds und immer wieder Geld. Wiederholt war er zu Jugendstrafen verurteilt worden und mehr und mehr auf die schiefe Bahn geraten. Über private Kanäle hatte Bauer von seinem Schicksal erfahren. Er hatte den Tunichtgut zu einem Gespräch eingeladen, dieser hatte Vertrauen zu ihm gefasst und Besserung geschworen, und Bauer hatte ihn eingestellt.

»Bald war ich der Vater für ihn, den er nie gehabt hat. Ich habe immer wieder Gestrauchelten eine Chance gegeben und es nie bereut. Anfangs hat Xaver bei uns als Wachmann gearbeitet. Als sich herausstellte, dass er handwerklich geschickt ist, habe ich ihm hin und wieder auch andere Aufgaben übertragen. Er hat sich um die Firmenfahrzeuge gekümmert, Reifen gewechselt, kleinere Reparaturen durchgeführt, solche Dinge. Sie kennen Marie?«

»Seit dem Tod ihres Vaters ist sie vorübergehend in meinem Haushalt untergebracht. Sie ist ein nettes und aufgewecktes Mädchen.«

Balke übernahm das Gespräch. »Sie haben die Geheimniskrämerei mit dem Geld veranstaltet, damit Ihre Frau nichts von Ihrer unehelichen Tochter erfährt, richtig?«, fragte er mit einer Miene, als wäre dies ein verabscheuungswürdiges Verbrechen.

Bauer nickte und seufzte. »Gerlinde ist sehr sensibel und verletzlich. Ich wollte … ich konnte ihr das nicht antun. Deshalb wollte ich unter allen Umständen einen Skandal vermeiden. Ich habe mein Kind nie gesehen. Ich wollte es nicht sehen. Es war mir nur wichtig, dass es versorgt ist, dass es ihm an nichts fehlt. Ich denke, das ist nichts, dessen man sich schämen müsste.«

»Sie wissen, dass Marie von dem vielen Geld kein einziger Euro zugutegekommen ist?«

»Ja, natürlich.« Bauer sprach wieder einmal zu seinen Händen. »Seit dem großen Streit mit Helge weiß ich es.«

Tanja Gerstner hatte richtig vermutet. Ihrem Mann waren irgendwann Zweifel gekommen an seiner Vaterschaft. Er hatte einen Test machen lassen, und der Rest war sehr einfach gewesen.

»Helge und Tanja haben sich übrigens hier im Betrieb kennengelernt«, fuhr Bauer ungefragt fort. »Er war damals gerade ein Jahr bei mir, und Tanja hat als Aushilfskraft im Büro gearbeitet.«

Wie ich schon wusste, hatte Gerstner Geld von Bauer verlangt. Dieser weigerte sich zu bezahlen, und der Streit war eskaliert.

»Und am Ende blieb nur die Trennung als einzige Möglichkeit.«

»Sie haben ihm also nichts gegeben?« Balke spielte seine Rolle als Finsterling hervorragend. Was vermutlich daran lag, dass er Unternehmer grundsätzlich für raffgierige Schlitzohren hielt.

»Doch. Nachdem ich mich wieder beruhigt hatte, als Zeichen meines guten Willens. Zehntausend Euro.«

»Zehntausend?«, fragte Balke mit gut gespielter Fassungslosigkeit. »Das ist ein Trinkgeld.«

»Ich hatte doch all die Jahre an Tanja gezahlt. Wie sollte ich denn ahnen ...«

»Hat er sich später wieder bei Ihnen gemeldet mit neuen Forderungen?«

»Nein. Nie«, behauptete Bauer.

Nun übernahm wieder ich: »Und Tanja Gerstner?«

»Auch nicht.«

Ich ließ einige Sekunden verstreichen, bevor ich die nächste Frage stellte.

»Sowohl Gerstner als auch seine Frau hatten in den vergangenen zwei Jahren finanzielle Probleme.«

Bauer sah auf. »Waren sie denn wieder zusammen?«

»Nein. Aber sie sind sich in den letzten Monaten wieder nähergekommen. Mir ist aufgefallen, dass beide im September auf einmal wieder flüssig waren.«

Bauers Blick irrte wieder ab. »Davon ist mir nichts bekannt.«

»Nach meiner Schätzung muss es sich um einen fünfstelligen Betrag gehandelt haben.« Ich beugte mich ein wenig vor, versuchte, Bauers Blick einzufangen, was mir jedoch nicht gelang. »Der nicht über ein Konto lief, sondern bar bezahlt wurde. Von Ihnen stammt dieses Geld demnach nicht?«

»Es gibt viele Möglichkeiten, an Geld zu kommen, ohne viel dafür tun zu müssen. Vielleicht hatte einer von ihnen geerbt? Vielleicht haben sie es gestohlen? Oder in einer Lotterie gewonnen?«

Auf diesen Gedanken war ich noch gar nicht gekommen. Sollte Tanja Gerstner bei einem ihrer Preisausschreiben den Hauptgewinn ergattert haben? Auszuschließen war es nicht. Andererseits war Bauers Antwort viel zu wortreich gewesen. Ich sah Balke an, er hob das linke Augenlid. Auch ihm war es aufgefallen.

»Herr Dr. Bauer«, sagte ich ernst und machte mich dabei ein wenig größer, sodass ich drohend auf ihn hinabblicken konnte. »Es ist nur eine Frage der Zeit, bis wir Meidinger finden. Und wie sehr er Ihnen auch ergeben sein mag – früher oder später wird er uns die Wahrheit sagen.«

Nun richtete sich auch Bauer in seinem Stuhl auf, funkelte mich an. »Unterstellen Sie mir gerade, dass ich Sie belüge?«

Ich verzichtete auf eine Antwort, starrte ihn nur weiter an.

»Da fällt mir ein«, sagte Bauer nach einigen Augenblicken eisigen Schweigens und wurde wieder kleiner. »Xaver hat mich im September um einen Kredit gebeten. Wenn jemand finanzielle Schwierigkeiten hat, dann kann er sich von der Firma etwas leihen. Zu deutlich günstigeren Konditionen als bei den Banken und ohne Schufa-Auskunft.«

»Von welchem Betrag sprechen wir?«

»Zwanzigtausend, wenn ich mich recht entsinne. Nach den Details müssten Sie meine Assistentin Barbara fragen, sie kümmert sich um diese Dinge. Ich unterschreibe nur. Ich unterschreibe vieles, wie Sie sich vorstellen können. Selbst wenn ich wollte, ich könnte gar nicht alles lesen, was Tag für Tag über meinen Schreibtisch geht.«

»Wofür war dieser Kredit?«, fragte Balke eisig.

»Xaver hatte einen Unfall mit seinem Wagen gehabt. Eine Reparatur wäre nicht mehr rentabel gewesen, und er brauchte Ersatz.«

»Für ein neues Auto also«, sagte Balke in einem Ton, als würde er Bauer kein Wort glauben.

Dieser hatte sich inzwischen wieder in der Gewalt.

»Ich habe nie schlechte Erfahrungen gemacht mit diesem Angebot. Jeder hat seine Schulden brav zurückbezahlt.«

»Haben Sie eine Idee, wo er sich versteckt halten könnte?«, fragte ich. »Wo ist er geboren? Wo hat er gerne Urlaub gemacht?«

»Urlaub im eigentlichen Sinne hat Xaver nie gemacht. Von Freunden oder Freundinnen ist mir nichts bekannt. Hier im Haus gilt er als Eigenbrötler. Er hat sein Haus in Edingen, seinen Garten, sein Auto. Mehr braucht er wohl nicht. Im Umgang mit anderen ist er – vorsichtig ausgedrückt – nicht ganz unkompliziert. Möglicherweise bin ich der einzige Mensch auf der Welt, dem er sich anvertraut.«

Noch einmal wechselte ich einen Blick mit Balke. Er zuckte die Schultern.

»Okay.« Ich erhob mich. »Das war's fürs Erste. Ich muss Sie bitten, sich zu unserer Verfügung zu halten. Es werden sich in den nächsten Tagen mit Sicherheit noch weitere Fragen ergeben.«

»In Heidelberg kann ich nicht bleiben, so leid es mir tut. Ich habe hier noch einige Dinge zu erledigen, und um Viertel nach zehn geht der Nachtzug nach Berlin. Morgen Vormittag ist Fraktionssitzung, und da herrscht Anwesenheitspflicht. Es sollte im Zeitalter der elektronischen Kommunikationskanäle aber kein Problem sein, mich zu erreichen.«

Da Bauer als Bundestagsabgeordneter Immunität genoss, hatte ich keine Handhabe, ihn an seiner Reise in die Hauptstadt zu hindern.

Balke notierte sich die Nummern seiner beiden Handys.

Der Abschied fiel dieses Mal frostig aus.

26

»Ich war ja immer schon der Meinung, dass die meisten Politiker verlogene Drecksäcke sind«, sagte Balke, als wir wieder im Wagen saßen.

»Das mit dem Kredit war definitiv eine Lüge«, war auch ich überzeugt.

»Schon ulkig, irgendwie«, meinte Balke, nachdem wir einige Zeit geschwiegen und über das eben Gehörte nachgedacht hatten. »Dass die meisten Männer immer wieder auf denselben Typ Frau reinfallen.«

Ich inspizierte gerade wieder einmal mein Handy – immer noch nichts von Marie. »Was meinen Sie?«

»Das Foto auf seinem Schreibtisch.«

»Welches Foto?«

»Ach, das konnten Sie von Ihrem Platz aus gar nicht sehen. Seine Frau ist zierlich, schmal, ungefähr so groß wie er, Kulleraugen, allerdings blonde Haare …«

Aufgrund gewisser Folgeschäden des vergangenen Abends dauerte es einige Sekunden, bis ich begriff, worauf er hinauswollte. Bauers Frau hatte Ähnlichkeit mit Tanja Gerstner. Nur, dass sie blonde Haare statt schwarze hatte. Plötzlich purzelten die Gedanken in meinem Kopf übereinander. Er behauptete zwar, sie wisse nichts von Marie, aber wie glaubhaft war das? Was, wenn sie auf irgendwelchen Wegen doch erfahren hatte, dass ihr Mann eine uneheliche Tochter hatte?

Ich wählte Sarahs Nummer. Das Ehepaar Bauer war tatsächlich kinderlos, wusste sie, und auch, wo die beiden wohnten, in Meckesheim nämlich, einem Ort im südlichen Odenwald, etwa zwanzig Kilometer von Heidelberg entfernt.

»Sie heißt übrigens nicht Bauer, sondern von Schwarzach«, sagte Sarah, nachdem sie mir die Adresse diktiert hatte. »Hat bei der Heirat wohl den Nachnamen behalten. Hätt ich an ihrer Stelle auch gemacht.«

»Eine Telefonnummer hast du nicht zufällig auch noch?«

Und ob sie die hatte! Ich fragte lieber nicht, wie sie daran gekommen war.

Während wir weiter in Richtung Stadt fuhren, tippte ich die Nummer ins Handy. Sollte Gerlinde von Schwarzach abnehmen, dann würde ich nach wenigen Sätzen wissen, ob sie die Gesuchte war oder nicht.

Sie nahm nicht ab.

»Links oder geradeaus?«, fragte Balke, als wir an der Ampel standen, an der die Bundesstraße in Richtung Neckar abbog. Geradeaus ging es zur Direktion, links nach Meckesheim.

»Links«, entschied ich, als die Ampel gelb wurde.

Genug Benzin war im Tank, in den nächsten zwei Stunden hatte ich keinen Termin im Kalender, und auch wenn die Chancen nicht groß waren, einen Versuch war es wert.

Wilma hatte zwischenzeitlich noch einmal geschrieben, ein einziges Wort nur: »Feigling«.

War es wirklich vorstellbar, dass Bauers Frau Marie entführt hatte?, fragte ich mich, während Balke am Neckar entlangfuhr und in Neckargemünd in Richtung Süden abbog. Die Straße, auf die wir dann gerieten, kannte er von zahllosen Radtouren auf seinem Mountainbike.

Warum eigentlich nicht? Vielleicht hatte Bauers adlige Gattin sich – wie auch Theresa – immer Kinder gewünscht, jedoch keine bekommen. Bei manchen Frauen wurde ein unerfüllter Kinderwunsch irgendwann zur Manie. Gerlinde von Schwarzach ging auf die vierzig zu, die biologische Uhr raste, und dann musste sie plötzlich erfahren, dass ihr Mann eine Tochter hatte. Gezeugt, als sie längst mit ihm verheiratet war. Sollte sie hin und wieder Zeitung lesen und über den Artikel gestolpert sein, in dem meine Menschenfreundlichkeit gepriesen wurde, dann wäre es kein Problem für sie gewesen, Marie zu finden. Ein elternloses Mädchen, das doch irgendwie ein klein wenig auch zu ihr gehörte, wo doch ihr Mann der Vater war ...

Obwohl Balke nicht bummelte, brauchten wir fast eine halbe Stunde, bis wir Meckesheim erreichten, denn die Straßen im südlichen Odenwald waren schmal und kurvig. Das Sträßchen Am Mühlrain fanden wir problemlos. Bauers Haus lag ganz am Ende der kurzen Stichstraße.

Einmal mehr drückte ich vergebens einen Klingelknopf, der in diesem Fall vornehm golden glänzte und sich neben einem wehrhaften Stahltor befand, das in eine weiß gestrichene, etwa zwei Meter hohe Mauer eingelassen war. Dort, wo das Namensschild sein sollte, glotzte eine Videokamera. Die Mauer schien das ganze Anwesen zu umfassen, das auf der anderen Seite an ein Wäldchen grenzte. Wir gingen ein Stück daran entlang, in der Hoffnung, wenigstens einen Blick auf Haus und Grundstück werfen zu können. Aber es war sinnlos. Wir fanden auch nichts, auf das man hätte klettern können. So machten wir bald wieder kehrt.

»Was tun Sie denn da?«, fragte jemand empört, als ich zum zweiten Mal läutete.

Ein älterer Herr stand am Zaun des Nachbargrundstücks, das nicht annähernd so verschlossen und vermauert war wie das, das wir gerne betreten hätten.

»Wir suchen Frau Bauer.« Ich hielt meinen Dienstausweis hoch. »Polizei. Wir müssten sie kurz sprechen.«

Seine Empörung legte sich sofort.

»Da haben Sie aber Pech«, erwiderte er zuvorkommend. »Die ist nicht da. Und er auch nicht. Niemand ist da. Ich hab ... Warten Sie ... Gestern Vormittag hab ich sie zuletzt gesehen, da ist sie in ihrem BMW weggefahren. So gegen zehn.«

Drei Stunden nach ihrem Aufbruch war Marie verschwunden.

»Zurückgekommen ist sie bisher nicht.«

»Wohin sie wollte, hat sie Ihnen vermutlich nicht verraten.«

»Die?« Der aufmerksame Herr lachte böse. »Die redet doch nicht mit so niederem Volk wie unsereinem.«

Nach guter Nachbarschaft klang das nicht.

Ohne fragen zu müssen, erfuhren wir, dass Gerlinde von Schwarzach des Öfteren verreiste.

»Mal ist sie für ein, zwei Tage weg, mal für Wochen. Vielleicht besucht sie ihren Mann in Berlin, haben meine Frau und ich überlegt. Der hat da ja jetzt häufig zu tun, als Abgeordneter. Kinder haben sie keine, und da ist der gnädigen Frau wahrscheinlich langweilig, so mutterseelenallein in ihrem Riesenkasten da.«

»Haben die Bauers Personal?«

»Eine Putzfrau, ja. Die ist heut auch schon da gewesen. Außerdem haben sie noch einen Gärtner, aber der kommt bloß, wenn's was zu tun gibt.«

Die Zugehfrau hieß Schindler mit Nachnamen.

»Wo sie wohnt? Ich weiß nur, irgendwo hier im Ort …« Er rief nach seiner Frau, die im Haus rumorte. Aber auch sie kannte die Adresse nicht, jedoch immerhin den Vornamen.

»Sie ist schon viele Jahre bei den Bauers, die Rita«, rief sie aus einem Fenster im oberen Stockwerk. »Gehört schon fast zur Familie.«

Balke ermittelte die Anschrift von Rita Schindler per Smartphone und Onlineabfrage. Der Nachbar beschrieb uns den Weg zur Schlossergasse.

Sollte Bauers Frau wirklich Maries Entführerin sein, dann würde sie sich jetzt irgendwo mit dem Kind versteckt halten. In einem Wochenendhaus? Oder vielleicht tatsächlich in der Zweitwohnung in Berlin? Dass Bauer von der Entführung wusste oder gar mit seiner Frau gemeinsame Sache machte, hielt ich für ausgeschlossen.

Ihn anzurufen und zu fragen, ob er und seine Frau über ein Hideaway verfügten, verbat sich dennoch. Die Gefahr war zu groß, dass er sie kontaktierte, um ihr ins Gewissen zu reden, was im schlimmsten Fall zu einer Katastrophe führen könnte. Oder zumindest dazu, dass die Entführerin sich mit Marie zusammen ins Auto setzte, um Gott weiß wohin zu fliehen.

Rita Schindler war zu Hause und zudem eine resolute Zeitgenossin, die nicht dazu neigte, Blätter vor den Mund zu nehmen. Ich schätzte sie auf Ende fünfzig. Sie war kräftig, energisch, das offensichtlich gefärbte orangerote Haar stand dauergewellt von ihrem breiten Kopf ab, die Hände zeugten von jahrzehntelanger körperlicher Arbeit.

»Ja, aber wieso?«, lautete ihre erste Frage, während sie die Finger an einem karierten Tuch abwischte. »Was wollt ihr denn von ihr?«

»Wir hätten nur ein paar Fragen an sie. Nichts Weltbewegendes.«

»Kriegt der Bauer jetzt endlich eins auf den Deckel?«

»Wie kommen Sie darauf?«

Nicht weit von uns begann eine Kirchturmuhr zu schlagen. Zwölf Uhr schon, sagte mein Handy.

»Also, ganz ehrlich, ich schaff wirklich gern bei denen. Sie sind im Großen und Ganzen anständig zu mir, und vor allem zahlen sie gut. Aber was ich da so alles mitkriege …« Mit vielsagendem Blick verstummte sie.

»Was denn zum Beispiel?«

»Kommt doch erst mal rein. Muss ja nicht gleich der halbe Ort wissen, gell?«

Sie winkte uns in ihr hellblau gestrichenes Reihenhaus im Westen des Orts, lotste uns durch einen kahlen, ungeheizten Flur in einen überraschend geschmackvollen und mollig warmen Wohnraum. Auf die Idee, uns einen Kaffee anzubieten, kam sie nicht. Aber ich hätte ohnehin keinen gewollt.

Wir nahmen am Tisch Platz. Es roch, als könnte es zu Mittag Spaghetti Bolognese geben, und mir lief sofort das Wasser im Mund zusammen.

Steuerhinterziehung, zählte Rita Schindler an den Fingern ihrer linken Hand auf, Schwarzarbeit, Beschäftigung von Scheinselbstständigen sowie dubiosen Subunternehmen aus dem Osten.

»Sie kann da natürlich nix dafür. Fürs Geschäft ist er zuständig. Kriegt ihr ihn jetzt dran, was meint ihr? Verratet bloß nicht, dass ihr das von mir wisst! Vor Gericht sag ich kein Wort, das könnt ihr euch gleich mal hinter die Ohren schreiben.«

»Ich denke nicht, dass es zu einem Prozess kommt. Aber wenn das alles stimmt, was Sie sagen, wird er in jedem Fall bluten.«

»Recht so. In der Öffentlichkeit mimt er immer den großen Menschenfreund und Wohltäter, und hintenrum … Kommt er mal runter von seinem hohen Ross, dieser scheinheilige Geldsack. Und sie auch, die Schnepfe, die eingebildete.«

»Was ich Sie eigentlich fragen wollte: Wo könnte die Frau sich zurzeit aufhalten? Wir haben gehört, dass sie gestern weggefahren ist. Hat sie Ihnen vielleicht gesagt, wohin sie wollte? Gibt es einen Ort, wo sie regelmäßig hinfährt?«

Rita Schindler zog ein langes Gesicht.

»Also, sagen tut die mir schon mal gar nix. Wenn sie überhaupt mal mit mir redet, dann heißt es bloß, Rita, mach dies, Rita, mach das, und Fenster geputzt hast du auch schon mal besser. Was ich weiß, im Sommer sind sie oft an der Nordsee. Sie haben ein Haus auf Langeoog. Oder war's Wangerooge? Er ist nämlich ein großer Segler vor dem Herrn, der Doktor. Sie haben eine Jacht da oben.«

Balke erhob sich lautlos, zückte sein Smartphone und ging hinaus in den Flur.

»Manchmal fährt sie auch allein dahin«, fuhr Bauers Haushaltshilfe eifrig fort, »zum Malen. Sie malt nämlich gern. Hat sogar schon Ausstellungen gehabt. In Mannheim. Und in Speyer auch, glaub ich. Hier im Ort nicht. Da ist sie sich zu fein dafür, die Gnädigste.«

»Moin, Kollege«, hörte ich Balke fröhlich ins Handy rufen.»Ich hätte mal 'ne Frage.«

»Gibt es noch andere Orte, wo sie sein könnte?«, fragte ich weiter.

»Sie hat ein Handy. Wieso rufen Sie sie nicht einfach an? Ich kann Ihnen die Nummer geben. Sie hat's aber meistens ausgeschaltet, das kann ich Ihnen gleich sagen.«

»Gibt es Verwandte? Freunde?«

»Verwandte kann sein, Freunde bestimmt nicht. Manchmal hat sie telefoniert. Aber mir erzählt sie natürlich nicht, mit wem. Am liebsten tut sie so, als wär ich gar nicht da. Als wär ich eine Sklavin oder so was.«

»Wo ist sie aufgewachsen?«

»Also, er stammt von hier. Da, wo er jetzt wohnt, hat früher sein Elternhaus gestanden, ein schönes, altes Fachwerkhaus. Das hat er abreißen lassen und dafür seinen grausligen Betonkasten hingestellt. Sie ist aus Heidelberg, soweit ich weiß. Die Familie kommt aber ursprünglich aus Schwarzach. Das ist bloß ein paar Kilometer von hier.«

Balke kam wieder herein, schwenkte sein Handy.

»Die Kollegen kümmern sich«, sagte er zu mir, als er sich wieder setzte.»Wird ein bisschen dauern. Das Haus ist ganz am Ende der Insel, und auf Langeoog gibt's keine Autos.«

»Manchmal hab ich aber doch ein bisschen was aufgeschnappt«, fuhr Rita Schindler fort.»Es gibt eine Sieglinde, mit der hat sie meistens ziemlich lang telefoniert. Vielleicht sind sie verwandt, sie hat immer sehr vertraut mit ihr getan. Und einen Clarence gibt's noch. Der ist vielleicht auch Künstler, weil, da geht's immer um Bilder und Kunst und so Zeug. Womöglich hat er auch eine Galerie, was weiß ich. Mehr fällt mir jetzt aus dem Stand nicht ein. Meistens geh ich ja weit weg, wenn sie telefoniert, damit ich sie bloß ja nicht stör. Will eigentlich einer von euch zwei Hübschen einen Kaffee?«

Wir schüttelten einträchtig die Köpfe. Es entstand eine kurze Pause, in der nur das Brummen eines Traktors in der

Ferne und das Summen der Heizung zu hören waren. Balke streichelte sein Handy. Schließlich zückte ich ein Visitenkärtchen und drückte es Bauers Haushaltshilfe in die Hand.

»Falls Ihnen noch was einfällt, Sie wissen schon.«

Jetzt strahlte sie wieder. »Im Fernsehen sagen die Polizisten das auch immer. Ich ruf an, ist doch klar. Sie können sich auf mich verlassen, Herr Kommissar.«

»Hab eben schon mal ein bisschen gegoogelt«, sagte Balke, als wir wieder unterwegs waren. »Von Schwarzachs gibt's in der Gegend fast so viele wie Seehunde vor Langeoog. Allein in Heidelberg habe ich neun Stück gefunden.«

Eine Sieglinde von Schwarzach war dort jedoch nicht gemeldet, stellte ich fest, während wir talwärts fuhren. Bei Facebook war allerdings eine Frau dieses Namens zu finden, die jedoch nichts von sich preisgab außer Fotos von ihrem Golden Retriever. Auf ihrem Profilbild war nicht sie, sondern ein Sonnenuntergang über irgendeinem Meer zu bewundern. Im Vordergrund war der Kiel einer großen Segeljacht zu sehen, der gerade in eine grünblau schäumende Welle tauchte.

»Was ich Ihnen noch erzählen wollte, Chef«, begann Balke irgendwann mit unglücklicher Miene. »Klara hat sich gestern mal wieder gemeldet.«

»Wie geht's ihrer Tante oder Oma?«

»Es ist eine Tante, und sie ist inzwischen gestorben.«

»Das tut mir leid.«

Ich nahm mir vor, Klara Vangelis später eine Beileidsnachricht zu schreiben.

»Das Dumme ist bloß, Klara geht's im Moment gar nicht gut. Sie meint, sie hätte einen Burn-out. Deshalb will sie erst mal noch in Griechenland bleiben.«

»Und ihr Kind?«

»Das wird wohl bei der Oma in Schriesheim sein, wo es sowieso immer ist. Wahrscheinlich ist dem armen Jungen noch gar nicht aufgefallen, dass seine Mutter seit Neuestem nicht mehr da ist.«

»Und ... was will sie jetzt machen in Griechenland?«, fragte ich finster. Dass Vangelis uns im Stich lassen könnte, gefiel mir ganz und gar nicht.

»Das Blöde ist, die Tante hat ihr ein bisschen Geld vermacht und ein Haus auf Thassos mit sechs Ferienwohnungen drin.«

Ich begann Schreckliches zu ahnen.

»Sie wollen hoffentlich nicht andeuten, sie ...?«

»Doch, ich fürchte, sie wird. Sie hat sich bisher nur noch nicht getraut, es Ihnen zu schreiben. Ich denke, sie wird Sie erst mal um unbezahlten Urlaub bitten, und wenn wir Pech haben, dann geht sie uns tatsächlich von der Fahne.«

Balke klang, als hätte er vollstes Verständnis für Vangels' Treulosigkeit.

Kurz bevor wir Heidelberg erreichten, ließ sein Handy ein flottes Schlagzeugsolo hören.

»Moin«, begrüßte er den Anrufer aus dem hohen Norden. »Okay ... Nicht? ... Schade. Danke trotzdem und schönen Tach noch.«

»Sie haben tatsächlich ein Haus auf Langeoog«, sagte er, während er das Handy wieder auf die Mittelkonsole legte. »Nachbarn sagen, seit Oktober sei in dem Haus niemand mehr gewesen.«

Ich bat ihn, zunächst alle in Heidelberg und Umgebung ansässigen von Schwarzachs zu kontaktieren. Sollten wir dort nicht fündig werden, würden wir den Kreis weiter ziehen. Die Sieglinde von Facebook übernahm ich.

27

Als wir die Polizeidirektion wieder betraten, ging es schon auf vierzehn Uhr zu. Wilma hatte aufgegeben, und mir wurde bewusst, dass ich seit mindestens zwei Stunden nicht mehr an Theresa gedacht hatte. Ohne große Hoffnung auf Antwort schrieb ich Sieglinde von Schwarzach eine kurze Nachricht, und zu meiner Verblüffung klingelte kurz darauf mein Telefon.

»Polizei?«, fragte eine Frauenstimme aufgebracht. »Wenn das lustig sein soll ...«

»Ganz und gar nicht.«

Ich erklärte ihr den Grund meiner Anfrage.

»Ich verstehe nicht, weshalb Sie nicht selbst mit meiner Schwester sprechen.«

Gerlinde und Sieglinde waren Zwillingsschwestern.

»Keine eineiigen. Wir sehen uns kein bisschen ähnlich. Was ist denn nun mit Gerli?«

»Sie ist zurzeit unauffindbar.«

»Sie wird doch nicht ...« Ich hörte sie schlucken. »Befürchten Sie, dass sie sich etwas angetan hat?«, fragte sie mit plötzlich gar nicht mehr selbstbewusster Stimme.

»Hätte ich denn Grund dazu?«

»Nun, sie hat – wie sage ich es am besten? Sie ist nicht besonders glücklich in ihrer momentanen Lebenssituation. Denkt ständig daran, sich von Clemens zu trennen, der, um es offen zu sagen, ein Macho ist, wie er im Buche steht. Einer dieser Mansplainer, die schon aus Prinzip immer recht haben.«

Sie schwieg für zwei, drei Sekunden.

»Was sagt er denn dazu?«, fragte sie dann.

»Ich habe ihn aus gewissen Gründen bisher noch nicht gefragt. Gibt es Orte, wo sie gerne ist?«

»Langeoog. Sie haben ein Häuschen dort. Sehr hübsch, mit Reetdach und allem. Clemens hat außerdem eine Wohnung in Berlin. Aber ich verstehe nicht, normalerweise würden Sie doch Clemens als Ersten fragen. Wieso tun Sie es nicht?«

Mir blieb nichts anderes übrig, als sie ins Vertrauen zu ziehen.

»Gerli soll ein Kind entführt haben?«, fragte sie entgeistert. »Geht's noch? Das ... Also ehrlich ... Ich weiß gar nicht, was ich sagen soll.«

»Hat sie mit Ihnen manchmal über das Thema Kinder gesprochen?«

»Ständig. Für Gerli ist das schon seit Jahren ein Riesending. Wir werden nicht jünger, und die Einsamkeit in ihrem vergoldeten Luxuskäfig bekommt ihr nicht. Arbeiten will sie nicht, irgendeine Art von sozialem Engagement liegt ihr nicht. So bleibt ihr nur ihre Malerei, mit der sie auch nicht wirklich auf einen grünen Zweig kommt. Obwohl sie Talent hat, das will ich gar nicht bestreiten.«

Sieglinde von Schwarzach lebte allein, arbeitete als Abteilungsleiterin bei einem großen Möbelhaus in Lübeck und hatte das Thema Mutterschaft schon vor Jahren abgehakt.

Es klopfte an der Tür. Laila streckte den Kopf herein.

»Die Anwältin wär jetzt da, Chef. Wir können loslegen.«

Die Vernehmung von Tanja Gerstner, ich hatte sie völlig vergessen. Glücklicherweise hatte sich auch Frau Dr. Rowedder verspätet.

Das dritte Gespräch hatte ich nun bewusst ins Vernehmungszimmer verlegt. Dieses Mal mussten wir zu den schwierigen und schmerzhaften Themen vordringen. Die Anwältin war eine abgeklärte ältere Dame mit fast völlig weißem Haar, die es nicht mehr nötig hatte, unentwegt ihre Wichtigkeit zur Schau zu stellen. Sie hatte die Wartezeit genutzt, um sich mit ihrer Mandantin zu besprechen, und man war sich offenbar rasch einig geworden.

»Frau Gerstner ist bereit, eine umfassende Aussage zu

machen«, begann Frau Dr. Rowedder entspannt lächelnd. »Entgegen meinem ausdrücklichen Rat, weil sie sich dadurch selbst belasten wird.«

Maries Mutter saß kerzengerade auf der Kante ihres Stuhls und sah mir fest in die Augen, als sie zur Bestätigung nickte.

»Gut«, sagte ich. »Das macht uns allen die Sache sehr viel einfacher. Und es wird sich bei Gericht sicherlich strafmindernd auswirken.«

Das Wiedersehen mit ihrem Mann, dem Tanja Gerstner so viele Jahre sorgfältig aus dem Weg gegangen war, hatte zunächst zu einer vorsichtigen Wiederannäherung geführt, später sogar zur Aussöhnung. Man hatte sich in der Folge mehrfach getroffen, anfangs in einem Café, später in Tanja Gerstners Zimmer in Mannheim. Nie jedoch in der Wohnung in Dossenheim, da Maries Mutter sich noch nicht zu einem Treffen mit ihrem Kind in der Lage fühlte.

Maries Großmutter väterlicherseits hatte schon früh bemängelt, dass ihre Enkeltochter weder dem Vater noch der Mutter ähnlich sah.

»Sie hat …« Tanja Gerstner senkte den Blick, schwieg kurz. »Sie hat mich nie leiden können. Ständig hat sie Helge angemeckert, er hätte sich ein Flittchen geangelt und würde schon sehen, was er sich damit angetan hat. Zum Glück ist sie dann bald gestorben. Ich bin nicht zur Beerdigung gegangen.«

Gerstner hatte dennoch weiterhin zu seiner Tanja gehalten, selbst als sie ihn betrogen und verlassen hatte. Der Verdacht, Marie könnte nicht sein Kind sein, war jedoch über all die Jahre da gewesen und hatte mehr und mehr an ihm genagt. Schließlich hatte er einen Vaterschaftstest machen lassen.

»Danach ist ihm aufgefallen, dass Clemens die gleichen Augen hat wie Marie. Sie haben sich gezofft, und den Rest wissen Sie ja schon.«

»Kommen wir zum vergangenen September …«

Wieder schlug sie die dunklen, jetzt feuchten Augen nieder, blinzelte nervös, gab sich einen letzten Ruck. Immer noch saß sie so aufrecht, als wäre jeder Muskel ihres schlanken Körpers angespannt.

»Okay, was soll's. Helge war anfangs böse mit mir, weil ich das Geld verjubelt habe, das eigentlich für Marie bestimmt war. Wir hatten einen heftigen Streit, er hat sich wochenlang nicht mehr gemeldet, aber schließlich haben wir uns doch wieder vertragen. Dann hatte er irgendwann die Idee, wenn Clemens freiwillig nicht mehr bezahlen wollte, dann könnten wir ihn ja erpressen. Als Politiker kann er sich keinen Skandal leisten, und durch seine Firma wäre er stinkreich, und ein paar Tausend Euro würde Clemens locker aus der Portokasse bezahlen.«

Gerstner war der Ansicht gewesen, da Tanja das Geld immer in bar bekommen hatte und keine Quittungen existierten, könnten sie Bauer zur Not sogar verklagen und einfach behaupten, er hätte nie für sein uneheliches Kind bezahlt. Gerstner hatte Bauer mit den Forderungen konfrontiert. Dieser hatte wieder getobt, am Ende jedoch eingewilligt, ein allerletztes Mal für sein Kind zu bezahlen.

»Zwanzigtausend. Eigentlich hatten wir fünfzig verlangt. Aber zwanzig war natürlich auch eine schöne Stange Geld. Wir haben überlegt, wieder zusammenzuziehen. Ich hätte mich um Marie gekümmert, und Helge wollte vielleicht eine kleine Firma aufmachen, irgend so was.«

Sie hatten ihre Schulden getilgt, Gerstner hatte eine neue Waschmaschine gekauft, Tanja Gerstner sich einige hübsche Sachen zum Anziehen geleistet, und wenige Wochen später waren die beiden Nebenerwerbserpresser fast wieder so arm gewesen wie zuvor. Tanja Gerstner hatte den Termin immer wieder hinausgeschoben, an dem sie bei ihrem Mann und ihrer Tochter einziehen wollte. Mit der Firmengründung war es mangels zündender Ideen auch nicht recht vorangegangen, und Marie hatte noch immer nicht einmal geahnt, dass ihre Mutter ganz in der Nähe war.

»Helge hat sich dann bald geärgert, weil er sich von Clemens hat herunterhandeln lassen. Und irgendwann hat er gesagt, wir machen das jetzt noch mal, diesmal aber richtig.«

»Wie viel haben Sie beim zweiten Mal verlangt?«

»Eine halbe Million. Helge meinte, Clemens müsse richtig bluten. Der hat ihn natürlich ausgelacht und gesagt, er würde die Polizei rufen, und dann würden wir schön dumm gucken. Am Ende hat er aber doch wieder nachgegeben und wollte uns hundertfünfzigtausend geben. Das sei der Unterhalt für Marie für die nächsten fünfzehn Jahre, und damit sollte dann ein für alle Mal Ruhe sein.«

Nach seiner anfänglichen Empörung war Bauer vermutlich klar geworden, dass er nach wie vor unterhaltspflichtig war und er sich nicht einfach aus der Verantwortung stehlen konnte.

»Haben Sie selbst mit ihm gesprochen?«

Erschrocken schüttelte sie den Kopf. »Aber nein. Das lief sowieso alles über Meidinger. Clemens haben wir schon lange nicht mehr ans Telefon gekriegt. Seine Sekretärin hat Helge immer gleich abgewimmelt. Einmal haben wir versucht, ihn auf der Straße abzupassen, aber er hat uns einfach stehen lassen.«

Tanja Gerstner blinzelte ein Weilchen ins Nirgendwo. Dann fuhr sie leiser fort: »Eigentlich war abgemacht, dass ich das Geld abhole. Bei Meidinger, wie immer.«

Im letzten Moment hatte sie jedoch der Mut verlassen.

»Meidinger ist irgendwie nicht ganz richtig im Kopf. Mir war er immer schon schrecklich unsympathisch. Regelrecht gegruselt habe ich mich vor ihm.«

Gerstner beschloss daraufhin, die Geldübergabe nicht in Edingen abzuwickeln, sondern schlug als Treffpunkt den Parkplatz beim Heddesheimer See vor. Dort kannte er sich gut aus, und er wusste, dass es am Abend sehr ruhig war. Zudem hatte er gehofft, dass Meidinger umgänglicher sein würde, wenn er nicht in seiner vertrauten Umgebung war.

Die Anwältin schwieg die ganze Zeit und wechselte hin

und wieder die Sitzposition. Manchmal wirkte sie, als wollte sie etwas sagen, tat es dann aber doch nicht. Auch Laila hörte nur zu, warf ab und zu einen Blick auf ihr Smartphone.

»An Ihrer Stelle ist dann also Ihr Mann zu dem Treffen gefahren«, sagte ich.

Tanja Gerstner nickte. »Und dann hat Helge sich auf einmal nicht mehr gemeldet. Dabei hatte er fest versprochen, mich gleich anzurufen, wenn alles geklappt hat. Das hat er aber nicht getan. Am Abend nicht, am nächsten Tag nicht, sein Handy war aus, und ich bin fast verrückt geworden vor Angst. Erst dachte ich, er wollte das ganze Geld für sich behalten. Ich habe ja nicht mal gewusst, wo er zuletzt gewohnt hat.«

»Er ist umgezogen, damit Meidinger ihn nicht finden kann?«

»Er meinte, ich sollte mir auch eine andere Bleibe suchen und für ein Weilchen abtauchen. Für den Fall, dass Clemens uns doch anzeigt oder Meidinger losschickt, damit er uns was tut. Anfangs habe ich gedacht, Helge übertreibt. Aber wie er sich dann wirklich im Odenwald verkrochen hat, da habe ich auch kalte Füße bekommen und bin zu meiner Freundin gezogen, wo Sie mich gestern gefunden haben. Am Ende waren wir beide so kirre, dass wir die Aktion im letzten Moment abblasen wollten. Aber Helge sagte, wir ziehen das jetzt durch. Später wollte er das Haus im Wald schön herrichten für uns, und wir wären wieder eine richtige Familie gewesen.«

»Wussten Sie, dass Meidinger in Ihrem Zimmer war und Ihre Pistole an sich genommen hat?«

Dieses Mal musste ich besonders lange auf die Antwort warten.

»Das hat er gar nicht«, gestand Tanja Gerstner nach langem Zögern mit niedergeschlagenen Augen.

»Er hat die Pistole nicht genommen?«

Verzagtes Kopfschütteln.

»Dann haben *Sie* Ihrem Mann die Waffe gegeben?«

»Ich dachte, falls Meidinger Stress macht, dann muss er sich wehren können. Der Meidinger ist wirklich nicht ganz richtig im Kopf und stark wie ein Stier. Der ist gefährlich, habe ich zu Helge gesagt, nimm das Ding besser mit.«

Hier kam einiges zusammen, was Staatsanwälten Freude bereitete: unerlaubter Waffenbesitz, Passvergehen, Erpressung oder wenigstens Nötigung. Zudem war der Verdacht immer noch nicht ganz ausgeräumt, Tanja Gerstner könnte an der Tötung von Helge Gerstner in irgendeiner Weise beteiligt gewesen sein. Ich glaubte zwar längst nicht mehr daran, aber ihre Spuren an der Tatwaffe ließen sich nicht wegdiskutieren, und was ich glaubte, spielte vor Gericht leider keine Rolle.

Die Anwältin beobachtete mich mit hochgezogenen Brauen.

Tanja Gerstner hatte ihre Hände unter die Oberschenkel geklemmt und starrte jetzt schon seit Längerem auf ihre Knie. Wie mager sie war, wie zart und zerbrechlich! Ein jämmerliches Häufchen Elend und ein Berg schlechtes Gewissen.

»Eines möchte ich Sie noch fragen«, sagte ich. »Diese Sache mit Dr. Bauer. Wie ist das abgelaufen?«

Jetzt sah sie auf. »Als wir …? Dazu möchte ich nichts sagen. Das ist eine Sache nur zwischen ihm und mir.«

»Sie haben damals in seiner Firma gearbeitet.«

»Das stimmt.«

»War es während der Arbeit?«

Keine Reaktion.

»In seinem Büro?«

Zögern. Kopfschütteln. »Im Vorzimmer.«

»Hat er Sie … gezwungen?«

»Nein«, erwiderte sie sofort und mit Nachdruck.

»Herr Gerlach«, sagte die Anwältin mahnend. »Ich verstehe nicht ganz, weshalb Sie jetzt plötzlich auf diesem Thema herumreiten. Meine Mandantin legt erklärtermaßen keinen Wert darauf, Dr. Bauer zu belasten.«

Es gab Momente, da hasste ich meinen Beruf. Wer würde nun am Ende bestraft werden? Xaver Meidinger, Tanja Gerstner und – sollte sie tatsächlich Maries Entführerin sein, wovon ich inzwischen fast überzeugt war – Gerlinde von Schwarzach. Drei Täter, die im Grunde Opfer waren. Clemens Bauer dagegen würde es gelingen, weitgehend unbeschädigt aus dieser Sache herauszukommen. Sein Ruf würde nicht mehr ganz so hübsch glänzen, er würde um einige tausend Euro ärmer und um ein paar unangenehme Erfahrungen reicher geworden sein, aber das war auch schon alles.

Mein Blick ruhte immer noch auf Tanja Gerstner, die nicht mehr wagte, mir ins Gesicht zu sehen. Sie wirkte, als wäre sie plötzlich am Ende ihrer Kräfte. Ich gab Laila einen Wink, und sie schaltete das Aufzeichnungsgerät aus.

»Na wunderbar«, meinte die Anwältin und erhob sich mit einem erleichterten Blick auf ihr goldenes Armbanduhrchen. »Das war ja angenehm kurz und beinahe schmerzlos.«

Ich sammelte meine Unterlagen zusammen.

»Frau Gerstner wird heute noch dem Haftrichter vorgestellt. Die Staatsanwaltschaft wird wahrscheinlich auf U-Haft bestehen. Die Spuren Ihrer Mandantin an der Tatwaffe sind keine Kleinigkeit, die wir einfach beiseitelassen können.«

Frau Dr. Rowedder nickte verständnisvoll. Ihre Mandantin starrte mit so leerem Blick auf ihre Knie, als ginge sie das alles nichts an.

Als ich die Treppen zu meinem Büro hinaufstieg, überlegte ich, was wohl aus den hundertfünfzigtausend Euro geworden war, die Meidinger ursprünglich Tanja Gerstner hätte übergeben sollen. Hatte er sie einfach behalten? Oder seinem Chef zurückgegeben? Waren sie zusammen mit Helge Gerstners Leiche im See versunken? Oder …

»Der ehrliche Finder«, war der Artikel überschrieben gewesen, den ich vor einiger Zeit gelesen hatte. Eine kurze

Internetrecherche bestätigte, woran ich mich zu erinnern glaubte: Der Langzeitarbeitslose Egon K. hatte eine Tüte voller Geld gefunden. Bei einem Spaziergang. Wo dieser stattgefunden hatte, war in dem Artikel nicht vermerkt, dafür jedoch der Name des Journalisten, der den Zwanzigzeiler verfasst hatte.

»Heddesheim«, sagte er auf meine Frage nach dem Fundort. »Auf dem Parkplatz beim Badesee. Den durfte ich aber nicht erwähnen und den genauen Betrag und den Ort auch nicht.«

Ein Anruf beim Bürgermeisteramt von Heddesheim ergab, dass die pralle weiße Tüte immer noch im Tresor lag. Der Eigentümer der exakt einhundertfünfzigtausend Euro, die sie enthielt, hatte sich bislang nicht gemeldet. Was allerdings nicht passte, war das Datum, an dem Egon K. seinen wertvollen Fund gemacht haben wollte. Angeblich war das zwei Tage vor Heiligabend gewesen. Somit hätte die Tüte nach Gerstners Ermordung volle zwölf Tage auf dem Parkplatz liegen müssen, und es war völlig ausgeschlossen, dass in so langer Zeit niemand sich danach gebückt haben sollte. Spätestens als die Kollegen das Gelände drei Tage später absuchten, wäre sie entdeckt worden.

Der vollständige Name des Helden der Ehrlichkeit lautete Egon Kempf, wohnhaft in einem Häuschen an der Heddesheimer Nuitsstraße. Da die Entfernung nicht groß war und ich gerade nichts Besseres zu tun hatte, beschloss ich, dem möglicherweise nicht ganz so ehrlichen Finder einen Besuch abzustatten.

Egon Kempf war zu Hause, trug eine beachtliche Alkoholfahne vor sich her und öffnete mir die Tür erst nach dem dritten Läuten. Zuvor hatte ich ihn im Haus hämmern und klopfen gehört.

»Wer sind Sie?«, fragte er mit leicht glasigem Blick. »Was wollen Sie?«

Er trug einen staubigen Blaumann. Seine Hände waren

schmutzig. Irgendwo im Haus bellte ein großer Hund, den er jedoch zum Glück eingesperrt zu haben schien.

»Ich habe den Artikel in der Zeitung gelesen«, sagte ich und zeigte ihm meinen Dienstausweis. »Es geht um das viele Geld, das Sie gefunden haben.«

»Hab ich alles abgegeben. Jeden Euro. Alles. Haben Sie bestimmt auch gelesen.«

»Das weiß ich, und ich finde es außerordentlich lobenswert, dass Sie so ehrlich sind. Das wären bestimmt nicht viele gewesen.«

»Tja«, sagte er dazu und wurde ein klein wenig größer.

Immer noch standen wir an der Haustür, beschienen von einer trüben Wintersonne, die nicht wärmte. Ich draußen, er drinnen.

»Würden Sie mir erzählen, wie das war, als Sie die Tüte gefunden haben?«

»Da gibt's nicht viel zu erzählen.« Seit einigen Sekunden vermied er es, mir ins Gesicht zu sehen. »Bin spazieren gewesen. Mit Kalinka. Das ist mein Hund. Wenn ich den nicht hätte, wär ich gar nicht rausgegangen, weil's so geschüttet hat an dem Tag. Ein richtiges Sauwetter ist es gewesen.«

»Zwei Tage vor Heiligabend war das, habe ich gelesen. Am 22. Dezember.«

»Ja, klar.«

»So hat es in der Zeitung gestanden.«

»Weil's stimmt.«

»Am 22. hat es aber nicht geregnet.« Was gelogen war, aber das spielte in diesem Zusammenhang keine Rolle.

»Äh … was?«

Kurz streifte mich sein unsicherer Blick.

»Kann es sein, dass es an einem anderen Tag war?«

»Äh … also … Was soll das denn jetzt?«

»Wollen wir nicht lieber reingehen?«

»Nö.«

»Na gut. Wissen Sie, was ich glaube? Sie haben das Geld schon anderthalb Wochen früher gefunden.«

»Und … was wär dann?« Nun maß er mich mit einem fast unverschämten Blick.

»Nichts. Es ist für mich nur in einem anderen Zusammenhang wichtig.«

Der Form halber zierte er sich noch ein wenig, aber dann gestand er, dass ich recht hatte. Er hatte die Tüte zunächst mit nach Hause genommen, das Geld dreimal gezählt, weil er sein Glück einfach nicht fassen konnte, und seinen unerwarteten Reichtum anschließend im Keller unter den Kartoffeln versteckt. Nachdem er einige Nächte schlecht geschlafen hatte, lieferte er seinen Fund schließlich beim Bürgermeisteramt ab.

»Liebe ist, wenn man die Finger nicht voneinander lassen kann«, hatte Theresa mehr als einmal behauptet. So gesehen, war es am Ende wirklich nicht mehr weit her gewesen mit unserer Liebe, denn in letzter Zeit hatte unser Bedürfnis nach Körperkontakt merklich nachgelassen.

Es war Abend, ich saß auf der Couch, hörte die Zwillinge reden und – obwohl Marie immer noch verschwunden war – manchmal schon wieder verhalten lachen. Vermutlich heckten sie neue Pläne zur Verkleinerung unseres ökologischen Fußabdrucks aus.

Auf der Rückfahrt von Heddesheim hatte mich das Thema Theresa wieder mit Macht überfallen. Zerrissen zwischen Wut, Eifersucht und Enttäuschung war ich nach Hause gekommen. Die Mädchen hatten zum Glück nicht wissen wollen, weshalb ich so wortkarg war und eine derart griesgrämige Miene zur Schau stellte. Nach der unruhigen Nacht, dem turbulenten Arbeitstag, der ständigen Sorge um Marie und dem Elend mit Theresa fühlte ich mich zerschlagen wie nach einem Halbmarathon.

Vor mir stand ein nur zur Hälfte gefülltes Glas Spätburgunder, das ich noch nicht angerührt hatte. Das Licht hatte ich ausgelassen, und nun versuchte ich, mir über meine neue Situation klar zu werden. Die Trennung von Theresa war ein Fakt. Selbst wenn sie angekrochen käme und an meiner Tür kratzte – mein Stolz ließ es nicht zu, mich noch einmal mit ihr einzulassen. Zumindest nicht gleich.

Auf diesen weisen Entschluss hin nahm ich doch einen kleinen Schluck aus meinem Glas.

Vorbei war vorbei war vorbei.

Basta, finito, hasta la vista, Baby.

Je länger ich darüber grübelte, desto mehr kam ich zur Überzeugung, dass unsere Beziehung in den letzten Monaten doch sehr abgekühlt war. Mir fielen meine Träume wieder ein, in denen eine gewisse Nora eine tragende Rolle spielte. Hatte ich solche Träume auch gehabt, als Theresa und ich noch ein Herz und eine Seele waren?

Ich konnte mich nicht erinnern.

Aber war das nicht normal? War es nicht natürlich, dass der Rausch einer neuen Liebe mit der Zeit verflog? Dass sich allmählich Alltag breitmachte, Routine? Kuscheln, ohne dass es immer gleich zum Äußersten kommen musste? Schon rein körperlich war es auf Dauer nicht durchzuhalten, jeden zweiten Tag Sex zu haben. Schließlich war man keine zwanzig mehr.

Oder – plötzlich stand die Frage in meinem Kopf wie vom Himmel gefallen: War es überhaupt jemals Liebe gewesen?

Mit einem Mal war ich mir da nicht mehr so sicher. Es war bequem gewesen, nach Veras überraschendem Tod wieder eine Frau zu haben. Eine Frau, die mich begehrte. Die sogar dafür gesorgt hatte, dass ich die Stelle des Kripochefs in Heidelberg bekam, die ich eigentlich gar nicht hatte haben wollen. Natürlich hatte auch ich sie begehrt. Und wie! In der Anfangszeit hatten wir ständig Berührungen gebraucht, Streicheln, Küsse. War das nicht Liebe?

Wenn es keine Liebe gewesen war, sondern nur Leidenschaft, weshalb tat es dann so weh? War es nur verletzter Stolz, der mich so niederdrückte, oder der Verlust einer angenehmen Gewohnheit? Plötzlich wünschte ich mir, jemanden zu haben, mit dem ich über diese komplizierten Themen sprechen konnte. Aber außer Lorenzo fiel mir niemand ein, und der war meines Wissens wieder einmal mit seiner Lucrezia zusammen in Italien.

Beneidete ich ihn?

Und wie!

Das zwischen meinem Freund und seiner späten Eroberung, das war echte Liebe, nicht nur Verliebtheit. Diese Nähe, die Wärme in den Blicken, die Zärtlichkeit, die nicht einmal Berührungen brauchte, sondern einfach in der Luft schwebte. So war es zwischen Theresa und mir in der Tat nie gewesen.

Praktisch war es gewesen, bequem. Eine Beziehung ohne Verpflichtung und Verantwortung. Wir waren zusammen, wenn uns danach war, zwischendurch immer wieder getrennt, ohne uns groß zu vermissen. Im Grunde lebten wir zwei verschiedene Leben, zwischen denen es mit der Zeit immer weniger Berührungspunkte gab.

Nein, so war es nun auch wieder nicht. Ich war doch gern mit ihr zusammen gewesen, verdammt noch mal! Ich hatte mich meistens wohlgefühlt in ihrer Gesellschaft. Wir hatten viele kluge Gespräche geführt, eine Menge Spaß gehabt, konnten andererseits stundenlang miteinander schweigen, ohne dass es ungemütlich wurde.

Wieder nahm ich einen Schluck. Dieses Mal einen größeren. Ich hatte nicht vor, mich schon wieder zu betrinken. Aber ein wenig Betäubungsmittel für meine überreizten Nerven tat mir im Moment einfach gut.

Überhaupt, was sollte die Grübelei? Theresa hatte bisher nicht angerufen, um ein klärendes Gespräch zu führen, um sich zu entschuldigen für den Betrug, für die Schmerzen, die sie mir zugefügt hatte. Und ich würde den Teufel tun, sie meinerseits zu kontaktieren. Da konnte sie warten, bis sie alt und grau und hässlich war.

Das Handy.

Nein, nicht Theresa, sondern eine unbekannte Nummer.

»Gut, dass ich Sie noch erreiche«, sprudelte Sieglinde von Schwarzach los. »Mir ist eben noch eine Idee gekommen. Das alte Forsthaus!«

28

Kurz rang ich mit mir, aber am Ende siegte die Sorge um Marie über meine Mattigkeit. Ich schlüpfte in die Schuhe, zog den Mantel über und machte mich auf den Weg. Da ich nicht damit rechnete, von der zarten Gerlinde von Schwarzach angegriffen zu werden, verzichtete ich auf Begleitschutz.

Inzwischen war es halb sieben geworden, der Berufsverkehr hatte schon nachgelassen. Zügig fuhr ich die Bundesstraße am Neckar entlang, kurvte später über schmale, wenig befahrene Landstraßen meinem Ziel entgegen. Schließlich wählte ich doch die Nummer des Polizeipostens Aglasterhausen, der um diese Uhrzeit jedoch nicht mehr besetzt war, weshalb ich automatisch an das Revier Sinsheim weitergeleitet wurde. Ein schläfrig klingender Kollege nahm das Gespräch an und versprach, mir für den Fall der Fälle eine Streife zur Unterstützung zu schicken.

Die Familie von Schwarzach besaß in dem Ort, dessen Namen sie trug, neben anderen Immobilien und Ländereien auch ein abgelegenes Haus, das zurzeit leer stand. Wie es in den Besitz der Familie gekommen war, hatte die aufgeregte Zwillingsschwester von Maries mutmaßlicher Entführerin nicht gewusst. Ein Förster hatte ihres Wissens nie darin gewohnt. Das Haus müsse mindestens zweihundert Jahre alt sein, meinte sie, und sei inzwischen ziemlich heruntergekommen.

Früher war es vermietet gewesen, aber nach wiederholtem Ärger mit unzufriedenen Mietern hatten die Zwillingsschwestern beschlossen, es künftig leer stehen zu lassen.

»Gerlinde fährt manchmal hin und kümmert sich ein wenig, damit es nicht ganz verfällt.«

Das einsam am Waldrand liegende Haus wäre natürlich

ein perfektes Versteck. Weit und breit keine neugierigen Nachbarn, kein Durchgangsverkehr, weil es außerhalb des Orts an einer kaum befahrenen Nebenstraße lag, gegen Blicke geschützt durch eine hohe Hecke.

Noch siebzehn Kilometer bis Unterschwarzach, behauptete das Navigationssystem.

»Vor der Kirche links ab in die Michelbacher Straße«, hatte Sieglinde von Schwarzach gesagt. »Nach den letzten Häusern sind es noch vielleicht hundert, hundertfünfzig Meter. An der Abzweigung stehen ein paar Bäume. Sie können es nicht verfehlen.«

Als ich neben einem übermannshohen Reisighaufen die Handbremse zog, zeigte die Uhr fünf vor halb acht. Den Rest des Wegs würde ich zu Fuß gehen, um erst einmal die Lage zu erkunden und dann, falls sich im Forsthaus wirklich jemand aufhalten sollte, über mein weiteres Vorgehen zu entscheiden. Die Verstärkung war schon da, eine junge Frau, die gute Laune versprühte, und ein einige Jahre älterer Kollege, der sich eher abgeklärt und tiefenentspannt gab. Ich schilderte den beiden, worum es ging.

»Sie warten einfach hier und halten sich in Bereitschaft. Wahrscheinlich werde ich Sie gar nicht brauchen.«

Ich nahm die Taschenlampe aus dem Handschuhfach meines Citroëns und stiefelte los. In den Bäumen über mir brauste der Wind. Hin und wieder blinzelte der Mond durch Lücken zwischen rasch ziehenden Wolken, dann war es wieder stockdunkel, da das Sträßchen unbeleuchtet war. Bald erreichte ich freies Feld. Kühl war es hier, am Hang über dem Ort, der rechts von mir im Tal lag und wo gerade die Kirche zu bimmeln begann. Es roch nach feuchter Erde und hin und wieder nach Fäulnis. Der Wind wurde stärker, blies mir jetzt unfreundlich ins Gesicht, als wollte er mich vertreiben. Im Gesträuch am Rand der Straße raschelte und knisterte es. In der Ferne brummte ein Automotor, der wegen der vielen Kurven, Senken und Höhen ständig lauter und leiser wurde.

Nachdem ich ein Stück gegangen war, ahnte ich einen dunklen Schatten vor mir, das Haus, das unter großen, sich im Wind wiegenden Bäumen stand. Alle Fenster waren dunkel. Um nicht kurz vor dem Ziel zu stolpern, schaltete ich meine Lampe ein.

Als ich noch vielleicht zwanzig Meter vom Haus entfernt war, endete der Asphalt. Von hier an bewegte ich mich auf einem mit Kies bedeckten, jedoch gut instand gehaltenen Fahrweg. Gerade sorgte der Mond wieder einmal für trügerische Helligkeit. Wenige Schritte vor mir begann links die hohe Hecke, die das Forsthaus jetzt größtenteils vor meinen Blicken verbarg. Plötzlich fühlte ich mich unwohl in meiner Haut und blieb stehen. Auch wenn nirgendwo ein Schimmer von Licht zu sehen war, konnte sich jemand hier versteckt halten. Und wer konnte wissen, ob es in dem alten Haus nicht noch irgendwo eine funktionsfähige Schrotflinte gab? Zudem bildete ich mir mit einem Mal ein, an der mir abgewandten Seite einen Hauch von Helligkeit wahrzunehmen. Vielleicht wäre es doch klüger gewesen, nicht unbewaffnet hierherzukommen. Ich zückte mein Handy, um die Kollegen zu bitten, mir zu folgen.

Da sah ich im unsicheren Mondlicht jenseits der Hecke etwas glitzern.

Ein Auto?

Nein, zwei Autos sogar.

Wieso zwei?

Vorsichtig bog ich die Zweige ein wenig auseinander: Ein silberfarbenes BMW Cabrio und eine dunkle Limousine parkten neben dem Haus.

Eine Tür klappte. Eilige Schritte kamen näher. Ich ahnte mehr, als dass ich sah, wie eine massige Gestalt die Fahrertür der Limousine aufriss und wieder zuknallte. Der Motor sprang an, und bevor ich begriff, was vor sich ging, schoss der schwere Wagen mit ausgeschalteten Scheinwerfern wenige Meter vor mir aus der Ausfahrt. Er kam kurz ins Schlingern und raste dann davon. Nicht in die Richtung, aus der ich kam und wo die Kollegen ihn hätten stoppen können, sondern in die entgegengesetzte. Dorthin, wo der Weg sich im Wald verlor. Für vielleicht eine halbe Sekunde hatte ich das Gesicht des Fahrers gesehen, da die Innenraumbeleuchtung noch nicht ganz erloschen war. Ein Mann war es gewesen, groß, kräftig, runder, kahler Kopf.

Xaver Meidinger.

Schon hatte ich das Handy am Ohr.

Kein Empfang.

Ich lief zehn, zwanzig Meter zurück, dann wurde die Verbindung hergestellt.

»Herr Gerlach?« Die junge Kollegin klang, als hätte sie gerade herzlich gelacht. Die Verbindung war immer noch miserabel.

»Er ist gerade erst losgefahren«, rief ich, »in Richtung Wald.«

Die Kollegin wurde schlagartig ernst, und schon hörte ich den Motor des Streifenwagens anspringen. »Sind unterwegs. Keine Angst, der kommt nicht weit.«

»Fordern Sie unbedingt Verstärkung an. Der Mann ist gefährlich und eventuell sogar bewaffnet.«

Schon sah ich die Scheinwerfer näher kommen, und Sekunden später rasten die beiden an mir vorbei. Bald wurden die Motorengeräusche leiser, verloren sich schließlich im Rauschen des Winds.

Dafür hörte ich nun wieder Geräusche vom Haus her. Eine Tür wurde geöffnet.

»Xaver?«, rief eine helle Frauenstimme verhalten. »Was ist denn in dich gefahren? Was willst … oh!«

Gerlinde von Schwarzach stand in der offenen Haustür, der Eingangsbereich hinter ihr war beleuchtet. Ich schaltete die Taschenlampe aus, um sie nicht zu blenden.

»Herr Meidinger hat sich aus dem Staub gemacht«, sagte ich ruhig und hielt mein Ausweiskärtchen hoch. »Mein Name ist Gerlach.« Betont langsam ging ich näher. »Kripo Heidelberg.«

Vor Schreck und Überraschung war Gerlinde von Schwarzach unfähig zu einer Reaktion. Sie war fast zwei Köpfe kleiner als ich und zum Erbarmen schmal. Meine ausgestreckte Rechte ignorierte sie, der Dienstausweis interessierte sie nicht.

»Ich möchte zu Marie«, sagte ich freundlich, als ich vor ihr stand.

In der Ferne blökte ein Schaf. Der Wind zerrte wütend am Gebüsch.

»Marie?«, hauchte sie mit Blick auf meine Fußspitzen.

»Wer soll das sein? Ich bin allein hier.«

Sie trug eine weiße Jeans und unter einer dicken Strickjacke einen bunt gestreiften Rollkragenpullover. Die Füße steckten in ebenfalls farbenfrohen Hüttenschuhen, dennoch schien sie vor Kälte zu zittern.

»Wollen wir nicht hineingehen?«, schlug ich vor.

Sie zögerte. Gab den Weg dann aber frei in eine alt und muffig riechende eiskalte Halle, deren Wände bis in etwa zwei Meter Höhe mit dunklem Holz getäfelt waren. Im Hintergrund führte eine breite Treppe nach oben. An einem der wuchtigen Balken, die die Holzdecke stützten, hing ein schwerer Kronleuchter, von dessen sieben Energiesparbirnen nur noch drei brannten. Das Einzige, was hier an ein Forsthaus erinnerte, war ein riesiger Hirschkopf an der Wand, der ein mächtiges Geweih trug, ansonsten jedoch einen so mottenzerfressenen Eindruck machte, als hinge er hier seit hundert Jahren, ohne dass sich jemand um seine Pflege gekümmert hatte.

Rechts stand eine Tür halb offen. In der Küche, in die Gerlinde von Schwarzach mich führte, empfing mich gemütlich warmes Licht. Sie war altmodisch eingerichtet, in einem museumsreifen, gusseisernen Ofen knackte und brummte ein kräftiges Feuer, aber dennoch war es nicht wirklich warm. Der Gasherd daneben hatte vermutlich auch schon ein halbes Jahrhundert hinter sich und wurde mit einer Propangasflasche betrieben. Die weiß lackierten

Möbel hätten in eine Ausstellung zum Thema »Leben in den Nachkriegsjahren« gepasst. Das einzige Moderne hier war eine chromblitzende italienische Kaffeemaschine.

An den Wänden hingen ungerahmte und mit Reißzwecken befestigte Aquarelle, die vermutlich die Hausherrin gemalt hatte. Das Licht der Funzel an der Decke war zu schwach, als dass ich hätte entscheiden können, ob sie mir gefielen oder nicht. Ein Geruch von Bratkartoffeln mit Zwiebeln hing in der Luft. Auf dem Herd stand noch eine große, gusseiserne Pfanne.

»Wo ist sie?«, fragte ich nach wie vor freundlich, als Gerlinde von Schwarzach neben mich trat.

»Ich weiß nicht, von wem Sie sprechen«, entgegnete sie scharf. Offenbar hatte sie sich von ihrem Schrecken erholt.

»Frau von Schwarzach«, erwiderte ich geduldig, »ich bin nicht hier, um Ärger zu machen. Ich bin gekommen, um Marie abzuholen und Ihnen, wenn irgend möglich, eine Menge juristischer Folgen zu ersparen.«

»Hier ist niemand außer Ihnen und mir«, behauptete sie.

Ich setzte mich an den klobigen Tisch. Die blümchenverzierte Kunststoffdecke verbreitete in dem trübsinnigen Ambiente ein wenig Heiterkeit. Nach kurzem Zögern nahm auch Gerlinde von Schwarzach Platz. Die Arme eng am Körper, die Knie beisammen. Ein Maler auf der Suche nach einem Modell, das das schlechte Gewissen versinnbildlichte, hätte trotz ihres herablassenden Blicks kein besseres finden können.

»Wir haben jetzt zwei Möglichkeiten«, sagte ich immer noch ruhig. »Entweder Sie bringen mich zu Marie, oder ich rufe ein paar Kollegen zu Hilfe, die dieses Haus auf den Kopf stellen.«

»Sie können niemanden rufen«, erwiderte sie spitz. »Hier gibt es kein Telefon und auch keinen Handyempfang.«

»Fünfzig Meter in Richtung Ort gibt es noch welchen.«

Verkniffenes Schweigen war ihre einzige Antwort.

Eine Schrotflinte schien es hier nicht zu geben, gefährliche Messer lagen keine herum. Die verfrorene Frau mir gegenüber hatte einen langen, frischen Kratzer an der linken Wange und ein großes Pflaster auf der rechten. Auch die Hände waren bepflastert, stellte ich mit Befriedigung fest. Marie hatte sich offenbar nicht kampflos ergeben.

»Der Mann, der eben weggefahren ist …«

»Xaver?«

»Was wollte er hier?«

»Das weiß ich nicht«, murmelte sie abwesend. Ihr Blick irrte jetzt herum, fand nirgendwo mehr Halt. »Er war schon hier, als ich kam. Hat sich die meiste Zeit in einem Zimmer im Obergeschoss aufgehalten. Xaver, er ist nicht sehr … gesprächig.«

»Er kennt das Haus?«

»Manchmal hat er etwas repariert und sich um den Garten gekümmert.«

Vermutlich hatte er das Licht meiner Taschenlampe gesehen und sofort die richtigen Schlüsse gezogen.

»Ich weiß nicht, weshalb er plötzlich gegangen ist. Etwa Ihretwegen?«

»Das nehme ich an. Er war wohl sehr angespannt?«

Jetzt sah sie mir wieder in die Augen. Sie schien ihr zusammen mit dem Adelstitel geerbtes Selbstbewusstsein wiedergefunden zu haben. »Ich weiß nicht, was sein Problem ist. Wir haben kaum ein Wort gewechselt. Und jetzt gehen Sie bitte wieder, oder ich werde meinerseits die Polizei rufen.«

»Er hat einen Menschen getötet. Vielleicht nicht mit Absicht, aber er hat ihn getötet.«

»Wen?«

»Maries Vater. Wussten Sie, dass er tot ist?«

Zögern. Nicken. Sehr verzagt plötzlich wieder, schuldbewusst.

Ich beugte mich ein wenig über den Tisch und versuchte, ihren Blick einzufangen.

»Frau von Schwarzach«, sagte ich, jetzt mit Polizistenstimme. »Ich frage Sie zum letzten Mal: Wo ist Marie?«

»Sie schläft«, flüsterte sie nach langem, lähmendem Schweigen. »Sie war sehr müde.«

»Sie hatten Mitleid mit ihr, nehme ich an. Der Vater tot, die Mutter Gott weiß wo. Sie wollten Marie retten, nicht wahr?«

Ein kurzer, überraschter Blick in mein Gesicht. Dann schlug sie die blaugrünen Augen wieder nieder. Nickte schließlich knapp.

»Sie dachten, wenn Ihr Mann Maries Vater ist, dann könnten Sie die Mutter für sie sein.«

Allmählich schien sie sich ein wenig zu entspannen.

»Sie hat mir leidgetan«, sagte sie kläglich. »So ein kleines Mädchen, völlig allein auf der Welt. Was soll aus ihr werden, wenn sich niemand um sie kümmert?«

»Hat sie Ihnen geglaubt, dass Sie ihre Mutter sind?«

Wieder lange Stille. »Sie ist so misstrauisch. Und dickköpfig auch. Aber das wird sich geben mit der Zeit. Wir werden uns aneinander gewöhnen. Alles wird gut werden. Sie braucht nur viel Ruhe. Sie dürfen sie mir nicht wegnehmen. Das dürfen Sie nicht.«

»Wo ist sie jetzt?«

»Oben. Sie schläft. Sie war sehr müde«, wiederholte sie. »Wollte auch kaum etwas essen.«

»Ich werde ganz leise sein, das verspreche ich Ihnen. Ein kurzer Blick genügt mir.«

»Es geht nicht«, behauptete sie, plötzlich wieder laut und selbstbewusst. »Sie hat einen leichten Schlaf. Kommen Sie morgen wieder. Morgen können Sie sie sehen. Heute nicht.«

Allmählich war ich am Ende meiner Geduld und wurde nun auch selbst laut. »Ich muss mich davon überzeugen, dass es Marie gut geht.«

»Glauben Sie denn, ich lüge?«, fragte sie mit schlecht gespielter Empörung.

»Natürlich nicht. Trotzdem gehen wir jetzt nach oben, Sie zeigen mir die Tür, hinter der Marie ist, und dann lassen wir sie in Ruhe weiterschlafen, okay?«

Keine Reaktion. Ihr Blick zuckte wieder hin und her, als würde sie Mäuse beobachten, die am vielfach gesprungenen Terrazzoboden der Küche herumwuselten. In den Winkeln ihrer übergroßen Augen schien es jetzt feucht zu glitzern. Sie musste unter einer unvorstellbaren Anspannung stehen.

Seufzend stemmte ich mich hoch und ging zur Tür. Gerlinde von Schwarzach sprang mit einer Sekunde Verzögerung auf, machte jedoch keinen Versuch, mich zu hindern, sondern folgte mir wie ein Hündchen, das Angst vor dem Alleinsein hat.

In der Halle schien es noch kälter geworden zu sein. Langsam stieg ich die erbärmlich knarrende Treppe hinauf. Das Geländer wirkte so wurmstichig und brüchig, dass ich es lieber nicht benutzte.

»Wo?«, fragte ich im Flüsterton.

Mit einer fahrigen Geste wies die schmale Frau auf eine Tür am Ende des finsteren Flurs, der sich vor uns erstreckte. Auch hier waren die Wände bis in Kopfhöhe mit fast schwarzem Holz verkleidet.

Ohne Eile und mit betont leisen Schritten ging ich auf die Tür zu, erwartete immer noch, dass sie im letzten Moment versuchen würde, mich aufzuhalten. Aber nichts dergleichen geschah.

Ich drückte die Klinke, die Tür war verschlossen. Hier, am Ende des schmalen Gangs, war es noch dunkler als am Anfang, so entdeckte ich erst nach Sekunden, dass der Schlüssel steckte. Als ich ihn vorsichtig drehte, blickte ich über die Schulter. Gerlinde von Schwarzach stand zwei Schritte hinter mir, beobachtete mich mit versteinerter Miene.

Der Schlüssel quietschte leise, das Schloss knackte, die Tür ließ sich öffnen. Links ertastete ich einen Schalter, blendend helles Licht flammte auf. Ein Bett, erkannte ich blinzelnd, darauf ein Mensch. Unter einem dicken Federbett, sodass ich nur das kleine Gesicht sehen konnte. Marie. Den

Mund mit braunem Paketband verschlossen, die Augen angstvoll aufgerissen.

»Sie war ungezogen«, sagte die Frau in meinem Rücken. »Ich musste es tun.«

Marie schien mich nicht zu erkennen, denn in ihren Augen flackerte Panik, als ich mich ihr näherte. Zu spät begriff ich, dass sie nicht vor mir Angst hatte, sondern vor etwas, das in meinem Rücken geschah. Mit einem Rums fiel die schwere Tür ins Schloss, der Schlüssel wurde gedreht. Ich machte sofort kehrt, bollerte gegen das harte, dunkle Holz, rief den Namen der Verrückten.

»Hallo Marie«, sagte ich, nachdem ich eingesehen hatte, dass Clemens Bauers Frau mir vorerst nicht öffnen würde, und ließ mich auf der Kante des Betts nieder. »Schön, dich zu sehen. Nicht erschrecken, das wird jetzt ein bisschen wehtun.«

29

Mit einem Ruck riss ich das Klebeband von Maries Mund. Sie zuckte kaum, atmete einige Male tief ein und aus, hielt mir wortlos die mit demselben Band gefesselten Hände und Füße hin. Während ich ihre Gliedmaßen befreite, sagte sie: »Jetzt hat sie dich auch gefangen. Blöd, gell?«

»Nicht für lange«, beruhigte ich sie. »War sie sehr böse zu dir?«

Marie nickte grimmig. »Sie ist voll doof. Dauernd behauptet sie, sie wär meine Mama. Aber das stimmt gar nicht. Meine Mama wär nicht so fies zu mir. Die würd mich nicht einsperren und fesseln und alles.«

»Seit wann bist du denn schon hier oben?«

Seit Mittag.

»Sie hat mich gehauen, weil ich nicht Mama zu ihr sagen will. Dann hat sie mich an den Ohren gezogen und an den Haaren, und dann hat sie mich eingesperrt.«

»Du musst furchtbar hungrig sein.«

»Und Pipi machen muss ich auch. «

»Wir werden nicht lange hierbleiben, das verspreche ich dir. Da draußen sind zwei Polizisten, die wissen, dass ich hier bin. Die werden uns bald befreien.«

Ich zückte mein Smartphone – auch hier kein Empfang. Akku noch ein knappes Viertel. Ich probierte es in jeder Ecke des Zimmers – kein Netz.

Das Fenster?

Davor hing ein schwarzes, lichtdichtes Rollo, das sich nicht aufrollen wollte. Der Mechanismus schien sich verklemmt zu haben. Ich riss es mit einem kräftigen Ruck herunter und warf es in die Ecke.

Das Fenster war vergittert.

Ich öffnete es. Das Gitter bestand aus massiven, zwar

schon sehr verrosteten, aber dennoch haltbaren Stahlstäben. Bombenfest im Mauerwerk verankert. Ich hielt mein Handy hinaus – immer noch null Balken.

Hinauszuschreien würde nichts nützen. Das nächste Haus war einen halben Kilometer entfernt. So schloss ich das Fenster wieder, da es im Zimmer ohnehin kalt war. Marie hatte sich nach der kurzen Begrüßung gleich wieder unter die Bettdecke gekuschelt, und ich trug glücklicherweise noch meinen Mantel.

Ich lauschte – von unten kein Geräusch. Stand die Verrückte etwa noch vor der Tür und lauschte? Sollte sie, wenn es ihr Spaß machte.

Am meisten ärgerte ich mich über mich selbst, weil ich so arglos in ihre Falle getappt war. In eine Falle, mit der ich selbst erst vor Kurzem jemanden übertölpelt hatte. Eine alte, zu oft vergessene Weisheit: Unterschätze niemals einen Gegner. Auch wenn er noch so harmlos aussieht, weltfremd und schwächlich.

Nun gut. Ärgern konnte ich mich später, jetzt hieß es handeln. Was waren meine Optionen? Warten, bis uns die Kollegen zu Hilfe kamen. Oder warten, bis die Verrückte wiederauftauchte, um sie dann zu überwältigen, was bei ihrer Statur ein Kinderspiel wäre.

Die Tür? Dunkel lasiertes Holz, Eiche vermutlich. Für die Ewigkeit gezimmert.

Das Schloss? Ein aufgeschraubtes, schweres Kastenschloss. Vermutlich tausend Jahre alt und ebenfalls beeindruckend robust. Ein massiver Riegel, den abzubrechen ich gar nicht erst zu versuchen brauchte.

Auf der Suche nach Werkzeug blickte ich in den Schrank, ein wuchtiges, aufwendig mit Schnitzwerk verziertes Möbel – er war leer. Die schwere Kommode, die offensichtlich vom selben Schreiner stammte – in allen vier Schubladen nichts als Staub und tote Spinnen.

Eine zweite Tür? War nicht vorhanden.

Wenn ich wenigstens einen Schraubenzieher hätte, einen

Hammer, irgendwas. Oder doch Handyempfang? Nein, immer noch nicht. Manchmal für Sekunden ein Balken, dann wieder nichts.

Offenbar befanden wir uns nur wenige Meter jenseits der Grenze, hinter der mein Smartphone noch funktionieren würde.

Trotz der Kälte stand jetzt Schweiß auf meiner Stirn.

Hier musste es doch etwas geben, verflucht noch mal, irgendwas aus Metall, mit dem ich diese dämliche Tür aufbrechen konnte.

Marie beobachtete meine Untersuchungen und Experimente aufmerksam und schweigend.

»Sie hat dir überhaupt nichts zu essen gegeben?«, fragte ich über die Schulter.

»Weil ich nicht Mama sagen wollt. Und ich muss immer noch Pipi.«

»Mach einfach da drüben in die Ecke. Ich gucke nicht hin.«

»Auf den Boden?«

»In diesem Fall darf man das.«

Mit schadenfrohem Grinsen wieselte Marie quer durch den Raum, ging in die Hocke. Kurz darauf hörte ich es plätschern.

Das Bett! Es war eine einfache Konstruktion aus grau lackiertem Eisenrohr.

»Marie, ich muss dein Bett kaputt machen, damit ich was habe, mit dem ich die Tür aufkriege.«

Die Matratze legte ich an der Längswand auf den Boden, Marie setzte sich darauf, ich wickelte das Federbett um sie.

Das Bettgestell war lediglich zusammengesteckt, sodass ich nach wenigen Griffen das Kopfteil in Händen hielt. Dieses war ausreichend massiv, um damit ohne große Kraftanstrengung das an die Zarge geschraubte Teil des Schlosses aus dem Holz zu hebeln. Es war eine ziemliche Fummelei, bis das eine Ende des u-förmig gebogenen Rohrs an der richtigen Stelle saß. Dann stemmte ich den Fuß gegen die

Wand, zerrte an dem sperrigen Gestell, es rutschte ab, und ich lag auf dem Rücken, das dämliche Gestänge über mir. Glücklicherweise hatte ich mich nicht verletzt. Zweiter Versuch. Dieses Mal musste ich es noch weiter durchstecken, damit ...

Ein Geräusch von unten. Nein, von draußen. Eine Autotür klappte. Fuhr diese Wahnsinnige etwa einfach weg und ließ uns hier allein? Sollte sie. Ich freute mich schon auf den Moment, wenn ich ihre zerbrechlichen Handgelenke fesseln durfte. Die Haustür fiel dumpf ins Schloss. Offenbar hatte sie nur etwas aus dem Wagen geholt. Keine Ahnung, was diese Geisteskranke da unten trieb, und es konnte mir ja auch gleichgültig sein. Ein zweites Mal würde sie mich nicht übertölpeln, wenn ich nur erst wieder frei war.

Dieses Mal saß das Rohrende fester, und ich stand stabiler. Wieder zerrte ich. Mit aller Kraft. Es knirschte und knackte, das Metallding, das die Tür festhielt, schien Stück für Stück nachzugeben und ...

War das Rauchgeruch, was mir gerade in die Nase stieg?

Ich ging nah an den Türspalt heran.

Tatsächlich, Rauch. Holz brannte. Und noch etwas anderes roch ich, etwas Aromatisches. Benzin? Hörte ich es nicht auch schon knistern und prasseln?

Mir wurde zugleich kalt und heiß, meine klammen Hände wurden feucht.

Erneut fiel unten eine Tür ins Schloss. Die zur Küche oder die ins Freie? Wenn die Treppe brannte, dann waren wir verloren, denn sie war unser einziger Weg nach draußen. Das Gitter vor dem Fenster aus der Verankerung zu reißen, brauchte ich gar nicht erst zu versuchen.

Aber was sonst?

Der Fußboden? Ein paar Dielen herausbrechen und mich nach unten durcharbeiten?

Mit den Fingernägeln?

Wenn ich doch nur Werkzeug hätte, Herrgott, ein Beil, einen Schürhaken, irgendwas!

Der Rauchgeruch wurde stärker. Inzwischen war das Prasseln des Feuers deutlich zu hören, das sich mit Begeisterung durch das über Ewigkeiten getrocknete Holz der Treppe und der Wandvertäfelung fraß.

Herr im Himmel, schick mir eine Idee! Eine Erleuchtung!

Noch einmal das Fenster. Vielleicht hatte ich etwas übersehen?

Nein. Nichts übersehen. Hier führte kein Weg hinaus.

In der Ferne sah ich die Lichter einiger Häuser, die am Rand von Unterschwarzach auf der anderen Seite des flachen Tals standen. Viel zu weit weg, um von dort Hilfe zu erwarten. Wo blieben denn nur die Kollegen? Wenn ich die Taschenlampe noch hätte, um Blinkzeichen zu geben, aber die lag unten auf dem Küchentisch …

Moment!

Ich hatte ja Licht!

Und wenn ich deren Lichter sehen konnte, dann konnten die Menschen dort drüben auch meines sehen.

»Herr Gerlach?«, fragte Marie, der meine zunehmende Hektik und Nervosität natürlich nicht verborgen blieb. »Was ist?«

»Pass auf«, sagte ich hastig. »Die Tür kriege ich nicht auf, aber wir rufen jetzt zusammen Hilfe. Du musst mir helfen.«

Ich stand schon beim Schalter, knipste das Licht aus.

»Du zählst jetzt bis zehn, und dann blinke ich mit dem Licht ein Zeichen, das ›Hilfe‹ bedeutet. Dann zählst du wieder, und das machen wir so lange, bis jemand kommt und uns befreit.«

Brav begann Marie zu zählen: »Eins, zwei …«

Bei zehn machte ich das Licht dreimal kurz an, dann dreimal länger, dann wieder dreimal kurz.

»Zählen.«

Marie zählte.

Und wieder SOS.

Und wieder.

Allmählich fühlte ich, wie die Wand hinter mir wärmer

wurde. Noch war es sogar angenehm, Wärme zu spüren. Aber wie lange noch? Zehn Minuten? Fünfzehn? Plötzlich war es von Vorteil, dass die Tür so dick und massiv war. Sie würde dem Feuer eine Weile Widerstand bieten. Wenn es durchbrach, konnten wir am Fenster noch einige Zeit atmen.

»... zehn.«

SOS.

Marie hatte zum Glück noch nicht begriffen, was wir hier spielten, schien es fast lustig zu finden. Noch verstand sie nicht, in welcher Gefahr wir schwebten, und die Zählerei lenkte sie ab.

»Eins, zwei, drei ...«

Wirklich kritisch würde es werden, wenn der hölzerne Fußboden und die Möbel Feuer fingen. Oder wenn das Feuer von oben kam, der Dachstuhl auf uns herunterkrachte.

»... zehn!«

SOS.

Und wieder von vorn.

Ich lief zum Fenster, horchte.

Nichts.

Die Tür war schon heiß, der Rauchgeruch wurde allmählich unangenehm. Bald würde ich das Fenster öffnen müssen.

Gut, dass Marie auf der anderen Seite des Raums mit dem Rücken zur gemauerten Außenwand saß.

SOS. Zum wievielten Mal schon?

Beim Blinken hatte ich Rauchschwaden gesehen, die durch die Ritzen der Tür drangen wie böse, gefräßige Geister.

Und wieder zählen und wieder blinken.

Hoffentlich hatten wir noch für eine Weile Strom!

Hinter mir ein Donnerschlag, der das ganze Haus erschütterte. War die Treppe ins Erdgeschoss gestürzt? Oder der Dachstuhl? War schon ein Teil der Außenwand umgefallen?

»… zehn!« Maries Augen waren jetzt weit vor Schreck und Angst.

SOS.

Noch funktionierte der Strom.

Allmählich wurde die Hitze unangenehm. Ich wechselte die Strategie, lief, während Marie zählte, zum Fenster, um mich abzukühlen und hinauszusehen, dann wieder zur Tür, um mit angehaltenem Atem und dem Arm vor dem Gesicht zu blinken, dann wieder zurück zum Fenster.

Zwischendurch überprüfte ich die Temperatur des Bodens. Noch war er kalt. Unter uns brannte es also noch nicht. Wie lange noch?

»… zehn!« Maries Stimme war jetzt schrill vor Angst.

Laufen, blinken, zurück.

Wieder am Fenster. Es zu öffnen, wagte ich nicht mehr. Noch hatten wir genug Sauerstoff, und ich fürchtete einen Flashover, wenn ich frische Luft und damit Sauerstoff hereinließ, eine explosionsartige Ausbreitung des Brands.

Lauschen. Mit dem Ohr am eiskalten Glas. Nichts.

»Zehn!«

Laufen, blinken, zurück.

»Wie lang müssen wir das noch machen?«, fragte Marie mit tränenerstickter Stimme.

»Nicht mehr lange, keine Angst.«

»Es stinkt so.«

»Wir machen gleich das Fenster auf. Jetzt noch nicht, damit es nicht zu kalt wird.«

Ein Knall. Die Tür war mittendurch gebrochen, das Feuer tobte herein, fand jedoch im Moment noch keine weitere Nahrung. Marie begann zu schreien.

»Ruhig!«, brüllte ich. »Gleich kommt jemand. Ganz bestimmt.«

Einmal noch.

Einmal musste ich es noch schaffen. Die Hitze war jetzt so groß, dass ich den Schalter mit bloßer Hand nicht mehr berühren konnte. Ich stülpte den Ärmel darüber.

Einmal noch.

Ein einziges Mal.

Himmel, hilf! Wenn nicht mir, dann wenigstens dem Kind!

Nach dem zweiten langen Blinken blieb das Licht aus.

Das war's.

Marie hatte ihre auflodernde Panik niedergekämpft, begann wieder, tapfer zu zählen.

»Du kannst aufhören«, sagte ich und setzte mich neben sie. »Das Licht ist kaputt.«

Der Raum füllte sich jetzt mit im wahrsten Sinn des Wortes atemberaubender Geschwindigkeit mit Rauch.

»Komm.« Ich zog Marie hoch. »Wir müssen ans Fenster.«

Draußen war es inzwischen heller geworden, sah ich, als ich beide Flügel aufriss. Das Feuer musste jetzt weithin sichtbar sein. Wo hier wohl die nächste Feuerwehr war?

»Da ist was!«, sagte Marie, die sich fest an mich geklammert hatte. »Hörst du es auch?«

Tatsächlich. Ein Martinshorn. Noch weit entfernt, viel zu weit. Würden wir noch leben, wenn es uns erreichte? Wollte es überhaupt zu uns?

Ein Blick zurück, vor der Tür standen die ersten Bodendielen in Flammen. Eher früher als später würde die hölzerne Decke Feuer fangen oder das Dach einstürzen, und dann war es um uns geschehen. Aber noch hatten wir Luft zum Atmen. Viel Luft, denn der Brand saugte sie gierig durchs Fenster herein.

Obwohl das Feuer immer lauter und drohender brummte, hörte ich das Martinshorn jetzt deutlicher. Und da! Blaulicht! Sie waren schon viel näher, als ich zu hoffen gewagt hatte. Ein roter SUV raste heran, in dem der Brandmeister saß, Sekunden später ein Rettungswagen, bald ein schwerer Gerätewagen. Und noch einer.

Die Martinshörner erstarben, die Blaulichter blieben ab.

»Hier!«, brüllte ich so laut ich konnte. »Hier oben!«

Einer der Männer, der gerade einen Schlauch ausrollte,

sah zu uns herauf, begriff sofort und begann ebenfalls zu brüllen.

»Leiter! Schnell!«

Die Leiter wurde gebracht und aufgestellt. Ich fühlte mich inzwischen, als würde mein Mantel schon in Flammen stehen. Jemand stieg in affenartiger Geschwindigkeit zu uns herauf, entdeckte das Gitter, sauste wieder hinab, und erneut wurde gebrüllt.

Schon kam er wieder herauf, zog dieses Mal ein Drahtseil hinter sich her, klinkte einen schweren Haken ins Gitter, schrie: »Zug!«

Inzwischen röhrten mehr und mehr Pumpen, Wasser spritzte, Sprühregen kühlte unsere Gesichter.

Das Seil wurde straff, eine Winde heulte, es knackte, knirschte, krachte, und plötzlich fehlte ein Teil der Mauer. An der Stelle, wo eben noch das Fenster gewesen war, klaffte ein Riesenloch.

Ich packte Marie unter den Achseln, hielt sie hinaus. Jemand draußen griff zu. Ich wandte mich um, musste wegen der Hitze und des beißenden Qualms die Augen schließen, streckte einfach ein Bein durch die Bresche, hielt mich am verbliebenen Mauerwerk fest. Eine fremde Hand packte beherzt zu, führte meinen Fuß zur obersten Sprosse der Leiter. Herrlich kühle Luft füllte meine Lunge.

30

An die folgenden Minuten habe ich nur lückenhafte Erinnerungen. Fürsorgliche Menschen führten uns von dem lichterloh brennenden Haus weg, setzten uns in einen abseits stehenden kleinen Bus, wo wir mit Decken, Mineralwasser und Keksen versorgt wurden, während draußen ein Kampf gegen das Feuer stattfand, der bereits verloren war, bevor er überhaupt begonnen hatte.

Irgendwann stieg eine Kollegin zu uns in den Bus und brachte einen heißen Kaffee für mich und eine Cola für Marie.

»Wie spät ist es?«, waren die ersten Worte, die ich nach unserer Rettung herausbrachte.

Halb neun.

»Ist da noch wer drin?«, fragte die Frau beunruhigt. »Vor dem Haus steht ein Auto, das ist aber nicht Ihres, oder?«

Ich berichtete ihr, wer uns eingesperrt und den Brand gelegt hatte.

»Möglich, dass es ein begleiteter Suizid war.« Meine Stimme war vom Rauch heiser geworden, ich hustete. »Ja, kann sein, dass sie noch drin ist.«

»Da ist nicht mehr viel Hoffnung«, meinte die Kollegin mit Blick auf das mehr und mehr in sich zusammensinkende Forsthaus. »Höchstens, sie wär im Keller. Gibt's einen Keller?«

Das wusste ich nicht.

Obwohl aus mehreren Rohren gelöscht wurde, loderten immer wieder Brandnester auf. Nein, da war wohl wirklich keine Hoffnung mehr für Gerlinde von Schwarzach, falls sie noch im Gebäude sein sollte. Vielleicht hatte sie den Tod gewählt, als ihr klar wurde, dass es auch dieses Mal nichts werden würde mit der Mutterschaft.

Marie nippte hin und wieder an ihrer Flasche. Ihr Blick war starr und abwesend. Unmöglich zu ergründen, was in ihr vorging. Stumm legte ich den Arm um ihre schmalen Schultern und drückte sie an mich, um ihr auf diese Weise ein wenig Trost und Halt zu spenden. Worte halfen hier nicht.

Dann waren wir wieder allein.

»Ist sie tot?«, fragte Marie nach langem Schweigen leise. »Die blöde Frau?«

»Ich fürchte ja. Sie hat es so gewollt.«

»Uns wollte sie auch totmachen.«

»Aber wir sind schlauer gewesen als sie. Du hast toll gezählt, Marie. Ohne dich hätte ich das nie geschafft.«

Sie nickte nachdenklich und ohne erkennbaren Stolz.

Ein Arzt kam, stellte uns Fragen nach Verletzungen, Verbrennungen, ob wir viel Rauch eingeatmet hatten. Prüfte, ob Marie normale Reflexe zeigte, was der Fall war.

Wieder waren wir allein.

Allmählich wurden die Flammen doch spärlicher und kleiner. Nach und nach verstummten die Pumpen. Der Rettungswagen wendete und fuhr weg, da er nicht mehr gebraucht wurde. Vom Haus standen nur noch die Außenmauern. Auf der Seite, wo wir gewesen waren, ragte der Giebel noch in den Nachthimmel, auf der anderen fehlte er. Das Dach war komplett verschwunden. Durch das Loch, das einmal unser Fenster gewesen war, sah ich Sterne funkeln.

Wieder einmal wurde die Tür aufgeschoben. Ein stämmiger Hauptkommissar in Uniform rumpelte herein, brachte den Bus zum Wanken.

»Kirchberger«, stellte er sich vor und schüttelte kräftig meine Hand. »Ich bin der Revierleiter in Sinsheim.«

»Freut mich«, log ich müde.

»Sie haben vor gut zwei Stunden einen Wagen von uns angefordert.«

Zwei Stunden nur? Mir kam es vor wie eine halbe Ewigkeit.

»Wissen Sie, was aus den Kollegen geworden ist?«

Mit einem Mal war ich hellwach.

»Wieso?«, fragte ich, obwohl ich die Antwort schon kannte.

Die beiden waren nicht mehr erreichbar.

»Das Letzte, was ich von ihnen gehört hab, war, dass sie einen Wagen verfolgen. Die Verbindung ist allerdings schlecht gewesen, den letzten Teil von dem Funkspruch hat man nicht mehr verstehen können. An ihre Handys gehen die zwei auch nicht.«

Ich zeigte ihm, wohin der vermisste Streifenwagen gefahren war, erklärte, wem die Kollegen gefolgt waren.

»Du lieber Gott!«, stieß Kirchberger heiser hervor und stürmte davon, das Handy schon am Ohr. Dieses Mal schaukelte der Bus noch stärker.

Die Kollegin von vorhin kam wieder, fragte, ob sie uns nach Hause fahren sollte.

An diesen Punkt hatte ich noch keinen Gedanken verschwendet. Ich war wohl wirklich nicht mehr in der Lage, heute noch unfallfrei Auto zu fahren.

»Das Kind gehört zu Ihnen?«, fragte sie.

»Ja«, erwiderte ich. »Das gehört zu mir.«

»Mein Kollege könnte in Ihrem Auto hinterherfahren, dann brauchen Sie morgen nicht extra noch mal herzukommen.«

Auch damit war ich sehr einverstanden. Meine Lust, diesen Ort noch einmal zu besuchen, lag bei null.

Bald saßen wir im Fond eines Streifenwagens, was Marie spannend fand. Allmählich wirkte sie wieder lebendiger und interessierter an dem, was um sie herum geschah. Ich erklärte ihr, wo der Knopf für das Blaulicht war und der fürs Martinshorn. Beides wurde vorübergehend eingeschaltet. Auf Maries Frage hin vermutete unsere Fahrerin, der Motor des Mercedes habe bestimmt mehr als hundert kW, was Marie nicht sonderlich beeindruckte. Daraufhin gab die Kollegin lachend zu, dass sie eigentlich keine Ahnung von den technischen Daten des Wagens hatte, und ich musste Marie versprechen, dass wir diesen Punkt gleich morgen früh klären würden.

Hin und wieder quäkte eine geheimnisvolle Stimme aus dem Lautsprecher, manchmal antwortete die Fahrerin, und ich übersetzte das Funkchinesisch für Marie.

Doch dann kam etwas, das ich nicht übersetzte. Meidingers Opel und die beiden vermissten Streifenpolizisten waren gefunden worden. In einem Waldstück etwa zwei Kilometer östlich vom niedergebrannten Forsthaus. Die Frau war schwer verletzt und zurzeit nicht ansprechbar. Offenbar hatte sie einen Hieb mit einem dicken Holzstück auf den Hinterkopf bekommen. Ihr Kollege war tot, erschossen vermutlich mit der Dienstwaffe seiner Beifahrerin, die ebenso verschwunden war wie der Streifenwagen. Nach Letzterem wurde bereits gefahndet.

Als wir auf der Bundesstraße von Neckargemünd nach Heidelberg fuhren, brummte das Handy in meiner Manteltasche, was mich im ersten Moment so verwirrte, als lägen Monate in einer mobilfunkfreien Wüste hinter mir. Sieben Anrufe in Abwesenheit. Alle von Theresa. Die hatte mir jetzt gerade noch gefehlt. Ich versenkte das Handy wieder in der Manteltasche. Gleichgültig, was sie von mir wollte, es hatte Zeit bis morgen. Nein, bis übermorgen. Sollte sie ruhig ein wenig leiden, ich tat es ja auch. Außerdem hatte ich heute wirklich keine Lust mehr auf weiteren Stress. Mich gelüstete nur noch nach einer heißen Dusche, vielleicht einem Glas Wein und einem weichen Bett. Meine und Maries verschmutzte, verschwitzte und verrußte Sachen würde ich in den Wäschekorb stopfen, wenn nicht gleich in einen Müllsack.

Eigentlich wäre jetzt der Moment gewesen, Marie die gute Nachricht zu verkünden, dass ich ihre Mutter gefunden hatte. Aber ich schreckte davor zurück, weil ich ihr im selben Atemzug hätte gestehen müssen, dass diese zurzeit in einer Zelle in der Polizeidirektion saß und es noch ein wenig dauern würde, bis die beiden sich – hoffentlich strahlend – in die Arme sinken durften.

Wir passierten die Stadtgrenze, ich lotste die Kollegin durch die Innenstadt zur Kleinschmidtstraße. Der Kollege, der uns in meinem Citroën folgte, fand erfreulich rasch einen legalen Parkplatz, die Verabschiedung fiel herzlich, aber kurz aus.

Meine Mädchen und Mick fielen aus allen Wolken, als Marie und ich die Wohnung betraten, vermuteten zunächst, wir hätten einen Autounfall gehabt. Erst jetzt, im vertrauten Licht der Küchenlampe sah ich, wie furchterregend wir aussahen. Unsere Gesichter waren schmutzig, die Hände voller Ruß. Mantel und Hose konnte ich wegwerfen, der Rest würde vielleicht noch zu retten sein. Auch Maries schöne cremeweiße Jacke war reif für die Tonne, und außerdem stanken wir bestialisch nach Rauch. Jetzt erst fiel Marie auf, dass der Monstertruck fehlte. Ich versprach ihr, gleich morgen einen neuen zu besorgen.

Die Mädchen nahmen sich ihrer an, ich ging ins Bad und unter die Dusche. Als auch Marie wieder halbwegs menschlich aussah, setzten wir uns in die Küche, und während meine Töchter uns Brote schmierten, berichtete ich, welche Katastrophe in den vergangenen Stunden über uns hereingebrochen war. Um Marie nicht wieder in Angst und Schrecken zu versetzen, tat ich so, als wäre alles im Grunde nur ein Riesenspaß gewesen. Aber die Zwillinge verstanden auch so.

Marie begann gerade von der Fahrt im Polizeiauto zu erzählen, als mein Handy wieder einmal loslegte. Erst wollte ich es einfach surren lassen, aber schließlich nahm ich es doch vom Tisch.

Der Anruf kam dieses Mal nicht von Theresa, sondern von der Polizeidirektion.

»Ah, Herr Gerlach, super, dass ich Sie erreiche.«

Der vermisste Streifenwagen war gefunden worden, vor wenigen Minuten erst, in Heidelberg.

»In Neuenheim drüben, Quinckestraße. Observation steht schon. Möglich, dass er zu Fuß zum Bahnhof unterwegs ist, der ist ja nicht so weit von da. Dort stehen auch schon zwei Teams, um ihn im Fall des Falles in Empfang zu nehmen. Alle Taxifahrer und die Tramfahrer sind informiert.«

Quinckestraße? Wollte Meidinger zu Tanja Gerstner? Wozu? Ich stellte fest, dass ich viel zu erschöpft war, um noch klare Gedanken fassen oder gar sinnvolle Entscheidungen treffen zu können. So bat ich nur, die Kollegen zu informieren, die den Wagen observierten, nannte den Namen und die Hausnummer von Annette Marquard.

Gleichgültig, ob er dort war oder nicht, Xaver Meidinger hatte verspielt. Weit würde er nun nicht mehr kommen.

Erst als ich das Smartphone wieder auf den Tisch legte, erreichte das, was ich soeben gehört hatte, wirklich mein heute nur noch schlecht funktionierendes Großhirn. Quinckestraße! Keine zweihundert Meter von Theresas Haus entfernt!

Schon hatte ich das Handy wieder am Ohr. Es tutete einmal, es tutete zweimal, dann wurde am anderen Ende abgenommen. Aber nicht Theresa meldete sich, sondern eine grobe Männerstimme.

»Na endlich!«, wurde ich angebellt. »Hab schon gedacht, Sie melden sich überhaupt nicht mehr, Sie Sesselfurzer.«

»Herr Meidinger?«, fragte ich mit belegter Stimme.

»Was haben Sie denn geglaubt?«

»Und ... was soll das jetzt werden?«

»Dass ihr mich in Frieden lasst, das soll es werden. Ich will ins Ausland. Italien vielleicht. Egal. Jedenfalls brauch ich ein Auto. Und Geld.«

»Kein Problem. Kriegen Sie, kriegen Sie. Und wann lassen Sie Ther..., Frau Liebekind, wann lassen Sie sie frei?«

»Sobald ich irgendwo bin, wo ihr mir garantiert keinen Stress mehr macht.«

Als Auto hatte er sich etwas Großes, Komfortables vorgestellt. »Am liebsten einen A6, Diesel, vollgetankt.«

Meine Töchter und Mick hatten schon verstanden, dass neues Unheil drohte. Mit Marie im Schlepptau verzogen sie sich in eines ihrer Zimmer. Sekunden später kam Sarah zurück, um zuzuhören.

»Sollte sich machen lassen«, sagte ich gerade. »Und wie viel Geld?«

»Hunderttausend? Quatsch, zu wenig. Viertelmillion ist besser. Oder lieber 'ne halbe. Man gönnt sich ja sonst nichts. Also halbe Mio, alles klar?«

»Kriegen Sie, kein Problem. Ich bin im Moment noch daheim. Aber sobald ich im Büro bin, organisiere ich alles und melde mich wieder. Kann ich kurz mit ihr reden?«

»Mit deiner Tussi? So weit kommt's noch!«

»Ich muss wissen, dass es ihr gut geht. Dass sie noch lebt.«

»Vergiss es einfach, Sesselfurzer.«

»Okay. Dann vergesse ich aber auch den Audi und die halbe Million.«

Meidinger zögerte, schnaufte. Er war verunsichert. Das war gut. Es würde vielleicht leicht werden.

»Also?«, raunzte ich ihn an. »Was ist jetzt?«

»Na gut. Aber bloß ganz kurz, dass das klar ist.«

Sekunden später hörte ich Theresa »Hallo Alex« hauchen.

»Pass auf«, sagte ich. »Wir haben nur ein paar Sekunden. Du sagst nur Ja oder Nein. Bist du verletzt?«

»Nein, er ist sehr höflich zu mir.«

»Ist er bewaffnet?«

»Ja, mir geht es gut, wirklich.«

»Schusswaffe?«

»Ja, natürlich. Du kannst ganz beruhigt sein.«

»Wenn du uns eine Nachricht zukommen lassen willst, dann sag, du musst auf die Toilette. Und wenn die Tür zu ist, dann blinke mit dem Licht. Einmal heißt, so weit alles okay, er ist entspannt. Zweimal: Es wird kritisch, er fängt an durchzudrehen. Dreimal: Alarm. Noch öfter: Du bist in höchster Gefahr. Dann stürmen wir das Haus, noch während du auf dem Klo bist.«

»Ich liebe dich, Alexander.«

»So«, bellte Meidinger. »Genug geschleimt.«

Rascheln, Knacksen, das Gespräch war weg.

Meine Müdigkeit war inzwischen verflogen. Mein Puls hämmerte wieder, auf meiner Stirn stand neuer Schweiß.

Auch Sarah hatte begriffen, was geschehen war, sah mich groß und voller Mitgefühl an.

Mein nächster Anruf galt der Polizeidirektion. Ich gab die schlimme Nachricht durch, die Adresse und erste Anweisungen.

»SEK muss her«, rief ich ins Handy, während ich in ein Paar saubere Schuhe schlüpfte. »Schutzpolizei, erst mal fünf Teams. Ein Wagen soll bei mir vorbeifahren und mich abholen. Außerdem zwei Rettungswagen, Feuerwehr, für den Anfang reichen zwei Gerätewagen. Wer von der Kripo ist im Haus?«

Nur noch eine Kollegin und zwei Kollegen vom Kriminaldauerdienst waren da, weil zwei andere derzeit den Streifenwagen beobachteten, den Meidinger in der Quinckestraße abgestellt hatte.

»Das können sie abbrechen. Ich brauche die Leute jetzt vor Ort. Treffpunkt ist … Wo ist da in der Nähe ein größerer Parkplatz?«

»Rufinusplatz«, sagte der Kollege in der Notrufzentrale nach kurzem Suchen. »Nein, das ist zu nah. Besser bei der HeidelbergCement Ecke Berliner, Gerhart-Hauptmann-Straße.«

»Gut. Alle Kräfte rücken über die Berliner Straße an. Ohne Sondersignal, ich wiederhole: ohne Sondersignal!«

Es war nicht auszuschließen, dass man das Tatütata bis zu Theresas Haus hörte. Vorläufig sollte Meidinger sich in Sicherheit wähnen. Sich für unangreifbar halten, für den, der die Regeln diktierte, nach denen getanzt wurde.

»So weit alles roger«, sagt der Mann am anderen Ende. »Verstehe ich richtig: Sie sind selber vor Ort und übernehmen die Einsatzleitung?«

Fast hätte ich »natürlich« geantwortet.

»Versuchen Sie, Balke zu erreichen. Er soll die Leitung in der Direktion übernehmen. Alles, was Bereitschaft hat, muss an Deck. Und für den Fall, dass wir den Täter ziehen lassen müssen, brauche ich an sämtlichen Ausfallstraßen Einsatzfahrzeuge.«

»Ist schon so gut wie erledigt, Herr Gerlach. Die ersten Wagen fahren gerade vom Hof. Viel Glück!«

31

Die Abzweigung zur Gerhart-Hauptmann-Straße kam in Sicht. Zwei Streifenwagen standen schon auf dem Parkplatz vor dem großen Verwaltungsgebäude der früheren Heidelberger Zement AG.

Zeit, Meidinger wieder anzurufen. Er nahm sofort ab.

»Ein A6 ist im Moment schwer aufzutreiben. Darf's zur Not auch ein A8 sein? Oder ein Siebener BMW? Ich habe einen Händler in Mannheim gefunden, der hätte gerade einen auf dem Hof stehen.«

»Mir egal. Was ist mit der Kohle?«

»Läuft. Aber die Banken haben zu, und bis wir so einen Betrag aus den Geldautomaten gezogen haben, das braucht natürlich seine Zeit ...«

Die Kollegin im Fond, die mir den Beifahrersitz überlassen hatte, konnte sich mit Mühe das Lachen verkneifen. Meidinger dagegen schien ernst zu nehmen, was mir in einem Anfall von Galgenhumor herausgerutscht war.

Wir stiegen aus. Wind, Kühle, Kolleginnen und Kollegen, die mich erwartungsvoll anblickten. Eben brummte ein schwerer Lkw der Feuerwehr heran. Kurz darauf kam ein Rettungswagen, zwei weitere Streifenwagen.

Als Erstes ordnete ich an, die Schröderstraße nach allen Seiten abzusperren.

»Auch die Querstraßen. Und natürlich alles so, dass vom Haus aus nichts zu sehen ist.«

»Ob dem Spinner nicht auffällt, dass auf einmal keine Autos mehr fahren?«, fragte ein älterer Kollege.

»Viel Verkehr ist da um diese Zeit sowieso nicht mehr.«

Das Handy klingelte.

»Ich hätte ein Ehepaar«, verkündete der Kollege in der Direktion. »Dombrowsky. Sie wohnen genau gegenüber.«

Ich schickte die Kollegin, die vorhin fast gelacht hatte, zur etwa hundert Meter entfernten Tankstelle, um dort einen Blumenstrauß und eine Flasche Sekt oder Wein zu kaufen.

»Trocken oder lieblich?«, wollte sie wissen.

»Den billigsten. Auch die Blumen, egal.«

Als sie Minuten später mit ihren Einkäufen zurückkam, war gerade Laila Khatari angekommen, die als Kripobeamtin im Gegensatz zu den meisten anderen hier keine Uniform trug. Gemeinsam, sie bei mir eingehakt, spazierten wir los, einige Meter die menschenleere Gerhart-Hauptmann-Straße entlang, dann links, kurz darauf wieder rechts, und da kam rechter Hand auch schon Theresas Haus in Sicht. Mir war klar, dass ich gerade ein erhebliches Risiko einging. Meidinger hatte mich offenbar beobachtet und wusste deshalb, wie ich aussah. Von Theresa konnte er nur wissen, weil er mir bis zu ihr gefolgt war. Vermutlich am Silvesterabend. Ich erinnerte mich dunkel, auf dem Weg hierher Schritte hinter mir gehört zu haben. Die Gefahr, dass er im falschen Moment aus dem Fenster sah und mich erkannte, war zwar nicht groß, aber vorhanden. Andererseits war es dunkel, ich machte mich klein, schlug den Kragen meines Wollmantels hoch, verbarg, so gut es ging, das Gesicht dahinter. Für den Fall, dass er uns wirklich beobachten sollte, trug Laila deutlich sichtbar die Blumen, ich die Weinflasche. Für Meidinger spielten wir ein Paar, das Freunde besuchte.

Im Grunde hatte ich als persönlich und emotional Involvierter hier nichts zu suchen und erst recht nichts zu entscheiden. Aber auch wenn es gegen sämtliche Vorschriften verstieß, ich hätte diese Aufgabe keinem anderen anvertraut.

Links, gegenüber von Theresas Heim, stand ein zweistöckiges Doppelhaus. Zur Straße hin ein Vorgarten, in dem Büsche und ein zurückgeschnittener Baum wuchsen. Ich drückte die Klinke des schmiedeeisernen Gartentors, wir betraten das Grundstück, erreichten mit wenigen Schritten den Hauseingang, der sich an der Seite befand. Neben der zweiten Klingel von unten stand der richtige Name: Prof. Dr. med. Dombrowsky. Der Türöffner scharrte, als ich den Finger noch auf dem Knopf hatte.

Die Dombrowskys waren ein silberhaariges Paar hoch in den Siebzigern, strahlten Bildung, Wohlstand und eine fast jugendliche Neugier auf Unbekanntes aus. Vier kluge Augen blicken uns entgegen, als wir die letzten Stufen hinaufstiegen. Die beiden baten uns in ihren lang gezogenen, voller Bilder hängenden Flur.

»Wegen Frau Liebekind sind Sie hier?«, fragte die Frau als Erstes, die eine betongraue Rüschenbluse und einen knielangen königsblauen Rock trug.

»Jemand ist in ihrem Haus und hat sie als Geisel genommen.«

Ihr runzliges Gesicht wurde fahl, sie legte ihre Rechte auf die Brust. »Um Himmels willen!«

Auch der Professor erblasste. Er war leger gekleidet in einer zerknitterten anthrazitfarbenen Nadelstreifenhose und einem schwarzen Poloshirt mit einem goldenen Anker auf der Brusttasche. Offenbar waren sie von dem Kollegen, der die beiden ausfindig gemacht und kontaktiert hatte, nicht über die Hintergründe der Polizeiaktion aufgeklärt worden.

»Wir brauchen ein Fenster, hinter dem es dunkel ist«, sagte ich, nachdem die Hände geschüttelt waren. »Wir werden Sie nicht mehr stören als unbedingt nötig.«

»Ich weiß, dass die Blumen gruselig sind«, sagte Laila verlegen, als sie der Dame des Hauses das halb verwelkte Sträußchen überreichte. »Aber bevor wir sie wegschmeißen, vielleicht wollen Sie sie noch ein bisschen in eine Vase stellen, damit sie nicht ganz umsonst gestorben sind?«

»Selbstverständlich«, sagte Frau Dombrowsky sofort. »Das wäre ja aber auch wirklich nicht nötig gewesen.«

»Mein Arbeitszimmer«, sagte ihr Mann. »Es hat ein Fenster zur Straße, und dort sind Sie ganz ungestört.«

»Sie beide tun bitte so, als wüssten Sie von nichts. Verhalten Sie sich wie immer, und bleiben Sie bitte von den Fenstern weg.«

»Selbstverständlich.« Der Professor klang leicht indigniert. »Sie können ganz unbesorgt sein.«

Entweder, die beiden sahen selten aus den Fenstern, oder sie waren zu diskret, um zu erkennen zu geben, dass sie mich schon des Öfteren vor Theresas Haustür gesehen hatten.

»Haben Sie denn schon etwas gegessen?«, fragte die Hausherrin, als sie mit einer Vase in den Händen zurückkam, in der die Blümchen gleich viel besser aussahen. Jetzt erst fiel mir auf, dass sie sogar ein wenig dufteten.

»Ich schon«, sagte Laila.

»Ich nicht. Aber das hat Zeit.«

»Ausgerechnet Frau Liebekind!« Unsere Gastgeberin seufzte schwer, während sie die Vase auf ein kleines Tischchen im Flur stellte und die Blumen noch ein wenig zurechtrückte. »Eine so sympathische und lebensfrohe Frau. Wissen Sie, was?« Entschlossen wandte sie sich wieder uns zu. »Ich richte Ihnen ein paar Schnittchen. Die können Sie essen, wann es Ihnen passt. Ich muss Sie allerdings warnen, wir haben nur Vegetarisches im Haus.«

»Das Brot hat Edeltraud selbst gebacken!«, verkündete ihr Gatte stolz. »Ein besseres Sauerteigbrot bekommen Sie nirgendwo, glauben Sie mir.«

Damit waren endlich alle Nebensächlichkeiten geklärt, der Herr des Hauses führte uns in sein Arbeitszimmer, machte weisungsgemäß kein Licht, wünschte uns flüsternd viel Erfolg, als könnte er von der anderen Straßenseite gehört werden, und ließ uns allein. Bald brachte seine Frau ein silbernes Tablett mit den versprochenen Broten, zwei Gläsern und einer Flasche Stillem Wasser. Dann hatten wir endlich unsere Ruhe.

Wir stellten zwei zentnerschwere und unbequem aussehende Stühle mit gedrechselten Beinen ans Fenster, vor dem praktischerweise eine Gardine hing, und plötzlich sah ich das Haus, in dem ich schon so oft gesessen, gegessen, geliebt und geschlafen hatte, aus einer ganz neuen Perspektive. Im Erdgeschoss links von der Eingangstür befand sich die Küche. Auf der anderen Seite das schmale Fenster der Toilette, daneben der Raum, der zu seinen Lebzeiten das Arbeitszimmer von Theresas Mann gewesen war. Im Obergeschoss links lag ein nur selten benutztes Gästezimmer, daneben ein großes und mit allem Komfort ausgestattetes Bad sowie der Raum, den Theresa als Bügelzimmer und im Winter auch zum Trocknen der Wäsche benutzte. Wohn- und Schlafzimmer gingen nach Süden, zum Garten hin. Auf der uns zugewandten Seite waren alle Fenster dunkel.

Mein Handy – Balke. Er war gerade erst in der Direktion angekommen, sammelte seine Truppen und Hilfskräfte und versuchte, sich einen Überblick zu verschaffen.

»Wie sieht's bei Ihnen aus?«

»Wir sehen das Haus, aber sie sind wohl auf der Südseite. Moment, da ... In der Küche ist jetzt Licht ...«

Ich sah Theresa ohne erkennbare Aufregung zur Spüle gehen, dort etwas tun, bei dem sie mir den Rücken zuwandte, den Kühlschrank öffnen und eine Flasche Orangensaft herausnehmen.

Wie gut ich diese Flasche kannte, sie kaufte immer dieselbe Marke.

Wie seltsam, sie so zu sehen. So nah und zugleich unerreichbar.

»Ich liebe dich«, hatte sie vorhin am Telefon gesagt. Warum? Um Meidinger zu verwirren? Um mir eine Freude zu machen? Freute ich mich? Keine Ahnung. Ich hatte zurzeit Wichtigeres zu tun, als mich zu freuen.

Jetzt erst sah ich auch den Geiselnehmer, der sein Opfer natürlich nicht ohne Aufsicht ließ. Er stand an der Wand neben der Tür, ein Schatten nur. Ein großer, kantiger und bedrohlicher Schatten. Der rechte Arm hing herab, sodass ich die Hand nicht sehen konnte, in der er vermutlich die gestohlene Waffe hielt. Ein Scharfschütze hätte ihn auf diese Entfernung problemlos ausschalten können. Mit einem guten Gewehr hätte ich es sogar selbst geschafft. Im Augenblick stand mir jedoch weder der eine noch das andere zur Verfügung. Außerdem erschossen deutsche Polizisten nur in schlechten Filmen Menschen ohne zwingenden Grund.

»Herr Gerlach?«, fragte Balke, den ich bei Theresas Erscheinen sofort vergessen hatte. »Alles okay bei Ihnen?«

»Wie es aussieht, ja. Sie sind jetzt in der Küche und ... jetzt sind sie wieder weg.«

Das Licht war erloschen.

»Zur Abwechslung mal eine gute Nachricht«, sagte Balke. »Frau von Schwarzach ist noch am Leben.«

Einem Autofahrer war sie am Rand der Landstraße von Neunkirchen nach Neckargerach aufgefallen, halb erfroren in ihrer Strickjacke und auf völlig zerfetzten Hüttenschuhen und blutenden Füßen. Er hatte die verstörte Frau angesprochen, aber sie hatte ihm keinen Blick gegönnt. So war er mit eingeschalteter Warnblinkleuchte hinter ihr hergezuckelt, damit sie nicht am Ende noch überfahren wurde, und hatte gewartet, bis der gerufene Streifenwagen kam und Gerlinde von Schwarzach im wahren Sinn des Wortes aus dem Verkehr zog.

»Könnte eine lange Nacht werden«, meinte Laila, als ich das Handy auf ein Schachtischchen legte, das wir zwischen uns gestellt hatten. »Wie geht's jetzt weiter? Was ist Ihre Strategie?«

»Das Übliche: Zeit schinden. Hinhalten, mürbe quatschen.«

»Sie denken, er gibt irgendwann auf?«

»Jeder gibt irgendwann auf. Fragt sich nur, unter welchen Begleitumständen. Als ich vorhin mit ihm gesprochen habe, hat er nicht besonders stabil gewirkt. Er hat eine Menge Stress hinter sich und in den vergangenen Nächten bestimmt nicht viel geschlafen. Wir dürfen ihn nur nicht provozieren. Er ist schon im Normalzustand leicht erregbar, habe ich gehört.«

Falls meine Taktik nicht funktionieren sollte und Meidinger durchdrehte, dann würde das Sondereinsatzkommando zugreifen, das jedoch erst in einer knappen Stunde eintreffen dürfte.

»Wenn es darauf ankommt, stürmen die das Haus so schnell, dass er nicht mal die Waffe hochkriegt, bevor er auf dem Bauch liegt.«

»Aber wie kommen sie rein? Durch die Fenster im Erdgeschoss dauert zu lang. Wenn wir einen Schlüssel für die Haustür hätten ...«

Ihr unsicherer Seitenblick verriet mir, dass auch sie von meinem Verhältnis zum Opfer dieser verfluchten Geiselnahme wusste. Dass dieses Verhältnis vor Kurzem zu Ende gegangen war und ich meinen Haustürschlüssel in ein Whiskyglas geworfen hatte, schien sich noch nicht herumgesprochen zu haben.

»Auf der anderen Seite gibt es einen Wintergarten und eine Terrassentür. Die bieten beide wenig Widerstand. Ansonsten: Überraschung, Blendgranaten und viel Krach und Gebrüll. Und ja, Sie haben recht, die nächsten Stunden könnten langweilig werden.«

Die Stühle, auf denen wir saßen, waren sicherlich stilecht und wertvoll, wirkten wie aus einem Kloster entwendet und waren noch unbequemer, als sie aussahen. Was immerhin den kleinen Vorteil hatte, dass man nicht so leicht Gefahr lief, im Sitzen einzuschlafen.

Wie es Theresa wohl ging? Ahnte sie, dass ich in ihrer Nähe war? Beruhigte sie das? Sprach sie mit Meidinger? Worüber?

Plötzlich verspürte ich eine unbändige Lust, die Sache abzukürzen, Laila um ihre Dienstwaffe zu bitten, hinüberzugehen, die Terrassentür einzutreten und Meidinger zu erschießen, sobald er eine falsche Bewegung mit dem kleinen Finger machte. Meine Chancen stünden nicht einmal schlecht. Aber solche Dinge tat man als deutscher Polizist nun einmal nur im äußersten Notfall.

Halb elf war es inzwischen geworden, sah ich auf der goldenen Drehpendeluhr, die den antiken Schreibtisch des Professors zierte.

Wieder einmal das Handy, wieder einmal Balke.

»Wir haben sie jetzt auf dem Schirm.«

Es hatte ihn einige Anrufe gekostet, den Kollegen Zugang zum Gebäude der Jakobusgemeinde zu verschaffen, das nur wenige Meter südlich von Theresas Haus stand. An den Fenstern eines Gesprächsraums im Obergeschoss hatten sie zwei Videokameras und ein Richtmikrofon installiert. Damit hatten wir das Haus jetzt von allen Seiten im Blick, und für Meidinger gab es keine Chance mehr, unbemerkt über irgendwelche Zäune zu verschwinden.

»Auch wenn es wahrscheinlich nicht ganz legal ist, ich schicke Ihnen einen Link zum Stream«, versprach Balke. »Dann sind Sie live dabei.«

Theresa und der Geiselnehmer saßen im Wohnzimmer, sah ich kurz darauf auf meinem Handy. Sie auf der großen Couch, er ein Stück entfernt auf einem Stuhl neben dem Kamin, beide mit dem Gesicht zu Wintergarten und Terrassentür. Die Hand mit der Waffe lag locker in Meidingers Schoß. Seine Miene war ausdruckslos, der Blick leer, als würde er bereits jetzt gegen den Schlaf ankämpfen. Gesprochen wurde nichts. Auf dem Ecktisch links neben Theresa stand die noch fast volle Whiskyflasche, die sie mir zu Weihnachten geschenkt hatte. Vielleicht, wenn das alles hier zu Ende war, würde ich sie irgendwann abholen. So groß war mein Stolz dann auch nicht, dass ich deshalb auf einen schottischen Single Malt verzichtete, der mindestens fünfzig Euro gekostet hatte.

»Er sieht ziemlich fertig aus«, fand auch Laila. »Dauert nicht mehr lang, dann pennt er ein, wetten?«

Theresa schien manchmal zu Meidinger hinüberzuschielen, dachte vielleicht dasselbe wie wir. Aber sie war klug genug, weiterhin ruhig sitzen zu bleiben. Offenbar plante sie nicht, den Kerl selbst zu überwältigen, was ich ihr durchaus zutraute.

Nach der Aufregung der ersten Minuten hatte die Zeit sich zu dehnen begonnen. Inzwischen schmerzte mein Rücken, das Genick. Immer wieder erhob ich mich, um einige Runden um den Schreibtisch zu drehen. Zwei der von Frau Dombrowsky spendierten Schnittchen hatte ich schon vertilgt. Das selbst gebackene Brot schmeckte wirklich ausgezeichnet, den vegetarischen Aufstrich dagegen fand ich gewöhnungsbedürftig. Um nicht einzuschlafen, plauderten Laila und ich über Belangloses. Sie erzählte mir von ihren Eltern, die im Irak beide Lehrer gewesen waren und hier, in Deutschland, ihren Lebensunterhalt nun mit miserabel bezahlten Jobs verdienten. Die Mutter putzte in einer Schule in Leimen, der Vater arbeitete stundenweise als Dolmetscher im Patrick-Henry-Village, dem Ankunftszentrum Baden-Württembergs für frisch eingetroffene Flüchtlinge.

Immer öfter überrollte mich jetzt die Müdigkeit wie eine warme Welle. Das Adrenalin war verbraucht, die Erschöpfung gewann wieder die Oberhand. Auch Meidinger schien manchmal einzunicken, schreckte jedes Mal nach wenigen Sekunden wieder hoch, sah verwirrt um sich, überzeugte sich davon, dass seine Geisel nicht in der Zwischenzeit desertiert, die Waffe noch in seiner Hand war. Vielleicht würde er wirklich bald richtig einschlafen.

Mein Smartphone piepste vorwurfsvoll.

»Akkustand extrem niedrig!«, zeigte das Display an.

Natürlich hatte ich kein Ladegerät dabei. Das Ehepaar Dombrowsky besaß zwar Handys, allerdings von Apple. Laila hatte ebenfalls ein iPhone in der Tasche stecken, und so konnten wir nach kurzer Verwirrung auf ihrem Gerät Theresa beim Gähnen zusehen. Meidingers Kopf hing herab, als hätte ihn nun wirklich der Schlaf übermannt.

Und dieses Mal schien er nicht gleich wieder aufwachen zu wollen.

Auch Theresa hatte es bemerkt. Ihre Linke bewegte sich zu der grünen kantigen Flasche auf dem Ecktisch. Sie wollte doch nicht etwa ...?

Doch, sie wollte.

Mit der Flasche in der Rechten erhob Theresa sich langsam, vorsichtig, Meidinger immer fest im Blick, die Hand mit der Schlagwaffe hinter dem Rücken. Meine Nackenhaare stellten sich auf, aus meinem Mund kam ganz ohne mein Zutun ein deftiges »Scheiße!«.

Mit angehaltenem Atem sahen wir zu, wie Theresa auf Strümpfen, Schrittchen für Schrittchen zu Meidinger schlich, ausholte und ihm die Flasche über den Schädel drosch. Er kippte einfach vom Stuhl und blieb liegen. Die Whiskyflasche schien heil geblieben zu sein.

Wir brauchten vielleicht zehn Sekunden, um die Straße zu erreichen, weitere zehn, um Theresas Haus zu umrunden. Ich bollerte gegen die Terrassentür, Theresa stand immer noch neben dem bewusstlosen Geiselnehmer, schien noch nicht recht fassen zu können, was sie getan hatte, kam nicht auf die Idee, ihm die Waffe wegzunehmen. Als sie mich hörte, zuckte sie hoch wie aus einem bösen Traum.

Augenblicke später stürzten wir in ihr Wohnzimmer. Der gewohnte Geruch, das Licht, die Umgebung, Theresa, die mir die Sicht auf Meidinger verdeckte, während Laila neben mir ihn mit der Waffe im Anschlag beobachtete.

»Du?«, fragte Theresa mit starrer Miene. »Wie kommst du denn auf ...«

»Waffe runter!«, schrie Laila und ging in die Knie.

Sekundenbruchteile später fielen fast gleichzeitig zwei Schüsse. Theresa kippte nach vorn, als hätte jemand sie in den Rücken getreten, fiel in meine Arme. Es gelang mir, ihren Sturz zu bremsen, sie am Boden abzulegen, ohne dass sie sich wehtat.

Blut.

Viel Blut.

Geschrei.

Pfeifen in meinen Ohren.

Knalltrauma.

Die Zeit war stehen geblieben, obwohl die Uhr über dem Kamin weitertickte. Niemand sagte etwas. Laila schien das Atmen vergessen zu haben. Dann war auf einmal jemand neben mir, stieß mich unsanft zur Seite, drehte Theresas leblosen Körper auf den Bauch.

Blut am Boden.

So viel Blut.

Überall Menschen jetzt. Kollegen, Sanitäter, eine Ärztin. Auch Meidinger hatte es erwischt. Wo Laila ihn getroffen hatte, konnte ich nicht erkennen. Jedenfalls hatte sie ihn gut getroffen.

Wo steckte sie überhaupt?

Auch um den Täter kümmerte sich jemand in schwerer rot-weißer Jacke.

Tragen wurden gebracht und wieder weggeschafft. Überall wurde diskutiert, kommandiert, durcheinandergerufen, aber ich verstand nichts. Irgendwie hatte ich es bis zu dem Sessel geschafft, in dem ich schon so oft gesessen hatte. Mir war übel. In meinen Ohren brauste ein Orkan, in meinem Hirn waberte Nebel. Jemand leuchtete in meine Pupillen, sagte etwas zu mir, schüttelte mich. Dann lag auch ich auf einer Trage, und es wurde angenehm dunkel um mich.

32

Am nächsten Vormittag beehrte mich eine Psychologin mit ihrem Besuch. Sie stellte fest, dass ich wohl keine bleibenden Schäden davontragen würde, wollte mir Beruhigungsmittel verschreiben, die ich ablehnte, empfahl mir einige Tage Schonung, was ich akzeptabel fand. Außerdem sollte ich sie umgehend kontaktieren, falls mich wiederkehrende Albträume plagten oder ich befremdliche Verhaltensweisen an mir beobachtete.

Den Nachmittag verbrachte ich nicht im Büro, sondern zu Hause, und nun endlich tat ich bei angenehm mildem und sonnigem Wetter das, was ich mir schon tausendmal vorgenommen und immer wieder verschoben oder vergessen hatte: Zusammen mit Marie stattete ich Hermine Tobler einen Besuch ab, um ihr das vor Weihnachten gestohlene Geld zurückzugeben. Die wohlhabende Witwe bewohnte allein eine riesige Wohnung in einer der Villen am Schlossberg und war – zurückhaltend ausgedrückt – eine dumme Kuh. Ich hatte das fehlende Geld aus eigener Tasche ersetzt, sogar ein hübsches Sträußchen mitgebracht, das Marie ihr überreichte, aber die dämliche Dame freute sich kein bisschen, sondern beschimpfte uns lautstark und mit überwiegend nicht zitierfähigen Ausdrücken. Am Ende ärgerte ich mich, das Geld nicht für einen menschenfreundlichen Zweck gespendet zu haben.

Theresa hatte die nächtliche Notoperation zum Glück gut überstanden. Meidingers Kugel hatte ihr rechtes Schulterblatt durchschlagen und die Lunge perforiert. Eine freundliche Ärztin erklärte mir am Telefon, die Verletzte sei noch ein wenig schwach, aber schon wieder ansprechbar und erstaunlich guter Dinge.

Drei Tage später durfte ich sie besuchen. Nach Meinung der Ärzte würde sie wieder ganz gesund werden und die Klinik vermutlich schon in wenigen Tagen verlassen dürfen.

Mit einem in diesem Fall großen Blumenstrauß und vielen bangen Gefühlen betrat ich ihr Krankenzimmer, das sie allein bewohnte. Theresa freute sich über die Blumen – unter denen sich nicht eine rote Rose befand – und auch über meinen Besuch. Die Begrüßung war ein wenig kompliziert, da sie mich auf den Mund küssen wollte, ich sie aber auf die Wange. Beide verunsichert, wussten wir nicht, wie wir mit der Situation umgehen, wie wir uns verhalten sollten. So sprachen wir über Unverfängliches wie ihr Glück, in die Hände talentierter Chirurgen geraten zu sein und ein Einzelzimmer ergattert zu haben. Mindestens fünf Mal bedankte sie sich für meine heldenhafte Rettung. Wobei mein Beitrag ja nur gewesen war, ihren Sturz ein wenig abzumildern.

Sie wollte wissen, wie es Laila ging, die Meidinger außer Gefecht gesetzt hatte, bevor er noch mehr Unheil anrichten konnte. Diese war angesichts der Umstände erstaunlich gefasst, konnte ich berichten. Natürlich wurde auch sie psychologisch betreut und hatte zurzeit dienstfrei. Zwischenzeitlich hatten wir zweimal länger miteinander telefoniert und rekapituliert, was in den dramatischen Sekunden geschehen war. Jedes Mal hatte ich versucht, meiner jungen Kollegin klarzumachen, dass sie richtig gehandelt hatte. Dass sie keine andere Wahl hatte, als ohne Zögern abzudrücken.

Das Thema Krimiautor kam bei meinem Krankenbesuch nicht zur Sprache und auch nicht ihre merkwürdige Behauptung am Telefon, sie liebe mich immer noch. Mit gemischten Gefühlen trollte ich mich nach einer knappen halben Stunde. Beim Abschied verzichteten wir auf Küsse.

Unsere Rettung verdankten Marie und ich übrigens einem vierjährigen Jungen namens Ole. Seine Familie hatte den letzten Sommerurlaub in der Bretagne verbracht, und dort hatte er gelernt, was Leuchttürme waren und dass jeder davon sein eigenes, charakteristisches Lichtsignal hatte, das er in regelmäßigen Zeitabständen aussandte. Genau so etwas hatte er entdeckt, als er abends aus dem Kinderzimmerfenster sah. Daraufhin war er zu seinem Vater gelaufen, um ihm aufgeregt zu berichten, dass es Leuchttürme nicht nur am Meer, sondern auch im südlichen Odenwald gab, was schließlich dazu führte, dass sich Minuten später die freiwillige Feuerwehr Aglasterhausen auf den Weg zum Forsthaus machte.

33

Der Tag, der mich seit Längerem unruhig schlafen ließ, kam eine Woche später. Die Schulferien waren zu Ende, meine Töchter standen für die Betreuung von Marie nicht mehr zur Verfügung, und auch für mich war es an der Zeit, meinen Dienst wieder aufzunehmen. Es war ein sonniger Dienstagmorgen, als ich mit Marie an der Hand zur Direktion pilgerte. Dieses Mal durfte ich den Rucksack tragen, während Marie den neuen Monstertruck unter den Arm geklemmt hatte. Er war polizeiautoblau, da die roten ausverkauft waren.

In den Tagen zuvor hatte ich einige Telefonate geführt und – mit Sönnchens tatkräftiger Unterstützung – Verschiedenes organisiert. Meine Sekretärin begrüßte uns voller Freude, die allerdings von Marie nicht recht erwidert wurde. Vielleicht spürte sie, dass Veränderungen drohten. Mit einem heißen Kakao versorgt, saß sie mir bald darauf an meinem Schreibtisch gegenüber.

»Weißt du noch, was ich dir versprochen habe, Marie?«, fragte ich, nachdem sie den ersten Schluck getrunken hatte.

Sie sah aufmerksam zu mir auf und nickte stumm.

»Ich habe gesagt, dass ich deine Mama finden werde.«

Da war keine Freude in ihrem Gesicht, nicht einmal Aufregung, nur ein großes Fragezeichen. Möglicherweise sogar ein wenig Furcht vor dem Neuen, Unbekannten, das nun wohl auf sie zukam.

»Dann pass mal auf, wer jetzt gleich reinkommt.«

Ich erhob mich, ging zur Tür und ließ Tanja Gerstner eintreten, die in einem Nebenraum auf ihren Auftritt gewartet hatte. Sie trug heute eine eng sitzende Jeans und einen dunkelbraunen Blazer. Auf hohen Absätzen, mit unsicheren Schritten und irrlichterndem Blick trat sie ein, sah Marie, blieb wie schockgefroren stehen. Sekundenlang starrten die beiden sich an, und dann geschah etwas, was ich bis heute nicht ganz begreife: Ohne dass ein Wort gefallen war, begann Marie zu lächeln und kurz darauf auch ihre Mutter. Beide noch ein wenig zaghaft, als wäre es nicht erlaubt, in diesem nüchternen Ambiente so etwas wie Freude zu empfinden. Das Lächeln wurde auf beiden Seiten stärker, aber Marie machte keine Anstalten, aufzuspringen und ihrer Mama entgegenzulaufen. Übertrieben langsam stakste diese auf ihre kleine Tochter zu, legte die Handtasche achtlos auf meinen Schreibtisch, ging in die Hocke und ergriff die Kinderhand so vorsichtig, als wäre sie aus hauchdünnem Glas.

Wie Marie in der fremden Frau so schnell ihre Mutter erkennen konnte, ist mir immer noch rätselhaft. Aber so war es. Es wurde nichts gesprochen, es brauchte keine Überredung, kein sanftes Drängen, kein Bitten. Ein Blick hatte genügt, um zwischen den beiden Klarheit zu schaffen.

Wie wir es verabredet hatten, verließ ich den Raum, um sie beim Beschnuppern und Betasten nicht zu stören.

Das erste Gespräch, das ich in der vergangenen Woche in Sachen Marie geführt hatte, verhalf mir zu einem Termin bei der Leitenden Oberstaatsanwältin Frau Dr. Steinbeißer. Zu diesem Zeitpunkt kannte sie schon die wesentlichen Zusammenhänge und einen großen Teil der Akten und Protokolle, sodass wir rasch zur Sache kommen konnten. Nachdem ich ihr meinen Plan dargelegt hatte, zögerte sie, wiegte den Kopf, blätterte noch ein wenig in den Unterlagen.

Dann sah sie auf und nickte.

»Im Rahmen des Möglichen natürlich, Herr Gerlach. Zaubern kann ich leider auch nicht. Aber Sie haben recht, von jemandem unter Androhung von Nachteilen Geld zu fordern, das einem de jure zusteht, kann man nicht als Erpressung werten, sondern höchstens als Nötigung.«

Als Nächstes hatte ich mit der Immobilienfirma in Frankfurt telefoniert, die das Haus in Dossenheim betreute, wo Helge Gerstner und Marie die letzten Jahre zusammengelebt hatten. Gerstner hat den Mietvertrag im November gekündigt, aufgrund der Fristen lief er jedoch noch bis Ende März weiter. Die Wohnung stand zurzeit leer, und einen Nachmieter hatte man bislang noch nicht einmal gesucht. Die Möbel, die vor dem Auszug darin gestanden hatten, befanden sich in dem Haus im Odenwald und mussten lediglich wieder zurückgeschafft werden.

Das Jugendamt hatte nach längerem Zögern schließlich ebenfalls keine Einwände mehr gegen meinen Vorschlag gehabt.

Und so hatte ich dann mein viertes und letztes und schwierigstes Gespräch Maries Zukunft betreffend geführt – mit Dr. Clemens Bauer. Dieses Mal war ich nicht zu ihm gefahren, sondern hatte ihn in mein Büro gebeten.

Ihm war ebenso klar gewesen wie mir, dass er juristisch nicht zu belangen war. Seine Behauptung, Xaver Meidinger habe überreagiert, sei vielleicht auch von der Situation überfordert gewesen, als er anstelle der zierlichen Tanja einen groß gewachsenen, nicht besonders kräftigen, aber dafür umso unfreundlicheren Mann antraf, musste ich akzeptieren. Die einzigen Menschen, die seine Version der Geschichte hätten widerlegen können, waren nicht mehr am Leben. Meidinger war vier Tage nach dem Drama in Theresas Haus gestorben, ohne das Bewusstsein wiedererlangt zu haben. Lailas Kugel hatte ihn in den Kopf getroffen, und noch während er im künstlichen Koma auf der Intensivstation lag, hatte sich ein heimtückischer Bazillus in seinem Körper breitgemacht, der schließlich seinen Tod herbeiführte.

Laut Bauer war Meidingers Auftrag lediglich gewesen, Tanja Gerstner die Tüte mit den vielen Scheinen zu übergeben mit der klaren Aussage, dies sei definitiv das letzte Mal, dass sie Geld von Bauer erhielt. Was dann im Einzelnen schiefgegangen war, warum die Waffe ins Spiel kam, wer den Abzug gedrückt hatte, mit Absicht oder aus Versehen, würden wir niemals erfahren.

»Warum haben Sie eigentlich Gerstner kein Geld gegeben, als er zum ersten Mal welches von Ihnen verlangt hat? Immerhin hat er Ihre Tochter großgezogen, er hat ihr Essen bezahlt und ihre Kleidung. Letztlich haben Sie ihn dafür bestraft, dass Tanja Sie betrogen hat.«

»Das weiß ich doch«, hatte er gequält erwidert. »So vieles wäre uns erspart geblieben, wenn ich damals rational reagiert hätte, wie es sonst meine Art ist. Aber ich war an diesem Abend so aufgebracht, so wütend wie noch selten in meinem Leben. Auf die verlogene Tanja, auf mich selbst, sinnloserweise auch auf Helge, der für den ganzen Schlamassel ja nun wirklich am wenigsten konnte. Im Grunde waren seine Forderungen berechtigt, Sie haben vollkommen recht.« Er schwieg für einige Zeit mit gesenktem Blick. Dann sah er auf. »Einen unmäßigen, ganz ungerechtfertigten Zorn hatte ich auf ihn. Und wie es so ist, am Ende des Zorns lauert meist nichts Gutes. In diesem Fall sogar eine ausgewachsene Katastrophe.«

Ich ließ ein wenig Zeit verstreichen, bevor ich zum Eigentlichen kam:

»Was ich mit Ihrer Hilfe erreichen möchte, Herr Dr. Bauer, ist, dass Marie nicht in ein Heim kommt und auch nicht in eine Pflegefamilie. Sie soll künftig wieder mit ihrer Mutter zusammenleben. Die Wohnung in Dossenheim kennt sie, seit sie zwei Jahre alt ist, dort fühlt sie sich zu Hause. In der Nachbarwohnung lebt außerdem eine ältere, sehr patente Dame, die Marie ihre Oma nennt, seit sie denken kann.«

»Ich verstehe«, sagte Bauer zögernd und mit wachsamem Blick.

»Tanja wird anfangs viel Hilfe brauchen. Sie muss sich in ihre neue Rolle eingewöhnen. Sie muss lernen, Verantwortung zu übernehmen, für sich und für ihr Kind. Später wird sie sich eine Arbeit suchen müssen, vielleicht anfangs nur halbtags. Die Nachbarin würde sich in diesen Zeiten um Marie kümmern. Falls sie einmal nicht kann, sind meine Töchter bereit einzuspringen.«

»Ich verstehe«, sagte Bauer wieder.

»Die hundertfünfzigtausend Euro, die Sie Tanja zukommen lassen wollten, liegen immer noch im Tresor des Heddesheimer Bürgermeisters.«

Bauer betrachtete kurz seine fleischigen Hände, sah wieder auf und sagte nur drei kurze Worte: »Ich bin dabei.«

»Das Geld wird nicht reichen, da Tanja zumindest anfangs nichts verdienen wird. Und das in der Tüte ist ja für Marie bestimmt.«

»Das ist mir sonnenklar.«

Dennoch blieb er bei seiner Zusage, die Kosten zu übernehmen.

»Warum haben Sie eigentlich nicht die Polizei informiert?«, fragte ich. »Erpressung ist keine Ordnungswidrigkeit, sondern ein Verbrechen.«

»Als Leiter eines Unternehmens mit über hundert Mitarbeitern und mehr noch als Politiker habe ich eine Vorbildfunktion. Außerdem Gerlinde – ich wollte und konnte ihr das nicht antun. Wie hätte ich ahnen sollen, dass sie längst von Marie wusste? Der Bundestagsabgeordnete Dr. Bauer hat eine noch nicht einmal volljährige Aushilfskraft geschwängert und weigert sich, Unterhalt für sein Kind zu bezahlen – die Boulevardblätter hätten sich wie die Geier auf diese Story gestürzt. Zudem hätte Tanja problemlos behaupten können, es sei eine Vergewaltigung gewesen. Wie hätte ich das Gegenteil beweisen sollen? All das wussten die beiden natürlich ganz genau.«

Immer noch faszinierten mich seine Augen, die so viel Ähnlichkeit mit denen von Marie hatten. Auch die Gesichtsform, die Nase, der Mund – wie hatte ich es so lange übersehen können?

Bauer seufzte, atmete tief durch, als wollte er noch etwas loswerden, schwieg jedoch. Ich ließ ihm Zeit, beobachtete, wie er mit sich rang. Endlich sah er auf und wieder in mein Gesicht.

»Wenn ich ehrlich bin, Herr Gerlach, ich bin mir bis heute nicht einmal sicher, dass es keine war.«

»Keine was?«

»Keine Vergewaltigung.« Er schluckte, wandte den Blick ab. »Sie sind der erste Mensch, mit dem ich darüber spreche. Wo fängt eine Vergewaltigung an, wo hört ein etwas heftigerer Beischlaf auf?« Wieder schwieg er für Sekunden. »Es war ein schwüler und heißer Tag gewesen. Tanja war ... nun ja ... entsprechend leicht bekleidet. Normalerweise hätte ich ihr das nicht durchgehen lassen, aber, wie gesagt, es war wirklich ein ungewöhnlich heißer Tag. Am Abend war sie im Vorzimmer, ich an meinem Schreibtisch, sonst war kaum noch jemand im Haus. Aus irgendeinem Grund stand die Tür einen Spalt offen. Ich habe sie gehört. Sie hat manchmal eine Melodie gesummt und ihre Arbeit gemacht. Irgendwann, als die Sonne im Westen hinter dunklen Wolken verschwand, bin ich zu ihr gegangen. Fragen Sie mich nicht, weshalb und wozu. Wir haben irgendetwas gesprochen, etwas völlig Belangloses, und dann ...« Wieder musste ich warten, bis er sich durchgerungen hatte, das Ende seiner Geschichte zu erzählen. »Es hat sich einfach so ergeben. Eine Berührung, ein Blick ... Sie hat sich nicht gewehrt, mich aber auch nicht ermutigt. Sie hat es einfach geschehen lassen, ohne sonderliches Vergnügen, war mein Eindruck, aber auch ohne Gegenwehr. Sie hat nicht widersprochen. Sie hat es einfach geschehen lassen. Warum?« Sein Blick war jetzt verschleiert. Er schluckte. »Weil ich ihr Chef war? Weil ich so viel älter war als sie? Weil sie wissen wollte, wie es ist, mit einem älteren Mann Sex zu haben? Ich weiß es nicht.«

»Tanja sagt, es war keine Vergewaltigung.«

»Wirklich? Das erleichtert mich in der Tat sehr.«

Lange schwiegen wir. Clemens Bauer wirkte beruhigt, mit sich schon fast wieder im Reinen.

»Vielleicht, wenn ich das nicht all die Jahre mit mir herumgeschleppt hätte, Herr Gerlach«, sagte er schließlich, »vielleicht hätte ich dann auf Helges Forderungen anders reagiert. Ich weiß, es entschuldigt nicht mein Verhalten, erklärt es aber vielleicht. Oder auch nicht.«

Erneut blieb es für Sekunden still.

»Wenn ich mir die Frage erlauben darf«, sagte er dann mit veränderter Stimme und wieder klarem Blick. »Wie geht es der Dame, die von Xaver angeschossen wurde?«

»Besser, danke. Viel besser. Und Ihrer Frau?«

Gerlinde von Schwarzach war völlig verwirrt gewesen, als die Kollegen sie von der Straße auflasen. Nach kurzer ärztlicher Untersuchung hatte man sie nach Wiesloch gebracht, in die psychiatrische Landesklinik.

»Momentan ist noch nicht absehbar, wann sie sie wieder verlassen darf«, sagte Bauer ohne erkennbare Gefühlsregung. »Gerlinde hatte immer wieder solche Schübe geistiger Verwirrung. Sie ist bei unzähligen Ärzten gewesen, hat diverse Therapien durchgestanden, aber nichts hat wirklich gefruchtet. Dass sie aber so etwas tun würde, ein Kind entführen und sich einbilden, sie könnte die Mutter für es sein, hätte ich niemals für möglich gehalten. Und dann auch noch ein Haus in Brand stecken mit zwei wehrlosen Menschen darin, Gott im Himmel, wer hätte das ahnen können?«

Dieses Gespräch hatte am vergangenen Freitag stattgefunden.

Und nun tigerte ich ruhelos im Vorzimmer herum, mit einem Kaffeebecher in der Hand, und versuchte zu ergründen, was hinter der geschlossenen Tür zu meinem Büro vor sich ging. Auch Sönnchen war blass und nervös. Irgendwann klopfte es, und eine hagere Frau in den Fünfzigern gesellte sich zu uns. Sie trug den Namen Hasenbühl und kam vom Jugendamt, das die Angelegenheit ab jetzt bearbeiten würde.

Würden die beiden sich vertragen?, fragte ich mich wieder und wieder. Würde Marie Zutrauen fassen zu ihrer Mutter, die sie so lange nicht gesehen hatte? Würde sie enttäuscht sein, wütend, zu verletzt, um Tanja Gerstner als neue Bezugsperson zu akzeptieren? Mit Frau Hasenbühl hatte ich vereinbart, dass sie die schreckliche Pflicht übernehmen würde, Marie die Nachricht vom Tod ihres geliebten Papas zu überbringen. Aber erst, nachdem eine Vertrauensbasis geschaffen war. Nachdem Marie sich in die neue Situation eingelebt hatte.

»Wo werden Sie die beiden unterbringen, bis die Wohnung bezugsfertig ist?«, fragte ich, um diese erdrückende Stille zu vertreiben.

»Wir haben Räume für so was. Kleine Apartments mit allem, was man fürs Erste braucht.«

Hörte ich Geräusche aus dem Büro? Ja, ein Stuhlbein schabte über den Kunststoffbodenbelag. Schritte kamen näher. Die Tür öffnete sich mit leisem Knacken, und heraus trat Tanja mit Marie an der Hand. Beide entspannt und heiter, auch wenn sie wirkten, als müssten sie ihre neuen Rollen erst noch üben. In den Augen der Mutter meinte ich schon ein klein wenig Stolz zu erkennen. Marie suchte meinen Blick, lächelte scheu, sah wieder weg.

»Na, dann wollen wir mal«, sagte Frau Hasenbühl aufgeräumt.

Ich folgte ihnen, als sie das Vorzimmer verließen. Sah ihnen nach, wie sie den Flur entlanggingen, beobachtete, wie Tanja ihre Schritte denen ihrer Tochter anpasste. Sie erreichten die Treppe, begannen die Stufen hinabzusteigen.

Ich hoffte, Marie würde noch einmal zurückblicken.

Doch sie tat es nicht.

Psychogramm eines Mörders

Wolfgang Burger

**Anatomie
eines Mordes**

Kriminalroman

Piper, 240 Seiten
ISBN 978-3-492-07264-9

Dr. Bernhard Quentin, gut situierter Arzt mit eigener Praxis, steht vor den Scherben seines Lebens. Erst vor Kurzem hat er eine neue Patientin kennengelernt und sich in sie verliebt – nun ist sie tot, durch seine Hand gestorben. Wie konnte es so weit kommen? Wie ist er nur in diese fatale Abwärtsspirale geraten? Und wie soll er aus dieser hoffnungslosen Situation wieder herausfinden?

Das Frühwerk unseres Erfolgsautors Wolfgang Burger, vollständig überarbeitet und in besonderer Ausstattung.

Hinter der Mittelmeer-Idylle lauern dunkle Abgründe

Matteo De Luca

Der Commissario und die Dottoressa – Nacht über Elba

Ein Elba-Krimi

Piper, 368 Seiten
ISBN 978-3-492-06386-9

Gerade genießen Hagen Berensen und Fiorina Luccarelli noch Elbas raue Schönheit, da wird eine Patientin von Fiorina tot aufgefunden. Die Polizei geht von Selbstmord aus, doch Psychologin Fiorina beschleichen Zweifel, und sie begibt sich auf Spurensuche. Hagen hat unterdessen Ärger mit einem abgetauchten Handwerker. Das kann der ehemalige Kommissar nicht auf sich sitzen lassen. Bei ihren Nachforschungen stoßen die beiden auf ein kriminelles Netzwerk, das in den Schatten der Insel agiert …

PIPER

Leseproben, E-Books und mehr unter www.piper.de

Von Wolfgang Burger liegen im Piper Verlag vor:
Anatomie eines Mordes

Alexander-Gerlach-Reihe:
Band 1: Heidelberger Requiem
Band 2: Heidelberger Lügen
Band 3: Heidelberger Wut
Band 4: Schwarzes Fieber
Band 5: Echo einer Nacht
Band 6: Eiskaltes Schweigen
Band 7: Der fünfte Mörder
Band 8: Die falsche Frau
Band 9: Das vergessene Mädchen
Band 10: Die dunkle Villa
Band 11: Tödliche Geliebte
Band 12: Drei Tage im Mai
Band 13: Schlaf, Engelchen, schlaf
Band 14: Die linke Hand des Bösen
Band 15: Wen der Tod betrügt
Band 16: Wenn Rache nicht genügt
Band 17: Der sanfte Hauch des Todes
Band 18: Am Ende des Zorns
Band 19: Als die Nacht am tiefsten war